Kay Meyer
Drache und Diamant

Zu diesem Buch

Die Vorboten des Krieges kündigen das Ende der Welt an, als sich am Berg der Drachen die Heere zur letzten Schlacht sammeln. Doch die Drachen selbst scheinen zu schwach, um gegen den übermächtigen Feind aufzubegehren – und auch Nugua und Niccolo stehen vor bedeutsamen Herausforderungen: Während das Drachenmädchen von ihrem Clan zurückgestoßen wird, verzweifelt Niccolo an seiner Liebe zum sterbenden Mondkind. Die Drachen könnten sie heilen – doch das würde Mondkind zu einer tödlichen Gegnerin machen. Derweil stößt Nugua auf das Grab eines Wesens, das vor Äonen die Welt erschuf und jetzt zur mächtigsten Waffe des Feindes wird. Das Ende scheint unaufhaltsam. Aber die letzten Kämpfer sind wild entschlossen, das Unmögliche zu versuchen …

Kay Meyer wurde 1969 in Lübeck geboren. Er studierte Theater-, Film und Fernsehwissenschaften und arbeitete als Redakteur, bis 1994 sein Debüt »Die Geisterseher« und 1998 der Bestseller »Die Alchimistin« erschienen. Seither widmet er sich ganz dem Schreiben von phantastischen und historischen Büchern. Bislang hat er über vierzig Romane veröffentlicht, darunter seine Bestseller-Trilogie »Das Wolkenvolk«. Weiteres zum Autor: www.kaimeyer.com

Kay Meyer

Drache und Diamant

DAS WOLKENVOLK 3

Piper München Zürich

Entdecke die Welt der Piper Fantasy:

Piper-Fantasy.de

Von Kai Meyer liegen bei Piper vor:
Seide und Schwert. Das Wolkenvolk 1
Lanze und Licht. Das Wolkenvolk 2
Drache und Diamant. Das Wolkenvolk 3

Ungekürzte Taschenbuchausgabe
Piper Verlag GmbH, München
Mai 2011

Umschlagkonzeption: semper smile, München
Umschlaggestaltung: Guter Punkt, München | www.guter-punkt.de
Umschlagabbildung: Guo Jian, China
Druck und Bindung: CPI – Clausen & Bosse, Leck
Printed in Germany ISBN 978-3-492-26731-1

Inhalt

China
während der Qing-Dynastie
1761 n. Chr.

Prolog

Einst war die Dunkelheit hier vollkommen. In den Tiefen der Berge, Tausende Meter unter Gletschern und Gipfelschnee, herrschte Schwärze, seit das Gebirge seine Wurzeln in die Welt getrieben hatte.

Jahrmillionenlang war es dunkel geblieben. Und still.

Bis die Drachen kamen.

Der Goldglanz ihrer Schuppenleiber fiel auf Fels, der früher nur Finsternis kannte. Ihr Licht beschien Türme aus Tropfstein, flirrte auf Adern aus Erz und Kristall, weckte eiskalte Seen aus uraltem Schlummer.

In einer dieser Höhlen, getaucht in die Bernsteinglut der Drachen, nahm Niccolo Abschied von Mondkind.

Langsam trug er das Mädchen ins Zentrum der Grotte und legte es sanft auf ein Felspodest. Mondkinds schmale Finger schlossen sich um seine Hand.

„Ich habe Angst", flüsterte sie. Eine einzelne Träne löste sich aus ihrem Augenwinkel, zog eine Spur hinab zur Schläfe und verschwand in der Flut ihres nachtschwarzen Haars.

Ihre Stimme war leise wie ein Atemhauch. Sie so zu hören, brach Niccolo das Herz. Aber noch schmerzhafter war es, ihren flehenden Blicken standzuhalten.

„Der Zauber der Drachen wird dich heilen", sagte er,

aber damit beruhigte er weder sie noch sich selbst. Sie wussten beide, dass es so einfach nicht sein konnte.

Mondkind ruhte flach auf dem Rücken, zerbrechlicher denn je. Die weiße Seide ihres Kleides bewegte sich ganz von selbst, verteilte sich in weiten, fließenden Wogen um ihren zierlichen Körper. Mehrere Lagen krochen über die blutende Wunde in ihrer Seite. Eine Wunde, die sie töten würde, wenn die Magie der Drachen sie nicht zu schließen vermochte.

Niccolo wusste, dass die Zeit drängte. Der Felsbuckel, auf den er Mondkind gebettet hatte, erhob sich wie ein Altar inmitten des hohen Höhlendoms. Schon jetzt, da sie zu schwach war, sich aus eigener Kraft zu bewegen, erschien sie ihm wie eine Statue aus makellosem Marmor. Weiß war die Seide ihres Gewandes, geisterhaft bleich ihre Haut. Nur das schwarze Haar, das weit aufgefächert um Kopf und Schultern lag, bildete einen Gegensatz – so als wollte etwas den Goldglanz der Drachen von ihr fernhalten, eine Krone aus Finsternis, die Mondkinds atemberaubende Schönheit noch unwirklicher machte.

„Wie lange werde ich schlafen?“, fragte sie.

„Bis du gesund bist“, sagte er sanft. „Die Drachen versetzen dich in einen Heilschlaf, der die Wunde verschließen wird.“ Sie wusste das alles – sie hatten längst darüber gesprochen, in den Momenten, wenn sie klar genug war, ihn zu verstehen. Aber mit ihrem langsamen Sterben ging auch Vergessen einher, und nie war er sicher, ob sie wirklich verstand, was mit ihr geschah, oder ob sie sich nur treiben ließ, ganz allmählich vom Diesseits ins Jenseits.

Wenn du mich tötest, wird das alles hier ein Ende haben. Das hatte sie gesagt, damals, als sie zum ersten Mal in seinen Armen gelegen hatte. Wenig später hatte sie nach seinem Schwert gegriffen und es sich selbst in den Leib gestoßen.

Silberdorn war keine gewöhnliche Waffe. Die Wunden, die seine Klinge schlug, heilten nicht auf natürlichem Wege. Als Niccolo Mondkind hierhergebracht hatte, in die Heiligen Grotten der Himmelsberge, war die Lage aussichtslos gewesen. Die Drachenmagie war ihre einzige Hoffnung.

„Aber wird sie wirklich gesund sein, wenn sie erwacht?", hatte Niccolo gefragt.

„*Wenn* sie erwacht", hatten die Drachen geantwortet, „wird es ihr besser gehen."

Das war alles. Eine schemenhafte Hoffnung. Nur ein verzweifelter Wunsch, der vielleicht einmal wahr werden würde.

„Ich bleibe bei dir", flüsterte er, als er sich ein letztes Mal ganz nah an ihr Gesicht beugte. „Egal, was geschieht. Wenn du die Augen aufschlägst, werde ich da sein." Dann küsste er sie, bis ein wenig Wärme in ihre eiskalten Lippen zurückkehrte, das Einzige, das er ihr mit auf den Weg geben konnte.

„Keine Versprechen", wisperte sie, als er sich von ihr löste, nur einen Fingerbreit.

Aber er sagte: „Ich werde dich immer lieben."

Ihre Augen fielen zu. Um ihre Mundwinkel lag die Spur eines Lächelns.

„Es ist so weit“, erklang die Stimme des Drachenkönigs in seinem Rücken.

Niccolo blinzelte. Mondkinds Griff um seine Finger löste sich, ihre Hand sank zurück an ihre Seite; etwas Bittendes war in dieser letzten Berührung gewesen, ein stummes Flehen.

Nicht um Hilfe.

Nur um Vergebung.

Ein Schwarm wilder Bücher

Die Wolkeninsel trieb nach Norden.

Sie hatte wieder ihre einstige Höhe erreicht, zweitausend Meter über dem Erdboden. Oben auf den Gipfeln der fünf wattigen Wolkenberge saugten die Aetherpumpen das Lebenselixier des Eilands aus den Regionen jenseits des Himmels. Nur wer sein Ohr fest an das Metall ihrer Außenhaut legte, hörte ihr leises Stampfen. Ein elektrisierendes Kribbeln übertrug sich von der Pumpe auf die Haut, nicht schmerzhaft, nicht einmal unangenehm, aber doch ungewohnt und rätselhaft genug, um die meisten zurückschrecken zu lassen.

Alessia hatte die Eisenhaut der Türme immer für glatt und makellos gehalten, bis sie dem Schattendeuter vor einigen Tagen heimlich durch den Zugang ins Innere gefolgt war. Heute aber war die Tür wieder verschlossen, und wer von ihrer Existenz nichts ahnte, hätte sie niemals bemerkt.

Das Schlüsselloch war gut getarnt und wurde nur sichtbar, wenn man mit einem spitzen Gegenstand fest auf die richtige Stelle drückte.

Einmal mehr hob Alessia ihren Dolch und stocherte in der winzigen Öffnung herum. Sie versuchte nun schon seit Stunden, die Tür aufzubekommen. Langsam musste sie einsehen, dass es zwecklos war. Ohne den Schlüssel würde sie hier niemals hineinkommen.

Fluchend schob sie die Klinge zurück unter ihren Mantel. Es war eine lange, schmale Waffe, beinahe ein Stilett, die sie aus der herzoglichen Waffenkammer entwendet hatte. Niemand hatte etwas bemerkt. Ihr Vater, der Herzog, verbrachte jede Stunde des Tages – und einen Großteil der Nächte – damit, Sitzungen des Rates zu leiten. Er und alle anderen waren viel zu sehr damit beschäftigt, den Schattendeuter zu feiern, den Retter des Wolkenvolks, den Herrn über den Aether, wie sie ihn jetzt nannten.

Alessia wurde übel bei dem Gedanken. Sie war die Einzige, die die Wahrheit kannte – und niemand hörte ihr zu, nicht einmal ihr Vater. *Herr über den Aether*, von wegen. Oddantonio Carpi, der Schattendeuter des Wolkenvolks, diente dem Aether wie ein Sklave. Aus einem Grund, den sie nicht kannte, hatte er bis vor wenigen Tagen damit gewartet, die Pumpen wieder in Gang zu setzen. Sie war nicht einmal sicher, ob wirklich er dafür verantwortlich war oder nicht eher sein Meister, der Aether selbst, jene unfassbare Macht, die sich wie eine unsichtbare Glocke jenseits des Himmels über die Welt spannte.

Sie wusste, dass nur einer ihr Antworten auf ihre Fragen geben konnte. Dazu aber musste sie ins Innere der Wolkeninsel gelangen, und dorthin führte nur der Weg durch die Pumpen.

Zornig trat sie mit dem unverletzten rechten Bein gegen die Tür, ohne zu bedenken, dass das linke allein zu schwach war, um damit ihr Gleichgewicht zu halten. Mit einem Aufschrei geriet sie ins Schwanken und wurde vom eigenen Schwung gegen die Pumpe geworfen. Sie fiel hin, wälzte sich mit einem wütenden Schluchzen herum und lehnte den Rücken gegen das eiskalte Eisen. Tränen der Wut liefen ihr übers Gesicht, als sie mit beiden Händen das verwundete Bein ausstreckte.

Das Felsenwesen, mit dem sie in der Halle der Luftschlitten gekämpft hatte, hatte Alessias Oberschenkel mit einem seiner säbelartigen Armdorne durchbohrt. Die Hornklinge hatte den Knochen verfehlt, was ihr Glück gewesen war. Trotzdem würde es lange dauern, bis die Wunde in Muskeln und Fleisch verheilt war.

Sie rappelte sich auf, rieb sich die Tränen aus den Augen und stieß einen Pfiff aus. Die Sonne war fast untergegangen. Bald würde es auf dem Berg noch kälter werden. Es war zwecklos, hier länger auszuharren.

Aus der anbrechenden Dämmerung trabte ihr Pferd heran. Sie zog sich auf seinen Rücken und lenkte es vom Gipfel auf den schmalen Pfad, der zwischen erstarrten Wolkenbuckeln den Berg hinabführte. Hier oben befand sie sich rund achthundert Meter über dem ebenen Teil der Wolkeninsel. Selbst in der aufziehenden Dunkelheit sah sie von hier aus noch die Narben der Schlacht. Wo die Felsenwesen den Rand der Insel erklommen hatten und vom Herzog und seinen Männern in Kämpfe verwickelt worden waren, markierten hässliche schwarze Flecken das Schlachtfeld. Wälle aus Reisig waren entzündet worden, um die Angreifer aufzuhalten; ihre Überreste sahen aus wie Brandwunden im weißen Leib der Insel. Alessia glaubte, noch immer den Gestank der Feuer zu riechen, in deren Flammen zahlreiche Felsenwesen umgekommen waren. Später hatte man auch die Toten des Wolkenvolks verbrannt, so wie es seit jeher Sitte war auf der Insel. Vielleicht war es ihr Geruch, der dem Eiland noch immer folgte, eine Aschespur aus verlorenen Seelen.

Alessias Pferd suchte sich seinen Weg den schmalen Pfad hinunter. Der Wind war stärker geworden und würde womöglich bald zum Sturm. Normalerweise bedeutet dies, dass die Wolkeninsel durchgeschüttelt und von den Winden kreuz und quer über das Land geweht wurde. Stattdessen aber hielt sie seit Tagen einen stabilen Kurs nach Nordwesten, während in der Ferne die Felsgipfel eines mächtigen Gebirges vorüberzogen. Nicht einmal das weckte das Misstrauen ihres Vaters und der Priesterschaft – der Zeitwind wisse schon, wohin er die Insel führe, behaupteten sie. Alles sei vorherbestimmt, alles sei Schicksal. Alessia hätte schreien mögen vor Wut.

Als sie im Dunkeln am Fuß des Berges ankam, hatte sich der Schmerz in ihrem Bein ein wenig beruhigt und pulsierte gleichmäßig vor sich hin. Die ersten Sterne glitzerten am Himmel. Und da war noch ein anderer Lichtpunkt, nicht weit entfernt – eine schwankende Öllampe. Alessia hatte sie schon vom Hang aus entdeckt, aber da hatte sie noch geglaubt, dass es einer der Bauern wäre, der sich auf dem Heimweg zu einem der abgelegenen Höfe befand. Jetzt erkannte sie, dass sie sich geirrt hatte.

Direkt vor ihr, mittlerweile unsichtbar in der Nacht, lag der Hof der Spinis. Niccolo hatte dort gelebt, zuletzt ganz allein, nachdem sein Vater vom Wolkenrand in die Tiefe gestürzt war. „Nachdem ihn der Zeitwind geholt hat“, hatten die Priester behauptet.

Mit einem Mal erlosch das einsame Licht in der Dunkelheit. Wer immer es trug, hatte die Flamme entweder erstickt oder war in einem der Gebäude verschwunden. Wer aber geisterte bei Nacht auf dem verlassenen Gehöft der Spinis umher?

Sie wusste, dass der alte Emilio Niccolos Vieh auf seinen eigenen Hof gebracht hatte und es dort versorgte. Emilio war über siebzig und hatte nicht an den Kämpfen gegen die Felsenwesen teilgenommen. Ganz sicher hatte er auch heute Nacht Besseres zu tun, als in der Finsternis über den Spinihof zu schleichen.

Der weiche Wolkenboden dämpfte den Hufschlag ihres Pferdes, aber sie war unsicher, ob er vom Hof aus nicht trotzdem zu hören war. Der Wind wehte tückisch und mochte Laute in ungeahnte Richtungen tragen. Andererseits übertönte sein Säuseln und Fauchen vieles, und so beschloss sie nach kurzem Zögern, so nah wie nur möglich heranzureiten.

Noch immer erkannte sie nur eine schwarze Masse irgendwo vor sich. Das mussten das Haupthaus und der einzelne Schuppen sein.

Während sie mit klopfendem Herzen nach Hinweisen auf einen weiteren Menschen suchte, kroch der Mond hinter den Wolkenbergen hervor. Ein mattgrauer Schein schob sich über die Wolkenlandschaft und traf auf das kleine Gehöft.

Alessia zügelte abrupt ihr Pferd. Nur ein schmales Stück des aufgehenden Mondes lugte hinter dem Gipfel hervor, aber sein Licht reichte aus, um ihr einen gehörigen Schrecken einzujagen. Nicht weil dort vorn etwas war – vielmehr wegen dem, was *nicht* mehr da war.

Der Hof der Spinis hatte immer nah am Rand der Wolkeninsel gestanden, gerade einmal einen kräftigen Steinwurf vom Abgrund entfernt. Jetzt aber ragte er wie eine klobige Galionsfigur geradewegs in die Leere hinaus.

Nachdem die Aetherpumpen zeitweise ihre Arbeit eingestellt hatten, hatten sich Teile der Insel vom Rand her aufgelöst. Während der Wochen, die sie verkeilt zwischen drei Felsgiganten gehangen hatte, war sie mit jedem Tag ein wenig tiefer gerutscht, auf den Erdboden zu, und hatte dabei eine Spur aus Wolkenfetzen an den Granithängen zurückgelassen. An den meisten Stellen der Randregion fiel das heute nicht weiter auf, weil sie unbewohnt waren und kaum jemand dorthin ging. Hier aber, am Einsiedlerhof der Spinis, zeigte sich das ganze Ausmaß der Katastrophe.

Das Wolkenland zwischen Hof und Rand hatte sich aufgelöst. Der Dielenboden des hölzernen Haupthauses ragte zu einem guten Drittel über den Abgrund hinaus; es fehlte nicht viel, und das Gebäude würde über den Rand kippen. Schon jetzt kam es Alessia vor, als hätte es sich leicht der Tiefe zugeneigt, so als zögere es noch damit, sich endgültig hinabzustürzen.

Während sie das Pferd in einem Bogen um das Anwesen lenkte und sich dem Haus nun von der Seite näherte, erkannte sie, dass der Schaden größer war, als sie vermutet hatte. Die Wand, die dem Abgrund zugewandt war, existierte nicht mehr. Sie war mitsamt einem Teil des Dachs fortgerissen worden, wahrscheinlich von einem Felsvorsprung. Auch der Boden sah ausgefranst und zersplittert aus.

Sie hörte ein Flattern wie von gefiederten Schwingen. Zugleich entdeckte sie mehrere dunkle Punkte, die an der aufgerissenen Seite des Hauses umherwirbelten. Ein Vogelschwarm, dachte sie im ersten Moment. Dann erkannte sie die Wahrheit.

Bücher.

Cesare Spinis Bücher, die er über Jahrzehnte hinweg gesammelt und in seinem Haus gehortet hatte. Uralte Schriften, die auf der Wolkeninsel verboten waren. Auch um ihretwillen hatte sich Cesare mit seinem Sohn Niccolo so weit draußen, fernab der Ortschaft angesiedelt.

Jetzt flatterten und schwirrten sie wie ein Pulk wild gewordener Sperlinge. Das Erstaunlichste daran war, dass nur wenige in die Tiefe stürzten. Die meisten wurden von den heftigen Aufwinden gepackt und umhergeschleudert, aus dem zerstörten Haus, dann wieder hinein, ein bizarrer Luftwirbel, wie es sie an den Rändern der Wolkeninsel immer wieder gab.

So gebannt starrte Alessia vom Rücken des Pferdes auf den wilden Bücherschwarm, dass sie den Mann, der jetzt aus dem Eingang der Ruine trat, beinahe zu spät entdeckte. Ihr blieb keine Zeit, eine Deckung zu finden, und so blieb sie reglos sitzen, flehte in Gedanken das Pferd an, nur ja keinen Huf zu heben oder gar zu schnauben, und blickte abwartend auf die Gestalt vor dem Haus.

Im fahlen Schein der Öllampe, die der Mann am Boden absetzte, konnte sie kein Gesicht ausmachen. Wohl aber erkannte sie den weiten schwarzen Mantel und die Kapuze, die der Wind so weit aufbauschte, als sei der Schädel darunter zu monströsen Ausmaßen angewachsen.

Oddantonio Carpi. Der Schattendeuter.

Rund zwanzig Meter trennten sie voneinander. Alessia hätte ihr Pferd herumreißen und davongaloppieren können; zu Fuß hätte Carpi sie niemals eingeholt. Und doch blieb sie stehen, erstarrt vor Schreck, aber auch unfähig, ihren Hass auf ihn unter Kontrolle zu bringen und das einzig Vernünftige zu tun: die Flucht zu ergreifen.

Er hatte sie nicht bemerkt. Blickte nicht einmal in ihre Richtung. Stattdessen schaute er zum Berg hinauf.

Nein, daran vorbei – zum Mond. Es sah aus, als fiele ein besonders heller Lichtstrahl auf die Stelle, an der er stand. Carpi zog die Kapuze zurück, und nun sah sein Gesicht beinahe weiß aus, wie eingefroren.

Hinter ihm gähnte der schwarze Umriss der Tür. Aus dem Inneren drang das Flattern von Papierseiten, die der Wind mit aberwitziger Geschwindigkeit umblätterte.

Das Pferd ruckte ungeduldig mit dem Kopf hoch und stieß einen Laut aus. Ehe der Schattendeuter reagieren konnte, lag Alessias Hand am Dolch.

Aber Carpi bewegte sich noch immer nicht. Er musste das Tier gehört haben. So groß war die Entfernung nicht. Warum drehte er sich dann nicht zu Alessia um?

Das Mondlicht meißelte ihn aus den Schatten wie eine Skulptur aus Glas. Selbst sein schwarzer Mantel schien alle Färbung zu verlieren, war nun kaum mehr grau, fast weiß. Er hatte die Augen geschlossen. Langsam begann er, sich vor und zurück zu wiegen, während seine Lippen sich bewegten, ohne dass ein einziges Wort an Alessias Ohren drang.

Vorsichtig trieb sie das Pferd mit den Fersen an, ließ es langsam vorwärtstraben, nur wenige Meter von der Wolkenkante entfernt. Sie näherte sich dem Haus und befand sich jetzt schräg hinter Carpi. Sie war sich der Gefahr durchaus bewusst, so nah am Abgrund. Doch falls er sie wirklich noch nicht bemerkt hatte, war sie in seinem Rücken im Vorteil.

Stumm ließ sie das Pferd anhalten und glitt mit zusammengebissenen Zähnen aus dem Sattel. Jäher Schmerz raste an ihrem linken Bein empor, als sie es aufsetzte. Nicht allzu weit von Carpi entfernt sah sie die Überreste des Windmühlenrades, das sich beim Absturz der Wolkeninsel gelöst hatte und bis hierher gerollt war. Vielleicht wäre es besser gewesen, dahinter Deckung zu suchen. Aber dazu war es zu spät.

Der Schattendeuter badete weiter im Mondlicht, stand schwankend da wie in Trance, während der knochenweiße Schein ihn wie ein Spinnenkokon umgab, Lichtfäden die ihn festhielten – und lenkten.

Plötzlich verstand sie. Was sie da vor sich sah, musste so etwas wie ein Zwiegespräch zwischen Carpi und dem Aether sein. Eine Verbindung. Sie hätte nicht erklären können, wie es geschah, aber *dass* es geschah, bezweifelte sie nicht. Ihre beiden größten Feinde – der eine ein Mensch, der andere, ja, was eigentlich? – tauschten etwas aus. Befehle, wahrscheinlich.

War sie zuvor noch unsicher gewesen, stand ihre Entscheidung jetzt fest. Langsam zog sie den Dolch hervor. Die lange Stilettklinge schimmerte im Mondschein, wenn auch längst nicht so gleißend wie Carpis Körper. Der Umstand, dass das grobe Leinen seines Gewandes heller reflektierte als blanker Stahl, machte den Anblick noch unwirklicher.

Alessia befand sich jetzt genau hinter dem Schattendeuter, fünf oder sechs Meter entfernt. Rechts von ihr erhob sich die Wand des zerstörten Haupthauses, in ihrem Rücken lag der Abgrund.

Carpi hatte versucht, sie zu töten. Er hatte den Pumpeninspekteur Sandro Mirandola vor ihren Augen ermordet. Und sie glaubte fest daran, dass er eine Mitschuld am Absturz der Wolkeninsel trug. Er war ein Verräter, der den Tod verdient hatte. Und obgleich ihre Hand zitterte und ihr Herz zum Zerspringen hämmerte, war sie die Einzige, die verhindern konnte, dass er weitere Verbrechen beging.

Noch ein Schritt. Und noch einer. Ihr Bein tat wieder höllisch weh, und ihr war klar, dass sie es nicht auf einen Kampf ankommen lassen durfte. Sie musste ihn erledigen, solange er wehrlos war, gefangen in dieser gespenstischen Trance, gebadet in Mondlicht, das ... *irgendetwas* mit ihm tat.

Dann stand sie hinter ihm, hob die Klinge hoch über ihren Kopf, die Spitze auf seinen Rücken gerichtet –

– und konnte es nicht.

Er war einen guten Kopf größer als sie. Sie hätte den Dolch genau zwischen seine Schulterblätter treiben können.

Stattdessen aber stand sie da, die Waffe erhoben, und starrte auf seinen Rücken, der eigentlich im Schatten hätte liegen müssen und dennoch leuchtete, so als strahlte das Mondlicht geradewegs durch ihn hindurch. Als setzte es jede Faser seinen Körpers in weiße, kalte Flammen.

Sie konnte ihn nicht hinterrücks ermorden. Sie hatte zwei Felsenwesen getötet, weil sie ihr keine andere Wahl gelassen hatten. Aber Oddantonio Carpi war in diesem Augenblick wehrlos. Was immer er auch getan hatte – sie war keine Mörderin. Nicht einmal dann, wenn ihr Opfer den Tod verdient hatte.

Carpi bewegte sich. Kein benommenes Vor- und Zurückwiegen mehr, sondern ein Strecken seiner Glieder, dann ein Neigen seines Schädels nach vorn und nach hinten, als müsste er seine Muskeln lockern. Zugleich ließ der durchdringende Lichtschein nach. Schatten krochen an seinem Rücken empor, sein Mantel färbte sich wieder schwarz. Der Mond am Himmel, gleich neben dem Berggipfel, blieb hell und weiß, aber der eine ganz besondere Strahl, mit dem er den Schattendeuter berührt hatte, war erloschen.

Alessia huschte rückwärts durch den Eingang des Hauses. Noch in der Bewegung wurde ihr bewusst, dass es sinnlos war, sich zu verstecken. Er würde das Pferd sehen, nur wenige Meter entfernt. Er würde wissen, wem es gehörte. Und dass sie hier war. Ganz allein im Dunkeln. Verletzt.

Aber es war zu spät, um zu fliehen. Sie presste sich mit dem Rücken in den Schatten, blickte angespannt zurück zum Eingang. Carpis Kleidung raschelte, als er sich in Bewegung setzte. Ein leises Stöhnen erklang, wie von jemandem, der gerade erst erwacht war.

Die Finsternis in der Ruine war nur auf den ersten Blick vollkommen. Schon nach wenigen Sekunden gewöhnten sich Alessias Augen daran. Sie sah die aufgerissene Seite des Gebäudes keine zehn Schritt entfernt. Das ausgefranste Loch wies hinaus in die Nacht, geradewegs in den Abgrund. Mit seinem gezahnten, gesplitterten Holzrand erweckte es den Eindruck eines riesenhaften Mauls. Darin flatterten die Bücher umher, auf und ab, kreuz und quer durcheinander.

Alessia starrte nach draußen und fühlte sich eingesperrter denn je. Sie war ihr Leben lang eine Gefangene gewesen – eine Gefangene ihrer Abstammung und ihrer Zukunft als Herzogin, eine Gefangene der Wolkeninsel, zuletzt eine Gefangene der Aetherpumpe –, aber dies hier war beängstigender als alles zuvor. Der Schattendeuter würde denselben Fehler nicht zweimal begehen. Sie einzuschließen und sich selbst zu überlassen hatte nicht funktioniert.

Diesmal würde er sie kurzerhand in die Tiefe werfen, ohne dass je ein Verdacht auf ihn fiele.

Sie hätte ihn *doch* umbringen sollen. Sie war eine Närrin gewesen.

Carpi erschien im Eingang. Seine Silhouette verfinsterte den Ausschnitt der mondhellen Landschaft.

Schweigend blieb er stehen und starrte herein zu ihr ins Dunkel.

Am Abgrund

Die heftigen Winde, die aus der Tiefe in die Ruine stürmten, erfassten nicht nur die Bücher, sondern auch Alessias rotes Haar und das Gewand des Schattendeuters.

„Ich weiß, dass du hier bist“, sagte er.

Sie zog sich tiefer in die Finsternis zurück und tastete nach einer Stelle, an der sie ihr verletztes Bein aufstützen konnte. Sie brauchte einen festen Stand, falls der Schattendeuter näher kam.

Es gab zwei Fenster, eines ganz in ihrer Nähe, ein anderes auf der gegenüberliegenden Seite. Das Erdgeschoss bildete einen einzigen Raum, in dem zerstörte Regale, eingestürzte Büchertürme und umgefallene Möbel eine gefährliche Trümmerlandschaft bildeten. Ihm hier im Dunkeln zu entkommen war für Alessia so gut wie unmöglich.

Aber noch hatte Carpi sie nicht gesehen. Er zog sich wieder ins Freie zurück, wahrscheinlich um die Öllampe zu holen. Ein paar Sekunden später hörte sie den Metallhenkel knirschen.

Sie eilte vorwärts, so gut das mit ihrer Beinwunde ging, an der Tür vorbei und auf den Abgrund zu. Bücher umschwärmten sie, harte Kanten streiften ihre Schultern und Schläfen. So weit vorne am Rand lief sie Gefahr, von den

Winden gepackt und in die Tiefe gerissen zu werden. Aber sie musste das Risiko eingehen. Sie war viel leichter als Carpi, und sie spekulierte darauf, dass er nicht wagen würde, ihr auf den morschen Holzboden zu folgen. Dieser Teil der Ruine ragte über den Abgrund hinaus, unter den Dielen war nichts als gähnende Leere.

Der Schattendeuter kehrte mit der Lampe zurück, leuchtete erst in den vorderen, dunklen Teil des Raumes, wandte sich dann dem zerstörten Ende zu. Er hätte kein Licht benötigt, um Alessias Umriss vor dem sterngesprenkelten, bücherumtosten Schlund zu entdecken.

„Da bist du.“ Er klang weder überrascht noch erregt. Seine Ruhe war beängstigender als jeder Wutausbruch.

„Bleib, wo du bist!“, rief sie zurück. Nicht allzu beeindruckend, gestand sie sich ein. Nicht wenn man eindeutig die Schwächere, Verletztere, Unterlegene ist.

„Tut dein Bein sehr weh?“, fragte er mit geheuchelter Freundlichkeit.

Ein Buch wurde vom Sturm in ihren Rücken geschleudert und hätte sie beinahe stolpern lassen. Ein anderes zischte an ihrem Ohr vorüber, krachte gegen die Wand und fiel neben ihr zu Boden. Aufgeschlagen blieb es liegen, während der Wind die Seiten durchstöberte wie ein unsichtbarer, geisterhafter Leser.

Carpi kam näher. Er befand sich jetzt in der Mitte des Hauses, noch auf festem Boden, während Alessia auf ihrem einen gesunden Bein so nah am Abgrund balancierte, dass selbst ein Gedanke zu viel sie ins Nichts zu schleudern drohte. Mit der linken Hand hielt sie sich an einem vorstehenden Holzbalken fest, einem Überrest der Rückwand.

Unter den Füßen des Schattendeuters knarrte der Boden. Er blieb stehen und hob die Öllampe ans Gesicht. Auf unheimliche Weise kam er Alessia jünger vor als bei ihrer letzten Begegnung, so als hätte das Mondlicht die Falten von seinen hageren Zügen radiert. Er wirkte ausgeschlafen und kraftvoll. Aus seiner Stimme sprach unerschütterliches Selbstvertrauen.

„Ich bin ein Auserwählter des Aethers", sagte er. „Ihr werdet sterben, und ich werde leben. So ist es vorherbestimmt."

Zwei Einfälle kamen ihr. Der erste: *Ich könnte den Dolch auf ihn schleudern.* Nur dass sie damit keine Erfahrung hatte und wahrscheinlich alles Mögliche getroffen hätte, nur nicht ihn. Und der zweite: *Ich könnte um den Rand der Außenwand klettern und draußen vor ihm davonlaufen.* Nur dass sie mit ihrem Bein weder besonders gut klettern noch schnell genug rennen konnte.

Die Wahrheit war: Sie konnte überhaupt nichts tun, nur dastehen und abwarten.

„Du sitzt in der Falle", stellte er folgerichtig fest. „Und nun wirst du sterben."

Unter ihr geriet der Boden ins Schwanken. Das ganze Haus neigte sich merklich dem Abgrund zu wie eine Wippe.

„Ich glaube nicht", sagte sie und stieß einen Pfiff aus.

° ° °

Ihr Pferd schob den Kopf durch die Tür. Der Hengst war stark genug, um einen Reiter zu tragen, der viermal so viel wog wie Alessia. Seine Brust war gewaltig, viel zu breit, um ins Haus zu kommen. So breit, dass sie den Weg nach draußen versperrte wie ein Felsblock.

„Steh!“, befahl Alessia dem Tier.

Der Schattendeuter knurrte einen Fluch.

„Sieht aus“, sagte sie, „als säßen wir alle beide in der Falle.“ Ihre Hand klammerte sich noch fester an den Balken, damit sie auf dem abschüssigen Boden nicht nach hinten fiel. Sie hatte eine Heidenangst, dass das Haus jeden Moment aus seiner Verankerung reißen und in die Tiefe stürzen könnte. Der Erdboden lag zweitausend Meter unter ihnen. Die Vorstellung, dass auch ihr Erzfeind sterben würde, bot wenig Trost – noch so ein Schwindel, den einem die Geschichten in den verbotenen Büchern oft weismachen wollten.

Carpi ging auf das Pferd zu und holte mit der Öllampe aus.

Alessia zögerte nicht länger. Sie federte in die Knie und stieß sich ab. Ihr verletztes Bein wurde von dem Aufprall fast taub, aber das konnte ihr nur recht sein. Das Haus neigte sich mit einem Ruck weiter in ihre Richtung. Ein Stuhl geriet ins Schlittern und rutschte über die Kante, riss einen Haufen Bücher mit sich – und beinahe auch Alessia.

Carpi stolperte rückwärts, wieder fort vom Eingang und dem Tier, das ihn versperrte. Das Pferd wieherte aufgeregt, wich aber nicht zurück. Jetzt schauten nur noch Brust und Schädel durch die Tür. Die Öffnung befand sich auf einen Schlag ein gutes Stück höher, während das Gebäude Richtung Abgrund kippte.

Der Schattendeuter fuhr wutentbrannt herum und suchte vergeblich nach Halt. Schwankend bemühte er sich, den schrägen Winkel des Bodens mit den Beinen auszugleichen. „Du bringst uns beide um!“, schrie er.

„Allein zu sterben ist natürlich viel verlockender“, entgegnete sie.

Das Haus kam wieder zur Ruhe, nun allerdings in gefährlicher Schräglage. Weitere Möbeltrümmer gerieten in Bewegung und glitten abwärts. Ein Regalbrett wischte wie ein breiter Besen über den Boden und fegte eine Unzahl umherliegender Bücher in den Abgrund, ehe es selbst hinterherfiel.

„Ich würde mich an deiner Stelle nicht bewegen“, krächzte Alessia dem Schattendeuter zu.

Carpi stand zwei Schritt von der Tür entfernt. Der Hengst in der Öffnung schnaubte aufgeregt, das Weiße war in seinen Augen zu sehen. Doch er rührte sich noch immer nicht.

„Ruf das Pferd zurück!“

Alessia schüttelte den Kopf. „Nicht, bevor du etwas für *mich* tust.“

„Was willst du?“, brüllte der Schattendeuter sie an. Er balancierte wie ein Seiltänzer auf dem schrägen Boden, doch er schien zu wissen, dass jeder Ausfall in Richtung Tür das Haus endgültig aus seinen Verankerungen reißen würde. Alessias Worte waren keine leere Drohung gewesen.

Eine Windhose tanzte über die zerfranste Dielenkante herein und riss an Alessias langem Haar.

„Den Schlüssel!“, rief sie über das Tosen hinweg. „Wirf mir den Schlüssel zur Pumpe zu!“

Sie hatte keinen Plan, was sie tun würde, falls er ihr das Ding tatsächlich überließ. An ihrer verzweifelten Lage änderte das nichts, und um den Schlüssel zu benutzen, um überhaupt aus dieser Ruine herauszukommen, musste sie erst an Carpi vorbei.

Das erkannte auch er selbst. Wahrscheinlich ließ er sich deshalb darauf ein. „Nur den Schlüssel? Das ist alles?“

„Danach lässt du mich laufen!“ Sie wusste, wie einfältig das klang, und das war volle Absicht. Sollte er sie ruhig unterschätzen.

Das Haus knackte und knarrte bedenklich, selbst über die tobenden Winde hinweg.

„Einverstanden“, antwortete er.

„Gib ihn mir! Schnell!“

Während er versuchte, schwankend auf den Beinen zu bleiben, tastete er mit der linken Hand unter sein Gewand. Rechts hielt er noch immer die Lampe, die sich an ihrem Eisenhenkel bedenklich dem Abgrund zuneigte.

„Hier.“ Er zog einen Metallring hervor, an dem nur ein einziger langer, aber sehr filigraner Schlüssel baumelte.

„Schieb ihn mir über den Boden zu“, verlangte sie. „Nicht zu fest. Und gib dir Mühe beim Zielen.“

Er fluchte leise vor sich hin, als er sehr, sehr langsam in die Hocke ging und ausholte. Mit einem schrammenden Laut schlitterten Schlüssel und Ring auf sie zu. Alessia musste sich zur Seite beugen, um danach greifen zu können. Erneut geriet das Haus ins Schwanken.

„Bei Leonardo!“, brüllte Carpi. „Pass doch auf!“

Sie unterdrückte einen Schrei, zerrte den Schlüssel mit links an sich, während sie sich mit rechts weiterhin an dem vorstehenden Balken festhielt. Ihr war klar, dass sie sich möglichst schnell wieder aufrichten musste, wagte aber kaum, sich zu bewegen.

Das Haus lag jetzt fast in einem Fünfundvierzig-Grad-Winkel auf der gewölbten Wolkenkante. Am oberen Ende musste es noch immer Pflöcke und Seile geben, die es festhielten. Aber wie lange konnten sie ein solches Gewicht halten?

„Und nun?“, fragte der Schattendeuter.

„Ich komme zu dir“, entgegnete sie aus einem Reflex heraus, den sie als Entschlossenheit kaschierte. „Wir schaffen es nur, wenn wir beide in die obere Hälfte klettern.“

Carpi kniff die Augen zusammen und fixierte sie. Dann streckte er ihr die Hand entgegen. „Komm her. Ich halte dich.“

„Ja“, erwiderte sie verächtlich, „sicher doch.“

Er zuckte die Achseln. „Wie du meinst.“ Damit machte er vorsichtig einen Schritt von ihr fort, die Schräge hinauf.

Ein so heftiges Zittern fuhr durch Balken und Dielen, dass Carpi einen erschrockenen Schrei ausstieß und sofort erstarrte. Von irgendwoher ertönte ein dumpfer Laut, als ein straff gespannter Strick zerriss.

„Sieht aus, als wäre dir der Aether keine große Hilfe!“, rief Alessia. Windböen zerrten sie gleichzeitig in mehrere Richtungen, dann gaben sie ihr einen unverhofften Stoß und schleuderten sie vorwärts. Sie verlor ihren Halt, stolperte mit zwei, drei ungeschickten Schritten die Schräge hinauf und war plötzlich nur noch anderthalb Meter vom Schattendeuter entfernt. Ihre Beinwunde brannte; wahrscheinlich war die Naht aufgeplatzt und blutete wieder.

Genau wie er stand sie jetzt frei im Raum. Da war nichts, woran sie sich festhalten konnten. Ihr verletztes Bein drohte einzuknicken.

Das Pferd wartete noch immer vor der Tür, hatte lediglich einen halben Schritt nach hinten gemacht. Der Dielenboden war so hoch, dass gerade noch der Kopf des Tiers durch die Öffnung hereinblickte.

Alessia sah dem Schattendeuter an, dass er dasselbe dachte wie sie.

Beide stolperten los, ungeachtet der Erschütterungen, die sie verursachten. Carpi hatte einen Vorsprung. Aber es war Alessias Pferd, nicht seines.

Das Tier stieß ein schrilles Wiehern aus, als der Schattendeuter die Hand nach seinem Kopf ausstreckte. Mit einem panischen Zucken riss es das Maul auf – und schnappte nach ihm.

Carpi schrie auf und geriet ins Schwanken.

Im selben Moment prallte Alessia gegen ihn. Unter ihnen stöhnten die Dielen auf. Holzsplitter regneten vom Dachstuhl auf sie herab. Tausende Bücher rutschten die Schräge hinab und prasselten in den Abgrund.

Der Schattendeuter wollte sich an ihr festhalten, doch Alessia hatte bereits nach dem Zaumzeug des Pferdes gegriffen und ihre Finger darunter verhakt.

„*Lauf!*“, brüllte sie.

Das Tier wich nach hinten zurück und vollzog dabei eine halbe Drehung. Mit einer Bewegung seines Schädels zerrte es Alessia durch die Öffnung. Ihre Wunde schrammte über die Schwelle; es fühlte sich an, als würde ihr Bein abgerissen. Dann fiel sie. Alles ging so schnell, dass sie im ersten Moment nicht wusste, ob sie in den Abgrund stürzte oder fort vom Haus. Mit einer Hand hing sie noch immer am Zaumzeug, ihr Arm wurde verdreht und fast ausgekugelt, aber dann blieben Dielenboden und Türschwelle hinter ihr zurück.

Ein gellender Schrei ertönte, als Carpi sich hinter ihr her warf. Seine Finger krallten sich in ihr Haar, und als sie versuchte, ihn abzuschütteln, sah sie, dass er mit dem Oberkörper über der Schwelle hing, halb im Haus, halb draußen, während aus mehreren Richtungen die Laute reißender Sicherungsseile erklangen.

Er klammerte sich noch immer an ihr Haar, auch als das Gebäude schon abwärtsrutschte. Einen Moment lang schien es, als hätte er genug Halt, um sich von ihr in Sicherheit ziehen zu lassen. Dann aber rammte sie blindlings den Ellbogen nach hinten, traf ihn im Gesicht – und war plötzlich frei.

Das Zaumzeug entglitt ihren Fingern, sie stürzte der Länge nach zu Boden und wäre fast unter die Vorderhufe des Pferdes geraten. Aber es wich immer weiter zurück, jetzt ohne sie. Geistesgegenwärtig blickte sie nach hinten und erkannte erleichtert, dass sie gerade weit genug von dem abstürzenden Gebäude entfernt war, das jetzt wie ein Schlitten die Wölbung des Wolkenrandes hinabglitt. Carpis Gesicht wurde im Türrahmen kleiner und kleiner. Sein Mund war weit aufgerissen, die Augen panisch verdreht, die dürren Hände tasteten rechts und links ins Leere. Unter furchtbarem Getöse rumpelte das Haupthaus des Spinihofes abwärts, unaufhaltsam und jetzt immer schneller.

Der Lärm endete abrupt. Ein letztes Knarren – dann Stille.

Das Haus war fort. Und mit ihm der Schattendeuter.

Alessia wollte sich aufrichten, dem stürzenden Gebäude nachsehen, aber dazu fehlte ihr die Kraft. In dieser Höhe würde sie auch keinen Aufschlag hören. Nur der Wind pfiff unvermindert aus dem Abgrund herauf, zerzauste ihr Haar und blätterte in einer Handvoll Bücher, die auf dem wattig-weißen Wolkengrund zurückgeblieben waren.

Die Schnauze ihres Pferdes senkte sich auf sie herab, berührte mit einem Stups ihre Wange. Alessia blickte zu ihm auf, sah nur verschwommen die großen dunklen Augen, die fransige Mähne und das Blitzen einer Zaumzeugschnalle im Mondschein. Sie versuchte, etwas zu sagen, aber die Worte blieben ihr im Hals stecken. Nur ein Schluchzen drang hervor, teils vor Erleichterung, teils vor Schmerz, vor allem aber, weil ihr auf einen Schlag klar wurde, welchem Schicksal sie gerade entronnen war.

Eine Weile lang blieb sie auf dem Rücken liegen und blickte zu den fernen Pumpen auf dem Gipfel empor, winzige Nadeln vor der Lichtaureole des Mondes. Sie hatte das Gefühl, dass die Wolke unter ihr vibrierte wie von einem geheimen Herzschlag tief im Inneren. Ihre zitternde Hand kroch abwärts und spürte die sanfte Wölbung von Metall unter dem Stoff ihrer Jacke.

Der Schlüssel zur Aetherpumpe.

Vor dem Sturm

Der Frieden über den Wolken war trügerisch.

Niccolo saß allein auf einer Felsspitze, einem der höchsten Gipfel der Himmelsberge, und blickte hinab auf das brodelnde Wolkenmeer. Hätte er die Flanke des Berges erklimmen müssen, um hier heraufzugelangen, so hätte ihn das Tage gekostet – schlimmstenfalls sein Leben. Stattdessen hatte ihn der Riesenkranich eines Unsterblichen zum Gipfel getragen, durch die graue Dunstdecke der Wolken und darüber hinaus in die menschenleere Einöde des Hochgebirges.

Der Gipfel ragte kaum höher als zwanzig Meter über die Wolken hinaus, eine einsame, schroffe Granitzacke. Ringsum, in mehreren Kilometern Entfernung, waren hier und da weitere Spitzen zu erkennen, die wie Haifischflossen aus der Wolkensee stachen. Sie waren die einzigen Spuren des Erdbodens; sonst war da nur waberndes Weiß, glatt gestrichen wie mit einem Pinsel, unter einer leuchtenden Kuppel aus Blau.

Es fiel Niccolo leicht, sich vorzustellen, er wäre wieder daheim auf der Wolkeninsel, zu Hause beim Volk der Hohen Lüfte. Zurück bei den Menschen, die ihm vertraut hatten.

Bei den Menschen, die er verraten hatte.

Er wollte nicht daran denken, aber natürlich konnte er nicht anders. Früher hatte er geglaubt, er könne das Wolkenvolk hinter sich lassen und würde ihm keine Träne nachweinen. Heute wusste er es besser. Das Heimweh fraß ihn innerlich auf; den Rest zersetzte seine Sorge um Mondkind.

Der Blick seiner goldenen Augen glitt über die Weite des Wolkenmeeres. Er wusste, wie es darunter aussah, manche Gegenden hatte er auf seinem Flug mit dem Kranich überquert. Es gab gewaltige Gletscher in diesem Gebirge, weite Eisfelder, in denen tödliche Spalten klafften.

Doch hier oben über den Wolken sah die Welt aus wie immer. So ruhig, so ungetrübt.

Und dennoch ging es dem Ende entgegen.

Heute hatte er Mondkind zum ersten Mal allein gelassen. Seit die Drachen sie vor drei Tagen in den magischen Heilschlaf versetzt hatten, war er ununterbrochen an ihrer Seite gewesen. Tag und Nacht hatte er über sie gewacht, kaum geschlafen, manchmal geweint, dann wieder nur dagesessen und sie angesehen. Sie lag tief unten in einer der *Dongtian*, einer der Heiligen Grotten. Der Schlaf sollte sie heilen – und schützen. Vor dem Aether, aber auch vor sich selbst. Ihre Sucht nach reinem Mondlicht barg Gefahren für sie alle, sagten die Drachen.

Vielleicht hatte Mondkind, ausgerechnet Mondkind, es am besten getroffen. Vielleicht war es ihr vergönnt, den Weltuntergang zu verschlafen, einfach hinüberzudämmern zu jenem Ort, der jenseits von allem lag. Dann blieb ihm wenigstens die Hoffnung, sie dort wiederzusehen.

Niccolo hatte niemandem verraten, dass auch er einer Mondlichtattacke des Aethers ausgesetzt gewesen war. Nicht einmal Nugua wusste davon. Mit einem Mal fragte er sich, ob er der Macht des Aethers bereits erlegen war, als er hier heraufgekommen war, an einen Ort, der ihrem Feind näher war als irgendein anderer. Aber nein, er stand noch nicht unter dem Einfluss des Aethers, nicht so wie Mondkind. Er war stark genug, dem Flüstern und Zerren standzuhalten, den fremden Gedanken, die klammheimlich ins Hirn krochen, getarnt als eigene Ideen und Wünsche.

Der Kranich neben ihm regte sich. Der Vogel, der einst dem Unsterblichen Tieguai gehörte hatte, lauschte aufmerksam in die Unendlichkeit des Wolkenmeeres. Ehe Niccolo das Wort an ihn richten konnte, brach der Dunst am Fuß der Gipfelspitze auf, schwappte zäh auseinander wie vergorene Milch und spie einen zweiten Riesenvogel hinauf ins Blau.

Einen Moment später glitt Nugua aus dem Sattel. Das Mädchen mit dem struppigen schwarzen Haar kletterte gewandt die letzten paar Meter zu Niccolo herauf.

„Ich hab dich gesucht." Sie schlug die Arme um ihren Oberkörper und rieb sich die Schultern. Wie Niccolo trug sie einfache Kleidung, Hose und Wams aus Leinen, weit geschnitten nach Art der chinesischen Bauern. Zusätzlich hatte Nugua sich einen Überwurf aus abgestoßener Drachenhaut um die Schultern gelegt und mit einem gegabelten Tierknochen vor der Brust befestigt. Der Anblick weckte die ferne Erinnerung an eine Nacht in den Wäldern von Sichuan, als Niccolo unter ihre Drachenhautdecke gekrochen war. Damals hatte er geträumt, dass sie ihn im Schlaf unentwegt anschaute. Grüne, leuchtende Mandelaugen, die im Dunkeln stundenlang auf sein Gesicht gerichtet blieben.

„Du hättest mir sagen können, dass du hier hoch willst." Sie setzte sich neben ihn und folgte seinem Blick zum Wolkenhorizont. Als sich zufällig ihre Knie berührten, spürte er, dass die leere Weite sie schaudern ließ.

„Ich wollte allein sein", entgegnete er mit einem Seufzer.

„Gut – ich wollte auch allein mit dir reden."

Spöttisch sah er sie an. „Du hast Geheimnisse vor deinen Drachenfreunden?"

„Sag das nicht so geringschätzig."

Er schüttelte langsam den Kopf. „Versuch doch mal, sie mit meinen Augen zu sehen. Ich bin nicht wie du unter Drachen aufgewachsen. Dort unten wimmelt es nur so von ihnen, und für mich sind das alles –"

„Ungeheuer?", fiel sie ihm ins Wort.

„Fremde."

„Aus Fremden können Freunde werden."

„Sie trauen mir nicht. Und ich kann es ihnen nicht mal verdenken. Erst habe ich die Dienerin ihres Erzfeindes in ihr geheimes Versteck gebracht, und dann auch noch verlangt, dass sie sie heilen ... Ich könnte mich auch nicht leiden, wenn ich sie wäre."

Sie schüttelte den Kopf und suchte einen Moment lang nach den richtigen Worten. „Das ist es nicht. Sie sind Drachen, Niccolo. Mach nicht den Fehler, sie mit Menschen zu verwechseln. Sie denken anders, sie fühlen anders. Stell dir vor, die Gefühle eines Menschen wären –" Sie zögerte und sagte dann mit entschuldigendem Schulterzucken: „– ein Grashalm. Dann wären die von Drachen ein riesiger Baum, dessen Wurzeln bis tief in die Erde reichen. Ihre Erinnerung und ihr Wissen gehen zurück bis zu Ereignissen und Orten, die wir uns nicht mal ausmalen können. Wenn ein Drache etwas beschließt, dann hat er tausend Gründe mehr dafür als –"

„Als wir?" Er runzelte die Stirn. „Du hast immer gesagt, du bist selbst so was wie ein Drache."

„Ja", sagte sie niedergeschlagen. „Das dachte ich auch."

Fast ein Jahr war es her, seit Yaozi und die anderen Drachen Nugua allein in den Bergwäldern des Südens zurückgelassen hatten. Sie hatten sie aufgezogen, vom Neugeborenen bis zum jungen Mädchen; sie hatten ihr das Gefühl gegeben, eine von ihnen zu sein; und dann, von einem Tag auf den anderen, waren sie verschwunden. Ohne Abschied, ohne ein Wort der Erklärung. Heute, Monate später, hatte Nugua zwar die Drachen wiedergefunden, aber sie wusste noch immer nicht, warum Yaozi sie damals alleingelassen hatte. Niccolo kannte sie gut genug, um zu ahnen, wie enttäuscht und verletzt sie war.

Er berührte tröstend ihre Hand, aber sie zog die Finger sofort wieder zurück, als hätte sie sich verbrannt.

„Tut mir –", begann er, aber Nugua unterbrach ihn:

„Nein, *mir* tut es leid. Ich ..." Sie suchte nach Worten. „Ich muss mit dir reden", sagte sie schließlich.

„Sicher."

„Über Mondkind."

Er wich ihrem Blick aus. Als sich ihre Wege am Ufer des Lavastroms getrennt hatten, hatte er gesagt, dass er hoffe, sie wiederzusehen. Das war aufrichtig gewesen, aber zugleich von seiner Empfindung für Mondkind überlagert. Es war Mondkind, die er liebte. Und Nugua ... nun, sie war eben Nugua. Das kratzbürstige, stets ein wenig schmuddelige Mädchen aus der Wildnis. Herrje, er hatte sich daran gewöhnen müssen, dass er sie *roch*, bevor er sie sah.

„Die Drachen haben dir nicht alles gesagt." Auch sie sah ihn nicht an, sondern hatte ihren Blick nachdenklich hinaus auf den Wolkenozean gerichtet.

„Was meinst du damit?"

„Sie wollten nicht, dass du es erfährst. Dass ich dir davon erzähle ..." Sie zog tief die Luft ein. „Yaozi wird nicht froh darüber sein."

„*Was* haben sie mir nicht gesagt?"

„Der Schlaf, in den sie Mondkind versetzt haben, soll sie heilen. Von ihren Wunden, vor allem. Und er soll dafür sorgen, dass der Aether keine Macht mehr über sie hat."

Er nickte. Das alles wusste er. Mondkind war mit ihm in die Heiligen Grotten geflohen, weil die Macht des Aethers für gewöhnlich nicht in die *Dongtian* hinabreichte. Schon einmal, unten im Süden, hatten sie in einer der geheiligten Grotten Schutz gesucht, und in diesen hier hätte es genauso sein sollen. Wie hätten sie auch ahnen können, dass die

Drachen sich ausgerechnet hierher zurückgezogen hatten? Aether war ursprünglich nichts anderes als Drachenatem, und die Tatsache, dass sich die Drachen in den Höhlen aufhielten und *atmeten*, stellte eine Verbindung zum Aether über dem Himmel her, die geradewegs in die *Dongtian* führte. Deshalb gab es hier für Mondkind keine Sicherheit. Genauso wenig wie für Niccolo selbst.

„Was haben sie mir verheimlicht?", fragte er noch einmal. Eben noch hatte er die Kälte der Gipfelregion als klar und erfrischend empfunden. Nun stachen die Winde mit einem Mal wie Nadeln in seine Haut.

„Der Schlaf wird sie heilen", sagte Nugua zögernd. „Aber nicht nur von ihren Wunden. Auch von … allem anderen." Sie seufzte leise, dann rückte sie endlich mit der Sprache heraus: „Wenn sie aufwacht, wird der Liebesbann keine Macht mehr über sie haben. Die Tatsache, dass sie dein *Chi* in sich aufgenommen hat, hat dann keine Bedeutung mehr."

Einen Moment lang brachte er keinen Ton heraus. Er hatte Mühe, die Tragweite ihrer Worte zu erfassen. „Willst du damit sagen, sie wird mich … nicht mehr lieben?"

In Nuguas Augen erschien ein unausgesprochener Schmerz. Und wie in solch einem Augenblick üblich, suchte sie ihr Heil im Angriff. „Ach, verdammt, glaubst du denn wirklich, dass *das* Liebe ist? Ein Zauberbann, der euch aneinander bindet?"

In seiner plötzlichen Verzweiflung spürte er noch etwas anderes in sich aufsteigen, etwas, das ihm nicht gefiel und das er dennoch nicht aufhalten konnte – Gehässigkeit. „Was weiß jemand wie du schon von Liebe?"

Das traf sie tiefer, als er beabsichtigt hatte – aber zugleich tat ihm der verletzte Ausdruck in ihren Zügen gut. Die Vertrautheit zwischen ihnen verwandelte sich von einem Augenblick zum nächsten in Aggression. Darin waren sie immer gut gewesen, schon seit sie sich zum ersten Mal begegnet waren. Doch dieser Streit bekam schlagartig eine Intensität, auf die Niccolo nicht vorbereitet war. Seine Wut ließ ihn die Fingerknöchel schmerzhaft fest auf die Felsoberfläche pressen.

„Sie wird mich immer lieben!", behauptete er. Es klang selbst für ihn wie etwas, das er sich einredete. „Genau wie ich sie."

Nuguas Augen verengten sich. „Du machst dir doch selbst etwas vor! Dieser Bann ist keine Liebe. Li hat das gesagt und Feiqing ... überhaupt alle anderen."

„Du hast mit ihnen darüber gesprochen? Über das, was zwischen Mondkind und mir ist?"

„Wie hätten wir wohl *nicht* darüber sprechen können? Du selbst hast ja von nichts anderem mehr geredet."

„Aber es geht euch nichts an! Keinen von euch! Und dich am allerwenigsten!"

Fassungslos sah sie ihn an. „Das meinst du nicht ernst."

„Ach, nein?" Jetzt wollte er ihr wehtun, ganz gleich, wie er später darüber denken würde. „Warum erzählst du mir überhaupt davon? Willst du, dass ich Mondkind aufgebe? Dass ich sie einfach vergesse und stattdessen –" Im letzten Moment gab er sich einen Ruck und verstummte.

Nuguas Zorn fiel in sich zusammen, und plötzlich war da nur noch Traurigkeit in ihrem Blick. „Es war falsch von Yaozi und den anderen, dir nichts davon zu sagen. Erst haben sie *mir* nicht die Wahrheit gesagt, darüber, warum sie mich zurückgelassen haben, und dann haben sie *dir* nicht die ganze Wahrheit gesagt. Ich ... ich wollte das wiedergutmachen. Aber vielleicht war das ein Fehler."

„Hör schon auf!" Er redete sich in Rage, und er war noch lange nicht fertig. Die Angst, dass die Liebe, die er für Mondkind empfand, nach ihrem Erwachen nicht mehr erwidert werden könnte, fraß sich immer tiefer in ihn hinein. Er hatte Mühe, einen klaren Gedanken zu fassen. Nur sein Zorn über so viel schreiende Ungerechtigkeit blieb übrig, gepaart mit tiefer Hoffnungslosigkeit.

„Es geht dir um Wahrheit?", hörte er sich fragen und sah, wie sie noch bleicher wurde. „Dann sag auch die *ganze* Wahrheit! Du willst, dass ich mir Mondkind aus dem Kopf schlage, weil du ... weil du dir Hoffnungen machst."

Sie schluckte, blinzelte heftig und sah ihn dann niedergeschlagen an. „Hoffnungen worauf? Dass du mich jemals gernhaben könntest? Nach dem, was du gerade gesagt hast?" Ein wenig zu schnell wandte sie den Kopf ab, sodass er ihre Augen nicht sehen konnte. „Vergiss es, Niccolo ... Mir selbst haben die Drachen die Wahrheit verschwiegen, und ich wollte es besser machen als sie. Aber das war falsch."

Jetzt sprach etwas anderes aus ihm, etwas, das er zutiefst verachtete. Er hasste sich für seine Worte – und genoss sie zugleich: „Glaubst du vielleicht, dass auch ich mich in diesen Schlaf versetzen lasse? Damit ich aufhöre, Mondkind zu lieben und dafür ... jemand anderen?“

Sie wirbelte herum, und plötzlich war sie wieder die alte Nugua, wild wie ein Puma. Er sah den Schlag kommen, unwirklich langsam, als schöbe sich ihre Faust durch eine Wand aus Honig auf ihn zu. Mit dem Schmerz überkam ihn eine weitere Erinnerung – daran, wie sie zum ersten Mal gekämpft hatten, auf derselben Lichtung im Wald, auf der sie kurz zuvor Mondkind begegnet waren. Schon damals war Mondkind der Grund gewesen, ohne dass sie es ausgesprochen hatten; heute redeten sie zwar über sie, doch in Wahrheit ging es um etwas ganz anderes.

Nur um ihn und Nugua.

Ihr Hieb warf ihn fast nach hinten. Statt aber nachzusetzen und sich auf ihn zu stürzen, wie sie es damals im Wald getan hatte, fuhr sie herum, glitt blitzschnell die Felsen hinunter und landete im Sattel ihres Kranichs.

Niccolo rief ihren Namen, um sie aufzuhalten.

Sie schaute sich nicht einmal um. Ein Windstoß peitschte über den Gipfel, als der Kranich die Schwingen ausbreitete, sich elegant vom Fels abstieß und lautlos in den Wolken verschwand.

Abendstern

Fünf Luftschiffe der Geheimen Händler schoben sich hoch über der Wüste Taklamakan nach Norden. Auf den ersten Blick ähnelten sie einem Schwarm gewaltiger Fische, jeder über zweihundert Meter lang, zusammengesetzt aus hochkompliziertem Gitterwerk und wabenartigen Papierkammern. Rundum waren sie mit hausgroßen Segelflossen bestückt, die wie die Waben im Inneren des Schiffsbalgs durch ein System von Stäben und Tauen justiert werden konnten. Die fünf Gildenschiffe folgten dem Verlauf der weitverzweigten Kraftlinien unter der Wüste. Das *Chi* der Erde nannten die Geheimen Händler diese unsichtbaren Ströme.

Vorn am Bug der Schiffe, dort wo bei einem Fisch der Kopf gesessen hätte, befand sich die Brücke. Ein Gildenmeister führte hier als Kapitän das Kommando. Doch die wahre Macht über das Schiff übte ein anderer aus: In einem Netz aus Goldfäden saß dort je einer der rätselhaften Spürer, Menschen ohne Geschlecht und eigenen Willen. In ihrer Macht stand es, die Kraftlinien der Erde zu wittern und anzuzapfen, während sie die Schiffe darüber hinweg manövrierten.

Wisperwind hatte sich die Funktionsweise der Gildenschiffe und die Rolle der Spürer mehr als einmal erklären lassen, doch wirklich verstanden hatte sie beides nicht. Mittlerweile war es ihr gleichgültig, solange die Geheimen Händler sie und Feiqing nur auf dem schnellsten Weg in die Himmelsberge brachten.

Vor zwei Tagen hatten sie die Ruinenstadt der Riesen am Nordrand des Himalaya verlassen und kreuzten seither über der Wüste. Offenbar war das Netz der Kraftströme unter dem Sand, dem die Gildenschiffe folgen mussten, weit weniger verästelt als im Gebirge, und so nahmen sie Umwege in Kauf, die Zeit kosteten und Wisperwinds Geduld auf die Probe stellten.

Dabei hatten sie es im Vergleich zu den Riesen sogar recht gut getroffen. König Maginog und seine Untertanen, die erst kürzlich aus jahrhundertelangem Schlaf erwacht waren, konnten die Wüste nicht überqueren. Jeder von ihnen war an die zweihundertfünfzig Meter hoch und entsprechend schwer – im weichen Wüstensand wären sie unweigerlich eingesunken und stecken geblieben. So mussten Maginog und sein Volk die Taklamakan weitläufig umrunden und würden weit mehr Zeit benötigen, um die Heiligen Grotten der Himmelsberge zu erreichen.

Wisperwind hatte mitangesehen, wie der Pakt zwischen Riesen und Geheimen Händlern geschlossen worden war, und trotzdem fiel es ihr noch immer schwer, daran zu glauben. Den Legenden nach waren die Riesen vor Jahrtausenden ausgestorben; sie zu Dutzenden aus ihrem Versteck am Grunde einer tiefen Schlucht auferstehen zu sehen, war atemberaubend gewesen.

„Wisperwind.“

Mit einem Blinzeln schrak sie auf.

Feiqing grinste sie an. „Du bist dran." Der Rattendrache pochte mit einem plumpen Zeigefinger auf den Tisch. Bierschaum klebte ihm als weißer Bart am Maul. „Ich gewinne", frohlockte er und zeigte auf die Würfel, die zwischen ihnen auf einem Muster feuchter Krugränder lagen.

„Er betrügt", sagte Hauptmann Kangan, der mit den beiden am Tisch saß.

„Das behaupten alle Verlierer!", sagte Feiqing, doch weil er betrunken war und nuschelte, klang es wie „Enthauptet alle Verlierer!". Kangan widersprach trotzdem nicht.

Die Taverne befand sich im unteren Teil des Schiffsbugs und besaß nur ein einziges Fenster, dessen Flügel weit geöffnet war. Ob das die Wüstenhitze an Bord der *Abendstern* nur noch schlimmer machte, war der Gegenstand einer aufgeregten Debatte am Nebentisch; mehrere Männer waren kurz davor, in handfesten Streit zu geraten.

Wisperwind hatte nicht weniger getrunken als Feiqing und Kangan. Sie spürte längst, dass ihr das Gesöff zu Kopf gestiegen war. Trotzdem versuchte sie, jeden Winkel des Schankraums im Auge zu behalten, wenn auch eher aus Gewohnheit als aufgrund echter Notwendigkeit.

Die Geheimen Händler tranken ein dunkles, ungeheuer bitteres Bier. Ob sie es selbst brauten oder im Austausch gegen Ware erhielten, wusste sie nicht. *Was* sie wusste, war, dass es zwar scheußlich schmeckte, allerdings dafür sorgte, dass sie alle für ein paar Stunden die Gefahr durch den Aether vergaßen.

Sie schleuderte die Würfel eine Spur zu heftig in den

Lederbecher, den Feiqing ihr mit seinen unbeholfenen Wurstfingern reichte, ließ sie darin umherwirbeln und stülpte das Gefäß auf den Tisch.

„Nicht schlecht“, knurrte Kangan.

„Nicht gut genug!“, triumphierte Feiqing.

Wisperwind zuckte nur die Achseln und reichte den Würfelbecher an den Hauptmann weiter. Seine Eulenaugen kniffen sich ein wenig zusammen, als sein eigenes Ergebnis erneut unter dem von Feiqing blieb. Immerhin aber drohte er nun nicht mehr damit, den Rattendrachen über Bord zu werfen, wie er es noch vor wenigen Tagen bei jeder Gelegenheit getan hatte. Auch Feiqing wirkte mittlerweile entspannter, so als hätte er verdrängt, dass die Geheimen Händler an Bord der *Abendstern* überhaupt erst dafür verantwortlich waren, dass er in diesem lächerlichen Drachenkostüm gefangen war.

Während der Becher weiter zwischen den dreien kreiste, ertappte sich Wisperwind dabei, wie ihre Blicke immer wieder zu den Eulenaugen des Hauptmanns zurückkehrten. Sie waren groß und rund, die Pupille auf dem gelblichen Augapfel so groß wie eine Münze. Die Haut rund um beide Augen war fast schwarz, was ihn wie alle Geheimen Händler stets ein wenig bedrohlich erscheinen ließ. Selbst wenn er lachte, standen seine buschigen Brauen so schräg wie vor einem Wutausbruch. Die Raubvogelaugen der Händler machten es nahezu unmöglich, ihre Stimmungen einzuschätzen, und selbst jetzt, beim Würfelspiel in der stickigen Bordtaverne, haftete dem Hauptmann etwas Düsteres, Rätselhaftes an.

Einmal mehr machte Wisperwind sich bewusst, dass sie hier eine Fremde war, ein geduldeter Gast. Selbst Feiqing, der tollpatschige, unbeholfene Feiqing, stand ihnen näher als sie selbst – erst vor Kurzem hatte er erfahren, dass er selbst ein Geheimer Händler gewesen war, ehe ihn der Wächter des Drachenfriedhofs um seine Erinnerung gebracht und ihn zu einem Dasein in diesem erbärmlichen Kostüm verflucht hatte.

Kangan hatte ihren Blick bemerkt, und nun fixierte er sie seinerseits. „Die Dichter erzählen, dass du den Clan der Stillen Wipfel zu vielen Siegen geführt hast, Schwertmeisterin."

„Die Dichter erzählen viel, solange es sich reimt."

Mit einer gewissen Irritation stellte sie fest, dass er ihr schmeichelte. Nie zuvor hatte sie solch ein Kompliment ernst genommen – *Der Weise entzieht sich dem Ruhm*, lehrte das Tao –, doch sie spürte, dass Kangans Worte etwas in ihr berührten. Obwohl sie gemeinsam beim Würfelspiel saßen, waren sie bislang weit davon entfernt gewesen, einander mit allzu großer Freundlichkeit zu begegnen. Da war Respekt, ohne Frage. Achtung, natürlich. Und stets eine gewisse Vorsicht, die als Barriere zwischen ihnen stand.

Wie es schien, wollte er sie nun durchbrechen. „Irgendwann einmal musst du mir von deinem Clan erzählen."

„Wenn der Aether besiegt ist." Sie ertappte sich dabei, dass sie das Haupt ein wenig senkte. Als sie noch tagein, tagaus ihren breiten Strohhut getragen hatte, war diese Geste ein einfaches Mittel gewesen, fremden Blicken zu entgehen. Doch den Hut hatte sie auf dem Knochenpass verloren, und nun fühlte sie sich der Vertraulichkeit des Hauptmanns ausgeliefert. Eine Regung, die sie überraschte und insgeheim ein wenig aus der Fassung brachte.

Feiqing würfelte und freute sich diebisch, als er einmal mehr die höchste Augenzahl erzielte. Der schlabberige Zackenkamm auf seinem Kopf wippte hin und her, als er sich aufgeregt die Hände rieb. „Würdet ihr beiden euch auf das Spiel konzentrieren, müsstet ihr nicht so erbärmlich gegen mich verlieren."

„Würde ich mich auf das Spiel konzentrieren", sagte Kangan, „hättest *du* keine Gelegenheit zu betrügen."

Feiqing widersprach wortreich und umständlich, aber Kangan lachte nur. Beiläufig schob er sich das lange schwarze Haar hinter die Ohren. „Du hast nicht ehrlich gespielt, als du noch hier an Bord gelebt hast, Feiqing, und ich bezweifle, dass dich dieses Kostüm dazu gebracht hat, plötzlich damit anzufangen."

Der Rattendrache knurrte etwas in sich hinein und ließ die Sache auf sich beruhen. Kangan wusste, dass Feiqing nichts über seine Vergangenheit unter den Geheimen Händlern erfahren wollte, und bislang respektierte der Hauptmann diesen Wunsch. Die Händler hatten Feiqing vor beinahe drei Jahren über dem Drachenfriedhof von Bord geworfen, ausstaffiert in diesem scheußlichen Kostüm, festgebunden an einen Luftschlitten. Nach seiner Bruchlandung hatte ihn der Wächter des Drachenfriedhofs zur Strafe für das unerlaubte Betreten des Heiligtums zu einem Leben als Witzfigur verdammt. Dass Feiqing mit seiner Erinnerung auch den Grund für seine Verbannung von der *Abendstern* vergessen hatte, war ihm mittlerweile nur recht. Er mochte ein Verbrecher gewesen sein, gar ein Verräter, wie die Händler behaupteten; heute aber war er Feiqing, Begleiter von Helden, wagemutiger Recke im Kampf gegen den Aether. So jedenfalls sah er sich selbst.

Der Würfelbecher wanderte eine weitere Runde von Hand zu Hand. Sie spielten nicht um Geld, sondern um das, was es an Bord der Gildenschiffe am reichhaltigsten gab – um Salz. Kein Gut war begehrter in den abgelegenen Regionen, die die Händler mit ihren Waren belieferten. Salz war in vielerlei Hinsicht das Lebenselixier der Händlergilde, ebenso wie das ihrer Kunden, und so waren die Lagerräume voll davon. In Ermangelung eigener Münzpressen benutzten sie Salz auch als Währung. Jeder trug einen Beutel voll am Gürtel und bezahlte damit für die kargen Vergnügungen an Bord, zumeist in der Taverne.

Wisperwind und Feiqing hatten kein eigenes Salz besessen, als sie an Bord gekommen waren, aber Gildenmeister Xu hatte Wisperwind einen Beutel voll überreicht. Sie wiederum hatte ihn an Feiqing weitergegeben, weil sie geglaubt hatte, keine Verwendung dafür zu haben. Doch als er begonnen hatte, gegen Kangan zu würfeln, hatte sie befürchtet, dass er innerhalb weniger Minuten alles verspielt haben würde. Umso erstaunter war sie, dass er seinen Einsatz mittlerweile verdreifacht hatte. Allmählich fragte sie sich, wie hoch wohl der Salzsold eines Soldaten von Kangans Rang war. Bei den Göttern – wenn sie noch mehr von diesem schauderhaften Bier trank, würde sie sich womöglich noch über den Tisch lehnen und ihn fragen, wie reich er war!

Derzeit aber interessierte sie etwas ganz anderes. „Ihr Geheimen Händler seid keine Chinesen, Kangan, und doch sprecht ihr alle unsere Sprache. Wie kommt das?"

Der Hauptmann ließ den Würfelbecher umgestülpt auf dem Tisch stehen und legte die Hand darauf.

„Mach schon!", entfuhr es Feiqing. Mit ausgreifenden Gesten gab er Kangan zu verstehen, dass er den Becher auf der Stelle lüften möge.

Der Soldat beachtete ihn nicht. „Wir *sind* Chinesen. Die Gebiete der einzelnen Gilden sind fest aufgeteilt. Geheime Händler gibt es in jedem Teil der Welt, in den weiten Ländern der Rus ebenso wie über den Dschungeln Indiens. Dann und wann gibt es" – er zögerte eine Spur zu lange – „sagen wir: Zusammenkünfte. Begegnungen, die helfen sollen, die einzelnen Territorien abzustecken."

„Ihr führt Krieg gegeneinander?", fragte Wisperwind.

„Es hat Konflikte gegeben in der Vergangenheit, ja. Kriege? Vielleicht könnte man es so nennen." Er winkte ab. „Wir verstehen uns als Chinesen, ganz gleich, was unsere Vorfahren einmal waren und woher sie Augen haben, die nicht wie deine aussehen. Und wir beten zu denselben Göttern wie ihr."

Wisperwind nickte langsam. „Dann glaubt ihr auch daran, dass Pangu die Welt erschaffen hat?"

„Das ist keine Frage des Glaubens, wenn du mich fragst. Pangu hat vor allem anderen existiert. Der erste der Riesen, das allererste Leben überhaupt. Er schuf die Welt, und in ihr liegt er begraben."

„Jajaja", murmelte Feiqing ungeduldig, „unter den Himmelsbergen, das wissen wir alles. Können wir jetzt *bitte* weiterwürfeln?"

Wisperwind blickte zum offenen Tavernenfenster. Vor dem goldenen Wüstenpanorama zischten Einmannschlitten der Geheimen Händler umher, die wendigen Fluggeräte der bewaffneten Eskorte. Fern am Horizont ballte sich eine graue Wolkenfront. Plötzlich fragte sie sich wieder, ob Nugua wohl im Gebirge angekommen war und die Drachen gefunden hatte. Sie kannte das Mädchen kaum, war ihr nur kurz am Ufer des Lavastroms begegnet, doch ihr Mut hatte sie beeindruckt. Und was Niccolo anging, nun, er mochte das Drachenmädchen mehr, als er sich eingestehen wollte. Wäre nur nicht Mondkind zwischen sie geraten.

Wisperwind seufzte still in sich hinein. All das würde bedeutungslos sein, falls es dem Aether gelang, in den versteinerten Leib des Ur-Riesen Pangu zu fahren. Denn einzig Pangu konnte die Schöpfung selbst ins Gegenteil verkehren, die Entstehung der Welt wieder ungeschehen machen, um sie dann nach den Vorstellungen des Aethers neu zu erschaffen. Und falls es wirklich das war, was ihnen allen bevorstand, dann war es gleichgültig, was Niccolo für Mondkind oder Nugua empfand, ob Feiqing je wieder dieses Kostüm ablegen würde oder ob sie selbst ... ja, und das war die Frage, der sie seit Wochen aus dem Weg ging: Was wollte eigentlich *sie selbst*?

Als wandernde Schwertmeisterin hatte sie nur für den Kampf gelebt. Die Zahl der Feinde, die sie erschlagen hatte, war legendär. Manchmal folgte ihr die Erinnerung an all die Toten, all die Verstümmelten wie eine Heerschar von Geistern. Aber im Gegensatz zu Feiqing, der sich entschieden hatte, mit seiner Vergangenheit abzuschließen, glaubte Wisperwind nicht an die Heilsamkeit des Vergessens. Ihre Vergangenheit zu tilgen wäre ebenso falsch gewesen wie das, was der Aether anstrebte – er wollte ungeschehen machen, wollte auslöschen. Wenn sie also alles versuchte, um ihn aufzuhalten, dann tat sie das nicht allein aus Angst vor dem Ende, sondern aus tiefster Überzeugung. Er bedrohte ihre Werte ebenso wie ihr Leben.

„Herrjemine", stöhnte Feiqing und rang flehend die Pranken, „pass doch mal auf, wann du dran bist!"

Geistesabwesend ließ sie den Becher kreisen und knallte die Würfel auf den Tisch. In einer Pfütze aus Bierschaum blieben sie liegen.

„Hey!" Der Rattendrache hob eine wulstige Braue.

Wisperwind zählte drei Sechsen und eine Fünf. Der bislang beste Wurf. Aber es fiel ihr schwer, sich darüber zu freuen, auch wenn es bedeutete, dass sie Feiqing auf einen Schlag einen Großteil seines Gewinns abgeluchst hatte.

„All das schöne Salz", wehklagte er und schob es über den Tisch zu ihr herüber, eine Reihe fausthoher Hügel.

Kangan blickte nachdenklich von den weißen Salzgipfeln auf zu Wisperwind. Seine Eulenaugen wirkten noch dunkler. „Was, glaubst du, wird uns in den Himmelsbergen erwarten?"

„Außer den Drachen und dem größten Riesen, der jemals gelebt hat?" Sie wollte spöttisch klingen, wenigstens sarkastisch, aber eigentlich war sie nur ratlos. „Ich weiß es nicht."

„Es heißt, dass sich die Quelle des Lavastroms irgendwo in den Himmelsbergen befindet." Feiqing wollte nach den Würfeln greifen, ließ sie dann aber liegen, als hätte er mit einem Mal das Interesse verloren. „Und der Ursprung anderer Dinge."

Vor dem Fenster zogen die Luftschlitten Bahnen durch den blauen Dunst. Es sah aus, als wollten sie den Himmel in Stücke schneiden.

Mondkinds Schlaf

Nugua fand Niccolo bei Mondkind.

Draußen musste es längst dunkel sein, aber hier unten, in den Tiefen der Heiligen Grotten, machte das keinen Unterschied. Die einzigen Lichtquellen, die es in den *Dongtian* gab, waren die goldenen Schuppen der Drachen. Der Glanz, den sie ausstrahlten, tauchte die hohen Felsendome und Kavernen in überirdisches Goldlicht.

Nugua zögerte, bevor sie die Grotte betrat. Der Ort, an dem Mondkind auf einem natürlichen Podest ruhte, ähnelte einem Schrein – einem jener Heiligtümer, in denen die steinernen Abbilder von Göttinnen aufgebahrt lagen. Wie alle *Dongtian* besaß die Höhle enorme Ausmaße, hoch wie ein Saal im kaiserlichen Palast und weitläufig genug, um zahlreichen Drachen Platz zu bieten.

Doch derzeit hielt sich keiner der goldenen Giganten in der Grotte auf. Rund um Mondkinds Ruhestätte lagen Drachenschuppen, wie Yaozi und die anderen sie häufig verloren, jede einzelne so groß wie der Oberkörper eines Menschen; jemand hatte sie eingesammelt und in einem Kreis am Boden verteilt. Sie tauchten die Szenerie in unwirklichen Schimmer. Ein, zwei Tage würde ihr Glanz anhalten, ehe er endgültig verblasste und neue Schuppen herbeigeschafft werden mussten.

In Ermangelung einer Bettstatt hatte man Mondkind auf Schichten aus Drachenhaut gelegt, oben auf die ebene Fläche eines Felshöckers. Sie lag auf dem Rücken, die Arme an den Seiten ausgestreckt. Ihr Haar floss um ihr herzförmiges, bleiches Gesicht wie ein nachtschwarzer Schleier.

Ein einzelner Drache hielt vor dem Durchgang zur Höhle Wache; sein Glanz umrahmte die kantige Öffnung von außen wie ein verzogenes Feurrad. Der Drache selbst war aus der Grotte heraus nicht zu sehen. Angeblich gab es noch andere Wesen in den *Dongtian*, gefährliche Wesen in den Tiefen, obgleich Nugua noch keinem begegnet war. Yaozi hatte den Wächter zu Mondkinds Sicherheit abgestellt, auch wenn es sich nur um einen jungen und ziemlich kleinen Angehörigen seiner Rasse handelte – gerade einmal dreißig Meter lang. Keiner der ausgewachsenen Drachen war entbehrlich; sie alle waren mit jener Aufgabe beschäftigt, die die Drachenkönige und ihre Clans hierher, in die Unterwelt der Himmelsberge geführt hatte.

Niccolo saß mit gesenktem Kopf auf der Felskante von Mondkinds Lager und hielt ihre Hand. Niemand hatte ernsthaft in Erwägung gezogen, ihr die weißen Gewänder auszuziehen. Mondkinds magische Seide war kein gewöhnliches Gewebe. Sie gehorchte ihr, war zugleich Waffe und Schutzschild. Obwohl der Heilschlaf bewirkte, dass die Wunde in Mondkinds Seite nicht mehr blutete, erfüllte auch die Seide weiterhin ihren Zweck; sie polsterte die Stelle ab wie ein Verband und schob sich dann und wann in frischen schneeweißen Lagen über den zerbrechlichen Körper ihrer Herrin – wie die Haut einer Schlange, die sich in regelmäßigen Abständen erneuerte.

„Wie geht es ihr?“, fragte Nugua unbehaglich. Sie hatte eine ganze Weile schweigend dagestanden und darauf gewartet, dass Niccolo auf ihre Anwesenheit reagierte. Er musste sie längst bemerkt haben.

„Keine Veränderung“, gab er wortkarg zurück.

Seit ihrem Streit auf dem Gipfel war ein halber Tag vergangen. Nugua hatte lange gezögert, abermals zu ihm zu gehen. Dass sie sich schließlich doch dazu entschlossen hatte, verwirrte sie selbst; vermutlich lag es an der Einsamkeit in diesen Höhlen. Dabei fand sie nach wie vor, dass er allen Grund hatte, sich bei ihr zu entschuldigen. Dennoch nahm sie den Anschein einer Niederlage in Kauf, nur um nicht allein zu sein. Es war verrückt – monatelang hatte sie sich nach den Drachen gesehnt, ihrem Clan, ihrer Familie. Und nun, da sie sie wiedergefunden hatte, fühlte sie sich unter ihnen unwohl. Etwas in ihr hatte sich grundlegend verändert.

Früher hatte sie sich selbst für einen Drachen gehalten, nicht äußerlich, aber doch im Inneren. Aber die Wochen an Niccolos Seite hatten sie viel Neues über sich gelehrt. Und heute, am Ziel ihrer Odyssee, suchte sie die Nähe des einzigen Menschen weit und breit, ausgerechnet jenes Menschen, der sie regelmäßig zur Weißglut brachte und den sie – weil er es doch, verdammt noch mal, verdient hatte! – erst vor ein paar Stunden mitten ins Gesicht geschlagen hatte.

Sie durchquerte die Grotte und stieg den Felssockel

empor, auf dem Mondkind im Goldglanz der Drachenschuppen ruhte. Niccolo sah noch immer nicht von der Schlafenden auf, und man hätte meinen können, dass er andächtig in den Anblick ihrer Züge versunken wäre.

Er betet sie an, schoss es ihr durch den Kopf. Sie liegt dort oben wie auf einem verdammten Altar, und er hat nichts Besseres zu tun, als sie anzuhimmeln.

Plötzlich wandte er seinen Kopf und blickte Nugua entgegen. Deutlich sah sie die dunklen Schatten unter seinen Augen, die Furchen auf seiner Stirn, die aufgebissene Unterlippe. Ihre Wut auf ihn verflog schlagartig.

„Es war ein Fehler hierherzukommen", sagte er niedergeschlagen. „Mondkind und ich haben geglaubt, die Heiligen Grotten wären sicher vor dem Aether. Dabei sind die *Dongtian* voll von Drachen, die den Aether in die Grotten *hineinholen.*" Zärtlich strich er eine Strähne zurück, die sich aus Mondkinds Haarflut gelöst hatte.

Die Drachen waren ein großes Risiko eingegangen, indem sie hierhergekommen waren. Nur sie konnten den Aether von dem, was unter diesen Bergen begraben lag, fernhalten. Gleichzeitig aber brachten sie ihn mit sich, allein dadurch, dass sie *atmeten.* Der Aether war längst hier, auch in dieser Höhle, überall um sie herum. Manchmal erkannte man ihn als feinen schwebenden Goldstaub, je nachdem, wie das Licht ihn beschien; die meiste Zeit jedoch war er nicht zu sehen, nicht zu riechen, nicht zu schmecken. Ein Gegner, leichter als Luft, nicht greifbar, und doch von heimtückischer Intelligenz beseelt.

Falls die Drachen versagten, würde der Aether *sehr*

wohl greifbar werden. Wenn es ihm gelang, in den Leichnam des Ur-Riesen Pangu zu fahren, dann würde er endlich einen eigenen Körper besitzen, den größten und mächtigsten, den es seit der Erschaffung der Welt gegeben hatte.

Viel fehlte nicht mehr. Die Lage war verzweifelt.

„Sie fürchten Mondkind noch immer", sagte Niccolo. Seine Stimme hatte einen bitteren Klang angenommen. „Deine Drachen … sie haben Angst, dass der Aether sogar im Schlaf Macht über Mondkind erlangen könnte. Dass er sie aufweckt und sie … Dinge tun lässt." Wutentbrannt sprang er auf. „Zum Teufel noch mal, Nugua – in Wahrheit sind die Drachen nicht halb so mächtig, wie sie es uns glauben machen wollen!"

„Und? Willst du ihnen zum Vorwurf machen, dass sie wenigstens versuchen, uns alle zu retten?" Nugua gab sich Mühe, ihre Stimme ruhig zu halten. „Ohne Yaozi und die anderen gäbe es überhaupt niemanden mehr, der sich den Plänen des Aethers entgegenstellt."

Er schien widersprechen zu wollen, schüttelte dann aber nur den Kopf und kauerte sich wieder neben den Körper des schlafenden Mädchens. „Ich … ich weiß allmählich nicht mehr, was ich denken soll."

„Der Schlaf macht Mondkind gesund", sagte Nugua sanft und setzte sich ihm gegenüber auf die Kante dieses Altars aus Fels und Drachenhaut. „Ihre Wunde blutet nicht mehr. Für sie ist das im Augenblick die Hauptsache."

„Wenn sie wieder aufwacht, und wenn dann alles

anders ist ...“ Er brach ab, doch statt noch weiter in sich zusammenzusinken, nahm er sich zusammen und sagte nach einem Schlucken: „Sie wird mich auch ohne den *Chi*-Bann lieben. Ich weiß es.“

Hast du es denn noch immer nicht begriffen?, hätte sie ihn am liebsten angebrüllt.

„Das wird sich zeigen“, sagte sie nur, und am veränderten Ausdruck seiner Augen erkannte sie, dass selbst das zu viel war.

„Keiner kennt sie so gut wie ich.“

Da platzte es aus ihr heraus: „Du solltest dich selbst mal hören!“ Im Aufspringen sah sie, wie Mondkinds Augen unter den geschlossenen Lidern heftiger zuckten als zuvor.

Hörst du uns etwa zu?, durchfuhr es sie argwöhnisch.

Niccolo hatte es ebenfalls bemerkt. Für ein paar Sekunden schloss er die Augen, so lange, dass Nugua allmählich nervös wurde. Dann aber schüttelte er einmal mehr den Kopf, sehr langsam, sah auf Mondkind herab und strich ihr sanft mit der Hand über die Stirn. Wäre da nicht das Zucken unter ihren Lidern gewesen und das kaum merkliche Heben und Senken ihrer Brust, man hätte sie für eine sehr blasse, hinreißend schöne Leiche halten können.

„Es ist besser, wenn du jetzt gehst“, sagte er, ohne Nugua anzusehen. „Komm nicht mehr her.“

„Bist du sicher, dass du das willst?“

Ein unmerkliches Zögern. „Ja.“

„Vielleicht hast du recht. Vielleicht ist das ja wirklich

das Beste." Sie glitt vom Rand des Podests und stürmte auf den goldglänzenden Eingang der Grotte zu.

Als sie noch einmal zurücksah, beugte sich Niccolo über Mondkind, als würde er ihr etwas zuflüstern. Abrupt hob er den Kopf, gerade mal ein winziges Stück, und blickte über das weiße Profil des Mädchens zu Nugua herüber. Zu weit entfernt, um in seinen Augen zu lesen, zu tief in den Schatten. Und doch bedrängte sie plötzlich das Gefühl, dass er ihr etwas verheimlicht hatte. Etwas ungeheuer Wichtiges.

Aber statt noch einmal zurückzugehen und ihn zur Rede zu stellen, verließ sie die Höhle fast fluchtartig. Die beiden Liebenden blieben zurück, beschienen von düsterem Goldglanz.

Die Juru

Nugua war blind vor Tränen, als sie an dem Wächterdrachen am Eingang der Höhle vorbeistürmte. Wie hatte sie nur so dumm sein können, noch einmal hierherzukommen! Nichts hatte sich verändert.

Es wird sich niemals etwas ändern, flüsterte es in ihr.

„Nugua", sagte eine Stimme, sanft und doch so dröhnend, dass sich die Härchen auf ihren Armen aufstellten.

Sie blickte auf.

Yaozi, der uralte Drachenkönig des Südens, schob seinen Schlangenleib durch einen Felsspalt. Der Glanz seiner Schuppen schimmerte golden bis zur schorfigen Höhlendecke hinauf.

„Ich habe dich gesucht", sagte er.

Yaozi wirkte noch immer majestätisch und Ehrfurcht gebietend. Sein Kopf war hoch wie ein Haus und sein Leib so gewaltig, dass das ferne Ende zwischen den Felsen nicht zu sehen war. Doch bei aller Größe und Kraft wirkte der Blick seiner großen Augen erschöpft.

Unter freiem Himmel folgte den Drachen ein ewiger Dunst aus feinem Sommerregen, der sanft von ihren Schuppen perlte und ihre biegsamen Schlangenleiber sauber hielt. Hier unten aber, in den Abgründen der Heiligen Grotten, drang die einzige Feuchtigkeit aus dem Fels, und sie war kalt und glitschig. Yaozis blutrote Drachenmähne war davon strähnig und stumpf geworden. Die endlosen Wege über den zerfurchten Boden hatten seine meterlangen goldenen Fühler verkratzt und mit einem matten Schmutzfilm überzogen. Er musste sich einzelne Spitzen seines baumhohen Geweihs an den Felsdecken angestoßen haben, und Nugua meinte ein oder zwei abgebrochene Enden zu erkennen. Obwohl sich seine Schuppen regelmäßig erneuerten, hatten auch sie an Glanz verloren; sogar der Körper des jungen Drachen, der Mondkind bewachte, besaß mehr goldene Leuchtkraft als der des Drachenkönigs.

„Du siehst müde aus", sagte Nugua, als Yaozi mit einem Seufzen den Schädel vor ihr ablegte. Die Sorge um ihn vertrieb sogar ihre Wut und Enttäuschung darüber, dass er ihr noch immer jede Erklärung über das Verschwinden der Drachen vor einem Jahr vorenthielt.

„Unsere Aufgabe ist nicht leicht." Statt näher darauf einzugehen, streckte er einen seiner goldenen Fühler aus und berührte sanft ihre Schulter. Ihm war nicht entgangen, dass auf ihren Wangen noch immer Tränen glänzten. „Es ist an der Zeit, dir etwas zu zeigen."

Ohne ihre Antwort abzuwarten, schlang er den Fühler um ihren Oberkörper, hob sie auf seine flache Stirn und setzte sich in Bewegung.

Insgeheim war sie ihm dankbar, dass er ihr Zeit gab, sich zu fassen. Sie holte tief Luft, presste die Lippen aufeinander und kletterte ins Goldgeäst seines Geweihs. In einer Horngabel fand sie genug Halt und klammerte sich mit beiden Händen fest. Solange sich ein Drache über den Boden bewegte, war es nicht allzu schwer, ihn zu reiten. Ganz anders sah es aus, wenn er sich in die Luft erhob – die Giganten glitten federleicht wie Luftschlangen durch den Himmel, auf Wellenbahnen, die willkürlich und steuerlos erschienen. Die Kraft eines Menschen reichte nicht aus, dem Geschüttel und Gerüttel eines Drachenflugs standzuhalten, und so hatte selbst Nugua während all der Jahre in Yaozis Clan nie den Flug auf einem ihrer Freunde gemeistert.

In den *Dongtian* aber hatte Yaozi gar keine andere Wahl, als so niedrig wie möglich am Boden zu bleiben. Obgleich die Grotten hoch und weiträumig waren, gab es immer wieder Schneisen und Durchgänge, die zu eng für die Drachen waren und weite Umwege nötig machten. Er hielt den Schädel tief über dem Grund, als er mit beachtlichem Geschick zwischen den engen Felsen dahinglitt und mit Nugua in einen abwärtsführenden Steinschacht bog.

Sie hatte längst gelernt, dass die *Dongtian* mehr waren als nur ein paar Höhlen tief im Gebirge. Heilige Grotten gab es in vielen Bergen Chinas, vor allem in den hohen, deren Gipfel beinahe bis zum Himmel reichten. Sie waren Orte, an denen einst Götter die Nähe von Sterblichen gesucht hatten, und Nugua vermutete, dass auch Li, Guo Lao und die übrigen Xian ihre Unsterblichkeit in den *Dongtian* erhalten hatten. Manche erzählten sich, dass es unterirdische Verbindungen zwischen den Heiligen Grotten gab, nicht nur innerhalb eines Gebirges, sondern kreuz und quer durchs ganze Reich – geheime Schächte so tief unter der Erde, dass sogar die Unsterblichen ihren genauen Verlauf vergessen hatten.

Yaozi schnaubte leicht. Im Schein seiner rostroten Schuppen blies goldener Aetherdunst aus seinen Nüstern, als er eine karstige Felshalde hinabglitt. Wieder wurde ihr schmerzlich bewusst, dass jeder einzelne Atemzug der Drachen ihren Feind noch stärker machte.

Sie dachte an all das, was zwischen ihnen unausgesprochen war. Nichts war mehr wie früher, nicht die Welt, nicht ihre Freundschaft. Der Drachenkönig wirkte nachdenklich und melancholisch. Vielleicht war dies der richtige Zeitpunkt, um endlich die Wahrheit zu erfahren.

„Yaozi?“, begann sie zögerlich. „Wir können nicht ewig so tun, als wäre nichts geschehen.“

„Ich weiß, dass du wütend auf mich bist“, sagte er. Seine Fühler suchten vor ihnen nach losem Gestein und tückischen Spalten. „Vielleicht war es ein Fehler, dich damals ohne Abschied zurückzulassen. Aber du hättest nur darauf bestanden, dass wir dich mitnehmen. Und gerade das wollte ich vermeiden.“

„Du hättest *mir* die Entscheidung überlassen müssen“, sagte sie mühsam beherrscht. Nach ihrem Konflikt mit Niccolo wollte sie nicht auch noch mit Yaozi streiten, aber leicht fiel es ihr nicht. „Ich bin alt genug, um selbst zu wissen, was gut für mich ist.“

Der Drachenkönig schnaubte wieder. Diesmal klang es fast wie ein Lachen. „Du hast dich wirklich nicht verändert.“

„Doch. Sehr sogar."

Yaozi schwieg eine Weile, während er sich durch eine Reihe natürlich gewachsener Felsentore schlängelte. Er bewegte sich jetzt vorsichtig, viel langsamer als vorhin, vielleicht aus Rücksicht auf seine Reiterin. Ebenso gut hätte sie neben ihm herlaufen können.

„Ich bin ein Mensch geworden." Sie erschrak selbst beim Klang ihrer Worte. Endlich war es heraus.

„Ja", sagte er nur. „Ich weiß. Und die Wahrheit ist, dass du nie etwas anderes gewesen bist."

„Aber ich war eine von euch!"

„Und hast trotzdem nie deine Menschlichkeit verloren."

„Deshalb wolltet ihr mich nicht dabeihaben?"

„Damals hättest du es nicht verstanden. Seitdem hast du eine Menge gesehen und erlebt. Die Begegnung mit dem Xian und dem Seelenschlund, vielleicht die Wochen, die du mit diesem Jungen unterwegs warst ... Wer weiß, vielleicht hat sogar dieses Mädchen, Mondkind, etwas in dir bewirkt."

Sicher, dachte sie, zum Beispiel die Tatsache, dass ich ihr am liebsten den Hals umdrehen würde.

Bei allen Göttern, war das *Eifersucht*?

„Wo bringst du mich hin?", fragte sie, um sich von unliebsamen Wahrheiten abzulenken. Tatsächlich ahnte sie längst, wohin ihr Weg sie führen würde.

„Vielleicht wirst du alles verstehen, wenn du es mit eigenen Augen siehst." Leiser fügte er hinzu: „Aber ich warne dich. Es wird dir nicht gefallen."

Sie schwieg, rückte sich in seinem Geweih zurecht und hatte mit einem Mal das Gefühl, den Schatten der Purpurnen Hand auf ihrer Brust zu spüren. Das Fluchmal, mit dem der Mandschuhauptmann Lotusklaue sie gezeichnet hatte, wäre beinahe ihr Ende gewesen. Yaozis Magie hatte den Bann von ihr genommen, doch der dunkle Umriss einer Faust, die sich allmählich um ihr Herz geballt hatte, war nicht vollständig verschwunden. Er würde sie nicht mehr töten, vielleicht nicht einmal schwächen, aber spüren würde sie ihn ihr Leben lang.

Unter ihr verharrte Yaozi abrupt. Der Ruck hätte sie beinahe nach vorn aus seinem Geweih katapultiert. Im letzten Moment konnte sie sich mit beiden Händen festhalten.

„Was ist –"

„Still!" Sein Tonfall war ungewöhnlich scharf.

Sie befanden sich auf einer steilen Schräge mit niedriger Felsdecke – niedrig jedenfalls für einen ausgewachsenen Drachen mit hohem Geweih. Links von ihnen näherten sich Boden und Decke einander an, bis sie nach zehn oder zwanzig Metern aufeinandertrafen. Rechts aber war nichts als Finsternis. Yaozis Goldglanz traf auf keinen Widerstand, abgesehen von vereinzelten Felsbuckeln. Auch weiter unten, in der Richtung, in die sie wollten, herrschte Dunkelheit.

„Wir sind nicht allein", raunte er, ohne sichtbar das Maul zu öffnen.

Nugua wurde zum ersten Mal bewusst, an was für einem Ort sie sich befand. Und wie bedrohlich diese

Grotten eigentlich waren. Tausende Meter unter dem Gebirge wäre sie allein vollkommen hilflos. Ohne den Drachen mit seinem schimmernden Schuppenkleid würde sie in der Finsternis nicht in hundert Jahren zurück an die Oberfläche finden. Das Labyrinth der *Dongtian* war endlos, lichtlos und ohne eine Spur von Hoffnung für jene, die auf sich allein gestellt waren.

Ihre Finger krallten sich noch fester um die Hörner des Drachenkönigs. Dabei wünschte sie, Yaozi würde irgendetwas tun, nicht einfach nur daliegen und horchen. Geduld war niemals eine ihrer Stärken gewesen.

Sie versuchte im Goldlicht der Drachenschuppen etwas zu erkennen.

„Juru“, raunte er.

Sie zog die Brauen zusammen. „Hier?“

„Als wir vor einem Jahr herkamen, wimmelte es nur so von ihnen. Wir haben viele getötet und den Rest vertrieben. Die meisten jedenfalls. Aber von Zeit zu Zeit tauchen immer wieder welche auf.“

„Juru sind nicht besonders schlau“, sagte Nugua zweifelnd.

„Eben deshalb sind nicht alle von ihnen geflohen.“

„Und sie sind feige.“

„Für gewöhnlich, ja“, bestätigte er. „Zumindest wenn sie es mit uns Drachen zu tun bekommen. So ist es schon immer gewesen. Aber diese hier sind anders ... Sie geben längst nicht so schnell auf wie jene, die man sonst trifft, draußen im Freien.“

Während Nuguas Jahren bei den Drachen hatte es Yaozis Clan einige Male mit Juru zu tun bekommen. Sie hielten sich in Felsspalten verborgen, und sie hassten die Drachen mit der gleichen Inbrunst, wie die Raunen es taten.

„Es sind viele“, sagte der Drachenkönig. „Rechts von uns im Dunkeln, und vielleicht noch mehr weiter unten.“

Er hatte die Worte kaum ausgesprochen, als die ersten Juru ins Licht seiner Schuppen krochen. Sie ähnelten nur auf den ersten Blick und sehr entfernt den Menschen. Statt eines Kopfes befand sich auf ihren Schultern eine Art Schneckenhaus aus Muskelfleisch, ein grauer Wulst wie ein nach vorn aufgerollter, viel zu breiter Elefantenrüssel. Darunter, wo bei einem Mann der Adamsapfel saß, klaffte ein schrecklicher Schlund mit großen, rechteckigen Zähnen und einem einzelnen schnabelförmigen Fangzahn in der Mitte des Oberkiefers, länger als Nuguas Hand.

Sie waren sehnig und wirkten ausgehungert, grau wie tagealte Leichen. Ihre unterentwickelten Oberarme endeten in grotesk breiten Muskelknoten, aus denen – statt Handgelenken – säbellange Stachel aus Horn ragten, krumm und schartig wie zernagtes Gebein. Unterhalb der Knie spalteten sich ihre Schenkel in zwei Knochenspeichen auf, ebenfalls hakenbewehrt. Auf ihren Hornklingen an Armen und Beinen bewegten sie sich wie Tiere auf allen vieren. Mit Vorliebe liefen sie an Felswänden entlang, kopfüber oder seitwärts, wo ihre Haken im porösen Untergrund den besten Halt fanden. Hier in den Grotten schienen sie eine günstige Heimstatt gefunden zu haben, ein grenzenloses Reich aus Stein, auf dessen rauen Oberflächen sie so flink wie Ameisen umherwimmeln konnten.

Die vorderen Juru waren beim Anblick des Drachen stehen geblieben, setzten sich nun aber erneut in Bewegung. Hinter ihnen rumorten weitere Umrisse im Schatten. Angriff im Rudel war die einzige Taktik, die sie beherrschten, und sie führte bei Drachen selten zum Ziel. Allerdings hatte Nugua noch nie so viele von ihnen auf einmal gesehen, fünfzehn oder zwanzig allein jetzt im Lichtkreis der Drachenschuppen und sicher noch mehr verborgen in der Finsternis. Sie bedauerte, dass sie Lis Götterlanze nicht bei sich trug; sie lag in einer Höhle weiter oben, neben ihrem Lager aus Drachenhaut und Fell.

Yaozi brüllte eine Warnung, als sich gleich drei der Felsenwesen vom Boden lösten und wie mumifizierte Springspinnen auf die Reiterin in seinem Goldgeweih zuschnellten.

Einen Herzschlag lang war sie starr vor Entsetzen.

Die Stimme des Drachenkönigs ließ den Fels erbeben. „Halt dich fest!"

Nugua wurde herumgerissen, als Yaozi seinen Schädel auf die Seite rollte. Er kippte das Geweih nach links, fort von den heranschnellenden Juru. Damit brachte er zwar Nugua, die tief zwischen den verästelten Enden saß, für einen Moment in Sicherheit, bot den Angreifern aber notgedrungen die verletzlichere Unterseite seines Schädels dar.

Ein Kreischen drang aus den Kehlen der Felsenwesen. Die titanische Größe von Yaozis Leib fing den Aufprall der ersten Kreaturen ab, ohne dass Nugua sie spürte. Auch konnte sie von ihrer Position aus nicht erkennen, was auf der anderen Seite des Drachen geschah. Er hielt den Kopf noch immer seitwärts gedreht, um Nugua zu schützen, was zugleich aber sein eigenes Blickfeld beschränkte. Auch konnte er so das riesige Maul nicht einsetzen.

Nugua entdeckte zwei Juru, die über Yaozis Rücken kletterten. Mit ihren Hakenkrallen war es für sie ein Leichtes, seine Schuppen zu erklimmen. Einer von ihnen schlug sich mit den säbelartigen Dornen an seinen Armen durch die Haarflut von Yaozis Mähne wie jemand, der sich mit einem langen Messer durchs Unterholz kämpft. Kurz kam Nugua der Gedanke, dass die Juru es tatsächlich auf sie selbst abgesehen haben könnten, so zielstrebig kamen sie näher. Dann jedoch machte sie sich bewusst, dass selbst die instinktgesteuerten Felsenwesen wissen mussten, dass Yaozis Schwachstellen alle am Schädel lagen. Seine Augen. Seine Nüstern. Und nun auch noch Nugua, die ihn daran hinderte, sich mit aller Kraft zu verteidigen.

Doch sowohl sie selbst, wie auch die Juru, hatten den Drachenkönig unterschätzt. Wenn ein Drache kämpft, dann *kämpft* er. Und gnade all jenen, die dabei in seinen Weg geraten.

Yaozi ließ seinen Schädel noch einen Moment länger auf der Seite ruhen, bewegte aber zugleich den Rest seines Körpers. Zuerst sah es aus wie ein zielloses Schlängeln. Gleich darauf aber erkannte Nugua, was er tatsächlich tat: Yaozi holte Schwung. Mit seinem gesamten, mehr als hundert Meter langen Leib.

„Festhalten!“, brüllte er noch einmal.

Plötzlich schlug die gewaltige Masse seines Schlangenkörpers nach rechts aus, ein lang gestreckter Berg aus Muskeln und Schuppen, der alles in seiner Bahn niederwalzte wie eine Lawine. Die Juru schrien aus Dutzenden Kehlen, und nun klang es nicht mehr wie ein Signal zum Angriff.

Nugua konnte kaum etwas sehen. Sie hatte alle Hände voll damit zu tun, sich festzuklammern, während das Tonnengewicht des Drachenkönigs nun auch seinen Schädel und sie selbst mit herumriss. Felsenwesen wurden unter dem glühenden Schuppenleib zerquetscht oder in die Schatten davongefegt. Die drei, die sich auf Yaozis Rücken festgesetzt hatten, kämpften um ihren Halt, hatten sich aber tief genug in den Ritzen zwischen seinen Schuppen verhakt, um nicht abgeworfen zu werden. Wie Zecken klebten sie am Körper des Drachen, mit verwinkelten Armen und Beinen, deren Stacheln sie tief zwischen die Schuppen getrieben hatten.

Alles um Nugua wurde zu einem Wirbel aus Goldglanz und felsiger Finsternis. Sie war versucht, die Augen zu schließen und sich einfach mitreißen zu lassen – und welche Wahl blieb ihr auch? Sie ahnte nur, dass Yaozis Körper nun quer zur Schräge lag. Das wiederum bedeutete, dass er womöglich *zu viel* Schwung hatte und –

Ihre Befürchtung bewahrheitete sich, als der nächste mörderische Ruck durch die Geweihspitzen raste. Einmal mehr wäre sie fast aus ihrem sicheren Nest gestürzt. Yaozi stieß ein donnerndes Brüllen aus, verlor auf dem steilen Hang seinen Halt und geriet ins Rollen. Die Kraft, die er eingesetzt hatte, um die Juru zu zerquetschen, wandte sich jetzt gegen ihn. Wie ein gefallener Turm wälzte sich der Koloss auf der Seite die Schräge hinab, vom eigenen Schwung in eine Bewegung versetzt, die er selbst nicht mehr aufhalten konnte. Möglich, dass er dabei weitere Felsenwesen unter sich begrub und die letzten Überlebenden endgültig in die Flucht schlug. Doch Nuguas größte Sorge waren nun nicht mehr die Juru, sondern die brachiale Gewalt, die Yaozi durch sein unkontrolliertes Rollen freisetzte. Das goldene Geweih schlug auf Stein, wieder und wieder, während weitere Enden abbrachen und als dolchlange Splitter umherschwirrten. Nugua verlor mehrfach den Halt, wurde aber von anderen Hornenden aufgefangen und blieb dadurch im Inneren des Geweihs gefangen – zumindest während der ersten Drehungen.

Dann aber versuchte Yaozi, seinen Sturz die Schräge hinab zu bremsen. Seine Krallen saßen an muskulösen, aber viel zu kurzen Beinen, und so konnte er sich nur mit Gegenbewegungen seines gesamten Körpers gegen den Sog der Tiefe wehren. Er zog seinen Schlangenleib zusammen, die ganzen hundert Meter, was in Anbetracht der Enge nicht einfach war. Zugleich schlug er die Klauen in Boden und Decke, rutschte immer wieder ab und schnitt Furchen wie tiefe Gräben in den Fels. Die Kontraktion und neuerliche Dehnung seines Körpers setzte ungeahnte Gewalten frei und fegte Felshöcker beiseite, die über Jahrtausende aus der Schräge gewachsen waren.

In ihrem schützenden Nest aus Hornspitzen und Geweihgabeln, groß wie eine Baumkrone, wurde Nugua umhergeschleudert, fand neuen Halt und verlor ihn wieder. Mit einem Aufschrei prallte sie auf Fels, zum Glück nur aus niedriger Höhe, rollte mehrere Meter hinter dem abwärtsdonnernden Giganten her und kam schließlich zum Liegen.

Ihr Körper fühlte sich an wie eine einzige große Prellung, sie hatte blutige Abschürfungen und zudem in all dem Chaos ihren Überwurf aus Drachenhaut verloren; gerade er hatte sie bis zuletzt vor dem Schlimmsten bewahrt.

Als sie den Kopf hob, sah sie Yaozi weiter unten den Hang hinabpoltern, nicht mehr lang ausgestreckt, sondern mit den Krallen um sich schlagend, den Drachenleib halb zusammengekrümmt. Ihr schien, als würde er langsamer, konnte aber nichts Genaues erkennen, weil er selbst auf eine Entfernung von dreißig, vierzig Metern zu groß war, um ihn auf einen Blick in seiner Gesamtheit zu erfassen. Goldglühend wie eine Feuerwand bot er sich Nugua dar, die selbst noch viel zu benommen war, um klar denken zu können.

Taumelnd kämpfte sie sich auf die Füße, stellte fest, dass sie noch laufen konnte, und stolperte hinter Yaozi her. Mehrfach musste sie im Halbdunkel den metertiefen Furchen ausweichen, die seine Krallen in den Fels geschlagen hatten. Zwei, drei Mal schaute sie sich nach weiteren Juru um, aber sie bezweifelte, dass genug übrig waren, die den Mut aufbrachten, dem Drachen zu folgen.

Mit einem ohrenbetäubenden Donnern kam Yaozi zum Liegen. Sein verdrehter Körper bewegte sich nicht mehr.

Nugua brüllte seinen Namen, während sie den Hang hinablief und statt auf ihre Füße nur auf ihn achtete. Sie stieß mit den Zehen gegen ein Hindernis, verlor das Gleichgewicht, stürzte und taumelte trotzdem weiter, bis sie ihn endlich erreichte.

Der Drachenkönig lag am Fuß der Schräge – nur wenige Meter von einer Felskante entfernt, hinter der bodenlose Schwärze gähnte. Ein wenig mehr Schwung, und er wäre hinab in die Tiefe gestürzt.

„Yaozi?“

Sie schleppte sich auf das Kopfende des titanischen Schuppenleibs zu, vorbei an einer Wand aus Gold und Bronze, bis vor ihr die verästelte Geweihkrone auftauchte. Yaozis Schädel ruhte flach am Boden, seine Augen waren geschlossen. Die tentakelartigen Goldfühler aus seinen Lefzen lagen schlaff und verschlungen neben seinem Maul.

Er atmete. Vor Erleichterung wurden ihre Knie weich. Eines seiner Lider hob sich wie ein rostroter Vorhang, die armlangen Wimpern erzitterten. Das goldene Auge wurde sichtbar, die Pupille verengte und erweiterte sich, fixierte sich schließlich auf Nugua.

„Ich werde alt“, kam es röchelnd aus dem Drachenmaul. Einer der Fühler entwirrte sich und kroch wie eine Schlange in Nuguas Richtung.

„Oh, Yaozi!“ Sie stolperte auf ihn zu.

„Schon gut“, brummte er. „Ist schon gut.“

Tränen liefen ihr über die Wangen, nicht wegen ihrer albernen Prellungen, sondern vor Glück. Für einen Moment, einen schrecklichen, endlosen Moment, hatte sie geglaubt, Yaozi sei tot. Die Vorstellung, ihn endgültig zu verlieren, tat tausend Mal mehr weh als alle Schürfwunden und blauen Flecken.

Yaozis Mundwinkel schoben sich nach oben. Ein etwas bemühtes, aber aufrichtiges Drachenlächeln. „Gut, dass uns niemand zugesehen hat", knurrte er.

Aus dem Augenwinkel nahm Nugua verschwommen eine Bewegung war, getrübt von ihren Tränen.

„Yaozi!", stieß sie aus. „Dahinten, an deiner Seite!"

Es musste einer der Juru sein, die sich am Körper des Drachenkönigs festgehalten hatten. Irgendwie hatte das Wesen nicht nur den Sturz die Schräge hinab, sondern auch Yaozis Toben überstanden. Benommen kämpfte es sich unter den Schuppen hervor. Die bizarren Winkel, in denen seine Glieder abstanden, waren selbst für Juru unnatürlich. Es musste sich mehrere Knochen gebrochen haben, und mindestens zwei seiner Stachelklingen waren zersplittert.

Mit letzter Kraft wollte es sich von dem Drachen entfernen, doch Yaozi ließ ihm keine Chance. Nugua verspürte kein Mitleid mit dem Wesen – sie war eben *doch* zu sehr ein Drache –, trotzdem wandte sie sich ab, als eine von Yaozis riesigen Krallen zupackte und die Kreatur zerdrückte wie eine Wanze. Der entrollte Schädelwulst des Wesens schlug peitschend um sich und erschlaffte.

„Ungeziefer", knurrte der Drache und schleuderte den Kadaver in den Abgrund.

Das Herz des Riesen

Und dann Licht.

So viel Licht.

Geblendet schloss sie die Augen, bis die Helligkeit sogar durch ihre Lider stach und sie sich klarmachte, dass sie früher oder später hinsehen musste. Und sie *wollte* hinsehen, natürlich.

Es dauerte dennoch eine ganze Weile, ehe sie sich daran gewöhnt hatte, und selbst als das weiße Glühen ihren Augen keine Schmerzen mehr bereitete, vergingen weitere ein, zwei Minuten, ehe sie etwas erkennen konnte.

Sie hatten eine Grotte betreten, deren wahres Ausmaß Nugua kaum hätte abschätzen können, wären da nicht die Drachen gewesen. Vierzig, fünfzig – mindestens. Ihre Anzahl ließ die gigantische Größe der Höhle erahnen, obgleich die Helligkeit eine genaue Orientierung unmöglich machte. Der Goldglanz all dieser Drachen glühte wie ein Sonnenaufgang über einem vereisten See. Zugleich erleuchteten sie ihren eigenen Atem, Wolken über Wolken aus allerfeinstem Golddunst, der sich seinen Weg durch Ritzen und Spalten nach außen sucht, um im Aether jenseits des Himmels aufzugehen.

Doch nicht die Drachen waren es, die das stärkste Licht in dem gewaltigen Grottendom abstrahlten. Im Zentrum der Höhle, teils im Fels eingesunken, ruhte ein gefallener Stern.

Nugua war sicher, dass es nichts anderes sein konnte. Ein Stern musste vom Himmel gestürzt und sich in diese Berge gegraben haben. Die oberen beiden Drittel der funkelnden, schimmernden, blitzenden Kugel ragten aus dem Boden und waren mehr als zehnmal so hoch wie Yaozi oder einer der anderen Drachenkönige, die sich hier unten versammelt hatten. Groß wie eine Festung füllte der Stern Nuguas gesamtes Sichtfeld aus.

Erst nach einer Weile, während sie nichts anderes tun konnte, als darauf zu starren, und darüber sogar ihre Schmerzen vergaß, erkannte sie, dass es sich um eine Art Kristall handelte. Oder um einen Edelstein. Um den größten Diamanten, den die Welt je gesehen hatte.

„Du bist der erste Mensch, der dies sieht", sagte Yaozi.

Sie richtete sich in seiner Hornkrone auf, während ihre Hand ein gesplittertes Geweihende umklammerte. Etwas in ihr hatte geahnt, dass es diesen Ort gab, so wie jedes Neugeborene instinktiv wusste, dass es atmen musste, und jeder Sterbende, dass das Ende nicht aufzuhalten war.

Dies war der Ursprung aller Schöpfung.

„Pangus Herz", sagte Yaozi.

Sie starrte noch eine ganze Weile länger auf die glitzernde Wand, die vor ihr emporragte. Das Goldlicht der Drachen spiegelte sich darin, wurde in tausend Richtungen zurückgeworfen. Yaozi hatte die Grotte durch einen zerklüfteten Eingang betreten, der aussah, als sei er aus dem Fels gebrochen worden. Der Riesendiamant war noch weit entfernt, über zweihundert Meter, und auf dem Höhlenboden bis dorthin wimmelte es nur so von Drachen.

Erst jetzt wurde ihr gänzlich klar, was Yaozi gesagt hatte.

„Sein Herz?“ Im Geäst der Hornkrone kletterte sie ein Stück weiter nach vorn, bis keine Geweihenden mehr ihre Sicht verstellten. „Wie kann das da ein Herz sein? Ich meine ... es schlägt nicht, oder? Es kann gar nicht schlagen. Es ist ein Diamant!“

„Ein Stein, ganz recht. Aber Riesen sind enger mit den Bergen verwandt als mit irgendeinem Lebewesen. Und dieser hier, der größte und älteste aller Riesen, wurde selbst zu Stein, als das Gebirge über ihn hinwegwuchs und eins mit ihm wurde.“

Ganz allmählich dämmerte ihr, worauf das alles hinauslief. Ihre Stimme klang, als hätte sie Eissplitter verschluckt. „Wir sind hier unten *in* Pangu? Du meinst ... in seinem Körper?“

„Genau genommen in seinem Brustkorb.“

Sie geriet ins Stammeln, weil die Wirklichkeit an die Grenzen ihrer Vorstellungskraft stieß. „Ich ... ich habe nichts gemerkt ... Man hätte doch irgendwas sehen müssen, oder? Irgendeine Veränderung auf dem Weg hierher.“

Yaozi musste noch immer Schmerzen haben, dagegen waren auch Drachen nicht gefeit, aber er sprach jetzt ganz sanft zu ihr. „Der Ur-Riese und dieses Gebirge sind schon vor Äonen miteinander verschmolzen. Es gibt keinen sichtbaren Übergang mehr zwischen beidem. Alles ist Stein geworden. Sogar sein Herz.“

„Aber wenn es dem Aether gelingen würde, ihn zu erwecken, dann ... also, wie ...“

„Wir wissen es nicht. Vielleicht wird dann wieder Fleisch, was einst Fleisch war. *Falls* es das je war. Wir vermuten, dass Pangu erwachen und das Gebirge sprengen wird wie einen Käfig, in dem er gefangen ist.“

„Solche Kraft hätte er?“

„Er ist der Weltenschöpfer“, sagte Yaozi. „Er hat alle Macht, die wir uns vorstellen können. Und noch mehr. Im Augenblick ist das alles nur Mutmaßung, aber ich habe wenig Zweifel daran ... Das Gebirge wird zerbrechen, dann die ganze Welt und sogar das Gefüge der Wirklichkeit. Pangu hat einst viel mehr erschaffen als nur die Erde, auf der wir stehen, vergiss das nicht. Er schuf den Himmel, das Firmament, die Götter selbst. Darum bezweifle ich, dass sie eingreifen würden, selbst wenn sie noch Interesse an uns hätten.“

„Und die Morde an den Xian? Warum hat der Aether Mondkind gezwungen, die Unsterblichen zu töten?“

„Eine List. Der Aether hat das Mädchen benutzt, um die Götter, oder vielleicht auch nur die anderen Unsterblichen, von diesen Bergen abzulenken. Und von dem, was unter ihnen ruht.“

„Aber es hieß doch, wenn der letzte Xian stirbt, zerreißt die Verbindung zwischen Himmel und Erde. Dass das die größte Gefahr für uns ist.“

„Diese Verbindung *ist* längst zerrissen, und nicht erst, seit Mondkind den ersten Unsterblichen getötet hat. Die Götter haben die Lust an unseren Geschicken verloren.

Ihre Aufmerksamkeit gilt seit Langem schon anderen Dingen, jenseits unserer Welt." Yaozis Stimme wurde übergangslos hart und bitter. „Sie werden uns nicht im letzten Moment zur Hilfe kommen, so viel ist gewiss. Sie haben die Xian als ihre Statthalter auf Erden zurückgelassen und sind weitergezogen, in andere, entfernte Winkel von Pangus Schöpfung. Sie mögen spüren, was hier geschieht, oder auch nicht. Wahrscheinlich ist es ihnen längst gleichgültig, weil sie sogar das Interesse an sich selbst verloren haben."

Nugua kaute auf ihrer Unterlippe, während sie versuchte, all das zu verstehen. Sie hätte sich seine Worte gern in Bildern ausgemalt, aber ihre Fantasie reichte nicht aus. Was er sagte, blieb seltsam vage, wie ein Märchen, das ihr erzählt wurde, mit dem sie aber keine Gesichter, keine Farben, keine Landschaften verbinden konnte. Schon gar nicht ihr eigenes Schicksal.

„Der Tod der Xian ... das alles ist nur geschehen, um von diesem Ort abzulenken?", fragte sie. „Aber warum? Wie hätte der Aether ohne euch in die *Dongtian* gelangen können?"

Yaozi wiegte leicht den Kopf. „Die Verbindung zwischen dem Aether und Pangus Herz war bereits hergestellt, als ich und die übrigen Clans hier ankamen." Er schnaubte, und es klang niedergeschlagen. „Zugolu, der Drachenkönig des Westens, und sein Clan haben lange in einigen dieser Höhlen gehaust. Ihnen ist zu spät klar geworden, dass der Aether über ihren Atem versucht hat, zu Pangus Herz vorzustoßen. Zugolu sandte einen Hilferuf an alle Clans aus, und so kamen wir her, um ihm beizustehen."

„Also macht euer Atem in diesen Höhlen gar keinen Unterschied mehr?"

„Nein. Aber unsere Anwesenheit kann Pangus Erwachen beschleunigen – falls es uns nicht gelingt, ihn vorher aufzuhalten." Trauer färbte seine dunkle Drachenstimme. „Viele von uns haben bereits ihr Leben gelassen, und viele werden noch sterben. Vielleicht alle. Darum wollte ich nicht, dass du uns begleitest, Nugua. Dieser Ort hier mag mit all diesen Drachen aussehen, als wäre er voller Leben – doch in Wahrheit herrscht hier nur der Tod."

Nugua starrte in die Grotte. Ihre Augen hatten sich endlich an das grelle Goldlicht gewöhnt, soweit das möglich war.

Viele der Drachen in dem Höhlendom, rings um das gewaltige Diamantenherz, regten sich nicht. Manche lagen mit erschlafften Fühlern und eingerollten Leibern da, die Köpfe auf der Seite, die Augen halb geschlossen oder zu einem blinden, leblosen Blick ins Leere aufgerissen.

Noch ehe sie begriff, was das tatsächlich bedeutete, fiel ihr Blick auf den Bereich zwischen dem Eingang und der aufragenden Wand aus Edelstein, und was sie dort entdeckte, trieb ihr abermals Tränen in die Augen. Vier Drachen lagen dort eng beieinander. Nugua erkannte sie sofort, denn genau wie Menschen glich auch kein Drache einem anderen.

Da war Tsiguru, der sie gelehrt hatte, wie man Regentropfen zählt. Paupau, von dem sie wusste, wovon die

Bäume in der Dämmerung sprachen. Oruru, der sich einmal an einer Kralle verletzt und sie gebeten hatte, die Wunde mit Blättern zu bedecken, nur um ihr das Gefühl zu geben, ein wichtiges Mitglied des Clans zu sein. Und Mapatu, der Älteste, der schon Yaozi die Demut vor den Bergen und Wäldern gelehrt hatte, einst, als der künftige Drachenkönig noch jung und unbesonnen gewesen war.

Während Nugua Tränen über die Wangen liefen, wanderte ihr Blick weiter. Nun erkannte sie immer mehr leblose Körper zwischen den anderen Drachen.

„Warum bringt niemand sie fort?“, flüsterte sie. „Warum liegen sie noch immer da, wo sie gestorben sind?“

Der Drachenkönig senkte die Stimme, bis sie ihn gerade noch verstehen konnte. „Uns bleibt keine Zeit dazu. Jeder, der stark genug wäre, sie nach oben zu bringen, wird hier gebraucht. Dass du mich in den letzten Tagen kaum zu Gesicht bekommen hast, hat nichts damit zu tun, dass ich dir aus dem Weg gegangen wäre. Auch wenn du das vielleicht geglaubt hast.“

Sie fühlte sich ertappt, aber was bedeutete das schon in Anbetracht dessen, was hier geschah.

„Ich war hier, mit vielen von den anderen“, sagte der Drache. „Hier unten findet der wahre Krieg gegen den Aether statt. Hier wird über das Heil oder den Untergang der Welt entschieden.“

Ihr tränennasser Blick löste sich nur widerwillig von den toten Drachen und tastete jetzt wie von selbst über all jene, die noch am Leben waren. Was ihr vorher wie eine wimmelnde Masse vorgekommen war, eine Versammlung, deren Zweck sich ihr nicht erschlossen hatte, wurde vor ihren Augen zu einem Heer. Einer Armee, die mithilfe ihrer Drachenmagie gegen etwas kämpfte, das aus ihr selbst hervorgegangen war. Gegen ihren eigenen Atem. Gegen den Aether.

Es war keine Schlacht, die mit Waffen geschlagen wurde. Nicht mit Götterschwertern oder der Lanze eines Unsterblichen.

In dieser Grotte, im Kampf um Pangus Herz, prallten Zauberkräfte aufeinander wie die Brandung zweier Ozeane. Wenn die Magie der Drachen und die Magie des Aethers zwei Meere waren, dann hatte jemand den Kontinent fortgerissen, der sie einstmals getrennt hatte; nun stürzten sie hinab in die Grube, die zurückgeblieben war, und überrollten einander mit Strömungen, die sich selbst zu verschlingen drohten.

Wahre Magie ist nicht sichtbar, nicht wenn sie so machtvoll und alt ist wie jene, der sich die Gegner in diesem Krieg bedienten. Sie zeigt sich nicht als Blitzgewitter oder Feuerball, sie donnert nicht oder sprüht Funken und Sterne. Stattdessen ist sie lautlos wie Gift, unsichtbar wie ein kalter Wind um Mitternacht – und sie kann mörderisch sein wie ein falsches Wort zur falschen Zeit, ein böser Gedanke, der Zwietracht sät, oder ein Befehl, der anderswo und von anderen ausgeführt wird.

Die Drachen ruhten am Boden der Höhle, in tiefe Trance versunken, die ihre Körper erbeben und zittern ließ wie unter einer Flut von Albträumen. Der Aether umschwirrte und umwogte sie, wie er es immer tat, und ein unwissender Beobachter hätte meinen können, sie hätten sich zum Schlafen hierher zurückgezogen. Aber der Krieg, von dem Yaozi gesprochen hatte, fand jenseits ihrer körperlichen Existenz statt, auf einer geistigen Ebene, die hier und doch nicht hier war, auf dem Schlachtfeld der Magie.

Manche stießen dann und wann ein heftiges Grollen oder Stöhnen aus, wenn die Mächte des Aethers mit unsichtbaren Pranken auf sie einschlugen; andere lagen so ruhig, dass man auch sie für tot hätte halten können, wäre da nicht ein hektisches Zucken ihrer Lider gewesen, ein plötzlicher Windstoß aus dem Nirgendwo, der ihre Mähnen aufwirbelte, oder ein Scharren ihrer Krallen auf Fels.

„Warum zeigst du mir das alles?“, fragte Nugua.

„Damit du verstehst.“

Sie schwieg einen Moment, dann kletterte sie aus dem Geweih auf seine Stirn, glitt zwischen den Augen hinab auf seine Schnauze und ließ sich an einem langen Schnurrhaar zum Boden hinunter, ehe er noch reagieren und sie mit einem seiner Fühler ergreifen konnte. Diesmal musste sie sich nicht zwingen, den Blick von dem Schauspiel der träumenden, kämpfenden, sterbenden Drachen abzuwenden, als sie ihnen den Rücken zuwandte, sich vor Yaozi aufbaute und die Hände in die Taille stemmte.

„Damit ich verstehe?“, wiederholte sie mit belegter Stimme. „Dass du mich damals zurückgelassen hast? Oder dass du vorhast, es ein *zweites* Mal zu tun?“

„Nugua, bitte, ich –“

Es war nicht leicht, einem Drachenkönig über den Mund zu fahren, aber sie ließ sich seit jeher weder von seiner Größe noch von seiner machtvollen Stimme beeindrucken. Die plötzliche Schärfe ihres Tonfalls brachte ihn zum Schweigen wie ein Kind. „Du und die anderen ... ihr seid hergekommen, um zu sterben, nicht wahr? Keiner von euch wird das hier überleben."

Er legte die Drachenschnauze vor ihr ab, sodass sich die weichen Lefzen auf dem Fels ausbreiteten. Tiefer Gram lag im Blick seiner sanften Augen. „Wenn keiner von uns überlebt, bedeutet das wahrscheinlich, dass wir die Unterlegenen waren. Dann wird *niemand* überleben, nicht hier und nicht anderswo auf der Welt."

Sie tat seine Worte mit einer Handbewegung ab. „Ich bleibe bei euch. Ganz egal, was passiert."

Sein Seufzen drang als Sturm aus seinen Nüstern, der sie beinahe umgeworfen hätte. „Das hier ist nichts für Menschen, Nugua."

„Und warum spielt ihr euch als Wächter über die Welt auf?" Ihre Stimme drohte jetzt überzukippen, und sie hasste das. „Wer hat euch die Aufgabe übertragen, das hier zu tun?"

„Keiner." Er klang erschöpft und müde. Vielleicht hatte er von dem Sturz Knochenbrüche davongetragen. Als ihr der Gedanke kam, dass er vielleicht größere Schmerzen hatte, als er zugeben wollte, kroch eine Gänsehaut über ihre Arme. „Es ist keine *Aufgabe*", sagte er. „Es ist eigentlich auch keine Verpflichtung. Wir tun es, weil wir es können. Und weil wir nicht unschuldig sind an dem, was geschieht."

„Etwa, weil ihr atmet?", rief sie aus. „Niemand kann euch deshalb einen Vorwurf machen!"

„Wenn wir uns nicht für die Welt opfern, wird es keinen mehr geben, der über so etwas Engstirniges wie Vorwürfe nachdenken könnte."

Dass er recht hatte, machte sie noch wütender. „Ich bleibe", sagte sie fest. „Ich bin eine von euch. Ich gehöre hierher."

Einer seiner Fühler schob sich blitzschnell heran, legte sich um ihre Hüfte und hob sie vom Boden.

„Nein!", stieß sie schluchzend aus. „Lass mich sofort wieder runter!" Mit beiden Fäusten hämmerte sie auf den goldenen Muskelstrang ein, aber den Drachenkönig beeindruckte das nicht im Geringsten.

„Du willst ein Drache sein", sagte er, als er sie vor eines seiner Augen zog, so groß wie sie selbst. „Dann zeig auch die Vernunft eines Drachen. Wir bleiben hier, weil wir vielleicht noch etwas bewirken können. Noch können wir Pangus Herz gegen den Aether abschirmen und vielleicht verhindern, dass er hineinfährt und es mit Leben erfüllt. Noch haben wir eine Chance! Du aber hast keine, wenn du hierbleibst."

Sie strampelte in der Umarmung des Fühlers und versuchte, eine seiner langen blutroten Wimpern zu packen, um daran zu ziehen. „Ich will helfen!", presste sie hervor.

Er klimperte mit dem Augenlid, um ihren Händen auszuweichen. „Das weiß ich. Aber du kannst hier nichts tun." Seine Pupille glänzte wie ein schwarzer See. „Nur sterben."

„Dann sterbe ich eben mit euch."

„Auf dich wartet eine ganze Welt."

„Die Welt interessiert mich nicht!“

„O doch, das tut sie. Du hast selbst gesagt, dass aus dir ein Mensch geworden ist. Wir Drachen wissen vielleicht mehr, als gut für uns ist. Das hat uns träge gemacht. Menschen aber sind immer auf der Suche nach dem nächsten Horizont.“

Plötzlich erstarrte sein Fühler. Nur für einen Atemzug glaubte sie, dass das etwas mit ihr zu tun haben könnte. Die ledrigen Lider um seine Augen zogen sich zusammen, als er sich konzentrierte und auf etwas horchte, das er nicht mit den Ohren wahrnahm. Sie wusste, was dieser Blick bedeutete.

Jemand hatte ihm eine Botschaft gesandt. Die Gedankenkraft der Drachen durchdrang selbst den Fels dieser Berge, schickte Rufe aus, die vom Portal der *Dongtian* bis herab zum Herzen des Ur-Riesen reichten.

„Was ist los?“ Sie ließ zu, dass er sie zurück in sein Geweih setzte. „Yaozi! Sag mir, was passiert ist!“

Er hob den Kopf vom Fels, während Muskelberge im Inneren seines Schlangenleibs zum Leben erwachten. Sein Schuppenkleid rasselte wie ein Kettenhemd, als er sich im Eingang der Herzhöhle umwandte und aus dem Diamantlicht zurück ins Labyrinth der Kavernen glitt.

„Ich werde am Portal gebraucht. Wir haben Gesellschaft bekommen.“

„Gesellschaft?“, fragte sie verwirrt und überlegte, ob er nur einen Vorwand suchte, um sie hinauf zur Oberfläche zu bringen. „Hier?“

„Luftschiffe“, entgegnete er düster. „Geheime Händler." Und während sie noch nachdachte, wo sie diesen Namen schon einmal gehört hatte, setzte er hinzu: „Wir müssen sie vernichten, bevor sie uns in den Rücken fallen."

° ° °

Niccolo glitt zurück in den Schatten eines Felsspalts, gerade als sich der Drachenkönig im Eingang der leuchtenden Grotte herumwälzte und den Rückweg nach oben antrat.

Angespannt presste er sich gegen das Gestein und hielt den Atem an. Er war nicht sicher, ob Yaozi und Nugua ihn nicht doch noch im letzten Augenblick bemerkt hatten. Er hörte den Koloss vorüberrauschen und wagte erst nach einer Weile, einen vorsichtigen Blick aus seinem Versteck zu werfen. Goldlicht flackerte über seine Züge, als die Schwanzspitze des Drachen die Spalte passierte und wie eine Flammenzunge im Schatten eines Felstunnels erlosch.

Er hatte alles mitangehört. Es war ihm sogar gelungen, einen Blick auf das Innere der Grotte zu erhaschen, auf Pangus Herz inmitten der Drachen. Es war schrecklich, dass sich die Drachen opferten, und er trauerte um die Toten, die ihr Kampf mit dem Aether bereits gefordert hatte. Zugleich aber verletzte ihn das Misstrauen, das Yaozi ihm entgegenbrachte. Was hatte er getan, dass man das Geheimnis dieser Berge vor ihm bewahren wollte? Machte ihn seine Liebe zu Mondkind zu einem Feind? War nicht er es gewesen, der den Unsterblichen Tieguai aufgesucht hatte, um ihn zu warnen?

Und warst nicht du es, zischte bösartig seine innere Stimme, die Tieguais Mörderin erst zu ihm gelockt hat?

Vorsichtig schob er sich aus seinem Versteck, blickte erst noch einmal dem schwindenden Glanz des Drachenkönigs nach, dann zum offenen Eingang der Herzhöhle. Die gleißende Helligkeit blendete ihn, aber er hatte genug gesehen.

Das Schwert Silberdorn, das er in seiner Scheide auf dem Rücken trug, wisperte in seinen Gedanken; es klang wirr, so als wüsste die magische Klinge nicht mehr, wo sie ihre Feinde zu suchen hatte. Das mochte an der hohen Konzentration des Aethers liegen, der in dem gewaltigen Grottendom seinen Kampf mit den Drachen führte und hinaus in die übrigen Kavernen drang. Etwas Ähnliches hatte Niccolo bereits in Mondkinds Höhle bemerkt. Auch dort schien die Flüsterstimme des Götterschwertes seltsam unschlüssig, und ihr Zaudern und Wanken übertrug sich auf ihn selbst. Trotzdem wagte er nicht, die Klinge abzulegen, erst recht nicht, seit er die Felsenwesen gesehen hatte.

Als Yaozi Nugua vor Mondkinds Grotte abgeholt hatte, war Niccolo den beiden gefolgt. Tagelang an Mondkinds Lager zu sitzen machte alles nur noch schlimmer. Er konnte nichts für sie tun, konnte nur im Schlaf ihre schmale weiße Hand halten, während er ihr Erwachen herbeisehnte und gleichzeitig fürchtete. Würde sie ihn wirklich nicht mehr lieben, wenn sie zu sich kam? Durch all seine Zweifel und Schuldgefühle fühlte er sich schlecht genug, aber die Geheimniskrämerei der Drachen machte es nur noch schlimmer. Darum war er Yaozi und Nugua nachgeschlichen, in großem Abstand, was nicht allzu schwierig war, wenn derjenige, den man verfolgte, in der Dunkelheit wie ein Scheiterhaufen glühte.

Beinahe hätten ihn die Felsenwesen erwischt – Juru, hatte der Drachenkönig sie genannt –, und Niccolo erinnerte sich vage daran, dass er sie zum ersten Mal im Tal unterhalb der Wolkeninsel gesehen hatte. Damals, als er sich auf dem Luftschlitten in die Tiefe gestürzt hatte. Ein halbes Leben schien das her zu sein. Er hatte geglaubt, er könnte das Wolkenvolk retten, indem er den Atem eines Drachen einfing. Wie naiv das gewesen war.

Heute, viele Wochen später, war er von Dutzenden, vielleicht Hunderten Drachen umgeben – und er war hilflos. Der Aether, den das Wolkenvolk so dringend benötigte, um die Insel zu stabilisieren, füllte jeden Winkel dieser Grotten aus. Und doch gab es keine Möglichkeit, ihn einzufangen und zu transportieren. Insgeheim war er überzeugt, dass sich die Insel längst aufgelöst hatte; bestenfalls war sie zum Boden abgesunken, wo das Volk der Hohen Lüfte von Baumgeistern und Felsenwesen erwartet wurde. Aber er konnte diese Gedanken nicht zu Ende führen, etwas in ihm verhinderte, dass er sich die letzte Konsequenz deutlich ausmalte.

Plötzlich erschien ihm die Vorstellung, sich genau wie Mondkind in einen Heilschlaf versetzen zu lassen, ungeheuer verlockend. Einfach einschlafen und abwarten, was geschah. Entweder, er würde in einer Welt aufwachen, die vom Aether befreit war – oder aber er würde nichts vom Ende aller Dinge bemerken.

Aber nein, er konnte jetzt nicht aufgeben, nicht sich selbst, nicht Mondkind, nicht die ganze Welt.

Und mit dem vagen Gefühl, dass da doch noch Stolz und Selbstvertrauen in ihm waren, wandte er sich von dem hell erleuchteten Durchgang ab und folgte dem Lichtschweif des Drachenkönigs in die Finsternis.

Hinter ihm, im Grottendom, nahm das magische Ringen zwischen Drachen und Aether seinen Fortgang, nahezu lautlos und trügerisch friedlich.

Wären da nicht all die toten Drachen gewesen.

Und der dichte Goldglanz in der Luft, der sich immer enger um das Diamantherz des Riesen zusammenzog.

Alte Feinde

Nichts hatte Nugua auf den Anblick vorbereiten können, der sie vorm Portal der *Dongtian* erwartete.

Riesige Schiffe schwebten über dem Talkessel. Sie selbst bewegten sich nicht, nur zahllose Flaggen und Segel flatterten im eisigen Gebirgswind. Taue und Ankerseile führten von den fischförmigen Rümpfen hinüber zu zerklüfteten Felspitzen. Kleinere Luftschlitten mit schlagenden Flügeln schwirrten wie Stechfliegen zwischen den schwerelosen Giganten, formierten sich zu immer neuen Mustern am diesigen Morgenhimmel.

Die aufgehende Sonne tauchte die Papierwabenbälger der Schiffe in milchiges Rot, während die Tiefen des Felsentals noch im Schatten lagen. Die gewundene Treppe, die vom Portal der *Dongtian* abwärts zum Talgrund führte, verschwand nach fünfzig oder sechzig Stufen in grauer Granitfinsternis. Nieselregen brachte die Oberfläche der Felsen zum Glänzen.

Nugua zählte vier Luftschiffe. Möglich, dass es jenseits der Berge noch weitere gab. Drachenkundschafter schlängelten sich über den Himmel wie Papierschlangen, federleicht auf verschlungenen Bahnen.

Yaozi und zwei weitere Drachenkönige hatten sich auf der regennassen Plattform vor dem Tor aufgebaut. Ihre

Besorgnis über die neue Wendung strahlte von ihnen aus wie Hitzeschübe; ihre Goldglut wechselte von düsterem Glühen zu blendender Helligkeit.

Yaozi hatte Nugua auf dem Weg hierher von den Geheimen Händlern erzählt, die den Befehl über die gewaltigen Luftschiffe führten. Auch Niccolo hatte sie vor Wochen einmal erwähnt. Doch erst jetzt hatte Nugua erfahren, dass ein uralter Zwist zwischen Drachen und Händlergilden herrschte: Einstmals hatten die Geheimen Händler versucht, Angehörige der Drachenclans einzufangen, um sie meistbietend zu verkaufen.

Yaozis mächtiger Schwanz peitschte über die Felsplattform. Nugua hatte ihn selten angespannter erlebt. Auch die beiden anderen Drachenkönige, die dem Gedankenruf der Torwächter an die Oberfläche gefolgt waren, machten keinen Hehl aus ihrer Abneigung.

Der eine war Zugolu, der Herrscher des Westens, Anführer jenes Clans, der als Erster das Geheimnis der Himmelsberge und die Pläne des Aethers enthüllt hatte. Er war nicht so alt wie Yaozi, obgleich auch er mehr als tausend Jahre gesehen hatte. Im Gegensatz zu den meisten anderen Drachen war Zugolu nicht golden, sondern blau wie ein klarer Sommerhimmel – ein Blau, das strahlend hell aus sich selbst heraus leuchtete, sodass manchmal Vögel gegen seinen Leib prallten, ohne zu ahnen, wie ihnen geschah. Zugolus goldene Augen, die sonst gütig und verständnisvoll blickten, waren zornig zusammengezogen. Seine türkisfarbene Mähne, ebenso wallend wie die von Yaozi, hatte sich zu feindseligen Zacken aufgestellt.

Der dritte Drachenkönig, der sich vor dem Portal der *Dongtian* eingefunden hatte, war Maromar, der Fürst der Drachen des Ostens. Er fauchte hasserfüllt, während er die reglosen Luftschiffe beobachtete. Die Strahlkraft seiner goldenen Schuppen übertraf die seiner Artgenossen bei Weitem. Selbst Yaozi wirkte blass an seiner Seite, und Nugua wurde bewusst, wie sehr ihr Freund während des vergangenen Jahres gealtert war. Im Vergleich zu Yaozi war Maromar beinahe noch ein Jüngling, gerade einmal vierhundertfünfzig Jahre alt, was sich an der Kürze seiner Mähne zeigte, aber auch an der flinken Beweglichkeit seines Schlangenleibs. Die Geweihe auf den Schädeln von Yaozi und Zugolu waren so groß und verästelt wie uralte Bäume. Maromar hingegen besaß nur ein einzelnes Horn, gerade gewachsen und spitz wie das einer Antilope. Es musste eine furchtbare Waffe sein, und trotz seiner Jugend rankten sich vielerlei Gerüchte um Maromars Geschick im Kampf.

Die Drachenkönige, drei der mächtigsten Geschöpfe des Reichs der Mitte, jeder über hundert Meter lang, blickten auf eine Gruppe von Menschen herab, winzig im Vergleich zu ihnen und doch wagemutig genug, das Wort an die Herrscher des Drachenvolks zu richten.

Nugua saß in Yaozis Krone, halb verborgen in den Schatten des Hörnergewirrs, und versuchte zu verstehen, was die vier Männer dort unten zu sagen hatten. Drachen haben gute Ohren und scharfe Augen, ganz abgesehen von ihren empfindlichen nichtmenschlichen Sinnen. Nugua hingegen musste sich damit zufriedengeben, Satzfetzen aufzuschnappen und aus den Entgegnungen der Drachenkönige Bedeutungen abzuleiten.

Die Eulenaugen der Männer jagten ihr einen Schauder über den Rücken. Stechend war ihr Blick, düster und durchdringend unter den buschigen, aufgeschwungenen Brauen. Nugua, die geglaubt hatte, längst alles Wichtige über die Menschen erfahren zu haben, begriff nun, dass es vor allem die Augen waren, die etwas über ihren Besitzer verraten konnten. Die Raubvogelaugen der Geheimen Händler wahrten alle Geheimnisse und lagen wie Masken vor ihren Absichten.

Die vier Händler trugen weite Pluderhosen, seidene Hemden und lange Umhänge. In ihr Haar hatten sie Federn gesteckt, womöglich als Zeichen ihres Ranges. Waffen besaßen sie keine, aber auf den zwei Dutzend Luftschlitten, die über der Plattform kreisten, hielten Soldaten ihre Armbrüste schussbereit.

Trotz ihres finsteren Auftretens behaupteten die vier Gildenkapitäne, als Verbündete im Kampf gegen den Aether gekommen zu sein. Mit Erstaunen und wachsender Sorge hatten Nugua und die drei Drachenkönige vernommen, dass die Händler offenbar genaue Kenntnis besaßen über das, was in den Tiefen der *Dongtian* vor sich ging.

Als die Sprache schließlich auf eine Armee von Riesen kam, die unter der Führung ihres Königs Maginog auf dem Weg in die Himmelsberge war, drohten die Drachenkönige die Geduld zu verlieren. Insbesondere Maromar schien darauf bedacht zu sein, einen raschen und heftigen

Kampf mit den Händlern zu provozieren. Er beschimpfte die Männer offen als Lügner, die einmal mehr den Versuch machten, Angehörige seines Volkes einzufangen und ihre Zähne, ihre Schuppen, sogar ihr Fleisch an Magier und Quacksalber im ganzen Land zu verkaufen.

Nugua aber zögerte mit einem vorschnellen Urteil über die Geheimen Händler. Sie hatte die erwachenden Riesen mit eigenen Augen gesehen, in den Klüften unterhalb der Titanenstadt. Und falls die Händler tatsächlich nur auf Drachenfang aus waren, wie Maromar behauptete, welchen Vorteil brachte es ihnen dann, die Bedrohung durch den Aether ins Feld zu führen?

„Woher habt ihr euer Wissen?“, hallte Yaozis tiefe Stimme über das Tal. Offenbar schenkte auch er den Händlern kein Vertrauen.

Der Älteste unter den Männern ergriff das Wort. „Die erste Warnung kam von einer wandernden Schwertmeisterin. Eines unserer Schiffe hat sie in der Wildnis aufgelesen. Eine Kriegerin vom Clan der Stillen Wipfel.“

„Wisperwind!“, entfuhr es Nugua. Ohne nachzudenken, kletterte sie aus dem Geweih auf Yaozis riesiges Haupt, stieg seine Stirnrunzeln hinab wie Treppenstufen und schlitterte die Rinne zwischen seinen Augen hinab. Auf der Wölbung seiner Drachenschnauze baute sie sich breitbeinig auf.

„Ich kenne die Schwertmeisterin Wisperwind!“, rief sie laut.

„Schweig!“, herrschte Maromar sie an und senkte sein spitzes Horn in ihre Richtung, während Zugolu den einen verbliebenen Fühler hob, um Nugua von Yaozis Nase zu pflücken. Doch er hielt inne, als er erkannte, dass Yaozi keinerlei Anstalten machte, Nugua den Mund zu verbieten.

„Wer ist dieses Kind?“, fragte einer der Händler.

Nugua holte tief Luft. Insgeheim fürchtete sie, dass sie sich lächerlich machte und zum Opfer ihrer eigenen Selbstüberschätzung wurde. Aber die Tatsache, dass Yaozi sie nicht maßregelte und vielleicht früher als sie selbst erkannt hatte, dass sie genau das Richtige tat, machte ihr Mut.

„Mein Name ist Nugua. Ich bin unter Drachen aufgewachsen, und wenn es jemanden gibt, der zwischen ihnen und euch vermitteln kann, dann bin wohl ich das.“ Das klang angemessen aufgeblasen, fand sie; ein Tonfall, den die Drachen und Gildenmeister selbst ziemlich überzeugend beherrschten.

Die Männer berieten sich flüsternd miteinander, doch Nugua konnte nicht verstehen, was sie sagten.

„Ich kenne Wisperwind“, rief sie erneut. „Ich war bei ihr, als sie zum ersten Mal von den Plänen des Aethers erfuhr. Fragt sie, wenn ihr mögt. Oder besser noch: Bringt sie her, und lasst sie an den Verhandlungen teilnehmen!“

Die Männer wechselten zweifelnde Blicke. Dann sagte einer: „Das ist unmöglich.“

Maromar witterte neuen Betrug. Sein Schuppenkleid leuchtete auf wie Feuerglut, die ein Windstoß zu frischen Flammen entfacht. „Weil diese Kriegerin überhaupt nicht existiert! Weil ihr lügt, wie ihr es immer getan habt!“

„Warte“, sagte Yaozi ruhig zu dem jüngeren Drachenkönig, und Maromar gehorchte. Er mochte der größere Krieger sein, aber Yaozi war der Älteste und Weiseste unter ihnen, und das respektierte auch Maromar.

„Wo ist Wisperwind jetzt?“, fragte Nugua.

„An Bord des Flaggschiffs unserer Flotte“, entgegnete der Älteste. „Die *Abendstern* war bei uns, als wir in diese Berge kamen, aber dann hat sie“ – ein knapper Blick aus seinen Eulenaugen zu den anderen Männern – „dann hat sie eine Entdeckung gemacht, die ihr Kapitän näher in Augenschein nehmen wollte.“

Maromar hob das Drachenhaupt höher, bis die Männer zu seinen Goldaugen aufschauen mussten wie zu einer Turmspitze. „Wie viele eurer Schiffe treiben sich noch in diesem Gebirge herum? Sollt ihr uns ablenken, während die anderen ihren Angriff vorbereiten?“

Zugolu, der Drachenkönig mit dem hellblauen Schuppenpanzer, spähte zum Himmel empor und seufzte. „Dort oben wimmelt es von unseren Spähern, Maromar. Niemand wird uns in den Rücken fallen.“ Er wusste so gut wie Nugua und die anderen Drachen, dass er übertrieb: Von *wimmeln* konnte keine Rede sein. Die meisten Drachen hielten sich noch immer in den Grotten auf. Die drei, die sich über den Bergen durch die Lüfte schlängelten, reichten gerade eben aus, um die Flotte der Geheimen Händler im Auge zu behalten.

„Wann wird Wisperwind hier sein?“, fragte Nugua. „Wenn sie euch wirklich vertraut, dann werden auch wir es tun.“

Maromar stieß heftig die Luft aus den Nüstern, und diesmal ließ sogar Yaozi ein missbilligendes Grunzen hören. Der Aufruhr der Drachen brachte große Mengen Golddunst aus ihren Lungen zutage, Aether, der sich sogleich zum Himmel verflüchtigte.

„Sobald die *Abendstern* ihre Mission beendet hat, wird sie zu uns aufschließen", sagte der Wortführer der Kapitäne. Wind aus dem dunklen Talgrund brachte die Federn in seinem Haar zum Rascheln. „Dann sollt ihr mit der Schwertmeisterin sprechen und Antworten auf eure Fragen erhalten. *Ihre* Antworten", setzte er beißend hinzu, „wenn ihr den unseren keinen Glauben schenken wollt."

„Der Clan der Stillen Wipfel hat sich den Drachen gegenüber stets ehrenvoll verhalten", sagte Yaozi, auch wenn Nugua ihm anmerkte, dass er keineswegs glücklich über den Verlauf der Unterredung war. Oder war da noch etwas anderes, das ihm Sorgen bereitete? Mit einem Mal war sie nicht mehr sicher. „Falls die Kriegerin Wisperwind uns von euren lauteren Absichten überzeugen kann, soll Frieden zwischen Drachen und Geheimen Händlern herrschen."

Maromars Fühler zuckten vor Erregung, aber er ordnete sich den Worten des Älteren unter. Nugua fürchtete, dass es später in den Grotten zu heftigem Streit kommen würde. Doch den Händlern gegenüber zeigten sich die Drachenkönige geeint und stark in gegenseitiger Hochachtung. Das unterschied sie von Menschen: Selbst der jähzornigste Drache konnte seine Gefühle der Weisheit eines erfahrenen Artgenossen unterordnen.

„So soll es sein", sagte der Wortführer, und alle vier

Männer verneigten sich vor den Drachenkönigen. Dann stiegen sie die Stufen zu einem tiefer gelegenen Felsvorsprung hinab, wo ihre Luftschlitten lagen wie die Skelette hölzerner Riesenvögel. Mit wenigen Handgriffen befestigten sie Schlaufen und Schnallen und hoben mit weiten Schwingenschlägen vom Boden ab.

Yaozis rechter Fühler schlängelte sich um Nugua und hob sie vor eines seiner mühlradgroßen Goldaugen. „Wir müssen reden“, sagte er.

Natürlich, das hatte sie kommen sehen. „Ich hab doch nur versucht –“, begann sie, aber der Drachenkönig ließ sie nicht aussprechen.

„Es gibt etwas, das du noch nicht weißt.“

° ° °

Die Drachenwächter im Felsentunnel bildeten eine Gasse, als ihre drei Könige in den Schutz der Grotten zurückkehrten. Yaozi, Zugolu und Maromar schlängelten sich durch ihre Mitte die Schräge hinab.

Bald darauf – während der blaue Drachenkönig die anderen über den Stand der Verhandlungen in Kenntnis setzte und Maromar mit finster-brütendem Blick in den Schatten ruhte – glitt Yaozi in eine Höhle weiter unten im Berg. Sanft setzte sein Fühler Nugua am Boden ab. Sein Goldglanz warf zackige Umrisse wie Scherenschnitte an die Granitwände.

„Ich weiß“, begann sie hastig, „du willst mir sagen, dass es mir nicht zusteht, mich in Dinge einzumischen, die –“

„Nicht nötig“, fiel ihr der Drachenkönig ins Wort. „Das alles weißt du schon. Und wenn ich wirklich der Meinung wäre, dass du dort draußen einen Fehler gemacht hättest, glaub mir, dann wäre es gar nicht erst dazu gekommen.“

Sie starrte ihn an, unschlüssig, ob das ein Zugeständnis oder gar eine Warnung war. Aber ehe sie sich entscheiden konnte, fuhr er schon fort: „Ich weiß, auf was für einer Mission sich das Flaggschiff der Gilde befindet.“

„Ach ja?“ Sie redete weiter, ohne Luft zu holen. „Aber falls Wisperwind wirklich an Bord ist, dann kann ich nicht glauben, dass sie uns in den Rücken fallen wollen! Was, bei allen Göttern, spricht denn eigentlich *gegen* dieses Bündnis, das sie euch vorgeschlagen haben?“

„Wie wäre es mit einem zerstörten Gildenschiff, das nicht weit von hier auf einem Gletscher liegt?“

„Ein –“ Sie schluckte, machte eine kurze Pause. „Habt *ihr* es zerstört?“

„Sie haben uns keine Wahl gelassen. Das Schiff hat uns angegriffen, als wir vor fast einem Jahr in diese Berge kamen. Sie haben versucht, einen von uns zu fangen.“ Yaozi verzog die Lefzen wie zentnerschwere lederne Vorhänge. „Das sind wahrlich keine guten Voraussetzungen für ein Bündnis.“

Einen Moment lang wusste sie tatsächlich nicht, was sie sagen sollte. Wenn die Geheimen Händler die Drachen tatsächlich attackiert hatten und Yaozi und die anderen im Gegenzug ein Schiff mit Hunderten Menschen Besatzung vernichtet hatten, dann würde das zweifellos Folgen haben.

„Ihre Späher müssen das Wrack entdeckt haben“, sagte Yaozi. „Darum ist die *Abendstern* nicht bei ihnen. Wahrscheinlich untersucht ihre Besatzung gerade die Trümmer, um herauszufinden, was geschehen ist.“

„Wenn sie euch in Verdacht hätten, hätten sie vor ihrem Friedensangebot doch erst das Ergebnis abgewartet, meinst du nicht auch?“

Yaozi schnaufte, und Nugua fiel wieder ein, wie erschöpft er schon vor Stunden gewesen war. Das war vor dem Kampf gegen die Juru gewesen, vor all der Aufregung um das Auftauchen der Geheimen Händler. Trotzdem nahm er sich die Zeit, mit ihr zu sprechen. Und da erkannte sie, dass er tatsächlich überzeugt war, dass sie draußen vor dem Portal das Richtige getan hatte. Er sah jetzt mehr in ihr als nur das Menschenmädchen, das er gerettet und großgezogen hatte. Zum ersten Mal gab er ihr das Gefühl, als Gleichberechtigte vor ihm zu stehen. Dafür liebte sie ihn gleich noch ein wenig mehr.

„Das Wrack des Gildenschiffs ist unter Schnee und Eis begraben“, sagte er. „Es wird eine Weile dauern, ehe sie verlässliche Spuren entdecken. Mag sein, dass sie verzweifelt genug sind, selbst dann noch Verhandlungen mit uns zu führen.“

Sie begann, vor seinen Nüstern auf und ab zu gehen, damit er nicht sah, dass ihre Knie zitterten.

„Aber es könnte auch ganz anders kommen“, sagte der Drachenkönig unheilschwanger. „Falls sie herausfinden, dass wir eines ihrer Schiffe zerstört und viele ihrer Brüder und Schwestern getötet haben, dann könnten sie auf die

Idee kommen, dass wir nicht die allerbesten Verbündeten sind. Und dass ein paar Dutzend Aether atmende Drachen womöglich eine zu große Gefahr sind, so nah bei Pangus Herz. Wenn dann erst ihre Freunde, die Riesen, auftauchen – dann gnade uns allen der Himmel.“

Das Wrack

„Natürlich! Es geht ja nur um den dummen, tollpatschigen, *unwichtigen* Feiqing!" Der tobende Rattendrache schüttelte die Pranken, als wollte er damit auf jemanden einprügeln. „Es geht ja nur um *mich*!"

Wisperwind fuhr fort, den Sitz der Wurfnadeln an ihrem Gürtel zu überprüfen. „Komm schon", sagte sie seufzend. „Es sind nur ein paar Stunden. Du wirst noch schnell genug bei den Drachen sein. Und wenn sie dir erst geholfen haben, dieses Kostüm loszuwerden, wirst du dir wünschen, dir wäre noch mehr Zeit geblieben, um dich davon zu verabschieden."

Feiqing stockte der Atem. „Mich zu ... verabschieden?" Aufgeregt verschränkte er die dickfingrigen Hände über dem Kopf und drehte sich auf der Stelle wie ein aus der Form geratener Kreisel. „Warum, bei allen Würmern in Xiwangmus heiligen Pfirsichen, warum bitte schön sollte ich das Bedürfnis haben, mich von diesem lächerlichen Aufzug zu *verabschieden*?"

Die Schwertmeisterin verzog keine Miene. „Weil alle anderen dich darin lieb gewonnen haben."

„Noch vor ein paar Tagen wollten mich die Händler über Bord werfen!"

„Jeder zeigt seine Zuneigung auf andere Art." Probehalber zog sie an dem Gurt, der die Lederscheide mit dem Götterschwert Jadestachel auf ihrem Rücken hielt. „Ich mag dich gern, so wie du bist."

Sein Drachenmaul klappte auf und wieder zu.

Gern. Ihn. Wisperwind.

„Ich bin eine Witzfigur!", rief er klagend.

„Und du wirst wieder ein normaler Mensch sein, wenn du das unbedingt willst. Nur eben ein paar Stunden später als geplant."

„Hätte nicht ein anderes Schiff dieses vermaledeite Wrack untersuchen können? Warum gerade die *Abendstern*? Wir könnten schon längst bei den Heiligen Grotten sein, und die Drachen würden endlich den Fluch aufheben, der mich in –"

Wisperwind zog das Schwert und führte damit ein paar prüfende Schläge ins Leere. Das Zischen der Klinge schnitt Feiqing das Wort im Mund ab. Er verlegte sich aufs Trampeln wie ein kleines Kind. Der Plankenboden ihrer Kabine an Bord der *Abendstern* erbebte, als seine plumpen Drachenfüße polternd auf- und abstampften.

„Ich will *jetzt* zu den Drachen!", quengelte er.

Fauchend fuhr das Schwert zurück in die Rückenscheide. Für das bloße Auge war es wie ein Lichtblitz, der an Wisperwinds Schulter vorüberzischte.

Mit einem tiefen Durchatmen legte sie die Hände auf die Schultern des Rattendrachen und sah ihm in die Augen.

„Hör zu", sagte sie eindringlich. „Du hast mir erklärt, dass du nicht wissen willst, wer du früher einmal gewesen bist. Weil dir der heutige Feiqing besser gefällt als der,

der vielleicht zum Vorschein käme, wenn du deine Erinnerungen wiederhättest. Richtig?"

Er nickte heftig.

„Hast du schon mal daran gedacht, ob das auch etwas mit deinem neuen Körper zu tun haben könnte?"

„Oooh nein, komm mir nicht so!" Er schüttelte ihre Hände ab. „Ich werde ganz sicher kein Gefangener dieser ... dieser grässlichen Wurstpelle aus Leder und Stoff und –"

„Schmutz?"

„Leder und Stoff und Drachenhaut bleiben!" Er würdigte ihren Einwurf mit keinem Wimpernzucken – und Feiqing hatte schöne Wimpern, lang und geschwungen. „Ich gehe zu den Drachen! Sie werden wieder einen richtigen Menschen aus mir machen. Ich will so aussehen wie früher."

„Vielleicht warst du hässlich."

„Herzlichen Dank!"

„Oder fett."

„*Jetzt* bin ich fett! Und hässlich! Wie könnte irgendwer hässlicher sein als *das* hier?" Er gestikulierte an seinem schmutzig roten Rattendrachenleib hinunter.

„Lotusklaue war hässlicher."

„Lotusklaue war *verstümmelt*!"

„Und ein paar andere, die ich getroffen habe. Es gibt eine ganze Menge unschöne Menschen." Sie pikte ihm mit dem Finger in den gestreiften Drachenbauch. „Sieh es doch mal so: Du bist zweifellos der hübscheste und bestgebaute Rattendrache weit und breit."

Er raufte sich den schlabberigen Drachenkamm auf seinem Kopf, bis die Spitzen in alle Richtungen abstanden. „Ich – will – zu – den – Drachen!“

„Kangan und ich werden uns beeilen. Wahrscheinlich warten die anderen schon auf mich.“ Sie öffnete die Kabinentür. Noch einmal blickte sie über die Schulter zurück. „Und wenn wir wieder an Bord sind, dauert es nicht mehr lange, bis wir die Drachen sehen. Versprochen.“

° ° °

Nie im Leben hätte sich Wisperwind einem dieser verfluchten Luftschlitten anvertraut. Sie hatte mitangesehen, wie Niccolo mit einem abgestürzt war, und sie wusste sehr wohl, dass nicht einmal der Federflug sie retten konnte, wenn sie damit wie ein Stein in die Tiefe fiel.

Zu ihrem Erstaunen bot Hauptmann Kangan an, mit ihr die Korbgondel zu teilen, in der sie an einem Seil aus dem Wabenbauch der *Abendstern* zu Boden gelassen wurden. Während die übrigen Soldaten des Trupps auf ihren Fluggeräten zur Erde glitten, stand Wisperwind wortkarg an der Reling der Gondel und gab sich alle Mühe, Kangan nicht zu zeigen, wie schlecht ihr war.

Im Grunde war es lächerlich: Mithilfe des Federflugs raste sie durch die Lüfte, balancierte auf Baumwipfeln und lief über stille Gewässer. Alles nahezu mühelos. Doch die wenigen Minuten in der schwankenden Gondel sorgten dafür, dass ihr speiübel wurde.

„Du siehst blass aus“, bemerkte Kangan.

„Das kommt von der Kälte."

Mit einem Schulterzucken beugte er sich über die Reling. Das brachte die Gondel noch heftiger zum Schaukeln. „Die Hälfte haben wir schon geschafft. Jetzt brauchen wir nur noch einmal so lange."

Sie biss sich auf die Lippe.

„Das kann einem ganz schön zu schaffen machen, was?", fragte er grinsend.

Sie schmeckte Blut und wünschte eine Sekunde lang, es wäre seines. Erst recht, als er sich noch weiter vorbeugte und die Gondel davon in eine schlenkernde Drehbewegung geriet.

„Bei allen Göttern!", rief sie. „Könntest du das bleiben lassen?"

Er starrte weiter in die Tiefe. „Gildenmeister Xu hat unsere Position gut gewählt. Wir werden ganz nah beim Wrack aufkommen."

Widerwillig zwang sie sich, ebenfalls einen Blick in die Tiefe zu riskieren. Noch etwa hundertfünfzig Meter bis zum Boden. Ein eiskalter, schneidener Wind blies über das weite Gletscherfeld und trieb Eiskristalle in ihre Augen. Das Sonnenlicht reflektierte grell auf dem endlosen Weiß. Sie blinzelte, um zu erkennen, wo die Gondel aufkommen würde. Etwa fünfzig Schritt vor den ersten Trümmern, schätzte sie.

Kangan strich sich das lange schwarze Haar zurück. Die Rabenfedern, die darin eingewoben waren, stellten sich gegen den Wind und bildeten einen schwarzen Fächer um sein Gesicht. Wisperwind musterte ihn aus dem Augenwinkel und fragte sich, weshalb er bei ihr in der Gondel war. Sie wurde nicht schlau aus ihm, und das verunsicherte sie.

Der Gletscher war mehrere Kilometer breit und erstreckte sich wie ein erstarrter Fluss zwischen zwei grauen Gipfelkämmen. Weiter im Westen ging er in ein weites Hochplateau über. Im Osten bog der Eisstrom um eine Bergkehre und verschwand aus ihrer Sicht.

Wisperwind, die eher an das feuchtwarme Klima in Chinas Südwesten gewöhnt war, fror unter ihrer Pelzkleidung. Um an ihre Wurfnadeln zu gelangen, musste sie die lästige Jacke erst öffnen; im Fall eines Angriffs würde sie das wertvolle Sekunden kosten.

Unvermittelt fragte Kangan: „Warum wolltest du unbedingt mitkommen?“

Sie hatte keine Antwort parat, die ihm gefallen hätte, darum schwieg sie. Das kannte er von ihr. Sein Misstrauen war während der vergangenen Tage einer entwaffnenden Neugier gewichen, und damit konnte sie längst nicht so gut umgehen wie mit seiner anfänglichen Feindseligkeit.

Er sah sie noch eine Weile länger aus seinen dunklen Eulenaugen an, dann schüttelte er stumm den Kopf und blickte zurück in die Tiefe.

Noch fünfzig Meter bis zum Erdboden. Die Trümmer des Luftschiffs mussten bereits eine ganze Weile hier liegen, weit verstreut auf dem Gletscher, zermahlen von Eismassen, deren Bewegungen unsichtbar, dafür aber umso kraftvoller waren. Das papierartige Material der Waben war längst eins mit dem Schnee geworden. Übrig geblieben waren allein die gewölbten Gitterkonstruktionen aus Holz und Bambusrohr, die dem fischförmigen Balg als Gerippe dienten. Es gab weit mehr Streben, Bögen und Planken, als Wisperwind vermutet hatte: Hoch in der Luft sahen die Gildenschiffe federleicht aus, trotz ihrer Größe.

Was genau dem abgestürzten Giganten widerfahren war, ließ sich auch im Näherkommen nicht erkennen. Er war in zahllose Teile zerbrochen. Das größte bildete inmitten des Trümmerfeldes eine Gitterkuppel, mindestens fünfzig mal fünfzig Meter breit und zwanzig Schritt hoch.

Kangan deutete darauf, als er Wisperwinds Blick bemerkte. „Irgendwo da drinnen gibt es vermutlich noch Reste der Mannschaftsquartiere, falls die Schneestürme etwas davon übrig gelassen haben."

„Wie lange, glaubst du, liegt das Wrack schon hier?"

„Schwer zu sagen. Es ist keines von unseren. Theoretisch könnte der Absturz ein paar Jahre her sein."

„Du meinst, das ist kein chinesisches Gildenschiff?"

Er schüttelte den Kopf. „Es gibt Abweichungen in der Bauweise. Siehst du die breiten Streben dort drüben? Sie sind doppelt verstärkt, um größeren Belastungen standzuhalten. Das ist ungewöhnlich. Von uns hat das ganz sicher keiner gebaut."

Sie folgte dem Blick seiner Eulenaugen, erkannte aber nicht, welche Streben er meinte. Jetzt bedauerte sie, dass sie die Tage an Bord nicht besser genutzt hatte, um mehr über die Konstruktionsweise der Gildenschiffe in Erfahrung zu bringen.

Zwölf Einmannluftschlitten waren auf dem Eis gelandet. Die Männer und Frauen des Erkundungstrupps hatten sich bereits aus ihren Gurten befreit und stapften zu der Stelle herüber, an der die Gondel mit ihrem Hauptmann und Wisperwind den Boden berühren würde. Auf Kangans Geheiß hin hatten die Soldaten auf die Halbhelme verzichtet, die sonst ihre rechte Gesichtshälfte bedeckten. Sie alle trugen Pelzkleidung mit Kapuzen. Die kleinen Armbrüste, die sie sonst an ihre Unterarme schnallten, hatten sie gegen doppelt so große Exemplare eingetauscht. Die Waffen mussten mit beiden Händen gehalten und abgefeuert werden; wie ihre kleineren Gegenstücke verschossen sie keine Bolzen, sondern runde, gezahnte Metallscheiben.

„Festhalten!“, rief der Hauptmann.

Mit einem mörderischen Ruck prallte die Korbgondel auf das steinharte Eis. Das einzelne Tau, das sie getragen hatte, sackte einen Moment lang durch, wurde aber sofort wieder von oben gestrafft. Die Schlaufe peitschte an Wisperwinds Gesicht vorbei und hätte sie beinahe mitgerissen.

Jemand lachte verhalten – einer der Soldaten. Wisperwind schnellte im Federflug aus der Gondel, fegte über die Köpfe des Trupps hinweg und landete dahinter auf knirschendem Eis. Für zwei, drei Sekunden verloren die Männer und Frauen sie aus dem Blick. Wisperwind ging es nicht darum, sie zu beeindrucken; sie wollte sie vielmehr auf die Probe stellen. Und ihre Sorge war nicht unbegründet. Die Leichtigkeit, mit der Kangans Leute sich von dem plötzlichen Sprung hatten irreführen lassen – und sei es auch nur für einen Moment –, beunruhigte sie.

Der Hauptmann trat vor die Soldaten und schärfte ihnen ein, dicht beisammenzubleiben. Ehe sie das Wrack nicht einer Untersuchung aus der Nähe unterzogen hatten, sollten sie einander nicht aus den Augen lassen. „Jeder trägt die Verantwortung für den anderen. Eure Sicherheit ist wichtiger als irgendwelche Entdeckungen. Verstanden?"

Die Soldaten knurrten knappe Bestätigungen.

Der Trupp machte sich auf den Weg. Wisperwind blieb am Rand des Pulks, damit die anderen nicht auf die Idee kamen, sie wolle sich unter sie mischen oder gar eine von ihnen sein. Sie war eine Kriegerin vom Clan der Stillen Wipfel. Sie hatte die Lehre des Tao gemeistert. Sie hätte sie alle in Sekundenschnelle zur Strecke bringen können, und sie glaubte, dass Kangan das sehr wohl wusste. Trotzdem vertraute er ihr. Das stimmte sie nachdenklich und brachte sie gegen ihren Willen dazu, dem Hauptmann immer wieder flüchtige Blicke zuzuwerfen.

Nach ein paar Schritten gab sie sich einen Ruck und holte auf, bis sie gemeinsam an der Spitze des Trupps gingen. Seine Augen verengten sich kaum merklich, als sie Jadestachel aus der Scheide zog. Die blendende Helligkeit der Gletscherlandschaft spiegelte sich auf dem blanken Stahl; die Klinge schien in weiße Glut getaucht, so als hätte sie gerade noch auf dem Amboss der Lavaschmiede gelegen.

Auf ebener Erde erwies sich das Trümmerfeld schon bald als unübersichtliches Labyrinth. Das geborstene Gitterwerk des Schiffsgerippes bedeckte das Eis wie eine

Geisterstadt aus riesenhaften, bizarr geformten Käfigen. Von oben und im grellen Sonnenschein hatte das Gletschereis glatt ausgesehen, doch hier unten erwies es sich als zerfurchtes Auf und Ab aus Spalten und ineinander verschobenen Schollen. Die Schneedecke war hart wie Fels und gab unter den Schritten der Soldaten kaum nach. Dann und wann fluchte jemand, wenn er auf dem glatten Untergrund den Halt verlor und nur mit Mühe auf den Beinen blieb.

Wisperwind näherte sich Kangan, bis sich beinahe ihre Schultern berührten. „Haben deine Leute jemals auf Eis gekämpft?“, flüsterte sie.

„Das sind gute Soldaten. Mach dir um sie keine Sorgen.“

„Nicht um sie“, sagte sie leise. „Aber sie werden mir im Weg sein, falls wir angegriffen werden.“

Kangans Blick schwankte zwischen Vorwurf und grimmiger Belustigung. „Du hast diese Gegend von oben gesehen. Was sollte uns hier draußen wohl angreifen? Und aus welchem Grund?“

„Versteht das Tier, warum ihm der Jäger eine Falle stellt?“

„Schon wieder eine Weisheit des Tao?“

„Gesunder Menschenverstand. Was immer in diesen Bergen leben mag – wir haben ihm genug Zeit gegeben, uns zu entdecken.“ Sie deutete nach oben, wo die *Abendstern* wie eine Gewitterwolke am Himmel über dem Gletscher hing. „Nicht mehr lange, und die Sonne verschwindet hinter dem Schiff.“

„Dann wird uns der Schnee nicht mehr blenden."

„Hast du einen Blick in die Gletscherspalten geworfen? Wenn der Schatten der *Abendstern* auf uns fällt, wird auch die Dunkelheit aus der Tiefe aufsteigen."

„Ich fürchte die Dunkelheit nicht."

„Dann weißt du nicht, was sich in ihr verbergen kann."

Sie folgten einer Schneise, die sich in einiger Entfernung an einem hölzernen Keil gabelte, hoch wie ein Turm. Dahinter wölbte sich die Kuppel des größten Trümmerstücks; auf Wisperwind wirkte es wie die Ruine eines Tempels, vergessen im ewigen Eis.

Alle Oberflächen der Wrackteile waren mit Schnee verkrustet. Von den Kanten hingen mannslange Eiszapfen, bildeten kristallene Säulenarkaden und glitzernde Vorhänge. Manchmal nahm Wisperwind im Vorübergehen Bewegungen wahr: nur ihre Spiegelbilder, die von einem Eiszapfen zum anderen glitten.

Kangan gab einigen Soldaten Befehl, ihre Klingen zu ziehen. Sie hängten sich die Armbrüste über den Rücken – was sie, wie Wisperwind missbilligend feststellte, beim Kämpfen behindern würde – und brachten unter ihren Felljacken unterarmlange Messer von eigenartiger Form zum Vorschein: Sie waren in der Mitte gebogen und wurden zur Spitze hin breiter. Das waren keine Waffen, wie sie im chinesischen Reich gebräuchlich waren, vielmehr hatten sie Ähnlichkeit mit den Klingen indischer Dschungelstämme. Irgendein Tauschgeschäft, vermutete sie.

„Wie willst du herausfinden, was hier geschehen ist?", fragte sie den Hauptmann.

Kangan deutete auf das keilförmige Trümmerstück, das vor ihnen die Schneise spaltete. Im Gegensatz zu den Gitterstrukturen der anderen Überreste war dieser Teil des Schiffes einmal mit Holz verkleidet gewesen. Beim Aufprall waren die Platten an vielen Stellen abgeplatzt. Ein paar Meter über dem Boden befanden sich zwei hohe leere Rechtecke; was auf den ersten Blick wie Eis aussah, entpuppte sich als scharfe Glassplitter rund um die Fensterkanten.

„Die Kommandobrücke", sagte Kangan. „Oder was davon übrig ist."

Sie war nicht sicher, was er dort zu finden hoffte, stellte aber keine Fragen. Der Hauptmann verwirrte sie. Seine Stimmung konnte in Sekundenschnelle von offener Neugier zu stoischer Verschlossenheit wechseln. Zum Teil hatte das gewiss mit der Anwesenheit seiner Untergebenen zu tun, aber auch mit seinem Gefühl für Pflichterfüllung. Sie begann nur ganz allmählich, ihn zu verstehen. Und mit dem Verständnis wuchs ihr Respekt.

„Da war etwas!", rief ein Soldat. „Bewegungen, links von uns."

Armbrüste wurden herumgerissen. Die Männer und Frauen mit den gebogenen Messern spannten sich.

Wisperwind bewegte sich nicht. Auch bei näherem Hinsehen entdeckte sie nichts, keine Spur von Leben. Möglicherweise hatte sich der Soldat, genau wie sie selbst vorhin, von einer Reflektion täuschen lassen. Dabei waren die vereisten Oberflächen und Zapfen, auf die er gezeigt hatte, eigentlich zu weit entfernt, als dass sich der Trupp darin hätte spiegeln können.

Kangan forderte seine Soldaten zu erhöhter Wachsamkeit auf und wählte vorsichtshalber die rechte Abzweigung, um auf die andere Seite des gewaltigen Trümmerstücks zu gelangen.

Die Kommandobrücke eines Gildenschiffs saß wie ein Fischkopf am vorderen Ende des ovalen Wabenbalgs. Allerdings schien es sich bei dem Wrackteil, das sich vor ihnen erhob, auf den ersten Blick nur um die obere Hälfte der Brücke zu handeln – bis sie die Trümmer umrundet hatten und entdeckten, dass irgendetwas noch in der Luft den gesamten Vorderteil des Schiffes abgerissen hatte. Die Brücke war herabgestürzt und hatte sich mit ihrem spitzen unteren Ende aufrecht in den Gletscher gebohrt. Die Gitterkuppel, die gleich dahinter in einem Berg aus geborstenem Holz und Schnee lag, musste ein Stück von der oberen Rundung des Schiffes sein.

Sie befanden sich jetzt an der Rückseite der Kommandobrücke und blickten von dort aus in ihr Inneres wie in ein Puppenhaus. Früher hatte sich hier der Wabenbalg angeschlossen. Nun aber lag die obere Etage der Brücke als offener Querschnitt vor ihnen. Schneewehen hatten den einstigen Befehlsstand und den angrenzenden Kartenraum in Besitz genommen. Die untere Etage lag im ewigen Eis begraben. Dafür, dass der Aufprall sie nicht völlig zerstört hatte, sprach allein ein horizontaler Spalt unterhalb des Etagenbodens, der einen Blick in einen tiefschwarzen Hohlraum gestattete.

Die obere Hälfte des Fischkopfes, jener Teil also, der aus dem Boden ragte, reichte dreißig Meter in die Höhe und warf einen Schatten in Form eines Fangzahns über das Dutzend Menschen an ihrem Fuß.

Auf Kangans Befehl hin bezogen sechs seiner Leute Wachtposten an der Brückenrückseite. Er selbst betrat mit Wisperwind und den übrigen sechs Soldaten die Ruine des Kommandostandes. Dabei mussten sie über den schwarzen Spalt zum Untergeschoss steigen; er war nicht einmal einen Meter hoch, sodass kaum Licht in jenen Teil der Brücke fiel, der jetzt im Gletscher begraben lag.

Eisverkrusteter Schnee bedeckte das Innere, hohe Wälle, die an den zerstörten Apparaturen festgefroren waren. Nirgends waren Leichen zu sehen. Wisperwind vermutete, dass sie von Wölfen oder anderen Aasfressern davongeschleppt worden waren; möglich, dass einige noch unter dem Eis begraben lagen.

Es dauerte nicht lange, ehe Kangan eine Entdeckung machte. Während die anderen die Überreste des Raumes unter die Lupe nahmen, kletterte er zielstrebig über Eiswälle und Trümmer zu jener Stelle, an der sich einst der Thron des Spürers befunden hatte.

Von ihren Besuchen auf der Brücke der *Abendstern* wusste Wisperwind, wie dieser Ort in einem unzerstörten Schiff hätte aussehen müssen: Der Spürer, ein hageres Zwitterwesen zwischen Mann und Frau, saß festgeschnallt auf einer Art Hochstuhl hinter den Bugfenstern der Brücke; sein Schädel war von einem Gewirr aus goldenen Fäden umwoben, das fächerförmig von der Decke zu ihm herabreicht. Auf rätselhafte Weise ertastete der Spürer allein durch seine Gedanken die Kraftlinien im Inneren der Erde und brachte das Schiff dazu, ihnen zu folgen.

Zweifellos hatte es solch einen Spürer auch in diesem Schiff gegeben. Aber dort, wo sich sein Sitz befunden hatte, klaffte nun ein gezahntes Loch im Boden. Darüber waren die Reste einiger Goldfäden zu Eiszapfen verwachsen, die oberhalb der Bodenöffnung von der Decke ragten.

Wisperwind trat neben Kangan an den Rand des Lochs und blickte hinab. Trotz des gleißenden Sonnenlichts, das durch die geborstenen Bugfenster und die offene Rückseite der Brücke hereinfiel, herrschte dort unten Finsternis. Ein paar zerbrochene Planken wiesen abwärts, verschwammen aber nach wenigen Metern in der Dunkelheit. Erfüllt von bösen Vorahnungen erwartete Wisperwind, dass ein übler Gestank zu ihnen heraufwehte, doch sie roch nicht das Geringste. Vielleicht lag das an der Kälte, vielleicht aber auch nur daran, dass in der Tiefe wirklich nichts anderes war als Eis und geborstenes Holz.

„Dieses Loch ist nicht durch den Aufschlag entstanden", sagte der Hauptmann.

Sie warf ihm einen fragenden Blick zu.

„Es sieht aus", flüsterte er, „als sei etwas von unten durch den Boden gebrochen und habe den Spürer mitsamt seinem Sitz verschlungen."

„*Vor* dem Absturz?"

Er nickte. „Ich möchte wetten, wenn wir dort hinuntersteigen, finden wir ein zweites Loch in der Außenwand. Irgendetwas ist noch oben in der Luft in den Brückenkopf des Schiffes eingedrungen und hat hier drinnen getobt."

„Drachen?"

„Zumindest sind sie groß genug, um ein Gildenschiff in der Luft anzugreifen. Und es würde mich nicht erstaunen, wenn sie seine wunde Stelle kennen."

Sie schluckte die Bemerkung, dass sie das Luftschiff für eine *einzige* wunde Stelle hielt. Die Papierwaben und hölzernen Streben boten so viel Angriffsfläche, dass ein Gegner freie Wahl hatte, wo er mit der Zerstörung beginnen wollte. Vorausgesetzt natürlich – und damit hatte Kangan recht – dieser Gegner konnte fliegen und das Schiff überhaupt erst hoch oben über dem Erdboden erreichen. Auch ihr fiel keine Kreatur außer einem Drachen ein, die so etwas zustande brachte.

„Du willst dort hinunter?", fragte sie.

„Wenn wir Gewissheit haben wollen."

Sie packte ihn am Arm und zwang ihn, den Blick von dem gezahnten Abgrund zu nehmen und sie anzusehen. Sie senkte die Stimme, damit die anderen Soldaten sie nicht hörten. „Falls es wirklich ein Drache war, der dieses Schiff zum Absturz gebracht hat, was bedeutet das für die Verhandlungen?"

„Das habe nicht ich zu entscheiden."

„Aber wir sollten darüber nachdenken, bevor wir etwas Unüberlegtes tun."

„Ich bin Soldat, Wisperwind. Kein Gildenmeister. Ich erfülle meine Befehle, das ist alles."

„Dann solltest du dieses eine Mal über deinen Schatten springen und dir über die Konsequenzen im Klaren sein."

Er sah sie eindringlich an. „Bist du deshalb nicht mehr

bei deinem Clan? Weil du zu viel über Konsequenzen nachgedacht hast?"

Es schmerzte, wie leicht er sie durchschaute. Und zugleich berührten seine Worte etwas in ihr, das sie lange Zeit nicht mehr gespürt hatte. *Halt dich von dort fern!*, durchzuckte es sie alarmiert. Einmal, vor vielen Jahren, hatte sie zugelassen, dass ihre Gefühle zu ihrer Schwachstelle wurden. Ein zweites Mal würde das nicht geschehen.

Sie hielt seinem Blick stand. „Wenn wir Beweise finden, dass ein Drache das Gildenschiff zerstört hat, dann wird es kein Bündnis zwischen Geheimen Händlern und Drachen geben. Das weißt du genau! Eure Kapitäne sind viel zu stolz und zu arrogant, um das Wohl aller im Blick zu behalten."

„Wie könnten wir uns mit jemandem verbünden, der so viele von uns getötet hat?"

„Erstens: Du weißt nicht, aus welchem Grund all das hier geschehen ist. Zweitens: Du hast selbst gesagt, das hier waren keine Chinesen. Und drittens: Der Aether bedroht uns *alle*, und darum spielt es keine Rolle, was hier irgendwann einmal vorgefallen ist. Wir müssen gemeinsam gegen ihn kämpfen."

Er starrte sie so finster aus seinen Eulenaugen an, dass sie schon fürchtete, er würde ihren Einwänden kein Gehör schenken und seinen Soldaten umgehend den Befehl zum Abstieg ins Untergeschoss geben. Doch er schwieg weiter, blickte von ihr zurück zu dem schwarzen Loch im Boden, dann hinauf zu den eisummantelten Goldfäden.

„Hauptmann!“ Die Stimme eines Soldaten riss beide aus ihrem stummen Ringen. „Wir haben Aufzeichnungen gefunden. Das meiste ist zerfallen. Aber die Wortfetzen auf den Überresten sind Russisch.“

Lange presste Kangan die Lippen aufeinander, ehe er schließlich nickte. „Wer immer das hier getan hat“, sagte er zu Wisperwind, „der hat gewiss keine Unschuldigen getötet.“

Sie runzelte die Stirn. „Wie meinst du das?“

„Die Geheimen Händler aus Russland sind ... sagen wir: keine freundlichen Menschen.“ Er lächelte schwach. „Du würdest sie nicht mögen, glaub mir.“

„Nicht ... mögen?“, fragte sie ungläubig. Dann aber begriff sie: „*Sie* sind es, gegen die ihr Krieg geführt habt? Wovon du in der Taverne gesprochen hast ... diese Kämpfe um Territorien unter euch Händlern. Das war ein Krieg zwischen euch und Schiffen wie diesem? Zwischen Chinesen und Russen?“

Er nickte abermals und sah dabei fast erleichtert aus. Als wäre er dankbar, dass die Entscheidung für oder gegen die Drachen unverhofft von seinen Schultern genommen worden war.

„Wir ziehen uns zurück!“, rief er seinen Leuten zu. „Hier gibt es nichts mehr zu tun!“

Er erntete ein paar verwunderte Blicke, aber keiner widersprach. Wisperwind unterdrückte ein Lächeln. Sie hatte sich nicht in ihm getäuscht. Er war ein guter Soldat, aber er wäre ein noch besserer Gildenmeister gewesen.

Gerade wollten sie aus den Trümmern ins Freie klettern,

als von draußen ein Schrei ertönte. Dann ein vielstimmiges Fauchen und Kreischen.

Also doch keine Spiegelbilder, dachte sie grimmig und riss das Schwert in die Höhe.

Im selben Moment fiel ein mächtiger Schatten über sie alle. Die Sonne verschwand hinter der *Abendstern*. Die Luft wurde schlagartig um viele Grade kälter.

In ihrem Rücken quoll die Schwärze aus dem Loch empor und explodierte zu einer Flut von Leibern.

Gefecht auf dem Eis

Sie strömten aus der Dunkelheit und den Kristallschatten zwischen den Eiszapfen. Sie kamen von allen Seiten.

„*Juru!*", brüllte Wisperwind und führte den ersten Hieb gegen die Gegner.

Sie hatte schon früher gegen die Felsenwesen gekämpft, während ihrer Wanderungen durch die Weiten Chinas und davor, als Clanmeisterin der Stillen Wipfel. Aber noch nie hatte sie so vielen von ihnen auf einmal gegenübergestanden. Auch Kangan und die anderen Soldaten im Inneren der Brücke schienen den Juru nicht zum ersten Mal zu begegnen; sie bekamen ihr Entsetzen rasch in den Griff und stellten sich zum Kampf.

Aus dem Augenwinkel sah Wisperwind, dass weitere Juru auf die Wächter im Freien eindrangen. Die Wesen tobten aus allen Richtungen herbei, so als hätten sie nur darauf gewartet, dass die *Abendstern* die Sonne verdunkelte. Das halbe Dutzend Männer und Frauen im Schnee schoss mit den Armbrüsten auf die heranstürmenden Kreaturen. Eisenscheiben durchschlugen die dürren Körper, zertrümmerten Hornspitzen an Armen und Beinen oder gruben sich tief in peitschende Schädelwülste. Die Armbrüste konnten ohne Nachladen drei Scheiben hintereinander abschießen; alle achtzehn Geschosse trafen innerhalb weniger Sekunden ins Ziel. Doch selbst damit hielten die Soldaten die Flut ihrer Gegner nicht auf.

Im Inneren der Brücke wurde nicht geschossen. Wisperwind, Kangan und die anderen fochten mit blanken Klingen gegen die Heerschar der Felsenwesen. Immer mehr von ihnen kletterten wie Ameisen aus dem Untergeschoss des Wracks herauf und warfen sich mit Knochendornen und tobenden Schädelsträngen auf die Menschen.

Wisperwinds Schwert fuhr fauchend unter die Gegner. Sie vernahm das jubelnde Flüstern der Götterklinge, als der rasiermesserscharfe Stahl die Körper der Juru durchbohrte und Feinde zu beiden Seiten niederstreckte. Der muskulöse Schädelwulst eines Felsenwesens raste wie ein Rammsporn auf sie zu, während zwei andere in weiten Sprüngen in ihre Richtung schnellten. Wisperwind wich dem Schlag des ersten Angreifers aus und ließ das Schwert herumwirbeln. Die Klinge schnitt wie Butter durch Muskeln und Knorpel. Noch in derselben Bewegung wirbelte Wisperwind herum, empfing den nächsten Angreifer mit einem Tritt vor die magere Brust und musste sich dann auch schon unter den zuschnappenden Armdornen des dritten hinwegducken. Jadestachel webte ein tödliches Netz aus Silberbahnen um seine Trägerin.

Kangan erwehrte sich seiner Feinde nicht mit der tanzartigen Kampfkunst, die Wisperwind so vollendet beherrschte. Sein langes Messer stieß in kurzen Bewegungen vor und zurück, trennte nie ganze Körperteile ab wie Jadestachel, sondern traf gezielt jene Punkte, die einen Gegner mit einer einzigen Wunde außer Gefecht setzten: ein

Stich ins Herz, unters Brustbein oder dorthin, wo bei einem Menschen der Hals und bei einem Juru die Wurzel des Schädelstrangs saß.

Die übrigen Soldaten fochten mit unverminderter Wut einen aussichtslosen Kampf gegen die Übermacht der Felsenwesen. Wisperwind sah zwei von ihnen unter einer Flut von Juru zu Boden gehen. Eine dritte Soldatin wurde von einem heranspringenden Gegner von den Füßen gerissen und zwei Meter über dem Boden an die Brückenwand genagelt: Das Felsenwesen hing seitlich am Holz wie eine Spinne, den toten Körper zwischen sich und der Wand verkeilt.

Einem anderen Soldaten wollte Wisperwind zu Hilfe kommen, doch ein Juru packte ihn und stieß ihn durch eines der zerbrochenen Bugfenster. Mit allen vier Knochendornen landete die Kreatur auf dem Mann und wippte triumphierend auf und ab, während sich unter ihr der Schnee dunkelrot färbte.

Zugleich wurde die Lage der sechs Wächter im Freien immer verzweifelter. Drei waren bereits gefallen, zwei weitere in aussichtslose Kämpfe gegen eine Übermacht von Juru verstrickt. Der letzte Soldat, der mehr Gegner niedergestreckt hatte als jeder seiner Gefährten, stieß einen zornigen Kriegsschrei aus und stürzte sich mitten in einen Pulk von Felsenwesen, die gerade erst aus den Schatten herbeigestürmt waren. Mehrere gingen zu Boden, aber einer prallte von hinten gegen den Kopf des Soldaten, warf ihn mit dem Gesicht in den Schnee und ging so geschwind mit seinen Knochendornen zu Werke, dass kein anderer Juru schnell genug herbei war, um einen Teil des Sieges auszukosten.

Kangan hatte die bevorstehende Niederlage wohl längst erkannt, denn er focht nun mit einer Konzentration gegen die Feinde, die nahezu sachlich wirkte – wie jemand, der seine Arbeit vor allem gut und gewissenhaft erledigen will. Während Wisperwind wie eine Furie unter den Juru im Inneren der zerstörten Brücke wütete, bahnte sich der Hauptmann einen Weg durch die Kreaturen, der ihn ins Freie und zu den beiden überlebenden Wachtposten führen sollte. Dass er sie kaum rechtzeitig erreichen würde, brachte ihn nicht aus der Ruhe. Kangan kämpfte so, wie er Entscheidungen traf – stoisch und für den unmittelbaren Augenblick.

Wisperwind wusste, dass auch sie so schnell wie möglich nach draußen gelangen musste. Im Wrack war der Federflug kaum von Vorteil, solange über ihr Trümmerteile im Weg waren und die Schädelstränge der Juru sie auch auf eine Entfernung von mehreren Metern erreichen konnten. Am liebsten hätte sie Kangan ein Stück weit mit sich gezogen, fort aus dem kochenden Pulk der Felsenwesen, die von allen Seiten auf ihn eindrangen. Doch das Maschinenhafte seiner Kampftechnik mochte ihn nicht schnell genug zwischen Freund und Feind unterscheiden lassen. Das Letzte, was sie jetzt brauchte, war ein Messerstich aus den eigenen Reihen.

Aus dem Augenwinkel sah sie eine weitere Soldatin sterben. Neben Kangan und ihr selbst war jetzt im Inneren der Brücke nur ein weiterer Mann am Leben. Draußen kämpften noch immer die beiden letzten Wächter; einer hielt sich die linke Hand auf den Bauch, wo ihn der Dorn eines Juru verwundet hatte.

„Kangan!“, brüllte sie, als sie sich eine winzige Lücke im Ansturm ihrer Gegner erkämpft hatte. „Halt dich bereit!“

Sie war nicht sicher, ob er sie überhaupt gehört hatte, so tief steckte er im Getümmel der Felsenwesen. Schädelstränge peitschten über seinen Kopf hinweg, wurden von seiner Klinge aufgeschlitzt oder griffen ins Leere, wenn er sich mit einem Satz in Sicherheit brachte und zugleich einen weiteren Juru tötete. Doch was auf den ersten Blick nach einer Reihe unglaublicher Glückstreffer und Zufälle aussah, war in Wahrheit eine Verkettung einstudierter Hieb- und Stichkombinationen. Sie waren für einen Kampf gegen Menschen gedacht, zeigten aber auch im Gefecht mit den Juru ihre Wirkung.

Wisperwind stieß sich ab, weniger kräftig, als sie gehofft hatte, weil eine Eiskruste unter ihren Füßen nachgab. Trotzdem fegte sie durch einen Taumel ungezielter Schläge der Schädelwülste, drehte sich im Flug und federte seitlich mit den Füßen gegen die Wand. Das Holz, morsch geworden vom ewigen Winter des Hochgebirges, knackte unter ihren Sohlen, aber der Federflug reduzierte ihr Gewicht auf das eines Vogels. Sie stieß sich wieder ab und schoss über die wütenden Juru hinweg auf den Hauptmann zu. Erneut rief sie seinen Namen, hoffte, dass er jetzt keinen Fehler machte, und kam hinter ihm am Boden auf.

„Willkommen", knurrte er, als sie Rücken an Rücken standen und die Juru einen Moment lang innehielten, um die neue Situation zu erfassen: Ihre beiden gefährlichsten Gegner kämpften jetzt gemeinsam, und selbst den einfältigen Hirnen der Felsenwesen dämmerte, dass die Gefahr sich dadurch vervielfachte.

Dem letzten Soldaten auf der Brücke gelang in diesem Moment ein Satz ins Freie, gefolgt von einem Schwarm Juru, der über die Trümmer hinwegturnte und dem Flüchtigen nachsetzte. Plötzlich waren Wisperwind und Kangan die einzigen Menschen auf der Brücke, während sich rund um sie die Angriffsmacht der Felsenwesen bündelte.

Wisperwind blieb keine Zeit für eine Warnung. Sie stieß sich erneut vom Boden ab, packte den überraschten Kangan und zerrte ihn mit aller Kraft nach oben und zugleich nach vorn. Er wog vermutlich zweimal so viel wie sie selbst, aber sie war stark genug, ihn mehrere Meter durch die Luft zu tragen, hinaus ans Tageslicht, in den Schatten der *Abendstern.*

Der brodelnde Strom der Juru quoll hinter ihnen her ins Freie. Einige setzten zu ihren gefürchteten Sprüngen an, steckten aber zu tief im Gewimmel ihrer Artgenossen fest oder kamen sich gegenseitig in die Quere.

Wisperwind ließ Kangan los, als sie im Schnee aufkamen. Kaum berührten seine Füße den Boden, da eilte er auch schon den verbliebenen Soldaten zu Hilfe. Wisperwind verharrte einen Augenblick länger und erfasste mit einem Blick die Lage. Mindestens dreißig Juru drängten sich am Fuß des Brückenwracks um die Überlebenden;

fast die gleiche Zahl musste unter den Klingen der Verteidiger gefallen sein. Im Gegenzug waren neun Soldaten ums Leben gekommen, und mindestens zwei weitere waren zu verletzt, um mit mehr als den letzten Reserven zu kämpfen. Wenn sie diesen Kampf überleben wollten, mussten sie es bis zur Gondel schaffen, denn die Juru würden den Soldaten keine Zeit lassen, die Gurte und Riemen der Luftschlitten anzulegen. Der Korb am Seil war ihre einzige Chance.

Bevor Wisperwind das Götterschwert erneut gegen die Felsenwesen führte, blickte sie zur *Abendstern* hinauf. Ihre vage Hoffnung, dass weitere Soldaten auf dem Weg zu ihnen wären, wurde enttäuscht. Wahrscheinlich waren sie von dort oben aus im Gewirr der Trümmer gar nicht zu sehen. Zudem fürchtete sie, dass die Befehlskette vom Ausguck bis zur Brücke viel zu behäbig war, um rasch genug auf die verzweifelte Lage zu reagieren.

Und noch etwas sah sie. Die Gondel schwebte auf halber Höhe zwischen Gletscher und Gildenschiff – in mindestens hundert Metern Höhe. Ein winziger Stecknadelkopf vor dem fliegenden Koloss, mit dem zugleich ihre letzte Zuversicht schwand. Jemand musste veranlasst haben, das Seil einzuholen. Sie erkannte auch den Grund. Das Schiff war ein gutes Stück weit abgetrieben. Um das Risiko auszuschließen, dass sich Gondel und Tau in den Trümmern am Boden verfingen, war beides nach oben gezogen worden. Eine vernünftige, für die Menschen am Boden jedoch fatale Entscheidung.

Also blieben ihnen doch nur die Luftschlitten.

„Kangan!" Sie kreuzte seinen Blick und deutete hinauf zum Schiff und der Gondel. Er stieß einen Fluch aus und kam zum selben Schluss: „Die Schlitten", sagte er verbissen, so als hätte er wenig Hoffnung, dass sie es heil bis dorthin schaffen würden.

Sie nickte, dann raste sie wie ein Derwisch unter die Juru, schlug und schnitt und hackte, um Kangan, sich selbst und den verletzten Soldaten eine Schneise durch die Angreifer zu bahnen.

Irgendwie gelang es ihnen, die Brücke von außen zu umrunden. Wisperwind sah, dass die Erschöpfung den drei Männern zu schaffen machte, ganz zu schweigen von den Wunden, die sie davongetragen hatten. Auch Kangan war verletzt, eine Vielzahl kleiner Schrammen und Risse, die zweifellos schmerzhaft waren, ihn aber nicht ernsthaft behinderten.

Mehr als zwanzig Juru waren übrig, und der Weg zu den Luftschlitten schien endlos – als etwas geschah, mit dem keiner gerechnet hatte.

Ohne jede Vorwarnung gerieten die Felsenwesen in helle Aufregung. Viele hielten inne, blieben im Schnee auf allen vieren hocken und reckten die augenlosen Schädelstränge zum Himmel. *Wie* sie wahrnahmen, was dort oben vor sich ging, wusste Wisperwind nicht. Aber sie sah, *was* die Kreaturen entdeckt hatten.

Auch Kangan folgte ihrem Blick. Unter dem Blut, das sein Gesicht bedeckte, verengten sich seine Eulenaugen. Sein Mund formte einen tonlosen Fluch.

Eine Handvoll Juru warf sich herum und ergriff die

Flucht. Andere starrten weiterhin nach oben. Nur wenige kämpften noch, doch auch sie hielten bald inne. Unverhofft kam es zu einem Waffenstillstand zwischen Menschen und Felsenwesen. Außer dem rasselnden Atem der Verletzten ertönte eine Weile lang kein Laut.

Im Norden über dem Gletscher war der Himmel nicht länger leer. Drei Luftschiffe schwebten hoch über dem Eis, hielten genau auf die *Abendstern* zu. Sie hatten die Gipfelkette am Rand des Gletschers passiert und befanden sich nun auf halber Strecke zwischen den Bergen und dem Wrack am Boden. Sie hatten eine ähnliche Fischform wie Kangans Schiff, mit gezackten Segeln rund um den ovalen Leib.

„Sind das welche von euch?“, raunte Wisperwind, ohne die Juru aus den Augen zu lassen. Sie ahnte die Antwort, schon bevor Kangan steif den Kopf schüttelte.

„Nein.“

Am strahlend blauen Himmel über den Granitzacken erschienen jetzt weitere Silhouetten, mindestens sechs, aber sie standen so nah beieinander, dass da noch mehr von ihnen sein mochten, in zwei oder drei Reihen hintereinander. Sie verharrten über den Bergen wie ein Schwarm Raubfische an einem Riff in kristallklarem Wasser. Nur die drei vorderen Schiffe kamen näher, während ihre riesigen Schatten wie Rochen über das Eis glitten.

Mehrere Juru stießen schrille Laute aus. Mit einem Mal sprengte der Pulk auseinander. Weitere zogen sich in das Gewirr der verschachtelten Gittertrümmer zurück, erst nur ein paar, dann immer mehr. Innerhalb einiger Herzschläge waren sie alle verschwunden. Wisperwind, Kangan und die drei überlebenden Soldaten blieben allein zurück, ein abgerissener, blutverschmierter Haufen inmitten der Jurukadaver im Schnee.

„Weiter!“, brüllte Wisperwind. „Zu den Schlitten, bevor sie es sich anders überlegen.“

Kangan stützte einen der Verletzten, während sie das letzte Stück bis zum Landeplatz zurücklegten.

Weiter nördlich spie das mittlere der drei Luftschiffe einen Schwarm winziger Punkte aus, Luftschlitten mit Kurs auf die *Abendstern*.

„Sind das Russen?“, presste Wisperwind hervor, während sie mit den anderen über das Eis stolperte.

Kangan nickte stumm. Mehr war nicht nötig. Jedes Wort verschwendete nur kostbare Kraft.

Wisperwind eilte an die Seite eines verwundeten Soldaten. Sie packte seinen Arm und stützte ihn. Vor ihnen tauchten die Ausläufer des Trümmerfeldes auf. Irgendwo dahinter, unsichtbar vor dem blendenden Gletscher, lagen die Luftschlitten.

„Nicht mehr weit“, keuchte der Soldat, den Wisperwind stützte. Es klang wie ein Flehen.

Nicht zum ersten Mal fragte sie sich, wie sie eines der Fluggeräte in Gang setzen und damit zur *Abendstern* fliegen sollte. Die Gondel war nutzlos – noch immer schwebte sie hundert Meter über dem Erdboden, und niemand auf der *Abendstern* schien daran zu denken, sie herunterzulassen.

Vor ihr blieb Kangan unvermittelt stehen. Der Mann,

den er mitgeschleppt hatte, fiel auf die Knie und begann zu weinen wie ein Kind. Auch die anderen verharrten angesichts des Anblicks, der sich ihnen bot. Wisperwinds Augen verengten sich.

Die Knochendornen der Juru hatten tiefe Furchen ins Eis geschnitten. Wo die Felsenwesen gewütet hatten, trug der hart gefrorene Schnee ein verworrenes Muster aus Rissen und Schrunden.

Die Luftschlitten lagen zertrümmert im Schnee, wie Insekten mit ausgerissenen Flügeln.

Mukhtar Khan

Natürlich, *er* hatte es ja gewusst. Die Katastrophe war unausweichlich gewesen. Man hätte ihn nur fragen müssen. Feiqing hätte eine passende Antwort parat gehabt.

Es wird ein Unglück geben, hätte er gesagt. Ein großes Unglück. Hört auf mich. Ich kenne mich aus mit Unheil und Missgeschick.

Aber selbstverständlich hörte niemand auf einen Rattendrachen, nicht an Bord der *Abendstern* und nirgendwo sonst. Das war sein Schicksal. Was für ein lausiges Leben!

Feiqing stand im Schatten der Luftschlittenhalle und beobachtete, wie die Delegation der russischen Gildenschiffe eintraf. Der Raum befand sich im Heck der *Abendstern* und hatte beträchtliche Ausmaße. An die fünfzig Schlitten lagen hier in mehreren Kolonnen aufgereiht, bereit für jene, die waghalsig genug waren, sich damit in die Tiefe zu stürzen. Feiqing konnte sich nicht an den Schreckenstag erinnern, an dem man ihn selbst auf einer dieser Höllenmaschinen festgebunden und zum Drachenfriedhof hinabgestoßen hatte; doch allein das Wissen, dass es geschehen war, reichte aus, ihm beim Anblick der Fluggeräte den Magen umzudrehen.

Elegant schwebte die Delegation mit ihren Einmannschlitten durch die große Öffnung ins Innere der Halle. Über dem freien Streifen, der für die Landung vorgesehen war, verharrten die Männer einen Moment lang in der Luft, dann senkten sich alle gleichzeitig abwärts.

Sie waren zu siebt gekommen: ein russischer Gildenmeister und seine sechs schwer bewaffneten Leibwächter, Kolosse in Lederharnischen mit Fellbesatz, gerüstet mit Schwertern und Dolchen. Sie erinnerten Feiqing an die Mandschu, denen Nugua, Niccolo und er bei ihrer Flucht aus dem Gauklerlager entkommen waren. Gegen alle Vernunft erwartete er beinahe Lotusklaue unter ihnen zu sehen – aber der dämonische Mandschuhauptmann war tot, gefallen am Ufer des Lavastroms. Trotzdem blieb das beunruhigende Gefühl, dass jeder der sechs Leibwächter es mit einem Krieger von seinem Schlag hätte aufnehmen können.

Feiqing zog sich ein Stück tiefer in den Schatten einiger Stützstreben zurück, stieß mit dem Rücken gegen die Hallenwand und stellte verdrossen fest, dass sein Drachenbauch mit den breiten Querstreifen noch immer ins Tageslicht ragte.

Gildenmeister Xu, der Kapitän der *Abendstern*, hatte die Brücke verlassen und war persönlich in die Halle gekommen, um die Delegation in Empfang zu nehmen. Dem Anschein nach mochte er das aus Höflichkeit tun – kein Wunder, angesichts der feindlichen Übermacht dort draußen –, aber nicht einmal Feiqing hatte Zweifel an seinem wahren Beweggrund: Xu wollte verhindern, dass die Russen das Schiff auf dem Weg zur Brücke von innen ausspionierten.

Auch der chinesische Gildenmeister hatte Wachen mitgebracht, ein Dutzend Soldaten aus Kangans Garde, eindrucksvolle Gestalten mit Halbhelmen und Schwertlanzen. Dass die festgeschnallten, handgroßen Armbrüste an ihren Unterarmen gespannt waren, ließ wenig Zweifel daran, wie wenig Hoffnung Xu in das Gespräch mit den Geheimen Händlern des Zarenreichs setzte.

Feiqing verhielt sich mucksmäuschenstill. Er versuchte, seinen dicken Bauch einzuziehen; aber wie tief er auch einatmete, es half alles nichts. Zum Glück hatten die Männer dort drüben Besseres zu tun, als Ausschau nach heimlichen Lauschern zu halten.

Nach all den Strapazen und Abenteuern hatte sein kirschroter Rattendrachenleib die Farbe moderigen Schlamms angenommen. Genauso roch er wohl auch. Er hatte wenig Zweifel, was geschehen würde, falls man ihn erwischte. Die Geheimen Händler hatten ihn schon einmal von Bord geworfen, und während der vergangenen Tage war es vor allem Wisperwind zu verdanken gewesen, dass sie es nicht erneut versucht hatten. Doch die Schwertmeisterin war nicht hier, sondern unten am Erdboden, und da Xu ihm ohnehin nicht über den Weg traute, erschien Feiqing die gähnende Öffnung auf der anderen Seite der Halle gleich noch ein wenig größer und gefährlicher.

Die beiden Gildenmeister und ihre Leibwächter standen sich im hinteren Teil des großen Raumes gegenüber, keine zehn Meter vom Abgrund entfernt. Es gab dort keine Wand, nur ein rechteckiges Loch, zwanzig Meter breit und zehn Meter hoch, durch das die Schlitten ein- und ausflogen; bei schlechtem Wetter konnten vom oberen Rand Ölplanen ausgerollt und rundum festgezurrt werden. Jenseits dieser Öffnung lagen dreihundert Meter Leere und das frostige Panorama des Gletschers.

Begrüßungen wurden ausgetauscht, in den Sprachen des jeweils anderen. Wie gut Xu Russisch sprach, vermochte Feiqing nicht einzuschätzen, doch das Chinesisch seines Kontrahenten war makellos. Die feindliche Flotte dort draußen, so viel hatte Feiqing auf den Gängen der *Abendstern* erfahren, missachtete seit jeher die Grenzen der beiden Reiche und ignorierte sämtliche Abkommen zwischen den Geheimen Händlergilden diesseits und jenseits der Himmelsberge. Man kannte sich und wusste, was man voneinander zu erwarten hatte. Wäre die chinesische Händlerflotte einem einzelnen russischen Gildenschiff begegnet, hätte sie es kurzerhand vom Himmel geschossen. Xu musste ahnen, dass er umgekehrt keine freundlichere Geste zu erwarten hatte.

Zum ersten Mal kam Feiqing der Gedanke, dass es unten am Boden womöglich sicherer war als hier oben: gemütlich durch den Schnee stapfen, hier und da ein Trümmerteil umdrehen, an einem warmen Lagerfeuer sitzen und die Vorräte verspachteln.

Stattdessen stand er nun hier, leidlich verborgen im Schatten, während das Herz ihm vor Angst aus dem Hals schlug. Sogar sein Kehlkopf hüpfte bibbernd auf und ab.

Nach dem Austausch falscher Höflichkeiten und allerlei Lügen darüber, wie erfreulich es doch sei, den anderen zu sehen, kamen die verfeindeten Gildenmeister zur Sache.

„Du weißt, dass wir nicht verantwortlich sind für dieses Wrack“, sagte Xu. „Unsere Kundschafter haben es beim Flug über die Berge entdeckt und –“

„Und ihr wolltet euch freundlichst vergewissern, ob ihr noch ein paar von uns retten könnt, nicht wahr?“ Der russische Händler war beinahe so groß wie seine Gardisten. Sein Fellmantel wurde über seinem mächtigen Bauch von einem Gürtel mit Goldbesatz zusammengehalten. Er hatte einen dunklen Vollbart und eine tiefe, keineswegs unangenehme Stimme, obgleich seine schwarzen Eulenaugen noch finsterer und bedrohlicher wirkten als die der hiesigen Händler. Sein Name war Mukhtar Khan, so viel hatte Feiqing der Begrüßung entnehmen können.

„Wir hatten vor, das Wrack zu plündern“, entgegnete Xu kühl. „So wie ihr es getan hättet, wäre das dort unten eines unserer Schiffe.“

Der Russe lachte. „Zweifellos, zweifellos. Doch was auch immer hätte sein können, nun, das spielt keine Rolle, fürchte ich. Es ist nun einmal *unser* Schiff, und *eure* Männer stöbern gerade in den Trümmern. Zudem seid ihr allein und wir eine Flotte von vierzehn Schiffen.“ Er ließ die Zahl genüsslich nachhallen, ehe er hinzusetzte: „Nebenbei bemerkt: Euer Trupp wird dort unten nichts als den Tod finden. Glaub mir, meine Leute haben es am eigenen Leibe erfahren.“

Xu verzog keine Miene. „Womöglich gehen meine Männer klüger zu Werke als die deinen.“

Mukhtar Khan lächelte liebenswürdig. „Das wird ihnen wenig nützen, wenn die brennende *Abendstern* auf ihre Köpfe stürzt."

Feiqing presste beide Hände auf seinen Bauch, um ihn tiefer in den Schatten zu drücken. Als die Luft aus dem vermaledeiten Kostüm entwich, klang es, als hätte er sich auf einen Frosch gesetzt.

Einer von Xus Gardisten sah sich um.

Feiqing wünschte sich, er wäre tot. Vielleicht nicht *ganz* tot. Aber tot genug, um nicht hier zu sein.

Der Gardist wandte sich wieder ab, als die russischen Krieger mit einem Ruck Haltung annahmen. Ihr Anführer hatte eine Hand erhoben, doch die Geste galt gar nicht den Wächtern, sondern seinem chinesischen Gegenüber. „Beenden wir das. Wir könnten uns noch stundenlang die eine oder andere Beleidigung an den Kopf werfen, aber ich vermute, in Wahrheit liegt uns doch beiden an etwas ganz anderem. Wir sind Händler, du und ich. Wir wollen Geschäfte machen. Salz scheffeln, vielleicht auch ein paar andere Dinge." Er seufzte leise. „Nichts von alldem ist in dem Wrack zu finden. Wohl aber bei denen, die es zum Absturz gebracht haben."

„Und wer ist verantwortlich dafür?"

„Die Drachen", antwortete Mukhtar Khan. „Sie haben sich in diesen Bergen eingenistet und töten alles, was ihnen in die Klauen gerät."

Feiqing kräuselte vor Empörung die Lefzen. Chinas Drachen waren heilig. Sie waren friedliebende Geschöpfe. Gerade jetzt setzten sie alles daran, um die Welt vor dem Aether zu retten. Woher nahm dieser fettbäuchige, verlogene Schleimsack die Unverfrorenheit, so etwas zu behaupten?

„Deine Schiffe haben die Drachen schon früher gejagt, Mukhtar Khan."

„Ebenso wie die deinen."

„Das ist lange her, viele Generationen. Wir haben aus den Fehlern unserer Ahnen gelernt. Du aber wirst keine Nachfahren haben, die aus deinen Fehlern lernen können, weil die Drachen dich vernichten werden."

Der russische Gildenmeister blieb unbeeindruckt. „Das wird sich zeigen. Drachenhirn bringt auf den Märkten in Moskau und Samarkand Preise, von denen wir alle nur träumen können. Du und deine Leute, ihr könntet euch einen gerechten Anteil verdienen. Ich bin kein Dummkopf, und ich weiß so gut wie du, dass ein Krieg mit den Drachen kein Kinderspiel ist. Monatelang habe ich verhandelt und geschmeichelt und gelogen und erpresst, um eine Flotte von vierzehn Schiffen auf die Beine zu stellen. Du könntest dich uns anschließen, du und deine *Abendstern*. Von mir aus auch jedes andere chinesische Gildenschiff. Fünfzehn Schiffe sind stärker als vierzehn, und erst recht zwanzig oder fünfundzwanzig ..." Er ließ den Rest unausgesprochen, und Feiqing registrierte mit Entsetzen, dass Xu tatsächlich ins Grübeln geriet.

„Drachenhirn, sagst du?"

„Und ihre Zähne. Mehl aus ihren Knochen. Ihre verdammten goldenen Augen. Selbst für jede einzelne Schuppe wird man uns ein Vermögen zahlen!"

„Hmm“, machte Xu nachdenklich. „Soso.“

Feiqing zitterte vor Entrüstung. Mit einer Hand hielt er die Spitze seines Drachenschwanzes fest, damit sie nicht auf- und abschlug. Am liebsten wäre er aus seinem Versteck gesprungen und hätte diesen Hundesohn am Kragen gepackt. Sie waren hergekommen, um den Drachen beizustehen! Und nun erwog Xu allen Ernstes, ihnen in den Rücken zu fallen? Schon bald würde es kein Moskau und kein Samarkand mehr geben, falls der Aether nicht aufgehalten wurde. Hatte Xu das vergessen?

Und noch etwas wurde ihm in diesem Moment bewusst. Er und Wisperwind hatten sich manches Mal die Köpfe darüber zerbrochen, welche Rolle die Geheimen Händler eigentlich im Krieg gegen den Aether spielen sollten. Niemand schien bislang eine klare Antwort darauf gefunden zu haben. Maginogs Riesen waren uralt und mächtig, womöglich sogar magisch begabt, und ihnen war zu zutrauen, dass sie tatsächlich helfen konnten, Pangus Wiederauferstehung zu verhindern – schließlich war er ihr Vorfahr, der Vater aller Riesen. Aber die Geheimen Händler? Der Aether besaß keine eigene Armee, die es zu schlagen galt. Warum also hatte der Riesenkönig sie aufgefordert, die Himmelsberge anzufliegen? Hatte er geahnt, dass es jemanden gab, der auf der Seite des Aethers kämpfen würde? Jemand, der vielleicht gar nicht wusste, wem er damit den Rücken stärkte, sondern glaubte, nur im eigenen Interesse zu handeln? Jemand wie Mukhtar Khan und seine Flotte von Drachenjägern?

„Denk nicht zu lange über mein Angebot nach“, riet der

russische Gildenmeister seinem Gegenüber. „Das Wrack dort unten ist von Drachen zerstört worden, darauf gebe ich dir mein Wort. Eine Handvoll Schlitten ist vor dem Absturz entkommen, und zwei von ihnen haben es bis zu mir geschafft. Wir haben Augenzeugen für das, was geschehen ist. Und wir haben einen guten Grund, dafür Rache zu nehmen. Wenn dabei noch ein paar Säcke Salz abfallen", sagte er mit liebenswürdigem Lächeln, „ist das umso besser. Dann sind unsere Brüder dort unten nicht umsonst gestorben."

Heuchler!, dachte Feiqing. Seine Zähne knirschten vor Wut, sein Drachenkamm stand aufrecht.

Immerhin war Xu noch nicht zu benebelt von der Aussicht auf Reichtümer, um die naheliegende Frage zu stellen: „Wer hat den Angriff eröffnet – die Drachen oder euer Schiff?"

Mukhtar Khan warf die Arme empor. „Was spielt das für eine Rolle? Hunderte Tote sprechen eine deutliche Sprache. Und wem wäre schon gedient, wenn noch ein paar Hundert weitere dazu kämen?"

Xu war zu klug, um sich auf ein weiteres Wortgefecht einzulassen. Feiqing konnte nicht ernsthaft glauben, dass der Gildenmeister die Aussicht auf reichen Gewinn tatsächlich über die Gefahr stellte, die vom Aether ausging. Aber es war offensichtlich, dass Xu angesichts der russischen Übermacht keine andere Wahl hatte.

„Einverstanden", sagte er nach einer Weile. „Wir werden uns euch anschließen."

Mukhtar Khan stieß ein dröhnendes Lachen aus. „Eine

kluge Entscheidung, mein Freund. Erlaube mir, dass ich ein paar meiner Männer hier an Bord lasse, um ganz sicherzugehen, dass unser Abkommen eingehalten wird."

„Du traust mir nicht?"

Mukhtar Khan strahlte. „Wüsste ich nicht, dass du ein gutes Geschäft ebenso zu schätzen weißt wie ich, hätte ich die *Abendstern* schon vom Himmel holen lassen, als wir euch über die Berge kommen sahen."

Xu ergriff die Rechte, die der Russe ihm entgegenstreckte. „Noch etwas", sagte er. „Meine Leute unten im Wrack ... Wir müssen hier warten, bis sie zurückkehren."

Mukhtar Khans Eulenbrauen rückten zusammen. „Dafür ist keine Zeit, fürchte ich. Die *Abendstern* wird an meiner Seite an der Spitze der Flotte fliegen. Verzeih mir meine Vorsicht" – und nun lag blanker Hohn in seiner Stimme –, „aber mir ist nicht wohl dabei, dich in meinem Rücken zu wissen."

„Dann warte gemeinsam mit uns auf ihre Rückkehr. Ich sende einen Boten aus, der sie zurückholt."

Mukhtar Khan schüttelte den Kopf. „Tut mir leid."

Xu atmete so scharf aus, dass selbst Feiqing in seinem Versteck es hörte. „Du kannst nicht verlangen, dass ich meine Männer –"

Die Stimme des Russen war eisig wie der Wind, der aus dem Abgrund heraufwehte. „Sie sind Plünderer, Xu. Das waren deine eigenen Worte. Ich kann nicht zulassen, dass sie ungestraft bleiben, nicht vor den Augen meiner besten Männer. Was ist dir lieber: dass einige wenige sterben, oder ihr alle?"

Damit drehte er sich um und trat durch den Pulk seiner Leibgardisten zurück an seinen Luftschlitten. Die Wächterkette schloss sich hinter ihm, bis er mit wenigen schnellen Griffen die Gurte angelegt hatte und bereit war zum Aufbruch. Zwei weitere Männer schlossen sich ihm an. Die übrigen vier blieben zurück und schoben Mukhtar Khan und seine beiden Begleiter über die Kante ins Nichts.

Feiqing beobachtete, wie Xu den drei Luftschlitten nachblickte. Selbst wenn der Gildenmeister sofort einen Boten aussandte, würde es zu lange dauern, die anderen im Irrgarten der Wrackteile aufzuspüren. Zudem war ein Aufstieg vom Boden keine einfache Angelegenheit; die Schlitten brauchten dafür Zeit, die Mukhtar Khan ihnen nicht gewährte. Vierzehn Schiffe gegen eines. Die Entscheidung war Xu bereits abgenommen worden, als die russische Flotte über den Gipfeln aufgetaucht war.

Feiqing stand noch im Schatten, als der Gildenmeister mit seiner Garde und den vier russischen Kriegern die Halle verließ. Erst dann trat er ins Licht und näherte sich zitternd dem Abgrund.

Feiqing fliegt

Panisches Gezeter wehte über den Gletscher.

Wisperwind blickte alarmiert von den Trümmern am Boden nach oben.

Ein Luftschlitten trudelte von der *Abendstern* in einer kläglichen Spirale Richtung Erdboden. Seine Schwingen flatterten ungelenk wie ein Huhn, das vom Heuschober fällt. Im ersten Moment hätte man meinen können, das Fluggerät sei beschädigt. Die Möglichkeit, dass sich jemand darauf in die Tiefe gestürzt haben könnte, der schlichtweg keine Ahnung hatte, wie man den Schlitten bediente, schien im ersten Augenblick undenkbar.

Dann entdeckte Wisperwind, *wer* dort in den Gurten und Riemen hing wie eine gekreuzigte Wasserratte.

Feiqing musste die Hälfte der Strecke bis zum Erdboden zurückgelegt haben, in einer engen Korkenzieherbahn, die tatsächlich mehr Absturz als Flug war, ehe sie auf seine gellenden Schreie aufmerksam geworden war. Erstaunlich eigentlich, dachte sie, dass er kreischen *und* mit den Flügeln schlagen konnte. Nicht dass eines davon hilfreicher war, ihn in der Luft zu halten, als das andere.

Sie rief seinen Namen, aber der eisige Gegenwind riss ihn von ihren Lippen. Feiqing hatte andere Sorgen. Er kämpfte ganz offensichtlich mit der Koordination der

Schwingen, mit seiner Furcht vor der Höhe, mit der Aussicht auf einen tödlichen Aufprall und wahrscheinlich mit drei Dutzend anderen Ängsten.

Wisperwind überließ sich ihren Instinkten. Für einen Plan, selbst für einen einzigen sachlichen Gedanken, blieb keine Zeit mehr.

Sie war erschöpft und verletzt vom Kampf mit den Felsenwesen, doch es gab nur eine Möglichkeit. Sie holte tief Luft und stieß sich federleicht vom Erdboden ab. Was sie versuchte, war vielleicht der irrwitzigste Sprung, den sie jemals gewagt hatte. Es war eine Sache, mithilfe des Federflugs auf Baumspitzen zu balancieren oder eine stille Wasseroberfläche zu überqueren. Etwas ganz anderes aber war es, ein trudelndes Objekt im freien Fall abzupassen, erst recht, da kaum abzusehen war, wohin Feiqings panisches Geflatter ihn im nächsten Augenblick tragen würde.

Sein Glück war es, dass das Heck der *Abendstern* in Wisperwinds Richtung zeigte – dadurch hatte sie zumindest eine winzige Chance, ihn zu erreichen. Ein Stück weiter entfernt, und nicht einmal der Federflug hätte ihn retten können. Auch Wisperwinds Sprungkraft hatte Grenzen, und schon jetzt kam sie ihnen gefährlich nahe. Wenn sie Feiqings Flugbahn nicht im richtigen Augenblick kreuzte, war sein Absturz nicht mehr aufzuhalten.

In der Luft riss sie das Schwert hoch, gerade in jenem Moment, als Feiqings Schlitten in einer steilen Kurve auf sie zufegte. Der Rattendrache war mit dem Bauch auf die hölzerne Flugmaschine geschnallt, ein knolliges braunrotes Etwas, das auf dem filigranen Schlitten denkbar deplatziert wirkte. Sein Schwanz wedelte hektisch hinter ihm her, während der Gegenwind seine Lefzen zum Flattern brachte.

„Uuuaaaaahhhhhh!“, kreischte er, als er Wisperwind mit dem Schwert vor sich auftauchen sah, noch immer fast fünfzig Meter über dem Boden, und nun vergaß er sogar, mit den Flügeln zu schlagen.

Sie schloss die Augen und konzentrierte sich. Bei dem, was sie nun tun musste, durfte sie sich nicht auf ihre gewöhnlichen Sinne verlassen. In ihrem Kopf entstand ein Abbild des Flugschlittens, das nicht in Bewegung war. In Gedanken markierte sie die Stellen, an denen die Gurte Feiqing darauf festhielten.

Sie spürte, wie er näher kam. Noch im selben Herzschlag war er unter ihr. Sie schlug einen Salto, ließ sich vom Luftzug des Schlittens mitziehen und kam mit beiden Füßen federleicht auf den Schwingen zum Stehen, breitbeinig über Feiqing. Sie hörte jetzt nicht mehr auf sein Gekreische. Achtmal stieß sie das Schwert in einer raschen Abfolge nach unten, viel zu schnell für das menschliche Auge. Noch immer waren ihre Lider geschlossen, noch immer raste sie auf dem Schlitten mit irrwitziger Geschwindigkeit dem steinharten Eis entgegen.

Die Klinge traf mit der Genauigkeit eines Seziermessers. Fast gleichzeitig zerschnitt sie alle Ledergurte an Feiqings Armen und Beinen und die beiden über seinem Rücken. Wisperwinds linke Hand fuhr nach unten, riss den Rattendrachen wie eine Puppe hoch und stieß sich mit ihm von dem Luftschlitten ab.

Gemeinsam stiegen sie steil nach oben, Wisperwind im Stand, Feiqing strampelnd in der Horizontalen. Sie hatte ihre Finger in den Drachenkamm auf seinem Rücken gegraben und betete zu den Göttern, dass die Nähte seines Kostüms nicht platzten.

Als sie die Augen aufschlug, noch immer ein gutes Stück über dem Boden, sah sie den Luftschlitten unter sich aufschlagen. Das Fluggerät hämmerte einen Krater in den Schnee und zerschellte beim Aufprall in seine Einzelteile. Holzstücke, Seile und Leder wurden über das Eis verteilt, während eine Kristallwolke aufstieg und die Absturzstelle mit flitterndem Glitzerstaub vernebelte.

Wisperwind stieß einen Alarmruf aus, als sie den höchsten Punkt ihres Sprungs erreichte. Allein hätte sie graziös wie eine Vogelfeder abwärtssinken können, aber das beträchtliche Gewicht Feiqings zerrte sie mit sich, langsamer als ein echter Sturz, aber doch mit genug Wucht, um beiden sämtliche Knochen zu brechen.

Das waghalsige Rettungsmanöver hatte sie wieder ein gutes Stück weit ins Innere des Trümmerfelds getragen, mehr als hundert Schritt weit von Kangan und den drei Soldaten entfernt. Auch wenn die Juru beim Auftauchen der fremden Luftschiffe die Flucht ergriffen hatten, mochten sie immer noch dort unten lauern. Aber darauf konnte Wisperwind in diesem Moment keine Rücksicht nehmen. Stattdessen gab sie ihrem Fall einen Schlenker nach rechts, genau auf einen Haufen käfigartiger Gittertrümmer zu.

„Feiqing!“, schrie sie. „Halt dich fest! Du musst dich irgendwo –“

Die oberen Gitterstreben zerbrachen unter ihrem Aufprall, die nächste Lage bremste sie, in der dritten schließlich blieben sie hängen – keine drei Meter über dem Boden. Feiqing lag jammernd über mehreren Holzlatten, die unter seinem Gewicht erbärmlich ächzten. Wisperwind hingegen saß elegant wie ein Vogel mit angezogenen Knien auf einer Strebe, sekundenlang benommen, aber doch einigermaßen sicher und leidlich im Gleichgewicht.

„Ich falle!“, zeterte der Rattendrache.

„Jetzt nicht mehr“, gab sie erschöpft zurück.

„Doch, ich –“

Die Streben unter ihm brachen mit einem lauten Knacken. Feiqing stürzte strampelnd und schreiend durch das Loch. Wisperwind stöhnte auf und sprang hinterher. Sie kam breitbeinig im Schnee auf und riss das Schwert hoch, um angreifende Juru abzuwehren.

Aber die Felsenwesen zeigten sich nicht. Der Hohlraum unter den Trümmern war leer, abgesehen von ihr selbst und Feiqing, der keinen Laut von sich gab: Er steckte kopfüber in einer Schneewehe und strampelte mit den Beinen, während sich sein Drachenschwanz wie eine Schlange um das breite Hinterteil ringelte.

Wisperwind atmete auf, versicherte sich noch einmal, dass keine Juru auf sie lauerten, und zog Feiqing mit einer Hand aus der Wehe. Spuckend und fluchend kam er am Fuß des Schneehaufens zum Liegen, flach auf dem Bauch wie eine Schildkröte.

„Ich hätte tot sein können!“, schimpfte er, als er sich mühsam auf den Rücken wälzte und im Schnee sitzen blieb.

„So?“, fragte sie.

„Nur um dir beizustehen, jawohl! Man kann dich nicht allein lassen, ich hab’s schon die ganze Zeit gewusst! Dich und diesen … diesen Hauptmann! Wäre er an Bord gewesen, dann hätte er Xu vielleicht zur Vernunft bringen können. Aber so … Pah!“ Er pulte sich Schnee aus der Nase, stöhnte plötzlich auf und fiel nach hinten in die Wehe.

„Feiqing?“

Er gab keine Antwort.

„He, Feiqing!“ Sie beugte sich über ihn, knuffte ihn mit dem Finger in den dicken Bauch, blickte in seine geschlossenen Augen und stellte fest, dass er ohnmächtig geworden war. Auch das noch.

Sie überlegte, wie sie ihn schleunigst zu Kangan und den anderen bekäme. Sie konnte ihn nicht das ganze Stück tragen. Er musste wach sein, um das hier heil zu überstehen. Zudem mochten die Juru jeden Moment beschließen, dass es an der Zeit für einen neuen Angriff wäre, solange die Luftschiffe am Himmel sich nicht um sie kümmerten.

Mit spitzen Fingern kniff sie herzhaft in Feiqings faustgroße Nase. Jaulend schrie er auf, sein Oberkörper fuhr hoch, der Drachenschwanz peitschte den Schnee, und seine Arme fuhren ausgestreckt nach oben, als wähne er sich noch immer im freien Fall in den Abgrund.

„Ruhig“, sagte sie, obwohl sie fürchtete, dass es dazu bereits zu spät war. Die Juru mussten längst wissen, wo sie sich befanden.

„Ich lebe noch!“ Feiqing klopfte mit den Fingern an seinem Leib auf und ab, als müsse er sicherstellen, dass noch alle Körperteile an Ort und Stelle waren.

„Sieht ganz so aus“, sagte sie.

Eine wulstige Drachenbraue ruckte nach oben. „Du warst bei mir, da oben in der Luft ...“

„Schon möglich.“

„Und du ... du hast mit dem *Schwert* auf mich eingestochen!“

„Nicht auf dich. Nur auf die Ledergurte.“

„Aber ich hätte abstürzen können!“

Sprachlos starrte sie ihn an. Dann gab sie sich mit einem Schulterzucken geschlagen und blickte sich im Inneren des Trümmerberges um. Der Schnee war glatt und unberührt, abgesehen von den Stellen, die sie selbst aufgewühlt hatten.

Die Gitterstreben bildeten über ihnen ein Dach, eigentlich sogar mehrere, denn die Wrackteile waren in drei oder vier Lagen aufeinandergeprasselt. Das Loch, das Feiqing hineingerissen hatte, befand sich am Rand des Hohlraums, genau über den Schneewällen, die sich rundum an den Trümmerwänden abgelagert hatten. Tausende Eiszapfen hingen an den Streben; einige waren durch die Erschütterung des Aufpralls abgebrochen und hatten Löcher in den Schnee gestanzt.

Das Innere hatte an der breitesten Stelle einen Durchmesser von mehr als zehn Schritt. Ihr erster Eindruck, dass die Trümmerlandschaft des abgestürzten Luftschiffs einer Stadt aus Käfigen ähnelte, kam ihr wieder in den Sinn. Wahrscheinlich war das auch den Juru aufgefallen, die sich hierher zurückgezogen hatten. Eigentlich lebten die Felsenwesen in Höhlen und Spalten, stets aber im Schatten eines Berges. Dass sie hier draußen auf dem Gletscher Unterschlupf gesucht hatten, war ungewöhnlich – und musste bedeuten, dass sie aus ihren angestammten Behausungen vertrieben worden waren.

Sie wandte sich wieder Feiqing zu. „Was ist an Bord geschehen? Wir haben die Luftschlitten der anderen Schiffe gesehen, als sie hinüber zur *Abendstern* geflogen sind."

Er nickte aufgeregt und erzählte ihr stammelnd von dem Gespräch, das er mitangehört hatte.

„Und da dachtest du", fragte sie schließlich, „hier unten wäre es sicherer als an Bord?"

Seine Augen blitzten. „Xu will gemeinsam mit diesem Mukhtar Khan die Drachen angreifen. Bitte schön, sollen sie doch – aber ohne mich. Ich werde ganz bestimmt nicht tatenlos zusehen, wie sie den Drachen in den Rücken fallen. Und ausgerechnet jetzt, mit dem Aether und all dem …" Vor Erregung geriet er ins Stottern und brach ab.

Sie erkannte, dass sie ihm unrecht getan hatte. Es gehörte eine Menge Mut dazu, sein Leben aufs Spiel zu setzen, nur um nicht Teil eines Angriffs auf die Drachen zu sein.

„Außerdem wollte ich euch warnen", setzte er hinzu, nachdem sich seine Stimme wieder beruhigt hatte. Er verzog beleidigt das Gesicht. „Gern geschehen."

Lächelnd trat sie vor und tätschelte seinen Drachenkamm. „Gut gemacht. Und vielen Dank. Das meine ich ernst."

Er knurrte etwas und wich geschmeichelt ihrem Blick aus.

Als sie wieder aufsah, entdeckte sie durch das Raster der Gittertrümmer, dass die *Abendstern* nach Süden beidrehte und Fahrt aufnahm. Von Norden her holte eines der russischen Schiffe zu ihr auf, gefolgt von weiteren, die sich ihnen anschlossen.

Xu hatte keine andere Wahl gehabt, als den Drohungen Mukhtar Khans nachzugeben. Trotzdem verfluchte sie ihn von ganzem Herzen. Seine Leute hier unten zurückzulassen, war schlimm genug – dazu noch die eigene Haut zu retten, indem er die Zukunft der ganzen Welt aufs Spiel setzte, war unverzeihlich.

Andererseits – noch hatte die *Abendstern* die Drachen nicht angegriffen. Vielleicht würde Xu einen Ausweg finden.

Wunschdenken, schalt sie sich. Konnte es wirklich bloßer Zufall sein, dass Mukhtar Khans Flotte ausgerechnet jetzt aufgetaucht war? Oder besaß der Aether eine Möglichkeit, Menschen seinen Willen aufzuzwingen?

„Wisperwind!“, zischte Feiqing.

Sie wirbelte herum und sah, dass sich jemand durch die Trümmer zu ihnen vorarbeitete. Nur wenige Herzschläge später erkannte sie inmitten der berstenden Streben eine menschliche Gestalt.

„Schön habt ihr's hier“, murmelte Kangan, als sie ihm half, das letzte Trümmerstück aus dem Weg zu räumen. Sie erschrak, als sie das gefrorene Jurublut überall an seinem Körper sah, und jetzt erst wurde ihr bewusst, dass sie einen ebenso scheußlichen Anblick bot.

Kangan kletterte in den Hohlraum, sah Feiqing im Schnee sitzen und verzog das Gesicht.

„Ganz meinerseits", knurrte der Rattendrache und mühte sich auf die Beine.

„Die Flotte zieht weiter", sagte der Hauptmann. „Aber ich kann mir nicht vorstellen, dass Xu uns einfach zurücklässt."

„Natürlich nicht", maulte Feiqing. „Sicher fliegt er nur eine Ehrenrunde über den Gletscher. Aus ästhetischen Gründen."

Kangan wollte ihn anfahren, aber Wisperwind brachte ihn mit einer Geste zum Schweigen. „Wir müssen von hier verschwinden. Spätestens wenn die Schiffe vorübergezogen sind, werden die Juru aus ihren Löchern kriechen."

Feiqing drängte sich an Kangan vorbei zum Durchbruch ins Freie. „Gute Idee."

Während sich der Rattendrache ächzend durch die enge Öffnung quetschte, erzählte Wisperwind in wenigen Worten, was sie erfahren hatte.

„Ich kann nicht glauben, dass Xu die Drachen wirklich verrät", sagte sie schließlich.

Kangan aber hob nur die Schultern. „Er ist ein Händler. Er macht Geschäfte."

Sie blickte in seine dunklen Augen. „Und du?", fragte sie leise.

Da schob Feiqing von draußen den Kopf herein. „Jemand sollte rauskommen und sich das ansehen."

° ° °

Hunderte Juru hockten wie verwachsene Affen auf den Trümmern, die zitternden Schädelwülste zum Himmel gereckt. Aus ihren aufgerissenen Schlünden drang ein unheimliches Gurren, ein monotoner, hypnotischer Gleichton.

„Sieht aus", flüsterte Kangan, „als beteten sie die Flotte an."

Wisperwind fand es schwer, dem zu widersprechen. Auch wenn aus den Worten des Hauptmanns die Arroganz der Geheimen Händler sprach, der Stolz auf die Errungenschaft seiner Ahnen, so kam auch sie nicht umhin, dem Anblick Respekt zu zollen. Fünfzehn Giganten im eisklaren Blau über dem Gletscher, wie aufgezogen zu einer Kette am Hals des Himmelsgottes Tiandi.

„Wir müssen hier weg", raunte sie den beiden zu. Geduckt kauerten sie neben ihr im Schatten der Gitter. Feiqings Maul stand offen, mit einer Hand hielt er seinen zuckenden Drachenschwanz fest.

Die Juru waren überall. Sie hockten auf Trümmerbergen und Gitterhaufen, die mörderischen Knochendorne in Holz und Eis verkrallt, die Schädelwülste meterhoch aufgerichtet. Ein Wunder, dass sie dabei ihr Gleichgewicht hielten; nur ein Beweis mehr für die ungeheure Muskelkraft, die in ihren ausgemergelten Armen und Beinen steckte.

Was tatsächlich in ihnen vorging, konnte Wisperwind nur ahnen. Auch war sie nicht sicher, was ihr den größeren Schrecken einjagte: die Juru und ihre gespenstische Ehrfurcht, oder aber die Flotte selbst, dieser kilometerlange Strang aus Gildenschiffen, jedes einzelne zweihundert

Meter lang, umflattert von Dutzenden Segeln und Flaggen.

Abermals presste sie „Wir müssen verschwinden“ über die Lippen, und diesmal nickte Kangan. Auch Feiqing erwachte aus seiner Starre, brachte aber nicht mehr als ein zustimmendes Röcheln zustande.

Es war ein Glücksspiel, auf dessen Ausgang sie ihr Leben setzten. Gebückt schlichen sie entlang der Wrackteile zurück nach Süden, wo die drei verletzten Soldaten noch immer auf ihre Rückkehr warten mussten – dieselbe Richtung, in die sich auch die Luftschiffe bewegten.

Es war nicht allzu weit bis zur Grenze des Trümmerfeldes, aber die Juru waren allgegenwärtig. Sie hatten sich auf den höchsten Erhebungen dieser bizarren Landschaft aus vereisten Gitterkäfigen versammelt, gurrten ununterbrochen die vorüberziehende Flotte an und schenkten den drei Menschen am Fuß der Trümmerhaufen keine Beachtung. Das war umso erstaunlicher nach dem erbitterten Kampf, den sie ihnen gerade eben geliefert hatten. Doch die Panik, die beim Auftauchen der Schiffe ausgebrochen war, hatte sich nun zu etwas anderem gewandelt, einer animalischen Unterwerfung.

Aber ob es die Ehrfurcht vor den Schiffen war oder die Gewissheit, dass sie die drei schutzlosen Gestalten in dieser Einöde früher oder später einholen würden – keines der Felsenwesen griff sie an, und so erreichten Wisperwind und die anderen unbeschadet den Landeplatz außerhalb der Trümmerwüste.

Der Soldat, dem ein Jurustachel den Bauch aufgeschlitzt hatte, war seinen Verletzungen erlegen. Kangan kniete neben ihm nieder und murmelte einige Worte, aber Wisperwind betrachtete es ganz sachlich: Die Verletzung hätte den Mann ohnehin getötet, und besser, es war jetzt geschehen als später, nachdem er sie während ihrer Flucht über das Eis zu lange aufgehalten hätte.

Die beiden übrigen Soldaten waren nur leicht verwundet. Wisperwind drängte zum Aufbruch. Selbst Feiqing respektierte die grimmige Entschlossenheit in ihren Zügen. Er murrte kein einziges Mal und verzichtete sogar darauf, die Götter anzurufen und sein Elend zu beklagen.

Bald darauf waren sie unterwegs und folgten den Schatten der Luftschiffe über das zerfurchte Eis nach Süden. Dort begrenzte eine Kette grauer Felsspitzen den Gletscher; die vorderen Gildenschiffe, allen voran die *Abendstern* und das Flaggschiff Mukhtar Khans, schoben sich gerade darüber hinweg. Irgendwo jenseits dieser Berge musste der Eingang zu den Heiligen Grotten liegen. An Bord eines Schiffes mochte die Reise dorthin nur wenige Stunden dauern. Zu Fuß aber, erst über den Gletscher, dann auf die andere Seite der Gipfel, bedeutete die Strecke einen Marsch von ungewisser Dauer.

Keiner sagte ein Wort, während sie sich über das Eis schleppten, geborstene Schollen erklommen und bodenlose Spalten umgingen. Noch brannte die Sonne und legte einen Anschein von Wärme über den Gletscher. Doch schon in wenigen Stunden würde der schneidende Wind, der schon jetzt ihre Ohren betäubte und ihre Gesichter erstarren ließ, einen Albtraum aus Frost und Finsternis über sie breiten.

Einmal nur blickte Wisperwind nach hinten, über die zerklüftete Eislandschaft zu den Spitzen der Trümmerberge. Die Juru kauerten in langen Reihen auf den Überresten des Wracks, die Schädelstränge aufgerichtet, reglos wie heidnische Statuen. Es war nur eine Frage der Zeit, ehe die Nachhut der Flotte sie passierte. Dann würden sie sich an die Menschen erinnern, die so viele von ihnen erschlagen hatten. Und spätestens wenn das letzte Schiff hinter den Gipfeln verschwunden war, würden die Juru ihre Verfolgung aufnehmen.

Im Aetherlicht

Das Goldlicht im Herzen der Wolkeninsel brannte in Alessias Augen, doch es brannte ohne Hitze.

Draußen musste schon die Sonne aufgehen, doch davon war im Inneren der Wolke nichts zu spüren. Hier unten war es ewig kühl, ewig hell und ewig einsam.

Ihre Intuition hatte sie wieder zu derselben Pumpe geführt, in der Carpi sie tagelang eingesperrt hatte. Der Abstieg mit ihrem verletzten Bein hatte ihr zu schaffen gemacht. Als sie endlich den Fuß der schmalen Wendeltreppe erreicht hatte, war ihr Hosenbein blutdurchtränkt. Minutenlang hatte sie dagestanden und gewartet, bis das Pochen in der Wunde nachließ. Schließlich, sehr langsam, hatte sie sich in Bewegung gesetzt und war endlich in den Lichtschein des Aetherfragments getreten.

„Ich bin hier, um mit dir zu sprechen“, rief Alessia in das lodernde Licht im Zentrum der Wolkeninsel. Seine Quelle war nicht auszumachen. Der gewaltige Hohlraum, tief unter der Oberfläche, war derart von gleißendem Goldglanz erfüllt, dass sie ihre eigenen Füße in der Helligkeit nicht mehr erkennen konnte.

Sie ballte die Fäuste vor Anspannung. „Ich weiß, dass du mich hören kannst! Du kennst mich. Es ist nicht lange her, da haben wir miteinander gesprochen.“

Sie erhielt keine Antwort.

Allmählich kamen ihr Zweifel. Hatte die körperlose Stimme im Licht nur in einem Traum existiert, geboren aus Einsamkeit und Verzweifelung? Nein – Unsinn. Die Stimme war da gewesen. Sie gehörte jener geheimen Macht, die den Kurs der Wolkeninsel bestimmte – ein abgespaltenes Bruchstück des Aethers, das die Geschicke der Insel lenkte und zugleich seit einer Ewigkeit ihr Gefangener war.

„Warum willst du nicht mit mir reden?"

Sie sah nach oben, aber auch die Rohre der Aetherleitungen, die unter der niedrigen Decke dem Mittelpunkt der Wolkenhöhle zustrebten, waren kaum mehr als vage Ahnungen. Sie ähnelten schattenhaften Adern, tief unter der Haut eines Menschen; auch durch sie floss ein Lebenselixier, purer Aether, den die Pumpen aus den Regionen jenseits des Himmels herabsaugten und dem Fragment im Zentrum der Insel zuführten. Niemand außer Alessia wusste von seiner Existenz.

Ein schrecklicher Gedanke durchfuhr sie. Jetzt, da die Verbindung zum Aether wiederhergestellt war, mochte sich das Fragment verändert haben. Zuvor war es einsam und verbittert gewesen. Beim Absturz der Wolkeninsel hatte der Aether es von seinem Fluss abgeschnitten, verstoßen wie ein Vater sein Kind. Obwohl es doch gerade umgekehrt war: Aus dem Fragment war die Intelligenz des Aethers hervorgegangen, durch die Nähe zum Volk der Hohen Lüfte hatte der Aether zu denken gelernt, hatte sich selbst als lebendes Wesen erkannt. Existiert hatte der Aether schon lange, doch *begriffen*, dass er existierte, hatte er erst durch die Menschen des Wolkenvolks. Damit hatte das Unheil seinen Lauf genommen.

Nun aber floss der Aether erneut, das Fragment war wieder eins mit ihm. Bedeutete das, dass es sich auf die Seite des Feindes geschlagen hatte? Der Schattendeuter mochte vorgegaukelt haben, dass er es gewesen war, der den Absturz der Wolkeninsel aufgehalten hatte. Aber das war eine Lüge gewesen. Niemand außer dem Aether selbst hätte die Pumpen wieder zum Laufen bringen können. Und irgendeine Rolle bei alldem musste auch das Fragment gespielt haben.

„Nun rede schon mit mir!" Sie bewegte sich weiter vorwärts, zögernd zwar, aber entschlossen, sich auf keinen Fall abweisen zu lassen.

„Was willst du von mir?"

Leonardo sei Dank! „Erklärungen."

„Ich habe dir schon viele Erklärungen gegeben, kleine Alessia. Du weißt, wie der Aether zu dem wurde, was er heute ist. Und warum er die Welt vernichten will – um sie nach seinem Willen neu zu schaffen. Von alldem habe ich dir erzählt."

Die Stimme klang voller und kräftiger als bei Alessias erstem Besuch im Herzen der Wolke. Nicht mehr so kläglich und niedergeschlagen. Einen Augenblick lang fürchtete sie, sie hätte sich zu weit vorgewagt, als sie hierher zurückgekehrt war. Niemand würde an diesem Ort nach ihr suchen.

„Der Aether fließt wieder", entgegnete sie. „Warum? Du hast mir gesagt, das sei unmöglich."

Ein langes Schweigen folgte, begleitet von einem unmerklichen Pulsieren des Goldlichts. Alessia war versucht, die Augen zu schließen, aber sie wusste, dass die Helligkeit durch ihre Lider dringen würde. Tatsächlich war der Aetherglanz schon überall in ihr, tastete in ihren Gedanken und Gefühlen. Es war ihr noch unangenehmer als beim ersten Mal.

„Warum?“, wiederholte sie schärfer, obwohl das Fragment die Frage auch in ihrem Verstand lesen musste, wieder und wieder und wieder.

„*Der Aether hat erkannt, dass er einen Fehler gemacht hat, als er mich von sich abgespalten hat*“, sagte die Stimme. „*Ich bin es, durch den er zu denken gelernt hat.*“

„Nachdem du es von *uns* gelernt hast.“

„*Ja.*“

„So wie du mir den Aether beschrieben hast, hätte ich nicht gedacht, dass er sich zu einem Fehler bekennt. Oder gar versucht, ihn wiedergutzumachen.“

Erneut verging eine Weile mit zähem Schweigen. Alessia hatte das Gefühl, sich an die Wand aus Goldlicht anlehnen zu können, so solide erschien sie ihr. Wie ein Organ, in dem sie feststeckte. In einem Anflug von Panik fragte sie sich, ob sie bereits vom Aether verschlungen worden war, ohne sich dessen bewusst zu sein.

„*Dankbarkeit ist dem Aether nicht fremd. So wie alle anderen Gefühle, die er sich von euch Menschen abgeschaut hat. Er weiß, was er mir zu verdanken hat. Ohne mich wüsste er nicht, was er ist. Nicht einmal,* dass *er ist.*“

„Und darum hat er frischen Aether durch die Pumpen

fließen lassen? Um dich und die Wolkeninsel wieder in die Hohen Lüfte aufsteigen zu lassen?"

„*Auch deshalb, ja.*"

„Aber das war nicht der einzige Grund, oder?"

„*Es mag noch andere geben.*"

„Warum sagst du mir nicht die Wahrheit?"

„*Das tue ich.*"

„Aber du verschweigst mir Dinge. Vielleicht, weil du sie selbst nicht hören willst."

Wieder Stille. Dann: „*Das verstehe ich nicht.*"

„Manchmal will man Dingen ausweichen, die man insgeheim längst weiß. Weil man sie nicht wahrhaben will. Weil man Angst hat, sie könnten einem ... sie könnten einem wehtun."

„*Oh.*"

„Du kennst deine eigenen Gefühle nicht halb so gut, wie du glaubst."

„*Ich lerne noch immer von euch*", sagte das Aetherfragment. „*Ich habe nie etwas anderes behauptet.*"

„Dann vertrau mir, und sag mir die ganze Wahrheit. Warum wurde der Aetherfluss wiederhergestellt? Warum hat der Aether die Insel vor dem Absturz bewahrt, wo er sie doch erst zerstören wollte?" *Dich* zerstören wollte, hätte sie beinahe gesagt, denn das war der feine Unterschied. Nach einer kurzen Pause fügte sie hinzu: „Und warum lenkt er uns nach Norden?"

„*Nicht er lenkt die Insel. Das tue ich.*"

„Er benutzt dich!", entfuhr es ihr. „Es ist erst ein paar Tage her, da wollte der Aether noch, dass du stirbst. Dass er dich jetzt am Leben erhält, nur um die Wolkeninsel irgendwohin zu steuern ... Macht dich das denn nicht wütend?"

„*Doch*", sagte die Stimme überraschend ehrlich.

„Warum gehorchst du ihm dann?"

„*Ich habe Angst vor dem Tod. Vor dem Nichtsein. Das habe ich von euch Menschen gelernt. Darüber haben wir bereits gesprochen.*"

Verzweifelt machte sie weitere Schritte in die Helligkeit. Ein Reflex schloss ihre Augen unter diesem Ansturm aus Licht, doch wie sie es vorausgesehen hatte, boten ihre Lider keinen Schutz vor dem grellen Goldglanz. „Liegt es in deiner Macht, die Insel wieder sinken zu lassen?"

„*Natürlich. Ich lenke sie.*"

„Dann bring uns irgendwohin, wo der Erdboden sicher ist. Ohne diese Kreaturen, die uns angegriffen haben." Gab es einen solchen Ort überhaupt? Sie wusste es nicht. Vielleicht hatten die verbotenen Schriften gelogen, die sie heimlich gelesen hatte. „Wir Menschen könnten die Wolke verlassen und auf der Erde weiterleben."

„*Dazu ist keine Zeit. Ich muss schnell sein. Das war seine Bedingung. Und welchen Sinn hätte das? Die Welt wird zerstört, alles, bis auf den Aether.*"

„Hat er dir versprochen, dich wieder aufzunehmen? Dass du wieder eins sein wirst mit dem Aether jenseits des Himmels, nicht mehr gefangen in dieser Wolke? Ist es das?"

„*Ja. Ich werde weiterleben.*"

„Aber um welchen Preis?"

„*Den Preis der Unterwerfung.*“

„Dann sag mir endlich, was er von dir verlangt! Warum sind wir so wichtig für ihn?“

„*Nicht ihr. Nur die Wolkeninsel.*“

„Warum?“

Die Stimme hielt einen Moment lang inne. „*Sie ist eine mächtige Waffe.*“

„Wie kann sie –“ Alessia verstummte. Plötzlich begriff sie.

„*Wenn wir am Ziel sind, wird die Wolkeninsel zu Boden stürzen*“, sagte das Fragment. „*Sie wird alles unter sich begraben. Alle Feinde des Aethers, all die Kreaturen, die seine Pläne vielleicht noch vereiteln könnten. Er fährt viele Waffen gegen sie auf, gerade in diesem Augenblick, aber diese hier ist die mächtigste. Es wird sein, als fiele der Mond auf die Erde herab. Große Kraft und gewaltige Zerstörung.*“

Sie versuchte, sich die Katastrophe vorzustellen, die seine Worte heraufbeschworen. Die Insel, mehrere Kilometer im Durchmesser, würde wie ein Stein aus den Hohen Lüften auf die Erde herabstürzen. Ihr Aufschlag würde grauenvoll sein. Nichts würde überleben, das sich dann in ihrer Nähe aufhielt. Ein Aufprall wie dieser konnte Flutwellen erzeugen, ganze Städte auslöschen – und Berge spalten.

Ihre Stimme bebte. „Das würdest du tun? Das Wolkenvolk auslöschen, obwohl es dich doch erst zu dem gemacht hat, was du bist? Nach allem, was du von uns gelernt hast?“

„Vor allem habe ich Furcht kennengelernt. Kein anderes Gefühl beherrscht euch so wie dieses eine. Alles, was ihr tut, tut ihr aus Angst – und oft bemerkt ihr es nicht einmal. Angst vor Schmerz, Angst vor dem Alleinsein, Angst vor der Welt. Vielleicht war ich glücklicher, als ich noch nicht wusste, wie man denkt. Als ich nicht wusste, dass ich existiere. Damals gab es keine Angst. Heute aber ist sie überall, in jedem meiner Gedanken."

„Aber das ist nicht wahr! Angst ist nicht alles."

„Für mich ist sie das. Würden wir denn jetzt miteinander sprechen, wenn wir nicht beide Angst hätten? Du um dein Volk und um dein Leben. Und ich vor meinem eigenen Ende." Die Stimme klang gefühllos, doch in ihren Worten lag tiefe Verzweiflung. *„Solange ich gehorche, werde ich leben. Wenn die Insel am Erdboden zerbricht, werde ich frei sein und in die Regionen jenseits des Himmels aufsteigen. Ich werde wieder mit dem Aether verschmelzen und teilhaben an seiner Vollkommenheit."*

„Genau das ist der Unterschied zwischen dir und mir! Ich würde mein Leben für mein Volk geben. Hier und jetzt, auf der Stelle. *Das* ist ein Gefühl, das du noch nicht kennst, nicht wahr? Sich für andere zu opfern, weil es das Richtige ist." Wenn sie ehrlich zu sich war, so war das ein Gefühl, das sie *selbst* bis vor Kurzem nicht gekannt hatte. Es verblüffte sie, mit welcher Selbstverständlichkeit dieses Eingeständnis über ihre Lippen kam. So als hätte sie lange darüber nachgedacht. Dabei hatte sie das gar nicht. Sie ließ ihren Gefühlen freien Lauf, platzte einfach damit heraus.

„*Das wäre eine große Torheit*“, stellte das Aetherfragment fest.

„Du glaubst, dass du genauso denkst wie wir Menschen, aber das ist nicht wahr. Sonst wüsstest du, wovon ich rede.“ Große Worte, dachte sie schuldbewusst. Noch vor ein paar Wochen waren ihr Verantwortung und Opferbereitschaft so fremd gewesen wie ihm. Aber sie *hatte* sich verändert. Sie hatte dazugelernt, hatte sich selbst und ihre Rolle akzeptiert. Wenn es ihr gelang, dies dem Aetherfragment begreiflich zu machen ... Wenn sie es dazu bringen konnte, Verantwortung zu übernehmen, so wie sie selbst, dann gab es vielleicht noch eine Hoffnung.

Du sprichst mit einem *Licht*!, spottete ihre innere Stimme. Mit einer Wolke aus goldenem Dunst! Und da redest du von Opferbereitschaft und Verantwortungsgefühl!

Vielleicht war es tatsächlich lächerlich. Oder naiv. Aber es war der einzige Strohhalm, an den sie sich klammern konnte.

Das Aetherfragment ließ sich abermals Zeit mit einer Antwort. Alessia spürte es in ihren Gedanken, auf der Suche nach all den Dingen, von denen sie gesprochen hatte. Es wollte sie betasten wie ein Blinder, der einen Gegenstand mit den Fingerspitzen erforscht. Nach einer Weile zogen sich die fremden Geistfühler abrupt zurück, kehrten sich nach innen und suchten womöglich dort nach etwas, das Alessias Empfindungen ähnelte.

„*Ich verstehe*“, sagte es nach einem Schweigen, das ihr endlos erschien. Dann wieder Stille.

War das alles? Sie wartete weiter.

Die Helligkeit pulsierte wieder, aber vielleicht war das nur eine Täuschung ihrer Sinne. Alessia war nicht einmal sicher, ob sie das Licht wirklich sah oder vielmehr *fühlte*. Es erschreckte sie zutiefst, wie nah sie dem Aether gekommen war, und plötzlich überkam sie Panik. Mit stockendem Atem kämpfte sie gegen den Drang an, sich herumzuwerfen und auf ihrem verwundeten Bein davonzuhumpeln, das alles hier aufzugeben, sogar sich selbst und die Wolke. Aber erst als sie wieder gleichmäßig Luft holte, schrumpfte die Panik zu körperlicher Übelkeit. Damit konnte sie fertig werden. Sie blieb stehen und wartete.

„*Du schlägst vor*“, sagte die Stimme, „*dass ich den Aether verrate und seinen Befehl missachte. Dass ich euch helfe, zu überleben, und die Wolkeninsel nicht auf die Erde herabstürze. Dass ich meine Angst vor dem Nichtsein überwinde und meinen Tod in Kauf nehme, damit ihr weiterleben könnt.*“

In ihrer Kehle saß die Wahrheit fest wie ein Knoten. Schließlich nickte sie. „Ja.“

„*Du verlangst viel.*“

„Wenn es in meiner Macht läge, würde ich dieses Opfer bringen, damit du es nicht tun musst.“

„*Auch das habe ich in deinen Gedanken gelesen.*“ Das Aetherfragment erkannte ihre Empfindungen klarer als sie selbst. „*Verantwortung scheint ein gutes Gefühl zu sein. Sie ist stärker als Angst, das gefällt mir. Sie besiegt die Angst nicht, aber sie missachtet sie. Ich wünschte, ich hätte dieses Gefühl schon früher kennengelernt.*“

„Ich glaube, dass es schon immer in dir war. Genau wie in mir. Auch ich hab es erst finden müssen unter –" Sie stockte, holte tief Luft. „Unter all der Angst."

Wieder langes Schweigen.

„Es ist noch nicht zu spät."

Der Lichtschein pulsierte. „*Ein Opfer, also*", sagte die Stimme.

„Ein Opfer", sagte Alessia.

Der Lavaquell

Liebe ist nicht, was man fühlt.

Liebe ist, was man *tut.*

Niccolo war nicht sicher, woher dieser Gedanke kam. War es sein eigener? Hatte er ihn in einem der verbotenen Bücher seines Vaters gelesen?

Liebe ist, was man tut.

Aber was konnte er tun? Nur dasitzen, Mondkinds leblose Hand halten und hilflos zusehen, wie hinter ihrem schlafenden, schönen Gesicht allmählich die Liebe für ihn dahinschwand. Der Heilschlaf der Drachen trieb den Tod aus der Wunde in ihrer Seite. Aber er trieb ihr auch die Gefühle für Niccolo aus.

Was man tut.

Länger untätig dazusitzen, würde ihn früher oder später in den Wahnsinn treiben. Wenn es hier nichts für ihn zu tun gab, dann musste er sich eben eine Aufgabe suchen. Irgendeine. Es spielte keine Rolle, womit er sich ablenkte, solange er nur die Sorge um Mondkind für einen Augenblick abschütteln konnte. Während der ganzen Zeit, seit sie sich zum ersten Mal begegnet waren, hatte es keinen Tag ohne Gefahr gegeben. Die stete Bedrohung war schlimm, aber sie hatte Niccolo zumindest etwas gegeben, gegen das er ankämpfen konnte. Hürden, die er bewältigen musste und hinter denen sich ein schwacher Schimmer von Hoffnung verbarg. Hoffnung auf eine gemeinsame Zukunft. Nun aber kämpfte er allein gegen die Zeit, die noch vergehen würde, ehe Mondkind geheilt aus ihrem Schlaf erwachte, und er kämpfte auf verlorenem Posten. Genauso wie die Drachen, die Pangus Kristallherz verteidigten. Niccolo fürchtete, dass sie sehr genau wussten, wie ihr Kräftemessen mit dem Aether ausgehen würde. Sie konnten ihn nicht ewig aufhalten. Auch dort unten, auf diesem Schlachtfeld uralter Magie tief im Inneren der Berge, tobte ein Krieg gegen die Zeit, und er war so aussichtslos wie jener, den Niccolo an Mondkinds Lager ausfocht.

Nachdem er mitangehört hatte, was Yaozi und Nugua am Eingang der Grotte gesprochen hatten, war er ihnen ein Stück weit Richtung Oberfläche gefolgt. Während ihres Weges nach unten war es ihm nicht schwergefallen, in einigem Abstand mit ihnen Schritt zu halten. Doch bei der Rückkehr zur Oberfläche hatte Yaozi alle Müdigkeit abgeschüttelt und war mit solcher Geschwindigkeit durch die Kavernen und Felsschächte geeilt, dass Niccolo die beiden verloren hatte. Stundenlang war er allein durch die Finsternis geirrt, immer in der Erwartung, einer Horde Juru über den Weg zu laufen.

Schließlich aber waren es keine Juru gewesen, die ihn fanden, sondern ein Drache auf Patrouille in den entlegenen Regionen der *Dongtian*. Er erkannte Niccolo, weil sich herumgesprochen hatte, dass seine Augen so golden waren wie die eines Drachen; er erzählte dem Jungen von der Ankunft der Geheimen Händler und führte ihn nach oben zum Portal.

Yaozi und die anderen Drachenkönige hatten sich nach ihren Verhandlungen mit den Gildenmeistern zu Beratungen zurückgezogen. Auch Nugua war nirgends zu finden. Niccolo wurde bewusst, dass er sie vermisste. Sogar die Streitereien mit ihr fehlten ihm.

Allein mit dem Drachen starrte er staunend zu den vier Luftschiffen hinauf und verspürte einen heftigen Stich bei der Erinnerung an seine Heimat. Zuvor hatte er die Geheimen Händler nie mit eigenen Augen gesehen, kannte sie nur aus den Beschreibungen seines Vaters. Ihr letzter Handel mit dem Wolkenvolk lag länger zurück als Niccolos Geburt. Und obwohl Cesare Spini ein guter Erzähler gewesen war, war der Anblick der Gildenschiffe doch um ein Vielfaches beeindruckender als alle seine Beschreibungen.

Der Drache bot an, ihn zurück zu Mondkinds Grotte zu führen. Stattdessen aber fragte Niccolo, ob er ihn bei seiner Patrouille durch die Höhlen begleiten dürfte. Der goldglühende Koloss, halb so lang wie eines der Luftschiffe am Himmel, überlegte kurz, dann schnaubte er als Zeichen seines Einverständnisses.

Im verästelten Geweih eines Drachen zu sitzen, während der sich durch Höhlen und Spalten schlängelte, hatte leicht ausgesehen, solange Nugua es tat. Sie aber hatte vierzehn Jahre an der Seite von Drachen gelebt, während Niccolo mit Kühen und Schweinen aufgewachsen war. Nicht einmal auf einem Pferd hatte er länger als ein paar

Minuten gesessen. So wurde der Ritt in der Hornkrone des Drachen zu einer Bewährungsprobe, die er so nicht erwartet hatte – und die doch zugleich eine willkommene Abwechslung war zu dem brütenden Dasitzen in Mondkinds Grotte, dem Selbstmitleid und den Vorwürfen.

Er *tat* wieder etwas, selbst wenn es für die Drachen keinen Unterschied machte, und er fühlte sich wohl dabei. Er trug Silberdorn auf dem Rücken, das Götterschwert aus den Lavatürmen, und falls es zu einer Begegnung mit Juru kommen würde, war er fest entschlossen zu kämpfen. Er hatte Drachen sterben sehen, während sie Pangus Herz vor dem Zugriff des Aethers beschützten. Jetzt war er bereit, sein eigenes Leben aufs Spiel zu setzen.

Der Drache, in dessen Hörnerkrone er saß, trug den Namen Yorotau. Er gehörte zum Clan Maromars, des jüngsten und kriegerischsten unter den Drachenkönigen, und so impulsiv und ungeduldig wie sein Herrscher war auch Yorotau. Er hielt sich nicht damit auf, Rücksicht auf den Reiter in seinem Geweih zu nehmen. Stattdessen glitt er geschwind durch die Felsenschächte der *Dongtian*, hob und senkte den riesigen Schädel, um Hindernissen auszuweichen, und verzichtete nach ein paar anfänglichen Zurufen schon bald auf alle Warnungen. Er meinte es nicht böse und hegte auch keinen Argwohn gegen die Menschen wie so viele andere Drachen. Er ging wohl einfach davon aus, dass der Junge in seinem Geweih irgendwie zurechtkommen würde, was Niccolo anfangs mit einem Anflug von Panik, bald aber mit Stolz erfüllte. Yorotau vertraute auf sein Geschick und seine Fähigkeit, sich anzupassen, und wenn Niccolo dem Glauben schenkte, was Nugua ihm über die Drachen erzählt hatte, so war das eine hohe Auszeichnung.

Einmal, einige Stunden nach ihrem Aufbruch vom Portal, richtete Yorotau das Wort an ihn. „Ich habe einen Ruf Maromars vernommen", sagte er in einer Wolke aus aufstiebendem Aether. „Ich soll mich einigen anderen Drachen meines Clans anschließen, um die westlichen Regionen der *Dongtian* zu erkunden."

„Ich dachte, ihr alle sollt euch dem Kampf um Pangus Herz anschließen."

Yorotau brummte etwas in der Drachensprache, ehe er sagte: „Offenbar zieht eine neue Gefahr herauf. In den Grotten werden immer mehr Juru gesichtet, und Maromar und die anderen Könige fürchten, dass auch das mit dem Aether zu tun haben könnte. Wir dürfen nicht zulassen, dass sie uns in den Rücken fallen."

„Die Juru *gehorchen* ihm?"

„Eben das sollen wir herausfinden."

„Dann nimm mich mit!"

„Ich werde dir deinen Leichtsinn nicht ausreden, Menschenjunge mit den Drachenaugen. Es ist allein deine Entscheidung."

„Mein Name ist Niccolo. Und ich wäre stolz, wenn ich bei dir bleiben dürfte."

Yorotau lachte leise. „Nun, Niccolo, dann solltest du dich besser gut festhalten!"

◦ ◦ ◦

Fünf Drachen aus Maromars Clan fegten durch die Tiefen der Heiligen Grotten. Der Goldglanz ihrer gewaltigen Schlangenleiber trug Licht an Orte, die seit der Entstehung der Welt keine Helligkeit mehr gesehen hatten. Zugleich zogen sie einen Schweif aus wandernden Schlagschatten mit sich, scharf umrissene Splitter aus Dunkelheit, die wie lebende Wesen von Spalt zu Spalt, von Vorsprung zu Vorsprung huschten.

Stunden waren vergangen, seit Niccolo und Yorotau sich den anderen angeschlossen hatten. Dem Ruf ihres Königs folgend, hatten sie sich an einem Kreuzweg mehrerer Felsschächte versammelt, bis der Letzte von ihnen eingetroffen war. Schließlich machten sie sich auf den Weg in die tieferen Regionen der *Dongtian*, glitten auf Hängen aus Granit und Schiefer abwärts, donnerten Geröllhalden hinab und krochen durch steile Kamine im Gestein.

Niccolo saß in einer Gabel von Yorotaus Horngeweih, klammerte sich mit den Händen fest so gut er konnte und zog instinktiv den Kopf ein, wenn ihm eine Höhlendecke zu niedrig erschien oder Stalaktiten wie Schwerter aus Kalkstein vor ihnen herabstachen. Die Gewandtheit der Drachen verblüffte ihn auch noch nach Stunden. Er staunte, wenn sie über schmale Gesimse zogen, als besäßen sie kein Gewicht. Und ihm stockte der Atem, wenn sich Abgründe vor ihnen auftaten, in die sich die Drachen kurzerhand hinabstürzten, um sich vor dem Aufprall in einer geschlängelten Bewegung aufzufangen und sanft am Boden zu landen. Erst danach wurde Niccolo bewusst, dass er geflogen war. Nun, vielleicht nicht *wirklich* geflogen – dann säße er nicht mehr in Yorotaus Geweih, sondern wäre zweifellos abgeworfen worden. Aber die Art und Weise, wie die tonnenschweren Wesen ihren freien Fall verlangsamten, um dann leicht wie ein Blatt auf dem Felsboden aufzusetzen, kam seiner Vorstellung vom Fliegen ziemlich nahe.

Im ewigen Goldlicht der Drachenschuppen verlor er bald jedes Gefühl für die Zeit. Es war Morgen gewesen, als er mit Yorotau das Plateau vor dem Portal verlassen hatte, um sich der Patrouille anzuschließen. Nun musste es später Nachmittag sein, vielleicht früher Abend, doch selbst das war nur eine Schätzung. Die Höhlen und gewachsenen Kammern, die sie durchquerten, lagen kilometertief unter der Oberfläche. Die Luft hier unten wurde immer wärmer und gleichzeitig trockener. Die wenigen Male, wenn er Yorotau eine Frage stellte, klang seine Stimme rau und ungesund. Er sprach nur selten, weil die Drachen gänzlich schwiegen, und er glaubte, sie täten das aus Vorsicht. Dann erst wurde ihm bewusst, dass sie nicht sprechen mussten, um sich zu verständigen – das taten sie kraft ihrer Gedanken, und es war durchaus möglich, dass sie die ganze Zeit über geredet hatten, ohne dass ein Ton aus ihren mächtigen Mäulern drang.

Immer öfter stießen sie auf Spuren von Juru. Felswände, die Kratzmuster von den Knochendornen an ihren Armen und Beinen aufwiesen. Scheußliche Ausscheidungen, vor denen selbst den Drachen ekelte, wenn sie keinen Weg um sie herum fanden. Bizarre Gebeinreste von Kreaturen, die ebenfalls in diesen Höhlen lebten und den Felsenwesen als

Nahrung dienten. Sogar Gerippe von Juru selbst, die vielleicht eines natürlichen Todes gestorben, wohl eher aber von hungrigen Artgenossen zerfleischt worden waren.

Aus Wärme wurde allmählich beißende Hitze, und Niccolo bemerkte, dass die Drachen immer langsamer wurden. Von irgendwoher ertönte ein fernes Rauschen, das er zuerst für unterirdische Luftzüge hielt. Doch als es lauter wurde und Schweißperlen über sein Gesicht rannen, wurde ihm klar, dass er vergeblich auf kühlende Winde wartete. Zuletzt wurde das Fauchen zu einem infernalischen Brüllen, und als sich die Drachen nacheinander durch eine Öffnung hinaus auf ein Plateau schoben, geradezu verstohlen für Wesen ihrer Größe, erkannte auch Niccolo den Ursprung des Lärms.

In den verbotenen Büchern seines Vaters hatte er von der Hölle gelesen, jenem Ort, an dem die Sünder bis in alle Ewigkeit in Feuern und Glutöfen schmorten. Er hatte das stets für Aberglauben gehalten, für den gleichen hohlköpfigen Unfug wie die Predigten der Zeitwindpriester.

Aber nun sah er den Ursprung dieser Legenden mit eigenen Augen – jedenfalls so lange, bis die Hitze sich wie ein Schleier über seine Sicht legte und er die Lider schließen und das Gesicht abwenden musste. Selbst dann noch fühlte es sich an, als müssten seine Augäpfel verdampfen. Es roch nach angesengtem Haar, und zwei, drei Herzschläge lang war er überzeugt, er selbst hätte Feuer gefangen und müsste bei lebendigem Leibe verbrennen.

Dann aber blickte er wieder nach vorn und sah, dass die

Hornkrone Yorotaus an Goldglanz verloren hatte. Alle fünf Drachen, die nebeneinander auf dem Plateau lagen und über die Kante blickten, schienen nicht länger aus sich selbst heraus zu leuchten – eine Täuschung, weil der Hintergrund hundertmal feuriger glühte und die Leuchtkraft der Giganten überstrahlte.

Die brennenden Haare, die Niccolo roch, gehörten einem der Drachen, der sich ein Stück weiter vorgebeugt und mit seinem türkisfarbenen Bart den glutheißen Fels berührt hatte, die senkrechte Steilwand unterhalb des Vorsprungs, die dem Feuerschein aus der Tiefe schutzlos ausgesetzt war. Der Drache zog das riesige Haupt zurück und schüttelte es, als könnte er die Hitze abstreifen wie Ungeziefer. Niccolo wurde bewusst, dass auch der Boden, auf dem die Drachen ruhten, ungeheuer heiß sein musste. Ihre Schuppen schützten sie, aber Niccolo allein wäre darauf wohl zusammengebrutzelt wie eine Mücke auf einem Kochstein.

Jemand musste einen stummen Gedankenbefehl zum Rückzug gegeben haben, denn nun schoben sich die fünf Drachen rückwärts in den Schutz des Tunnels. Dort blieben sie liegen, die Köpfe in einer Reihe nebeneinander, und blickten durch die breite Öffnung hinaus auf das Plateau und das glühende Inferno dahinter.

Niccolo nutzte das stumme Zwiegespräch der Drachen, um sich noch einmal vor Augen zu führen, was er dort draußen gesehen hatte. Es war, als könnte sein Verstand erst jetzt verarbeiten, was seine Augen bei all der Hitze nur erahnt hatten.

Es war ein Abgrund, gewiss, aber nicht einfach nur ein gewaltiges Loch wie so viele andere Schlünde, die sie auf ihrem Weg hierher passiert hatten. Wie weit die ungeheuerliche Tiefe nach rechts oder links reichte, war nicht auszumachen – sie schien sich endlos in beide Richtungen zu erstrecken. Wohl aber gab es ein solides Gegenüber, eine titanische Felswand vielleicht einen oder zwei Kilometer von dem Plateau entfernt. Aus ihr entsprang eine Sturzflut aus Lava, mehrere Hundert Meter über dem Boden des Abgrunds und mindestens dreimal so breit. Auf Niccolo wirkte sie wie ein Wasserfall, dessen Fluten sich in pures Feuer verwandelt hatten. Dies war nicht das erste Mal, dass er so etwas sah – in Sichuan hatte er den legendären Lavastrom überquert, indem er über eine Kette aus Perlenschildkröten geklettert war, jene rätselhaften Wesen, die Meister Li aus den Tiefen des kochenden Gesteins herbeigerufen hatte.

Doch selbst das grandiose Panorama des Lavastroms war nichts im Vergleich zu dem, was jenseits dieser Felsplattform lag. Die glühende Sturzflut aus der gegenüberliegenden Felswand floss aus einem waagerechten Einschnitt im Gestein, ein oder zwei Kilometer breit. Genaueres hatte Niccolo bei all der Hitze und Helligkeit nicht erkennen können.

Die Drachen zogen sich noch tiefer in den Tunnel zurück. „Wir glauben zu wissen, was dies für ein Ort ist“, sagte Yorotau. „Viele Legenden, älter noch als wir, berichten davon, dass die Quelle des Lavastroms in den Himmelsbergen zu finden ist. Wie es aussieht, haben wir sie gefunden." Er hielt inne, vielleicht damit Niccolo diese Erkenntnis verarbeiten konnte. „Aber das ist nicht alles."

Niccolo war in Gedanken noch beim Lavastrom, der sich seit Äonen durch die Weiten Chinas wälzte, heiß und flüssig vorn an seiner Spitze, dahinter aber abgekühlt und zu grauem Gestein erstarrt. Niemand wusste mit Sicherheit, woher er kam und was ihn auch nach all der Zeit mit frischer Lava speiste. Unterirdische Zuflüsse, hatte Li während ihres Marsches über die versteinerte Lavastraße gemutmaßt. Doch nicht einmal der Xian war sich dessen sicher gewesen. Und obwohl Niccolo auch jetzt nicht verstand, wie die brodelnde Lava aus den Himmelsbergen in unterirdischen Kanälen durch das gesamte Reich bis zur Zunge des Lavastroms fließen konnte, hegte er keine Zweifel an Yorotaus Worten. Wer, wenn nicht die Drachen, hätte dieses Geheimnis lösen können? Und wo, wenn nicht hier, am Grab des Schöpfers der Welt, mochte der Ursprung eines ihrer größten und ältesten Geheimnisse zu finden sein?

Plötzlich wurde ihm bewusst, dass Yorotau noch etwas gesagt hatte: *Aber das ist nicht alles*. Eine Ahnung tieferen Unheils lag im Tonfall des Drachen.

„Was noch?", fragte Niccolo mit rauer Stimme. Die Hitze drang in seinen Mund und schien seine Kehle zu verbrühen.

Bevor Yorotau antworten konnte, verließ einer der anderen Drachen den Tunnel und schob sich erneut hinaus auf den Felsvorsprung. Niccolo erschien das Plateau gewaltig; für die Drachen aber war es kaum mehr als ein Sims.

„Yorotau!", rief er. „Was habt ihr noch gesehen?"

„Warte." Der Drache behielt seinen Artgenossen draußen über dem Abgrund im Auge. Wahrscheinlich sprach der Späher in Gedanken zu den anderen, denn einige von ihnen stellten mit einem Mal beunruhigt ihre Mähnen auf.

„Dann ist es also wahr!", rief Yorotau nach einigen Minuten. „Wir haben nicht nur den Quell des Lavastroms gefunden, sondern auch den Ursprung der Juruplage."

„Was?", entfuhr es Niccolo. „Hier?"

Yorotau schob den Schädel nach vorn und nahm Witterung auf. Seine Nüstern erbebten. Schließlich wandte er sich wieder an Niccolo: „Glaubst du, du überstehst diese Hitze noch ein wenig länger?"

„Ja ... schon." Er wollte den Drachen nicht zur Last fallen und erst recht keinen wichtigen Entdeckungen im Wege stehen.

„Wir müssen Gewissheit haben", rief Yorotau.

Einer der anderen Drachen hob langsam den Kopf und blickte Niccolo von der Seite an. Hier im Felstunnel war das Glühen der Drachenschuppen wieder so intensiv wie eh und je, und seine Augen leuchteten golden. „Du kannst in meinen Hörnern sitzen, wenn du willst, Menschenjunge. Du musst nicht mit Yorotau dort hinausgehen."

Niccolo schüttelte den Kopf. „Ich will es auch sehen!"

Yorotau lachte. „Dann los!"

Der Späher hatte sich wieder zurückgezogen, das Plateau

lag leer vor ihnen. Yorotau setzte sich in Bewegung und glitt aus dem Tunneleingang. Sein Schuppenleib scharrte über das heiße Gestein. Die Luft brannte in Niccolos Hals und Lungen, der Schweiß verdampfte, sobald er aus seinen Poren trat. Sein Gesicht fühlte sich an wie bei einem starken Sonnenbrand. Am schlimmsten war, dass sich Yorotaus Geweih allmählich aufheizte und er sich kaum noch daran festhalten konnte. Allzu lange durften sie hier nicht bleiben, sonst würde er das Gleichgewicht verlieren und hinunter auf den glühend heißen Boden stürzen.

Sie erreichten die Kante und spähten durch die wabernde Luft hinüber zum Lavafall. Trotz der kilometerbreiten Kluft zwischen ihnen und der Felswand, aus der sich das flüssige Gestein in die Tiefe ergoss, war die lodernde Sturzflut hoch und breit genug, um Niccolos halbes Blickfeld einzunehmen. Viele Hundert Meter unter ihnen ergoss sie sich in einer Explosion aus turmhohen Spritzern zu Boden. Dort hatte sich ein Netzwerk aus Lavaseen und glühenden, vielfach verästelten Strömen gebildet. Dass diese Glutmassen von hier aus unter der Erde entlang bis zu den fernen Lavatürmen fließen sollten, überstieg Niccolos Vorstellungskraft.

Die Hitze war kaum mehr zu ertragen. Er hatte das Gefühl, dass seine Augenbrauen schmorten, wagte aber nicht, sie zu berühren, aus Sorge, seine Befürchtung könnte bestätigt werden. Yorotau lag noch immer an der Felskante und sah hinaus in die kochende Hölle des Abgrunds. Niccolo folgte seinem Blick, musste aber alle paar Sekunden schmerzerfüllt die Augen schließen und das Gesicht abwenden. Er fragte sich, warum die Hitze hier so viel schlimmer war als unterhalb der Lavatürme; es musste damit zu tun haben, dass sie sich in einer geschlossenen Grotte befanden, unvorstellbar groß zwar, aber doch durch kilometerdicken Fels von der Außenwelt abgeschnitten. Die heiße Luft staute sich hier wie unter dem Deckel eines Kochkessels. Nichts konnte an einem solchen Ort auf Dauer überleben.

Und trotzdem – dort unten, das sah er jetzt, bewegten sich dunkle Punkte an den Ufern der Lavaflüsse. Nicht nur ein paar, wie er anfangs angenommen hatte, sondern ganze Scharen. Und je öfter er hinsah, desto mehr von ihnen entdeckte er, wimmelnde Nester, die den Fels zwischen den glutheißen Strömen bevölkerten. Die umherspritzende Lava schien ihnen nichts auszumachen, denn sie krochen selbst aus dem flüssigen Gestein wie die allerersten Lebewesen aus der Ursuppe von Pangus Schöpfung, blieben kurz am Ufer liegen und versuchten gleich darauf, so schnell wie möglich von dort fortzukommen, mit plumpen, panischen Bewegungen.

Sind das Juru?, wollte er Yorotau zurufen, aber die unmenschliche Hitze verhinderte, dass ein Laut über seine aufgesprungenen Lippen drang. Für einen Augenblick hatte er vor Erstaunen sogar den Schmerz vergessen, der nun umso machtvoller und kaum noch erträglich zurückkehrte.

Einmal mehr nahm Niccolo all seine Willenskraft zusammen und starrte mit verkniffenen Augen hinüber zum Lavafall. Rund um die Öffnung, aus der sich die Sturzflut aus der Felswand ergoss, hatten sich Wälle aus erstarrter Lava gebildet wie schwarzer Schorf. Täuschte er sich, oder wimmelte es auch auf ihnen von den winzigen, krabbelnden Punkten, die er weiter unten in der Tiefe entdeckt hatte? Immer wieder wurden ganze Knäuel von ihnen von der Lava erfasst und in den Abgrund gespült. Dass sie den Sturz überlebten, erschien ihm unwahrscheinlich, und doch krochen immer neue von ihnen dort unten aus den glühenden Flüssen und Lavateichen, gebückt und auf allen vieren, mit hängenden Schädelwülsten und ungelenken Bewegungen.

Yorotau hatte genug gesehen. Eilig schob er sich vom Plateau zurück in den Tunnel. Im Vergleich zu dort draußen fühlte sich die Luft hier beinahe frisch an. Rauch drang aus den Ritzen zwischen Yorotaus Schuppen. Entsetzt bemerkte Niccolo, dass seine eigenen Arme dampften. Im Goldlicht der Drachen war nicht zu erkennen, ob seine Haut gerötet war. Ein Hustenanfall schüttelte seinen Körper, und diesmal wäre er fast aus Yorotaus Hornkrone gefallen.

Ein goldener Fühler fing ihn auf und setzte ihn zurück in die Geweihgabel. „Tut mir leid“, keuchte er und bezweifelte, dass irgendwer außer ihm es hörte.

Die Drachen berieten sich abermals stumm, und das ärgerte ihn. Er wollte teilhaben an dem, was sie besprachen, wenigstens hören, was sie zu sagen hatten.

Doch diesmal dauerte die Zwiesprache der Kolosse nicht lange. Während Niccolo noch abkühlte, rief Yorotau: „Weißt du überhaupt, was wir da entdeckt haben?“

„Die Quelle des Lavastroms", krächzte er. „Und die Brutstätte der Juru."

„Mehr als das", entgegnete der Drache. „Der Spalt, aus dem die Lava fließt, ist nicht einfach irgendein unterirdischer Vulkan. Das da vorn ist eine *Wunde* in Pangus Leib!" Yorotau deutete mit einer Fühlerspitze über das Plateau und den Abgrund. „Die Felswand dort drüben ist ein Stück seiner Haut. Der Spalt darin muss eine uralte Verletzung sein. Die Juru werden aus seinem Leib gespült wie eine Krankheit. Vielleicht sind sie genau das – eine Seuche, die den Körper des Ur-Riesen schon vor Äonen befallen hat. Aber je heftiger die Lava versucht, sie aus der Wunde zu spülen, desto mehr von ihnen entstehen. Wie Maden in einem toten Stück Fleisch. Über die Jahrtausende müssen sie sich von hier aus über ganz China verbreitet haben."

„Ich dachte, die Juru fürchten sich vor Feuer."

„Vielleicht macht gerade das sie zu solchen Bestien. Sie werden aus Feuer geboren. Ihre erste Empfindung, noch während der Geburt, ist Furcht. Diese Angst muss tief in ihren Herzen sitzen."

Das Erste, was die Juru erblickten, war ausgerechnet das, was sie ein Leben lang am meisten fürchten würden. Oder war es umgekehrt? Ängstigte sie das Feuer, *weil* es sie überhaupt erst zur Welt gebracht hatte? Weil ihre erste Erfahrung Hitze war – und Schmerz?

Plötzlich kam Niccolo ein Gedanke. „Wenn es so viele sind", er deutete in Richtung der brodelnden Lavahölle, „dann müsste es in den Höhlen nur so von Juru wimmeln.

Aber auf dem Weg hierher haben wir keinen einzigen gesehen."

Der Drache nickte. „Du hast recht", sagte er bedrückt. „Als wir vor einem Jahr herkamen, um Pangus Herz vor dem Aether zu schützen, da haben wir viele von ihnen getötet und noch mehr vertrieben. Aber selbst das waren nur ein paar verglichen mit denen, die hier Tag für Tag aus Pangus Leib gespült werden. Das da unten können nicht alle sein."

Niccolo erkannte, worauf der Drache hinauswollte. „Sie sammeln sich", flüsterte er. „Sie sammeln sich irgendwo im Verborgenen."

„Genau das befürchten wir", bestätigte der Drache. „Und falls sie vorhaben, uns in den Rücken zu fallen, werden wir sie nicht besiegen können. Nicht, solange hier unten wieder und wieder neue entstehen. Wir können Tausende von ihnen vernichten, aber ihre Reihen werden sich immer wieder schließen."

„Aber ... dann ist es aussichtslos, oder? Wenn Tausende Juru die Drachen in der Herzkammer angreifen, wird der Aether siegen. Oder könnt ihr den magischen Schild um das Herz aufrechterhalten und zugleich gegen diese Kreaturen kämpfen?"

„Nein", erwiderte Yorotau. „Aber wir können versuchen, hier unten etwas zu bewirken."

Niccolo schnappte nach Luft. „Ihr wollt sie angreifen? Zu *fünft*?"

„Wir haben eine Botschaft an Maromar und die anderen gesandt. Aber viele werden es nicht sein, die uns zu

Hilfe kommen. Die meisten von uns werden in der Herzkammer gebraucht. Das Netz des Aethers zieht sich immer enger zusammen. Maromar wird Unterstützung schicken – aber es wird lange dauern, bis sie hier ist."

„Ich dachte, Drachen können Wege verkürzen wie die Xian?"

„Draußen im Freien, ja. Aber nicht im Inneren dieser Berge. Die Gefahr, mitten im Gestein zu enden, ist zu groß. Das würde selbst uns töten."

„Aber zu fünft habt ihr keine Chance gegen ... wie viele? Tausend Juru? Fünftausend?" Die Wahrheit war, dass es nicht den leisesten Anhaltspunkt gab, wie viele Juru tatsächlich in diesen Höhlen lauerten. Ebenso gut mochte es die zehn- oder hundertfache Menge sein.

„Es gibt nur einen Weg: Die Wunde in Pangus Leib muss verschlossen werden", sagte Yorotau. „Ganz gleich um welchen Preis. Dann wird es keine neuen Juru mehr geben."

„Ihr seid zu wenige!"

„Wir sind Drachen aus dem Clan Maromars."

„Und verrückt!"

„Nur verzweifelt."

„Das ist keine gute Voraussetzung für einen Kampf."

„Doch, mein Freund", widersprach der Drache mit einem Schnauben. „Sogar die beste."

Drachenruf

Niccolo blieb im Tunnel zurück und sah zu, wie sich die fünf goldenen Giganten hinaus auf das Plateau bewegten. Obwohl noch Tausende von Metern zwischen ihnen und dem Lavafall auf der anderen Seite des Abgrunds lagen, sah es für Niccolo aus, als würden sie von der Glut verschluckt: Erst ließ das Glühen ihre Umrisse verschwimmen, dann überstrahlte es das Gold ihrer Drachenschuppen und ließ sie matt und farblos erscheinen. Schließlich schloss sich die Helligkeit hinter ihnen wie ein feuriger Vorhang. Niccolo konnte die Drachen jetzt nur noch erahnen.

Er selbst stand mehr als dreihundert Meter von dem breiten Tunnelausgang entfernt, ein waagerechter Streifen, gerade hoch genug, dass die Drachen mit ihren Hörnern und wallenden Mähnen nebeneinander hindurchkriechen konnten. Die Hitze war auch hier noch schrecklich, aber sie schmerzte nicht mehr so höllisch wie weiter vorn am Abgrund. Der Boden war aufgeheizt, glühte aber nicht. Yorotau hatte Niccolo beschworen, ihm und den anderen Drachen auf keinen Fall zu folgen; weiter vorn war der Fels so heiß, dass er Niccolos Beine in Brand setzen würde.

Den Drachen machte die Glut nichts aus. Sie blieben dort draußen eng nebeneinander liegen, eine ungeheure

Masse aus Schuppen, Muskeln und Klauen. *Was* die fünf Kolosse taten, blieb Niccolo ein Rätsel. Doch *dass* sie etwas unternahmen, daran gab es bald keinen Zweifel mehr. Es begann damit, dass sich Niccolos Haut trotz der schweißtreibenden Wärme mit einer Gänsehaut überzog. Plötzlich spürte er einen Druck, der ihn tiefer in den Tunnel drängte, kein Windstoß, sondern ein unsichtbares Gewicht, das gegen ihn presste. Seltsamerweise fühlte er es vor allem an den Augäpfeln und in der Magengrube. Ihm wurde übel davon, und trotzdem weigerte er sich, weiter zurückzuweichen.

Der Druck wurde stärker, und nun musste er sich mit aller Kraft dagegenstemmen, um nicht fortgeweht zu werden. Dann aber wurde er gepackt und nach hinten gestoßen. Mit einem Aufschrei verlor er den Boden unter den Füßen, während das Glutlicht zurückblieb und die Finsternis näher rückte. Er stürzte, schlitterte noch ein gutes Stück weiter über blankes Gestein und prallte schließlich gegen einen Felsbuckel, vor dem er mit schmerzendem Rücken und geprellter Schulter liegen blieb.

Etwa fauchte über ihn hinweg, vielleicht eine zweite Druckwelle, hundertmal stärker als die erste. Sie erinnerte ihn vage an etwas in der Vergangenheit, und ein paar Herzschläge später wusste er wieder woran: Bei seiner ersten Begegnung mit Mondkind hatte sie einen solchen unsichtbaren Stoß erzeugt, um die fliegenden Schwerter Guo Laos abzuwehren. Doch das, womit er es hier zu tun hatte, war sehr viel älter und mächtiger als alle Kräfte, über die Mondkind gebot.

Er wagte nicht aufzustehen, aus Angst, eine weitere Druckwelle könne ihn erfassen und an den Felsen zerschmettern. Vorsichtig hob er den Kopf und blickte zum Tunnelende in der Ferne, jetzt noch viel kleiner, kaum mehr als ein heller Streifen in der glutdurchwaberten Finsternis. Er sah keine Drachen mehr, nur diesen winzigen Lichtspalt inmitten der Schwärze.

Plötzlich, innerhalb eines Herzschlags, schloss sich die Tunnelöffnung wie ein glühendes Auge. Ein urgewaltiges Donnern und Krachen ertönte, als wollte sich das Gebirge über Niccolos Kopf zusammenfalten. Ein Hagel aus kleinen Steinchen regnete auf ihn herab, Staub war mit einem Mal überall. Er riss die Hand hoch und barg das Gesicht in der Armbeuge, um nicht zu viel davon einzuatmen. Trotzdem musste er husten, bis seine Kehle sich anfühlte, als hätte er heißen Sand verschluckt. Er bekam kaum Luft, gerade genug, um nicht zu ersticken.

Seine Gedanken kreisten um die fünf Drachen, um Yorotau und die anderen, und er ahnte, was das Erlöschen der Helligkeit am Ende des Tunnels bedeutete. Die Öffnung war verschüttet worden, und mit ihr das Plateau, auf dem die Drachen gelegen und ihren Zauber gewirkt hatten.

Hatten sie die Grotte zum Einsturz gebracht und die Wunde in Pangus Leib verschlossen? Er wusste es nicht, wagte auch nicht zu spekulieren, denn der Gedanke erfüllte ihn nicht mit Hoffnung, sondern nur mit Entsetzen. Er hatte Yorotau kaum gekannt, doch die Wahrscheinlichkeit, dass er nun tot war, dass er seines und das Leben der anderen Drachen geopfert hatte, um die Brutstätte der Juru zu versiegeln, traf Niccolo wie der Verlust eines alten Freundes.

Was hatte Yorotau gesagt? Verzweiflung sei die beste Voraussetzung für einen Kampf. Das klang falsch, ganz schrecklich falsch, und wenn es dennoch die Wahrheit war, so traf sie nicht auf Niccolo zu. Einen Moment lang verließ ihn sein Lebensmut, er wollte einfach nur liegen bleiben und warten, bis aus der Dunkelheit der Höhlen eine andere, allumfassende wurde. Er dachte an Mondkind, vor allem aber an Nugua und das, was sie miteinander erlebt hatten. Gerade jetzt, da alles andere unscharf und bedeutungslos wurde, erkannte er eines mit völliger Klarheit: Mit Mondkind verband ihn ein Zauberbann, sonst – nichts? Mit Nugua hingegen hatte er Wochen in der Wildnis verbracht, es gab gemeinsame Erlebnisse, gemeinsame Empfindungen wie Furcht und Freude – und Wut, ja immer wieder Wut. Sie war ein Teil von Nugua, und er erinnerte sich gut, dass er selbst vor gar nicht langer Zeit voller Zorn gewesen war, auf das Wolkenvolk, die Gefangenschaft in den Hohen Lüften, sogar auf seinen toten Vater. Aber selbst wenn es nur die Wut wäre, die Nugua und er miteinander teilten, so war dies doch zumindest ein ehrliches, aufrichtiges Gefühl. Und seine Liebe zu Mondkind? Wie echt *war* eine Empfindung, die ein tiefer Schlaf einfach auslöschen konnte?

Wie lange er so dasaß, während sich um ihn das Grollen des Berges beruhigte und der Staub sich setzte, wusste er nicht. Sein Zeitgefühl hatte ihn längst im Stich gelassen, schon auf dem Weg hierher. Er schien in einem einzigen endlosen Augenblick gefangen.

Irgendwann aber, als er längst keinen Wert mehr darauf legte, entzündete sich sein Überlebenswille von Neuem. Vielleicht würde er ja wirklich hier unten sterben, aber noch war es nicht so weit. Noch war ein letzter Funke Kraft in ihm – oder ein allererster neuer? –, und das war genug, um einen Hoffnungsschimmer zu entfachen.

Er wollte sich gerade an dem Felshöcker nach oben schieben, als er zum ersten Mal wieder an das Götterschwert dachte, das noch immer in der Scheide auf seinem Rücken steckte. Silberdorn strahlte eine Wärme aus, die er vorhin in der Lavahitze nicht wahrgenommen hatte. Jetzt aber begriff er, dass die Klinge versuchte, ihn am Leben zu halten, genauso wie sie es bei Mondkind getan hatte, während ihrer Flucht vor der Rache des Unsterblichen Guo Lao. Ein feines Pulsieren vibrierte durch seine Schulterblätter und verlieh ihm einen Hauch neuer Stärke.

Er zog die Beine an und rappelte sich auf. Wieder ließ der Staub ihn husten, aber die Luft klärte sich allmählich. Er taumelte herum, schob sich um den Felsbuckel in der Mitte des Tunnels und konnte sich mit seiner Hilfe vage orientieren. Die verschüttete Öffnung zur Lavahöhle musste jetzt in seinem Rücken liegen, und wenn er vorwärtsging, bewegte er sich zwangsläufig in die Richtung, aus der er mit den Drachen gekommen war – jedenfalls solange keine neue Felswand auftauchte und den Beweis erbrachte, dass alle Orientierung an einem Ort wie diesem nur Illusion war.

Mit rasselndem Atem schleppte er sich vorwärts, bis vor ihm ein Lichtpunkt auftauchte: eine einzelne Schuppe, die einer der Drachen auf dem letzten Stück des Weges verloren hatte. Sie hatte sich in einem Spalt am Boden verkantet, ein blattförmiger Hornschild, halb so groß wie Niccolo selbst.

Ächzend versuchte er, einen langen Span davon abzubrechen, um ihn wie eine Fackel zu tragen, aber die Schuppe war viel zu hart, um sie mit bloßen Händen zu spalten. Schließlich gab er auf und ließ sie hinter sich im Dunkeln zurück, ein einsames Leuchtfeuer in den schwarzen Tiefen des Gebirges, eine Erinnerung an jene, die hier vorübergezogen und am Lavafall gestorben waren. In ein, zwei Tagen würde ihre Leuchtkraft nachlassen, und dann konnte sie ihrem Träger endgültig in die Finsternis folgen.

Niccolos Augen brannten vom Staub und seinen Tränen, aber in der Dunkelheit behinderte ihn das kaum. Er dachte nicht über die nächsten zehn Schritte hinaus. Mit einem Mal ging es wieder bergauf, einen Hang hoch, den unterirdische Fluten vor Jahrmillionen glatt gespült hatten. Beim Abstieg hatten die Drachen Mühe gehabt, nicht vom eigenen Gewicht in die Tiefe gerissen zu werden. Dafür fiel Niccolo der Weg nach oben nun umso leichter. Auf Händen und Füßen kletterte er im Stockfinsteren die Schräge hinauf. Silberdorn sandte weiterhin sanfte Kraftstöße durch seinen Rücken, aber er war nicht sicher, ob sie nötig gewesen wären. In scharfem Gegensatz zu vorhin, als die Gleichgültigkeit ihn gelähmt hatte, peitschte ihn jetzt ein eiserner Überlebenswille diesen Hang hinauf. Durch seinen Kopf geisterten Echos von Yorotaus Drachenstimme, Wortfetzen, die sich neu zusammensetzten, um ihm Mut zu machen und ihn vorwärtszutreiben. Nicht einmal die Angst vor den Juru vermochte ihn aufzuhalten, während er stur immer weiterlief, bis ihn irgendwann ein Fels oder ein bodenloser Schacht aufhalten würden.

Helligkeit flammte auf.

Licht floss den Hang herab auf ihn zu. Im ersten Moment tat er es als Selbsttäuschung ab, als einen Streich, den ihm seine Einbildung spielte. Aber dann wurde aus dem Schimmern des Gesteins eine leuchtende Flut, während über ihm verästelte Drachenkronen auftauchten, gefolgt von wallenden Mähnen in den Farben des Regenbogens. Sechs gewaltige Augenpaare blickten auf ihn herab, golden wie seine eigenen.

„Ich bin es", brachte er krächzend hervor und flehte insgeheim, dass sie ihn nicht für einen Juru hielten. „Niccolo Spini vom Volk der Hohen Lüfte." So hatte er sich lange nicht mehr genannt, aber nun kam es ohne Zögern über seine Lippen, so als hätte etwas in ihm endgültig akzeptiert, was er war und immer sein würde.

„Niccolo Spini", rief er noch einmal. „Vom Wolkenvolk."

„Wir wissen, wer du bist", antwortete eine grollende Stimme. „Hab keine Angst."

Niccolo stand schwankend auf und blickte den drei Drachen über dem Felsenkamm entgegen. Zwei verharrten dort oben, aber der in der Mitte schob sich näher heran. Sein Gewicht ließ das Gestein erzittern. „Wir sind hier, um dich zu holen“, sagte er.

Erst einen Augenblick später wurde Niccolo bewusst, was ihm daran so sonderbar erschien. Yorotau hatte Unterstützung herbeigerufen, um gegen die Juru zu kämpfen; das jedenfalls hatte er behauptet. In Wahrheit aber musste der Drache gewusst haben, dass die anderen zu spät kommen würden. Und dass sein Tod unausweichlich war, wenn er die Grotte zum Einsturz brachte.

Yorotaus Gedankensignal an die Drachen seines Clans war kein Appell um seiner selbst willen gewesen. Sein Hilferuf hatte ganz allein Niccolo gegolten. Als sein eigener Tod schon feststand, hatte er Sorge getragen, dass sein menschlicher Begleiter gerettet wurde.

Da verstand Niccolo zum allerersten Mal, warum Nugua so viel mehr von Drachen hielt als von Menschen. Warum sie all das auf sich genommen hatte, um Yaozi und die anderen wiederzufinden. Und was es bedeutete, wenn ein Drache einen Menschen *mein Freund* nannte, so wie Yorotau es getan hatte.

Treue über den Tod hinaus.

Keine leeren Worte, kein leichtfertig geleisteter Schwur. Sondern eine Ehrlichkeit so solide wie der Fels dieser Berge.

„Die anderen ...“, begann er. „Sie sind –“

„Sie sind tot“, unterbrach ihn der Drache. „Wir wissen, was geschehen ist.“

„Haben sie ... haben sie die Wunde verschlossen?“

„Der letzte Ruf, den sie uns gesandt haben, war" – ein kaum merkliches Zögern, dann ein tiefes Seufzen – „er war voller Hoffnung. Aber sicher sein können wir nicht. Und es ändert nichts daran, dass der Angriff der Juru begonnen hat."

Niccolo sah einen schimmernden Fühler des Drachen auf sich zuschweben. „Heißt das, sie haben ihr Versteck verlassen?"

„Tausende von ihnen", bestätigte der Drache. „Wir haben sie unterschätzt, von Anfang an. Wir glaubten, sie wären nicht mehr als Ungeziefer. Keiner hat damit gerechnet, dass der Aether sie für seine Ziele nutzen könnte." Der Fühler legte sich um Niccolos Hüfte und hob ihn vom Boden. „Jetzt sind die Juru wie eine Flut, die durch die Heiligen Grotten tobt."

In der Umarmung des Fühlers schwebte Niccolo höher, bis er sich im Geweih des Drachen festklammern konnte.

„Der Aether hat die Juru von der Kette gelassen, um uns den Todesstoß zu geben", sagte der Drache. „Wenn sie die Herzkammer erreichen, ist sein Sieg nicht mehr abzuwenden."

Die drei Kolosse wälzten sich herum. Ihre Schuppenleiber knirschten und scharrten auf losem Gestein, als sie den Rückweg nach oben antraten.

Niccolo nahm die Umgebung wie durch einen Schleier wahr, alles war dumpf und benebelt, so als hielte er den Kopf unter Wasser. „Dann ist alles verloren?", fragte er wie betäubt.

„Spätestens in ein paar Stunden werden die magischen

Schilde fallen.“ Die Stimme des Drachen klang weit entfernt und hallte verzerrt in Niccolos Ohren nach. „Und wenn der Aether in Pangus Herz fährt und der Ur-Riese erwacht, dann wird weit mehr enden als nur unser aller Leben.“

Der Pakt

Nugua war übel vor Sorge, als sie allein hinaus auf die Felsplattform vor dem Portal der Heiligen Grotten trat. Sie trug Lis Schaufellanze in der Hand und pflanzte sie neben sich auf. Aus dem Tal am Fuß der gewundenen Steintreppe wehten Schatten und Kälte herauf.

Vier Kapitäne der Geheimen Händler erwarteten sie auf dem Plateau. Ihre weiten Umhänge und Pluderhosen flatterten, die Federn in ihrem Haar sträubten sich raschelnd gegen die Gebirgswinde.

„Yaozi schickt mich", sagte Nugua mit aller Würde, die sie unter diesen Umständen zustande brachte. Dies war ihre Gelegenheit, um zu beweisen, dass tatsächlich etwas von einem Drachen in ihr steckte – obgleich sie das im Augenblick am allerwenigsten kümmerte.

Die vier Händler blickten düster über sie hinweg zum Eingang der *Dongtian*. Das Portal klaffte als dunkler Spalt hinter Nugua in der Felswand. Die Männer erwarteten wohl, dass Yaozi oder ein anderer Drachenkönig sein Haupt ins Freie schöbe. Als das Tor jedoch leer blieb, dämmerte ihnen, dass Nugua tatsächlich allein war.

„Die Drachen haben *dich* geschickt, um mit uns zu verhandeln?" Aus seinen stechenden Eulenaugen blickte der älteste der Kapitäne sie an wie ein Raubvogel, der eine

Maus inmitten seiner Brut entdeckt hat. „Sie schicken uns ein Kind?"

Seine Worte trafen Nugua. Nicht weil sie sie als Beleidigung empfand – viel schlimmer war, dass sie seinen Standpunkt verstehen konnte. Sie mochte kein Kind mehr sein, aber das war Haarspalterei. Die Händler hatten einen oder gleich alle Drachenkönige erwartet, und stattdessen stand da nun – sie.

„Ich bin befugt, im Namen der Könige zu sprechen." Ihre Hand schloss sich fester um den Schaft der Lanze. „Ihr werdet mit mir vorliebnehmen müssen."

„Das ist lächerlich!", rief einer der Männer.

„Du bist ein Mädchen!", entfuhr es einem anderen, der mehr Federn trug als alle übrigen zusammen.

„Was genau stört dich daran?", gab sie zurück. „Dass ich jünger bin als du, oder weiblicher?"

Der Mann plusterte sich zu einer scharfen Entgegnung auf, aber der Älteste beschwichtigte ihn mit einer Geste. „Was ist geschehen?", fragte er.

Die Entscheidung, den Händlern die Wahrheit zu sagen, war unter den Drachenkönigen keineswegs einhellig gewesen. Maromar hatte abgeraten, Zugolu gezögert, aber Yaozi hatte sich durchgesetzt. Wenn man die Geheimen Händler als Verbündete akzeptieren wolle, hatte er gesagt, dann könne das nur durch Offenheit geschehen.

„Es hat begonnen", sagte sie. „Und es sieht nicht gut aus."

„Was bedeutet das?", fragte ein Kapitän.

„Während wir hier stehen und reden, tobt in den Tiefen der Grotten eine Schlacht." Nugua war nicht einmal in der Nähe der Herzkammer gewesen, als der Angriff der Juru begonnen hatte, und sie wusste nur das, was Yaozi ihr erzählt hatte. Doch sie hatte die Trauer in seinen Goldaugen gesehen, und sie konnte sich nicht erinnern, dass jemals zuvor Verzweiflung in seiner Stimme gelegen hatte. *Maromar, Zugolu und ich müssen hinunter, um den anderen beizustehen*, hatte er gesagt. *Geh allein zu den Händlern, und erzähle ihnen alles.*

Sie hatte sich geweigert. Sie hatte getobt. Sie hatte gesagt, dass sie bei ihm bleiben wolle, ganz gleich, wie gefährlich es sein mochte. Aber zu guter Letzt hatte sie getan, was er verlangte. Und nun war sie hier, und am liebsten hätte sie geschrien vor Hilflosigkeit.

„Tausende Juru sind aus ihren Verstecken in den unteren Höhlen gekrochen", fuhr sie fort. „Sie strömen durch die Grotten und nähern sich Pangus Herz. Ich weiß nicht, ob sie es bereits erreicht haben, aber es kann jeden Moment so weit sein. Die Könige Yaozi, Maromar und Zugolu werden versuchen, sie aufzuhalten." *Aber sie glauben selbst nicht mehr daran, dass es ihnen gelingen wird*, fügte sie im Stillen hinzu.

Die Händler flüsterten miteinander. Schließlich wandte sich der Älteste wieder an Nugua. „Wir können Soldaten schicken, um den Drachen beizustehen."

Sie schüttelte den Kopf. „Keine Menschen in den *Dongtian*", sagte sie. „Dieser Krieg wird mit Waffen geschlagen, denen ihr nicht standhalten würdet."

„Was ist mit dir?", fragte einer der Kapitäne.

„Ich bin hier bei euch, oder?“, gab sie niedergeschlagen zurück. „Nicht dort unten.“ Sie mochte die Männer mit den Eulenaugen nicht, ermahnte sich aber insgeheim, dass Wisperwind ihnen vertraut hatte. „Ich bin beauftragt worden, euch in allem die Wahrheit zu sagen – soweit ich sie kenne. Und ich weiß nicht, was gerade in den Grotten geschieht. Ich ... weiß es einfach nicht.“

Der Älteste maßregelte den anderen Mann mit einem finsteren Blick. Dann wandte er sich wieder an Nugua. „Was können wir tun? Der König der Riesen hat von einer letzten Schlacht um Pangus Herz gesprochen. Aber wir haben erwartet, dass es Angreifer von außen geben würde – jemanden, den wir mit unseren Schiffen abwehren können.“ Er deutete zum Himmel, wo die Einmannschlitten der Händler weite Schleifen flogen. Drachen waren keine mehr zu sehen. Yaozi hatte alle hinab in die Höhlen befohlen. „Sollen wir etwa abwarten und nichts tun, während in diesen Grotten von anderen über das Schicksal der Welt entschieden wird?“

„Die Drachenkönige halten es für möglich, dass ihr noch zu eurer Aufgabe kommen werdet.“ Nugua verfiel wieder in ein stures Nachplappern dessen, was Yaozi ihr vorgegeben hatte. Nur nicht ins Grübeln geraten, nicht zu viel nachdenken! Zu reden *und* sich das Schicksal der Drachen auszumalen überstieg im Augenblick ihre Fähigkeiten. Das Letzte, was sie wollte, war vor den Augen der Geheimen Händler in Tränen auszubrechen.

„Bald wird das Heer der Riesen eintreffen“, sagte ein Kapitän, der bislang geschwiegen hatte. „Was können *sie* tun? Die Drachen brauchen diese Schlacht nicht allein zu schlagen. Irgendetwas müssen auch wir anderen –“

„Ihr versteht noch immer nicht, oder?“ Nuguas Maske fiel endgültig von ihr ab, und darunter kam etwas zum Vorschein, das sie vor jedem anderen, außer vielleicht vor Niccolo, hatte verbergen wollen. Ihre Züge entgleisten zu einem gequälten Ausdruck, in ihrer Stimme lag tiefe Traurigkeit. *Ein Kind*, hatte der Händler gesagt. Vielleicht hatte er recht. Es kümmerte sie nicht mehr.

„Diese Grotten sind voller Aether!“ Ihre Handfläche am Lanzenschaft schwitzte; sie musste noch fester zupacken, um nicht abzurutschen. „Er hat den Juru seinen Willen aufgezwungen, und mit euren Männern würde er womöglich das Gleiche tun. Am Ende würdet ihr den Drachen in den Rücken fallen. *Das* ist es, was die Könige fürchten. Und selbst wenn der Aether nicht stark genug wäre, euch alle auf seine Seite zu ziehen, so könnte er es mit einigen wenigen versuchen. Mit den Anführern.“

„Niemals!“, behauptete einer der Männer.

Der Älteste aber war nachdenklich geworden. „Könnte er das wirklich tun? Macht über uns erlangen wie über eines dieser Wesen? Die Juru sind nicht viel mehr als Tiere, stumpfsinnige Bestien. Wir aber sind Menschen.“

„Keiner sagt uns, was wir zu tun haben!“, rief einer der anderen. „Auch nicht der Aether!“

Nugua funkelte ihn an. „Und was ist mit dem König der Riesen? Seid ihr nicht hier, weil er es verlangt hat?“

„Maginog hat uns keine Befehle erteilt“, antwortete der Älteste ruhig. „Er hat uns um ein Bündnis gebeten. Und bist du nicht aus demselben Grund hier, Mädchen?" Seine nächsten Worte galten ebenso ihr wie seinen drei Begleitern: „Maginog hatte recht. Menschen, Riesen und Drachen müssen gemeinsam kämpfen, um den Aether zu bezwingen. Sag uns also: Wie lautet der Vorschlag der Drachenkönige?"

„Schützt dieses Tor vor jedem, der versucht, in die *Dongtian* einzudringen", sagte sie. „Womöglich wird sich der Aether mit dem Angriff der Juru nicht zufriedengeben."

Einer der Kapitäne horchte auf. „Die Drachen glauben, er wird sie in die Zange nehmen? Also wird es doch eine zweite Attacke von außerhalb der Grotten geben?"

Nugua nickte. Sie war nicht einmal sicher, ob es nicht die Geheimen Händler selbst waren, die diesen Plan ausführen sollten. Andererseits: Diese vier mochten stolz und überheblich sein, aber sie waren keine Sklaven des Aethers. Mondkind, die einzige menschliche Dienerin des Aethers, der Nugua bislang begegnet war, hatte nie einen Hehl daraus gemacht, dass sie seinen Befehlen gehorchte. Die Geheimen Händler aber wären schon vor Stunden zum Angriff übergegangen, hätte der Aether wirklich Macht über sie erlangt.

„Noch etwas", sagte sie, während sich die Kapitäne der Gildenschiffe miteinander berieten. „Das Wrack, das ihr entdeckt habt, weiter oben im Norden ... Es ist von Drachen zerstört worden. Die Könige waren der Meinung, dass ihr das wissen solltet." Tatsächlich war nur Yaozi dieser Ansicht gewesen, während die beiden anderen die Wahrheit lieber verschwiegen hätten; aber das brauchte sie den Händlern nicht auf die Nasen zu binden. „Das Schiff hat die Drachen angegriffen, als sie in diese Berge kamen. Es hat versucht, einen von ihnen einzufangen. Diese Menschen an Bord ... sie haben sich ihr Schicksal selbst zuzuschreiben."

Ein unterdrücktes Flüstern wehte von den vier Männern herüber, dann sagte der Älteste: „Das war kein Schiff unserer Flotte. Was immer sein Kapitän vorgehabt hat – er hat es nicht in unserem Namen oder mit unserem Einverständnis getan."

Insgeheim atmete sie auf. Sie hatte sich die Erwähnung des Wracks bis zuletzt aufgehoben; weder sie noch Yaozi hatten vorhersehen können, wie die Geheimen Händler darauf reagieren würden.

Die Kapitäne steckten die Köpfe zusammen und debattierten leise. Es dauerte nicht lange, dann verkündeten sie ihre Entscheidung.

„Wir werden an Bord unserer Schiffe zurückkehren", sagte der Älteste. „Die Drachen sollen wissen, dass wir dieses Tal mit unserem Leben verteidigen werden." Während die anderen sich abwandten und zu ihren Luftschlitten eilten, blieb der Mann stehen und musterte Nugua eingehend: „Wenn es für Menschen in den Grotten zu gefährlich ist, was wird dann aus dir? Fürchtest du den Aether nicht?"

Sie wusste darauf keine Antwort. Yaozi musste Pangus Herz längst erreicht haben. Hier oben, nahe des Tors, gab es nur noch wenige Drachenwächter. Zu Fuß zur Herzkammer zu laufen wäre langwierig und angesichts der Juruhorden viel zu gefährlich gewesen. Und so schwer es ihr fiel, sich die Wahrheit einzugestehen: Sie wurde dort unten nicht gebraucht.

Doch es war vor allem die zweite Frage des Händlers, die sie stutzig machte. Tatsächlich hatte sie noch kein einziges Mal darüber nachgedacht, ob sie den Aether fürchtete. Da war so viel anderes gewesen, das ihr eine Heidenangst eingejagt hatte. Erst das Verschwinden der Drachen, dann der Fluch der Purpurnen Hand. Und selbst jetzt, da sich der Griff des Aethers immer enger um sie schloss, blieb er für sie nicht viel mehr als dieses abstrakte, unvorstellbare *Ding*, irgendwo über den Wolken und, ja irgendwie wohl auch unten in den Heiligen Grotten ... Aber Angst? Nein, die Furcht, die sie spürte, galt etwas ganz anderem.

Zuletzt hatte sie Niccolo in Mondkinds Höhle gesehen. Sie lag höher als die Herzkammer, auf die sich der Angriff der Juru konzentrieren würde, und das machte sie für den Augenblick zu einem sicheren Unterschlupf. Möglicherweise ahnte Niccolo noch gar nichts von der neuen Gefahr in den Tiefen. Doch ganz gleich, was er wusste und was noch geschehen würde – sie wollte bei ihm sein, wenn es zu Ende ging. Yaozi und den anderen würde sie beim Kampf mit den Juru nur im Weg stehen. Aber Niccolo war ganz allein mit der schlafenden Mondkind, und zuletzt würde es keine Rolle spielen, ob er und Nugua sich gestern im Streit getrennt hatten oder nicht.

Der Geheime Händler sah sie noch immer fragend an. Aber bevor sie etwas erwidern konnte, hallten mit einem Mal Hornstöße über das Tal – markerschütternde Signale, die von dem Gildenschiff im Norden der Felsenkluft kamen. In Windeseile antworteten die Hörner an Bord der anderen Schiffe.

Der Kapitän blickte mit gerunzelter Stirn zu den Silhouetten der nördlichen Berge. Etwas verdunkelte die hellen Einschnitte zwischen den Gipfeln, füllte sie von unten her auf wie Körner einer Sanduhr.

Einen Atemzug später erkannte auch Nugua, dass sich von jenseits der Berge etwas näherte – eine Unzahl gewaltiger Luftschiffe.

Sie ergriff die Lanze mit beiden Händen. „Gehören die zu euch?"

„Nein." Der Kapitän nahm den Blick nicht von den fremden Schiffen. „Allerdings –" Er verstummte und sah aus, als könnte er nicht glauben, was er sah.

„Allerdings was?"

Er schüttelte langsam den Kopf. „Das dort vorn ist die *Abendstern.*"

Jetzt waren es schon über ein halbes Dutzend Schiffe, und es kamen immer noch neue hinzu. Sie bildeten eine weitgeschwungene Kette über den Gipfeln, die bald das halbe Tal umschloss.

„Bei den Göttern!", knurrte der Händler.

Nuguas Herzschlag stolperte. „Was?"

„Die Flaggen am Bug der *Abendstern* ... Das ist ein geheimes Zeichen."

„Was bedeutet es?"

Er presste das Wort hervor wie einen Fluch. „Verrat."

∘ ∘ ∘

Hinter Nugua ertönte ein Schnauben im Schatten des Felsportals. Sie wirbelte herum und hoffte gegen besseres Wissen, Yaozi zu sehen. Aber es war nur einer der letzten Wächterdrachen, die zum Schutz des Tors abgestellt worden waren. Die Hornstöße hatten ihn ins Freie gelockt. Auch er musterte mit seinen Goldaugen den Aufmarsch der Luftschiffflotte.

Sie wies mit der Schaufellanze auf die Gildenschiffe über den Gipfeln. „Yaozi und die anderen müssen davon erfahren!"

Der Drache sträubte seine rote Mähne. Sein Blick verschleierte sich, während er die Gedankenbotschaft in die Tiefen der Heiligen Grotten sandte. „Sie wissen es", sagte er wenige Sekunden später.

„Frag Yaozi, was wir tun sollen. Sag ihm, eines der Schiffe ist die *Abendstern*. Die anderen sind –" Fragend blickte sie den Geheimen Händler an.

„Mukhtar Khan und seine Bande", entgegnete der Mann verächtlich. „Das Schiff dort oben neben der *Abendstern* ist seines. Xu muss ihm am Wrack begegnet sein. Wahrscheinlich war es eines seiner Schiffe, das die Drachen vom Himmel geholt haben."

Ihr war klar, was das bedeutete. „Dann brauchen wir uns keine Hoffnungen zu machen, dass sie sich mit uns verbünden."

„Vor Jahren haben Xu und ich gemeinsam gegen Mukhtar Khan gekämpft", sagte der Händler nach kurzem Zögern. „Mag sein, dass sich die Prophezeiungen der Drachenkönige heute doch noch bewahrheiten werden."

Nugua schaute zurück zu dem Drachen am Tor. Sein Blick war nach innen gerichtet, seine Gedanken suchten sich einen Weg durch den Fels. Er gab die Worte des Kapitäns an Yaozi weiter.

„Könnt ihr sie aufhalten?“, fragte Nugua den Geheimen Händler.

„Das da oben sind vierzehn Schiffe. Selbst wenn die *Abendstern* noch unter Xus Kommando steht und auf unserer Seite kämpft, ist diese Flotte fast dreimal so groß wie unsere.“ Seine Eulenaugen blitzten. „Mukhtar Khans Schiff liegt in der Kommandoposition. Ich frage mich, wie er es angestellt hat, dass all die anderen ihm folgen.“

„Das ist nicht sein Verdienst“, sagte Nugua leise. „Das war der Aether.“

Der Händler schenkte ihr einen nachdenklichen Blick, als der Drache sich mit einem Mal an ihn wandte: „Yaozi bittet euch, das Tor zu halten, koste es, was es wolle. Was er und die anderen im Augenblick am nötigsten brauchen, ist Zeit.“

„Wie stehen die Chancen, dass ihr den Aether aufhalten könnt?“, fragte der Kapitän. „Und wie lange wird es dauern?“

Während der Drache die Frage weitergab, beobachtete Nugua, wie aus den Bäuchen der Gildenschiffe Luftschlitten ausschwärmten. Ganze Wolken dunkler Punkte wurden ins Freie ausgestoßen und verdunkelten den Himmel über dem Tal.

Die Schlitten der chinesischen Schiffe sausten wirr umeinander, augenscheinlich unentschlossen, wie sie sich verhalten sollten. Doch die Soldaten Mukhtar Khans gingen nicht gleich zum Angriff über. Stattdessen suchten sie sich sichere Landeplätze an den Hängen rund um das Tal. Das Heer der Geheimen Händler mochte groß sein, aber es war auch behäbig. Bis genug Kämpfer am Boden waren, um gegen das Portal vorzurücken, würde noch eine Weile vergehen.

Der Drache stieß ein verzagtes Schnauben aus, als er die Nachrichten aus den Tiefen der *Dongtian* verkündete. „Die Juru nähern sich unaufhaltsam der Herzkammer. Der Aether greift mit aller Macht die magischen Schilde an. Auch ich habe den Befehl erhalten, mich den Reihen der Verteidiger anzuschließen ... Aber selbst wenn die Händler das Tor nicht halten können, wird die feindliche Armee wahrscheinlich Stunden brauchen, ehe sie dort unten auf die ersten Drachen stößt." Er senkte die Stimme, während seine Mähne in sich zusammenfiel. „Vielleicht gibt es dann längst nichts mehr, um das sich zu kämpfen lohnt."

„Nimm mich mit", verlangte Nugua von dem Drachen. „Ich will bei meinem Clan sein." Sie sagte das, ohne nachzudenken. Die Hiobsbotschaft aus dem Inneren der Berge verdrängte für einen Augenblick sogar ihre Sorge um Niccolo.

Der Kapitän legte ihr von hinten eine Hand auf die Schulter. „Du kannst mit an Bord eines unserer Schiffe kommen. Das dort unten ist kein Ort für ein Mädchen, nicht einmal für ein so tapferes, wie du es bist."

Seine Worte verunsicherten sie nur einen Herzschlag

lang, dann wischte Nugua sie mit einer Handbewegung beiseite. „Ich gehöre dorthin, wo die Drachen sind."

Vielleicht sah er ihr an, dass es zwecklos war, sie überzeugen zu wollen. Er zögerte kurz, dann nickte er und verabschiedete sich. „Leb wohl, Tochter von Drachen. Es macht mich stolz, dir begegnet zu sein." Er wandte sich ab und eilte zum Landeplatz, wo die drei anderen Kapitäne sich gerade auf ihren Luftschlitten vom Boden erhoben. „Sag den Drachen, wir werden unser Bestes geben!", rief er über die Schulter, bevor er sich daranmachte, das Ledergeschirr seines Schlittens anzulegen.

Nugua nickte, gab sich einen Ruck und lief auf den Wächterdrachen zu.

Sein goldener Fühler erfasste sie und hob sie in seine Hornkrone. Geschmeidig schlängelte sich der Koloss durch das Portal und trug sie hinab in die Tiefe.

Jenseits der Gipfel

„Ich wollte gerade sanft wie ein Blatt aufsetzen, als du mir in die Quere gekommen bist“, klagte Feiqing. „Hättest du mich in aller Ruhe landen lassen, dann hätten wir jetzt einen Luftschlitten. Einer von uns könnte vorausfliegen und Hilfe holen – und etwas zu essen.“

Wisperwind wünschte, der eisige Wind würde noch lauter um die Felsen heulen, damit sie das Gezeter des Rattendrachen nicht länger ertragen musste.

„Graupen“, sagte er.

„Was?“

„Ich mag Graupen. Du nicht?“

Sie hielt auf der Felsschräge inne, die sie und die vier anderen seit Stunden erklommen. „Doch, Feiqing. Manchmal überlege ich mir, wie es wohl wäre, wenn wir das hier überleben – aber urplötzlich hab ich *Graupen* vor Augen, und alles andere wird unwichtig.“

Mit finsterer Miene kletterte sie weiter. Feiqings plumper Leib schleifte hinter ihr über den Fels; sie hörte, dass er missmutig mit sich selbst sprach.

Einige Hundert Schritt vor ihnen klaffte ein Pass zwischen grauen Gipfeln. Seit sie den Rand des Gletschers passiert und mit dem Aufstieg in die Felsen begonnen hatten, war der Boden nicht mehr schneebedeckt. Dennoch wehten ihnen vom Pass frostige Wolken aus Eiskristallen entgegen, so als kehrte dort oben jemand mit einem gewaltigen Besen die Felsen aus. Es war längst dunkel geworden, und sie sahen die Schwaden nicht mehr, aber ihre Berührung brannte auf der Haut und war seit Anbruch der Nacht noch beißender geworden. Der Mond schien auf sie herab und erhellte den zerklüfteten Berghang. Das half ihnen nicht bei den verborgenen Stolperfallen, die jeden Schritt zu einem Wagnis machten, aber zumindest konnten sie in seinem Schein die tieferen Spalten und Löcher umgehen. Es war ein Wunder, dass sich noch keiner von ihnen den Hals gebrochen hatte. Selbst ein verstauchter Knöchel wäre in dieser Umgebung ein Todesurteil. Die Juru hatten längst die Verfolgung aufgenommen und würden sie bald eingeholt haben.

Wisperwind, Kangan und die beiden Soldaten waren in Fell und Leder gekleidet, warm genug für einen kurzen Einsatz auf dem Gletscher, nicht aber für einen tagelangen Aufenthalt im Hochgebirge. Feiqing hingegen hatte zum allerersten Mal nichts an seinem dick gepolsterten Drachenkostüm auszusetzen, das ihm hier draußen gute Dienste leistete.

„Graupen sind gesund“, sagte er keuchend. „Und sie schmecken hervorragend ... richtig zubereitet, jedenfalls. Bei den Gauklern gab es oft welche. Ohnehin war damals alles besser. Ein ganzer Wagen für mich allein, ein warmes Plätzchen in der Nacht, Tag für Tag der Jubel des Publikums, die strahlenden Gesichter der Kinder, die bewundernden Blicke der Mädchen und die –“

„Darf ich ihn töten?", fragte Kangan über die Schulter. Er kletterte nur zwei Schritt vor Wisperwind. „Langsam?"

„So viel Zeit haben wir nicht."

„Wir müssen eh eine Pause machen."

„Barbar!", keifte Feiqing.

„Wir könnten ihn essen", schlug einer der beiden verletzten Gardisten vor. Sein Name war Tung.

„Mit Graupen", sagte Lau, der zweite Soldat.

Feiqing horchte auf. „Hast du welche dabei?"

Wisperwind blieb alarmiert stehen. „Still! ... Da sind Geräusche. Weiter unten zwischen den Felsen."

Kangans Seufzen klang, als hätte er schon viel früher damit gerechnet. Sein gebogenes Langmesser schimmerte im Mondschein, als er es blank zog. „Stellen wir uns ihnen. Ich bin es leid, vor ihnen davonzulaufen."

Wisperwind schüttelte energisch den Kopf. „Nicht hier. Oben auf dem Pass sind unsere Chancen besser."

„Woher willst du das wissen? Du warst noch nie dort."

„Vertrau mir. Ich kenne mich aus mit Kämpfen in der Wildnis."

„Da hat sie recht!", ereiferte sich Feiqing. „Sie weiß genau, wovon sie redet."

Wisperwind war sicher, dass er das nur sagte, weil er jede Art von Kampf vermeiden wollte – zumindest solange er selbst daran beteiligt war – und weil der Weg zum Pass einen weiteren Aufschub bedeutete. Dabei wussten sie alle, auch er, dass sie einer Konfrontation mit den Juru nicht entgehen konnten. Die Felsenwesen bewegten sich im Gebirge mit traumwandlerischer Sicherheit, auch die Dunkelheit hielt sie nicht auf. Und dass Wisperwind und die anderen von Kopf bis Fuß mit gefrorenem Jurublut besudelt waren, machte es nicht gerade leichter, ihrer Witterung zu entkommen.

Kangan wechselte einen Blick mit den beiden verletzten Soldaten. Tung hatte während der Schlacht im Wrack einen Stich in den Bauch abbekommen, nicht tief genug, um ihn tödlich zu verwunden, aber ganz gewiss schmerzhaft und auf Dauer wohl auch lebensbedrohlich, wenn die Wunde unter diesen Strapazen ein ums andere Mal aufbrach. Seinem Gefährten Lau hatte ein Jurustachel den linken Ellbogen zerschmettert, der Arm baumelte nutzlos an seiner Seite und würde ihn zu einer leichten Beute für ihre Gegner machen.

„Wie du meinst", sagte der Hauptmann. „Klettern wir weiter." Kangan hatte an diesem Tag bereits zu viele Männer und Frauen verloren, um leichtfertig ein weiteres Leben aufs Spiel zu setzen.

Schweigend bewegten sie sich weiter den Berg hinauf. Sie alle hofften, dass sie jenseits des Passes wieder die Flotte der Geheimen Händler erblicken würden. Das hätte die Heiligen Grotten der Drachen zumindest in sichtbare Nähe gerückt. Falls dort drüben aber nur ein weiteres leeres Tal lag und noch eine Kette schwindelerregender Felsenzähne, war ihr Schicksal besiegelt. Dann sprach nichts mehr dagegen, den Juru ein letztes, tödliches Gefecht zu liefern. So oder so, das eine würde sie ebenso zu einem guten Kampf anspornen wie das andere. Allein deshalb schon machte es Sinn, das Aufeinandertreffen mit den Felsenwesen auf den Pass zu verlegen.

Der Mond war bereits ein gutes Stück weitergezogen, als rechts und links von ihnen Felswände in die Höhe ragten. Endlich – der Einschnitt zwischen den Gipfeln. Wie weit er reichte, ehe es wieder abwärtsging, war in der Düsternis nicht zu erkennen. Auch ob sich die Flotte vor ihnen befand oder längst außer Sichtweite war, blieb ungewiss.

Mit einem leisen Fluch blickte Wisperwind zurück, den mondbeschienenen Hang hinab. Die Schattierungen aus Grau und tiefem Schwarz, die den Berg überzogen, machten es nahezu unmöglich, ihre Verfolger auszumachen. Ihr Blick wanderte weiter bis zum Gletscher, der sich als heller Strang von Westen nach Osten durch ihr Sichtfeld zog. Das Wrack des zerstörten Gildenschiffs war nicht mehr zu erkennen, was vermutlich eher am diffusen Mondlicht als an der zurückgelegten Entfernung lag. Trotzdem war die Strecke, die sie bewältigt hatten, unter den gegebenen Umständen beachtlich. Die beiden Verwundeten hatten ein erstaunliches Durchhaltevermögen an den Tag gelegt, ganz zu schweigen von Feiqing, dessen Rattendrachenkörper für Märsche wie diesen nun wahrlich nicht geschaffen war.

Er murmelte etwas, das verdächtig nach „Graupen“ klang, und sogleich blieb ihr das Lob im Hals stecken. Mit aufeinandergepressten Lippen lief sie weiter, tiefer in die schartige Kerbe zwischen den Bergen hinein.

Nach einigen Minuten hielt Kangan sie am Arm zurück. „Sie sind jetzt direkt hinter uns“, flüsterte er. „Manchmal kann ich sie vor den Sternen sehen.“

„Ich weiß. Ich höre sie schon die ganze Zeit."

„Dann lass uns jetzt kämpfen."

„Nicht bevor wir nicht sehen, was auf der anderen Seite liegt. Ich will wissen, ob ich für die Aussicht auf unsere Rettung kämpfe, oder aber um so viele von ihnen wie möglich umzubringen, bevor sie auch mich töten."

Im Mondlicht blitzte Verwunderung in seinen Eulenaugen. „Was hat dich nur zu dem gemacht, was du bist?"

„Es muss dir nicht gefallen", gab sie zurück, aber ihr Achselzucken war nicht ganz aufrichtig.

„Vielleicht wäre es besser, wenn es das nicht täte."

Feiqing räusperte sich lautstark. Er rang die dickfingrigen Hände vor seinem Bauch und peitschte mit dem Drachenschwanz lose Eiskristalle vom Boden. „Ich will euch ja nicht die Laune verderben, aber ist es möglich, dass das da vorn ... ähm, brennende Luftschiffe sind?"

Wisperwind wirbelte herum und starrte den Pass entlang nach Süden. Kangan machte einen Schritt um sie herum und folgte den Blicken der beiden. Auch die Soldaten starrten zur anderen Seite der Berge.

Die v-förmige Kerbe zwischen den Gipfeln war nicht länger nur von Nacht und Sternen erfüllt. Im Südwesten glühten ferne Feuer in der Finsternis, weit jenseits der Berge inmitten des Nachthimmels.

„Eine Schlacht", raunte Kangan. „Es hat also begonnen."

„Diese Narren haben tatsächlich die Drachen angegriffen?", stieß Wisperwind aus. „Das ist Irrsinn!"

„Das ist die eine Möglichkeit", knurrte der Hauptmann. „Die andere ist, dass sie sich gegenseitig bekämpfen. Geheime Händler führen Krieg gegen Geheime Händler."

„Und auf welcher Seite kämpft die *Abendstern*?"

Sein Kopf ruckte herum. Die plötzliche Wut in seinen Augen erschreckte sie. Dann aber sackten seine Schultern kaum merklich nach unten. „Ich weiß es nicht. Xu ist ... Er wird das tun, was das Beste für die Menschen an Bord ist."

„Das Beste für die Menschen ist, den Drachen Zeit zu verschaffen."

„Womöglich sieht er das genauso. Unterschätze ihn nicht. Xu ist ein guter Gildenmeister, der beste unter den fünf Kapitänen der Flotte. Die *Abendstern* ist nicht ohne Grund unser Flaggschiff."

Feiqing plapperte los, ohne nachzudenken: „Und wenn sie es ist, die da brennt?"

Kangan sah aus, als wollte er dem Rattendrachen an die Gurgel gehen. „Ist es das, was du wünschst, Feiqing? Dann hätte ich mich in dir getäuscht, und in dir steckt doch mehr von einem Verräter, als ich angenommen hatte!"

„Ich wollte doch nur –"

„Hauptmann!", rief mit einem Mal Lau und wedelte mit seinem unverletzten Arm. „Sie kommen!"

Wisperwind hatte Jadestachel schon vor einer Weile vom Rücken gezogen. Das Götterschwert schien mit ihrer Hand zu verwachsen wie die Hornstachel der Juru an deren Knochenarmen. Kangan riss das Langmesser herum, das ihm bereits im Wrack gute Dienste geleistet hatte. Auch der verletzte Tung hob die Klinge, obgleich seine gekrümmte Haltung verriet, dass sein Kampfeswille größer war als die Kraft, die ihm noch blieb.

Feiqing stand unentschlossen da, die Füße nach innen gerichtet, bis sich die mandarinengroßen Zehen berührten, die plumpen Hände zitternd verschränkt, mit peitschendem Schwanz und zusammengesunkenem Drachenkamm.

„Lauf weiter!“, rief Wisperwind ihm zu. „Mach schon!“

Sie sah nicht mehr, ob er ihrer Aufforderung Folge leistete, denn im selben Augenblick huschten die Juru durch den Pass auf sie zu, eine breite Front von fünf oder sechs Felsenwesen, die wie Affen über die Felsen turnten. Hinter ihnen waren noch mehr, zu viele, um sie im Mondlicht zu zählen.

Mit einem Kampfschrei stieß Wisperwind sich ab, wechselte übergangslos in den Federflug und fegte über die wirbelnden Schädelstränge der vorderen Juru hinweg. Jadestachels Klinge durchtrennte zwei mit einem einzigen Schlag, so schnell, dass die Körper noch mehrere Schritte weiterwankten, ehe sie zwischen den Felsen zusammenbrachen. Zornige Schreie stiegen aus dem Gewimmel der anderen empor, hallten von den Felswänden wider und hätten jeden anderen Gegner vor Furcht erstarren lassen. Aber Wisperwind hatte diese Kreaturen schon früher bekämpft. Das bizarre Äußere der Juru schreckte sie nicht mehr, nicht die schrecklichen Hornklingen, nicht die peitschenden Schädelstränge. Die Juru starben wie jedes andere Wesen, das sich einer Schwertmeisterin vom Clan der Stillen Wipfel entgegenstellte.

Der Kopftentakel eines Felsenwesens packte sie am linken Knöchel, kraftvoll wie ein Elefantenrüssel, und riss sie aus dem Federflug nach unten. Wisperwind ließ die Klinge kreisen, tötete einen anderen, kam aber nicht an den Strang heran, der sie hielt, ohne sich am eigenen Bein zu verletzen; er schlängelte sich blitzschnell um ihre Wade, immer auf jene Seite, die sie mit dem Schwert nicht erreichen konnte. Zugleich rückten von allen Seiten weitere Felsenwesen näher.

Irgendwo im Dunkeln stieß einer der Soldaten einen gellenden Schrei aus. Abrupt brach er ab, begleitet vom triumphierenden Zischen der Juru. Nicht weit entfernt brüllte Kangan.

Wisperwind lag jetzt auf dem Rücken, während der eine Juru sie noch immer festhielt und flink ihrer Klinge auswich, während drei weitere auf sie zusprangen.

Sie ließ Jadestachel los und tastete mit beiden Händen nach den Wurfnadeln an ihrem Gürtel. Alle drei Angreifer befanden sich noch im Sprung, als der Tod sie ereilte. Die Nadeln rasten lautlos auf sie zu und bohrten sich in die Wurzeln ihrer Schädelstränge, unmittelbar über dem Maul mit dem hakenförmigen Fangzahn. Die Kreatur, die Wisperwind festhielt, kreischte zornig auf, hatte sich aber zu sehr darauf verlassen, dass die anderen die Kriegerin töten würden. Ehe das Wesen sich vom Festhalten aufs Kämpfen verlegen konnte, hatte Wisperwind bereits wieder ihr Schwert ergriffen und rammte es am Schädelstrang des Juru vorbei in seine Brust. Die Umklammerung ihrer Wade ließ nach, im nächsten Augenblick war sie frei.

Sie stieß sich ab, erhob sich im Federflug über den Pass und versuchte, im Mondschein einen Überblick über den Kampf zu bekommen. Schatten rasterten den Boden zwischen den Felswänden. Die Kämpfenden dort unten, Juru wie Menschen, waren selbst nur dunkle Umrisse, die hektisch umeinanderglitten. Kangan hielt sich mehrere Gegner zugleich vom Leib, mit dem Rücken zum Fels, aber der endlose Marsch über Eis und Gestein hatte auch an seinen Kräften gezehrt. Verbissen hielt er dem Ansturm stand – fraglich war nur, wie lange noch.

Lau, der Soldat mit dem zerschmetterten Ellbogen, war verschwunden, begraben unter einem Knäuel tobender Juru; er musste längst tot sein. Tung aber kämpfte noch, und nun sah Wisperwind, weshalb gerade er es bis hierher geschafft hatte: Er war seinem Hauptmann an Ausdauer und Geschick mit der Klinge ebenbürtig, vielleicht gar überlegen, und trotz seiner Bauchwunde hatte er mehrere Juru getötet und verschanzte sich auf der anderen Seite ihrer Kadaver wie hinter einem Wall.

Wisperwind hatte den höchsten Punkt ihres Federflugsprungs erreicht und sank nun wieder abwärts. Noch immer konnte sie Feiqing nirgends entdecken. Alarmiert raste ihr Blick über den Pass, weiter nach Süden, wo die fernen Feuer am Nachthimmel loderten wie gefallene Sterne. Die Schlacht der Gildenschiffe wütete viele Kilometer von hier entfernt, jenseits eines weiteren Tals und zerklüfteter Berge. Selbst wenn sie den Juru entkamen, gab es kaum Hoffnung, es zu Fuß bis dorthin zu schaffen.

Keine Spur von Feiqing. Sie konnte nur hoffen, dass er sich irgendwo in den Schatten versteckt hielt.

Unter ihr erwarteten mehrere Juru mit peitschenden Kopfwülsten ihre Rückkehr zum Boden. Von Norden, den Hang herauf, mussten immer noch neue nachrücken. Ein ganzes Rudel war ihnen gefolgt, zu viele, als dass eine Gruppe verletzter, ausgelaugter Flüchtlinge gegen sie bestehen konnte.

Tung schrie auf, als ein Schädelwulst ihn am Hals erwischte. Der Schlag katapultierte ihn hinter seinem Schutzwall aus toten Juru hervor, geradewegs in die Knochendornen seiner Feinde.

Jetzt waren nur noch Wisperwind und Kangan am Leben. Und, vielleicht, hoffentlich, auch Feiqing, irgendwo hinter einem Felsen.

Ihr Schwert fuhr durch die tastenden Schädelwülste unter ihr wie durch Unterholz und Lianen. Noch bevor ihre Füße wieder den Boden berührten, hatte sie sich eine Bresche durch ihre Feinde geschlagen. Doch schon schlossen sich die Reihen wieder, rückten näher. Ehe sie zupacken konnten, erhob sich Wisperwind schon wieder in die Luft, lief mit federleichtem Schritt über die zuckenden Kopfwülste und näherte sich dem Platz, wo Kangan mit dem Rücken am Fels die Stellung hielt.

Sie schnellte über ihm gegen die Steilwand, kam mit beiden Fußsohlen auf, blieb waagerecht am Gestein haften und wehrte mehrere Juru ab, die wie Spinnen den Fels herabkrochen, um den Hauptmann von oben zu überrumpeln. Kangan bemerkte sie erst, als Wisperwind sich ihrer annahm; er fluchte zwischen blitzschnellen Ausfällen gegen seine Feinde. Dass Wisperwind über ihm in der Luft schwebte wie ein Geist, schien ihn dabei am wenigsten zu verwundern.

Sie rannte an der Felswand hinauf wie auf ebenem Boden, noch immer in der Waagerechten, so als wäre die Welt um fünfundvierzig Grad gekippt worden. Sie vermochte dieses Kunststück nicht allzu lange durchzuhalten, aber es musste reichen, um die überrumpelten Juru an der Wand zu besiegen. Während die Wesen noch ihr Erstaunen überwanden, stürmte Wisperwind schon mit mondblitzender Götterklinge unter sie, hieb nach rechts und links und erschlug in Windeseile ein halbes Dutzend von ihnen. Ihre Kadaver verloren den Halt an der Steilwand und stürzten in die Tiefe, wo sie beinahe Kangan unter sich begruben. Auch Wisperwind musste einem fallenden Gegner ausweichen, stieß sich ab, bevor er mit ihr zusammenprallen konnte, und flog in einem Bogen abwärts, hinter die Juru, die den Hauptmann bedrängten.

Von oben drohte Kangan im Augenblick keine Gefahr mehr, aber Wisperwind erkannte, dass seine Gegner am Boden allmählich die Oberhand gewannen. Sie spürte ein Aufwallen lähmender Erschöpfung, aber sie durfte jetzt keine Schwäche zeigen, auch wenn ihr das zunehmend schwererfiel.

„Hast du Feiqing gesehen?“, brüllte sie keuchend, als das Gefecht sie bis auf zwei, drei Schritt an Kangan herantrug.

Der Hauptmann knurrte ein Nein und rammte sein Langmesser einem Juru quer durch den Schädelstrang. Die Kreatur wich im Todeskampf zurück und riss die Klinge mit sich. Plötzlich stand Kangan ohne Waffe da.

Wisperwind wollte ihm abermals zu Hilfe eilen, als ein Hornstachel wie eine Lanze auf ihr Gesicht zuraste, während einer der muskulösen Kopfwülste sie an der Hüfte packte. Sie schrie auf, wich dem tödlichen Stachel aus, fühlte aber zugleich, wie ihr der Schädelstrang die Luft abpresste. Sie riss das Schwert hoch und stieß es mit der Klinge abwärts, genau zwischen die knochigen Schulterblätter der Kreatur. Der Juru starb, aber sein Tentakel verkrampfte sich im Sterben und hielt sie fest. Weitere Wesen rückten von allen Seiten auf sie zu.

Da begriff sie, dass der Kampf vorüber war, ganz gleich, wie sehr sie sich jetzt noch wehren mochte. Sie wollte nach den Wurfnadeln greifen, doch so schnell war nicht einmal sie. Stattdessen lenkte sie all ihre verbliebene Kraft in ihre Handflächen und aktivierte eine der mächtigsten Waffen, die einem Clankrieger zu Gebote standen. Sie hatte eine einzige Chance – und *nur* diese eine.

Die Macht des Tao schoss wie Feuer durch ihre Arme, sammelte sich an den Wurzeln ihrer Finger – und stieß durch die Handballen nach außen. Unsichtbare Druckwellen hämmerten in den Pulk der Juru. Einer, der ihr am nächsten war, zerplatzte wie eine reife Frucht. Ein anderer wurde mit eingedrücktem Brustkorb nach hinten geschleudert und riss andere mit sich. Gleich ein halbes Dutzend ging zu Boden, als sei ein Sturmwind unter sie gefahren, und die meisten blieben halb bewusstlos liegen, zuckend und mit erschlafften Schädelsträngen.

Da waren noch andere, die der Kraftstoß aus Wisperwinds Handflächen nicht erreicht hatte; aber selbst jene blieben stehen, pendelten unsicher auf der Stelle, manche auch seitlich an den Felsen, und warteten unschlüssig darauf, was weiter geschehen würde.

Wisperwind stand kurz davor, bewusstlos zu werden. Die unsichtbaren Stöße aus ihren Händen hatten ihr jeden Funken Kraft entzogen. Mit dem Rücken sank sie gegen einen Felsen, hielt sich kaum noch auf den Beinen. Kangan war nur wenige Meter entfernt, auch seine Gegner hielten inne. Er stand leicht vornübergebeugt, ächzte vor Erschöpfung und wartete darauf, dass die Felsenwesen ihn ein letztes Mal angriffen. Jurublut hatte sein Gesicht besudelt; die schwarzen Eulenaugen starrten verbissen aus einer Maske aus Tod.

Um Wisperwind drehte sich der Pass, der Himmel, das eisige Gebirge. Der Mond verblasste in ihrer Wahrnehmung, es wurde immer dunkler. Eine Ohnmacht tastete mit Schattenfingern nach ihr, aber noch weigerte sie sich, ihr nachzugeben; das war ein Triumph, den sie niemandem gönnte, schon gar nicht diesem Ungeziefer.

Eine unförmige Gestalt schob sich neben ihr um den Felsen.

„Das sieht nicht gut aus“, murmelte Feiqing.

„Nein“, kam es tonlos über ihre Lippen. Sie schmeckte bitteres Jurublut auf der Zungenspitze.

„Man kann nicht immer Glück haben.“ Der Rattendrache klang seltsam abgeklärt, ohne eine Spur von Selbstmitleid. „Ich bin froh, dass wir Seite an Seite sterben."

„Ich ... nicht", krächzte sie und brachte ein verzerrtes Grinsen zustande. Die Kraftstöße hatten sie vollständig ausgelaugt. „Ich war ... noch nie froh ... zu sterben", brachte sie unter Mühen hervor.

„Du hast so was schon oft durchgemacht?"

„Irgendwas –", begann sie, brach erschöpft ab und raffte sich abermals auf: „Irgendwas ... kam immer ... dazwischen."

„Nicht heute", sagte Feiqing.

„Nicht heute", pflichtete auch Kangan ihm bei.

Wisperwind wollte nicken, aber tatsächlich sackte nur ihr Kopf nach unten.

Nicht heute, wiederholte sie stumm.

Der achte Xian

Der Ruf kam von oben, gefolgt von ohrenbetäubendem Rauschen und Flattern.

„Hinweg!“, brüllte eine tiefe Stimme. „Hinweg mit euch, Gewürm! Zurück in eure Felsenlöcher! Verdammt sollt ihr sein auf ewig!“

Vielstimmiges Jurugeschrei hob an. Die Kreaturen erwachten aus der Starre, in die sie nach Wisperwinds Kraftstößen verfallen waren. Allmählich gewann ihre Mordlust wieder die Oberhand. Schädelstränge wirbelten aufwärts. Armlange Hornstachel, die von allen Seiten in die Richtung der drei Gefährten wiesen, wurden zurückgerissen und fächerten in die Höhe, um das, was von oben über sie kam, in Panik abzuwehren.

Feiqing kreischte auf. Auch Kangan schrie. Wisperwind riss den Mund auf, aber kein Laut drang hervor. Selbst dazu fehlte ihr die Kraft.

Plötzlich regnete es Silber. Das war ihr erster Gedanke. Dann begriff sie, dass blanker Stahl aus dem Nachthimmel hagelte, ein Strom von Klingen – Schwerter, die rund um sie niedergingen und dürre Juruleiber an die Felsen nagelten. Sie sah noch immer wie durch Wasser, zu unscharf, um alle Einzelheiten wahrzunehmen. Und doch erkannte sie, dass sie und ihre beiden Gefährten inmitten eines

Sturms aus Schwertern standen, Dutzende, nein Hunderte von Klingen, die senkrecht aus dem Himmel herabstießen und die Juru in Sekundenschnelle töteten. Was eine Heerschar Krieger viel Zeit und hohen Blutzoll gekostet hätte, vollbrachte ein Einzelner jetzt ganz allein und innerhalb weniger Atemzüge.

Bald verstummte der letzte Juruschrei. Das Röcheln der sterbenden Kreaturen verebbte. Stille senkte sich herab auf den Felsenpass.

Stille – und ein gewaltiger Kranich.

Der Riesenvogel ging zwischen den toten Juru nieder, setzte seine Krallen aber nur zögerlich auf, um sich nicht an den zahllosen Schwertern zu verletzen, die überall aus dem Boden ragten. Ein letztes Mal schlug er mit den Schwingen und schüttelte sie, ehe er sie anlegte und der Reiter auf seinem Rücken vollends sichtbar wurde.

Feiqing stieß einen erschrockenen Laut aus. „Ich kenne ihn … So was hat er schon einmal gemacht, damals im Wald …"

Wisperwind fiel es noch immer schwer, die Umgebung deutlich zu erkennen. Sie versuchte, ihren Blick auf den Neuankömmling zu fixieren, aber es war, als läge eine Schicht aus hauchdünnem Papier vor ihren Augen. Wäre da nicht der Felsen in ihrem Rücken gewesen, sie hätte sich nicht auf den Beinen halten können.

„Wer ist das?", keuchte Kangan. Seine Stimme klang gurgelnd, als flösse Blut seine Kehle hinab.

„Ich will keinen Kampf mit euch", sagte der Mann auf dem Kranich. „Und wenn ich mir euch so ansehe – was für ein Kampf könnte das schon sein? Obwohl ihr euch gut geschlagen habt."

„Guo Lao", stieß Feiqing aus. „Der letzte der acht Unsterblichen."

„Guo Lao bin ich wohl", sagte der Vogelreiter. „Aber der letzte Unsterbliche? Nicht, solange mir keiner sagen kann, was aus meinem Bruder Li geworden ist."

Schemenhaft sah Wisperwind, wie sich die Gestalt vom Rücken des Vogels schwang. Ein angewidertes Schnauben drang zu ihr herüber, als der Xian zwischen den Jurukadavern am Boden aufkam.

„Diese Schwerter", ächzte sie. „Wie ... hast du das gemacht?" Sie erinnerte sich düster, dass Feiqing ihr von Guo Laos Kampf mit Mondkind erzählt hatte; auch damals hatte der Unsterbliche einen Schwertersturm beschworen.

„Das ist nichts", entgegnete er leichthin, aber in seiner Stimme lag ein kaum merkliches Beben, so als hätte der Zauber ihn mehr Kraft gekostet, als er zugeben wollte.

Langsam kam er näher. Sein verschwommener Umriss gerann vor ihren Augen zu einer massigen Gestalt, nicht so breit wie Li, dafür aber noch größer. Sein Kopf war kahl, das Mondlicht schimmerte auf seiner Haut. Er trug Gewänder, die weit um seinen Körper fielen, verziert mit einer Unzahl von Bändern, einige lose flatternd, andere um seine Arme gewickelt. Darauf entdeckte sie mit verkniffenen Augen Muster, die Schriftzeichen sein mochten; sie hatte von solchen Schutzzaubern gehört, aber noch nie gegen jemanden gekämpft, der wusste, wie man sie anwandte.

Keine drei Meter vor ihr blieb Guo Lao stehen. „Du kennst dich mit Kampfzaubern aus?“

Im ersten Moment glaubte sie, er hätte ihre Gedanken erraten. Dann aber begriff sie, dass er noch immer von den Schwertern sprach. „Ich bin Wisperwind“, gab sie zurück. „Vom Clan der Stillen Wipfel.“

Er überlegte, dann nickte er. „Das erklärt manches. Dann warst also du es, die ich hier unten zwischen den Felsen gespürt habe. Du hast die Macht des Tao eingesetzt.“ Er ließ ihr keine Zeit zu einer Erwiderung, blickte hinab auf die Überreste eines Juru und beantwortete seine eigene Frage. „Ja, das musst wohl du gewesen sein. In der Dunkelheit hätte ich euch aus der Luft kaum bemerkt, aber als du das hier getan hast, war es wie ein Leuchtfeuer in der Nacht.“

Kangan schleppte sich auf Wisperwind und Feiqing zu. Er schien eine Ewigkeit für die wenigen Schritte zu brauchen. Durch die Schleier aus Schwindel und Mattigkeit sah sie, dass auch er sich nur mit Mühe aufrecht hielt. Er war unbewaffnet wie sie selbst und hielt den rechten Oberarm mit der linken Hand umklammert. Blut sickerte zwischen den Fingern hervor. Auch in seiner Wange klaffte ein glänzender Riss.

„Feiqing“, stöhnte sie. „Was ist mit dir? … Bist du … verletzt?“

Er schüttelte hektisch den Drachenkopf. „Du hast gesagt, ich soll weglaufen! Das hast du doch, oder? Also *bin* ich weggelaufen und … und ich hab mich versteckt. Die ganze Zeit über. Ich bin gestolpert, und bestimmt hab ich blaue Flecken am ganzen Leib … also, unter dem Kostüm, heißt das … Aber ich hätte gekämpft, wenn es nötig gewesen wäre. Ganz bestimmt, sogar."

„Schon gut", ächzte sie und zwang sich zu einem fahlen Lächeln. „Du hast alles ganz richtig gemacht."

„Wirklich, ich wollte –"

Sie hob angestrengt eine Hand und berührte ihn am Arm. „Ich weiß", unterbrach sie ihn. „Das weiß ich wirklich." Sie hatte nicht vergessen, dass er zuletzt, als der Kampf entschieden schien, sein Versteck verlassen hatte, um mit ihr und Kangan zu sterben. Manchmal war er mutiger, als er selbst ahnte.

Feiqing nickte aufgeregt, ehe ihm offenbar einfiel, dass er sich beim letzten Zusammentreffen mit Guo Lao vor dem Xian gefürchtet hatte. Aber statt zurückzuweichen, verschränkte er nun entschlossen die Arme vor der Drachenbrust, versuchte es jedenfalls, gab aber auf, weil sie nicht um den dicken Leib reichten. Trotzdem trat er dem Unsterblichen entgegen, als wollte er Wisperwind und Kangan beschützen.

„Dich kenne ich", sagte Guo Lao finster. „Du bist auf der Lichtung gewesen, als ich gegen Mondkind gekämpft habe. Du warst bei diesem Jungen, bei Niccolo."

Feiqing hob eine wulstige Braue. „Du kennst seinen Namen?"

„Ich bin ihm noch einmal begegnet."

„Wo ist er?"

Der Xian verzog das Gesicht. „Bei den Drachen. Zusammen mit Mondkind und dem anderen Mädchen."

Wisperwind sah, wie Feiqing vor Erleichterung fast in die Knie ging. Um ein Haar hätte er das Gleichgewicht verloren. Auch von ihr selbst fiel eine Bürde ab. Also hatten Niccolo und Nugua es in die *Dongtian* geschafft. Ob sie dort im Augenblick jedoch sicher waren, stand auf einem anderen Blatt.

„Was geht dort vor?“, fragte sie. Der Felsen, an dem sie lehnte, versperrte ihr die Sicht auf das Südende des Passes und den Feuersturm über den Gipfeln.

Guo Lao seufzte und murmelte etwas. Schlagartig zerfielen die Schwerter in den Leichen der Juru zu dunklem Staub. „Ich bin nicht sicher, was unten in den Grotten geschieht. Aber vor ihrem Eingang tobt eine Schlacht. Eine Flotte Geheimer Händler ist aufgetaucht – eigentlich zwei Flotten. Und sie kämpfen miteinander. Eine Handvoll Schiffe verteidigt das Portal. Die anderen haben Soldaten im Tal abgesetzt. Während sich am Himmel die Gildenschiffe mit ihren Kanonen unter Feuer nehmen, rücken die Krieger gegen das Tor vor.“

Kangan stieß ein gequältes Keuchen aus. „Ich muss zur *Abendstern*! Xu und die anderen brauchen mich.“

Guo Lao schenkte ihm einen zweifelnden Blick. „In deinem Zustand wirst du keine Schlachten mehr schlagen.“

Der Hauptmann wusste genau, wie es um ihn stand, darum widersprach er nicht. „Ich habe nicht vor, mit Messer und Armbrust zu kämpfen. Aber jemand muss unsere Truppen anführen. Jemand muss –“ Er brach ab, als eine düstere Ahnung seine Gedanken durchkreuzte. „Ist das die *Abendstern*, die dort brennt?“

„Ich kenne die Namen eurer Schiffe nicht", antwortete Guo Lao. „Und es ist länger als eine Stunde her, seit ich die Feuer aus der Nähe gesehen habe. Mindestens zwei Schiffe sind abgestürzt, aber das waren keine von euren, keine aus China. Drei andere standen in Flammen, hielten sich aber noch in der Luft. Ist es nicht überraschend, wie lange Schiffe aus Papier einem Feuer standhalten können?" Aufrichtiges Erstaunen lag in seiner Stimme, unberührt vom Schicksal der Menschen an Bord, aber erfüllt von Hochachtung für die Kunstfertigkeit der Geheimen Händler.

„Das Flaggschiff!", drängte ihn Kangan.

„War angeschlagen, aber es hat nicht gebrannt, als ich es zuletzt gesehen habe."

Der Hauptmann wechselte einen Blick mit Wisperwind. Sie nickte ihm zu. *Natürlich*, sagten ihre Augen, und sie war sicher, dass er es lesen konnte.

„Kannst du mich hinbringen?", fragte Kangan den Unsterblichen. „Auf deinem Kranich?"

Guo Lao runzelte die Stirn. „Welchen Unterschied würde das machen?"

„Ich bin Hauptmann der Truppen. Ich habe Schiffe wie die *Abendstern* viele Male in die Schlacht geführt. Ich weiß, worauf es ankommt. Mein Gildenmeister braucht mich."

„Du bist verletzt."

„Meine Wunden haben Zeit, bis ich auf dem Schiff bin." Kangan straffte sich, schwankte nur einen Herzschlag lang, dann stand er aufrecht und hielt dem zweifelnden Blick des Xian stand. „Bitte“, fügte er leiser hinzu. Es klang nicht flehend, eher wie eine Forderung. Wisperwind war nicht überzeugt, dass dies die beste Art war, um sich die Hilfe eines Xian zu sichern.

Guo Lao lächelte. Sie sah ihn noch immer nicht in aller Klarheit, aber ihr war, als wandelte sich sein Ausdruck von Gleichmut zu einem Anflug von Respekt. „Ich will tun, was du wünschst“, sagte er. „Ich bin nicht sicher, ob es irgendjemandem von Nutzen ist, wenn wirklich Pangu unter diesen Bergen erwachen wird, aber ich werde dich zu den Höhlen bringen.“

„Du weißt von Pangu?“, platzte Feiqing heraus.

„Mein Bruder Tieguai hat mir einige seiner Aufzeichnungen zukommen lassen, durch deinen Freund, diesen unseligen Jungen mit den Drachenaugen. In seiner Einsiedelei hat Tieguai das Wesen der Berge entschlüsselt. Das Geheimnis *dieser* Berge! Er muss einer der Ersten gewesen sein, die erkannt haben, worauf es der Aether abgesehen hat.“ Plötzlich entdeckte der Xian etwas zwischen den Körpern am Boden. Er bückte sich und zog das Schwert Jadestachel unter einem leblosen Juru hervor. „Hast du diese Klinge geführt, Schwertmeisterin?“

Wisperwind nickte.

„Eine gefährliche Waffe.“ Blut schimmerte dunkel auf dem Stahl, als er das Schwert gegen den Mond hielt. „Sie war einmal im Besitz meiner Schwester He Xiangu, bevor sie von Mondkind ermordet wurde.“

„Davon habe ich gehört.“

„Dann weißt du auch, was diese Klinge vermag?“

„Sie tötet Unsterbliche." Ihr stand nicht der Sinn nach Wortklauberei, und der Xian würde ohnehin tun, was er für richtig hielt. Im Augenblick hatte sie weder die Kraft noch den Willen, ihm die Götterklinge streitig zu machen.

Guo Lao deutete mit einem Kopfnicken zum Kranich. Am Sattel hing, in einer Scheide so lang und breit wie ein junger Baum, sein eigenes Schwert aus den Schmiedefeuern der Lavatürme. Wisperwind kannte die Legenden, auch Feiqing hatte die Waffe erwähnt – dies also war Phönixfeder, eines der ältesten und mächtigsten Schwerter, die einst auf Befehl der Götter geschmiedet worden waren.

Sie holte tief Luft. „Wenn du Jadestachel behalten willst, so kann ich dich nicht aufhalten. Nicht heute."

War das ein Grinsen, das sich da auf Guo Laos Züge schlich? „Nicht heute", wiederholte er langsam, als müsste er den Sinn dieser Worte erst abwägen. „Meine Schwester braucht diese Waffe nicht mehr. Und wie du siehst, habe ich eine eigene."

„Dann wollen wir hoffen, dass die beiden niemals gekreuzt werden müssen."

Da lachte der Unsterbliche, blickte noch einmal prüfend im Mondschein an der Klinge entlang, dann wirbelte er sie herum und warf sie Wisperwind zu. Das Schwert drehte sich mehrfach im Flug, aber als sie den Arm danach ausstreckte, landete der Griff zielgenau in ihrer Hand. Im selben Augenblick durchfuhr sie ein Stoß von solcher Hitze, dass sie aufstöhnte. Bald aber genoss sie das Gefühl, als aus dem Götterschwert neue Kraft in ihren geschundenen Körper floss.

Kangan humpelte ungeduldig auf den Kranich zu. „Lass uns aufbrechen.“ Noch einmal wandte er sich zu Wisperwind um. „Wenn ich dich bitten würde, dich von dieser Schlacht fernzuhalten, würdest du es tun?“

Sie verzog die Mundwinkel. „Wohl kaum.“

Unter seiner Grimasse aus Blut erwiderte er ihr Lächeln.

Guo Lao stieg über die Kadaver der Juru zum Kranich. Auf seinen geflüsterten Befehl hin legte sich der Vogel zwischen den Toten ab und gestattete Kangan, auf seinen Rücken zu steigen. Guo Lao nahm vor ihm im Sattel Platz. Als der Kranich die Schwingen spreizte, rief der Xian Wisperwind zu: „Rührt euch nicht vom Fleck! Ich komme zurück und hole euch!“

Schaudernd flüsterte Feiqing: „Fliegen? Auf so einem Vieh?“

Der Kranich krächzte schrill, als hätte er die Worte des Rattendrachen verstanden, dann stieß er sich von den Felsen ab und trug Guo Lao und Kangan hinauf in den Nachthimmel. Ein letztes Mal kreuzte Wisperwind einen Blick aus den Eulenaugen des Hauptmanns, dann schoss der Vogel mit seinen Reitern gen Süden.

Sie und Feiqing blieben allein auf dem Pass zurück, umgeben von Juruleichen. Zum ersten Mal spürte sie wieder die pfeifenden Eiswinde, so als hätte die Welt während des Kampfes die Luft angehalten.

„Wir sollten sie begraben“, sagte sie, während sie zusah, wie der Kranich eins mit dem Sternenhimmel wurde.

Feiqing stöhnte. „Sie *alle*?“

„Tung und Lau.“

Der Rattendrache atmete auf. „Ja. Das sollten wir wohl.“ Er zögerte, dann sah er sich suchend auf dem mondbeschienenen Schlachtfeld um. „Ich mach das. Du bist verletzt.“

Sie spürte die pulsierenden Kraftstöße, die aus Jadestachels Griff in ihr Handgelenk flossen. Zugleich war sie dankbar für einen Augenblick der Ruhe und nickte langsam.

Während Feiqing die beiden Männer unter den Juru hervorzog und ihre Körper in einem versteckten Winkel mit Steinen bedeckte, trat Wisperwind um den Fels herum und blickte nach Süden.

Fünf brennende Gildenschiffe loderten in der Nacht wie feurige Monde. Wie viele Schiffe schon abgestürzt waren, konnte sie von hier aus nicht sehen. Zum ersten Mal hörte sie jetzt auch fernen Kanonendonner, ein grollendes Waffengewitter über dem Horizont.

Ihr war, als bebte der Boden. War das der Schläfer im Stein? Pangus erster Atemzug seit der Schöpfung der Welt?

Ein neuer Lichtpunkt erglühte in der Nacht, als ein sechstes Schiff in Flammen aufging.

Der namenlose Drache

Niccolo schrie auf. Silberdorns Griff schmiegte sich in seine Handfläche. Die Klinge zuckte nach oben und durchbohrte einen weiteren Juru, der von der Höhlendecke auf ihn herabsprang.

„Wir müssen hier weg!"

Er saß noch immer im Geweih des Drachen, der ihn nach Yorotaus Opfergang an der Quelle des Lavastroms aufgesammelt hatte. Die beiden anderen Kolosse waren unter Juru begraben; einer regte sich nicht mehr, der andere zerschmetterte die Kreaturen im Dutzend an den Felsen.

Der goldene Gigant unter Niccolo schüttelte abermals ein halbes Dutzend Juru ab. Beinahe wäre er aus der verästelten Hornkrone geschleudert worden.

Unter der Decke der weitläufigen Grotte wimmelte es nur so von Felsenwesen. Hunderte krabbelten dort oben im Goldglanz der Drachen über den Stein, kopfüber wie Insekten. Es war nicht ersichtlich, ob sie dabei irgendeine Taktik verfolgten. Immer wieder ließen sich ganze Scharen von ihnen auf die beiden überlebenden Drachen herabfallen, doch die meisten zogen weiter unter der Decke entlang, ein Strom aus knochigen Körpern mit Schädelsträngen und Hornstacheln. Yorotau hatte sie mit einer

Krankheit verglichen, die den Körper des schlafenden Ur-Riesen befallen hatte; und in der Tat schienen sie zu nichts anderem geschaffen als zum Töten und Zerstören. Innerhalb des wimmelnden Stroms zur Herzkammer krochen sie über- und untereinander, die stärksten und schnellsten vorneweg. Ohne Rücksicht, nur von dem Streben beseelt, die Drachen zu vernichten und dem Aether den Weg in Pangus Herz zu ebnen.

Niccolo hatte den Drachen gebeten, ihn zu Mondkinds Grotte zu bringen, doch der hatte das abgelehnt. Die Order der Drachenkönige lautete, sich so schnell wie möglich in der Herzkammer einzufinden; lediglich eine kleine Gruppe von Drachen war zur Verteidigung des Portals an die Oberfläche geschickt worden. Alle übrigen sollten ihre Magie zum Kampf gegen den Aether vereinen.

Niccolo stellte sich vor, wie die Felsenwesen Mondkinds Höhle stürmten und über das schlafende Mädchen herfielen. War der junge Wächterdrache am Eingang noch auf seinem Posten? Niccolo bezweifelte es. Wahrscheinlich war auch er zur Herzkammer oder zum Hauptportal befohlen worden. Der Gedanke, dass Mondkind den Juru wehrlos ausgeliefert war, schnürte ihm die Luft ab, und zum ersten Mal war er dankbar für Silberdorns Eigenleben. Die wispernde Klinge bewahrte ihn vor den Angreifern, die von oben in die Hornkrone des Drachen sprangen, und ließ sich von seiner Hand führen wie von jemandem, der jahrelange Erfahrung im Schwertkampf hatte.

Seine zweite große Sorge galt Nugua. Er wusste, dass sie

Yaozi und die anderen Drachenkönige zu den Verhandlungen mit den Gildenmeistern begleitet hatte. Aber was war danach aus ihr geworden? Befand sie sich noch oben am Tor, wo mittlerweile – so war es den Drachen übermittelt worden – zwei Flotten Geheimer Händler um den Zugang zu den Heiligen Grotten kämpften? Oder war sie in die Höhlen zurückgekehrt, womöglich gar in die Herzkammer, auf die sich in diesem Augenblick Tausende Juru zubewegten?

Plötzlich machte der Drache unter Niccolo einen gewaltigen Satz nach vorn. Mit einem wütenden Brüllen erreichte er das gegenüberliegende Ende der Höhle und glitt in den Felsengang vor ihnen. Der zweite überlebende Drache folgte ihnen. Niccolo klammerte sich im Geweih fest, während die Drachen mit halsbrecherischer Geschwindigkeit durch Gänge und Schächte voller Gegner walzten. Sie zerquetschten die Felsenwesen unter sich und an den Wänden, erschlugen sie mit den Drachenschwänzen oder zermalmten sie zwischen ihren scheunentorgroßen Kiefern.

Schließlich trennten sich die beiden Drachen. Während jener, der Niccolo trug, in eine aufsteigende Abzweigung bog, setzte der andere seinen Weg zur Herzkammer fort, entlang der steinernen Röhren, durch die sich auch die Heerscharen der Juru bewegten.

„Wohin willst du?“, rief Niccolo, doch der Drache gab keine Antwort. Nach einer Weile kamen sie in einen verwinkelten Tunnel, in den die Juru noch nicht vorgestoßen waren. Rechts von ihnen wurde ein breiter Spalt sichtbar, hinter dem eine Schräge aus Geröll und festem Gestein steil nach oben führte. Der Drache senkte das Haupt und bedeutete ihm, aus dem Geweih zu Boden zu klettern. Neben dem riesenhaften Maul kam Niccolo schwankend zum Stehen, noch unsicher auf den Füßen von dem wilden Ritt durch die Unterwelt.

„Folge dieser Schräge", sagte der Drache. „Wende dich dann nach links, und bleib immer auf diesem Weg, bis du eine große Höhle erreichst. Du kennst sie bereits – dort befindet sich der Durchgang zur Grotte des schlafenden Menschenmädchens."

Niccolo blickte dankbar zum riesigen Auge des Drachen empor. Die Nickhäute, die seine goldenen Iris vor Jurustacheln und prasselnden Steinen geschützt hatten, glitten ein Stück weit auseinander. Die dunkle Pupille, größer als Niccolos Kopf, war von tanzendem Goldstaub erfüllt.

„Du hast mir nicht gesagt, wie du heißt", sagte Niccolo.

Der Drache blinzelte. „Trauerst du um Yorotau?"

„Ja. Natürlich."

„Dann vergiss, dass wir uns jemals begegnet sind. Mein Name ist ohne Bedeutung. Ehe der nächste Tag vorüber ist, wird jeder von uns genug Grund zur Trauer haben. Belaste dich nicht mit Gedanken an mich. Halte stattdessen Yorotaus Andenken in Ehren während der Zeit, die dir bleibt."

Niccolo schluckte. „Ich danke dir."

Der Drache schnaubte eine Aetherwolke aus den Nüstern. „Leb wohl", drang es grollend aus seinem riesigen

Schlund. Die Nickhäute über seinem Auge schlossen sich, bis nur noch ein schmaler Goldspalt zu sehen war. Staub wallte auf, als seine Schuppen über den Fels scharrten und er sich ohne weitere Worte auf den Rückweg in die Tiefe machte.

Niccolo war noch immer wacklig auf den Beinen, und es war verlockend, sich auf Silberdorn zu stützen. Aber die Götterklinge lag schwer in seiner Hand, beinahe zu schwer, und so schob er sie zurück in die Lederscheide auf seinem Rücken. Mit einem letzten Blick auf das schwindende Goldlicht des Drachen begann er den Aufstieg. Bald umgab ihn dichte Finsternis, aber er kämpfte sich blind den Hang hinauf, gelangte schließlich an eine Kante und wandte sich nach links, wie es ihm der Drache geraten hatte.

Manchmal glaubte er, ein Flüstern in seinen Gedanken zu hören, und dann fragte er sich, ob es Silberdorn war, das zu ihm sprach, oder aber der Aether, der erneut versuchte, Macht über ihn zu erlangen.

Verbissen tastete er sich vorwärts, bis die Dunkelheit allmählich einem matten Dämmer wich. Dies musste einer der Hauptwege durch die *Dongtian* sein, denn nun schälte sich das Glimmen abgestoßener Drachenschuppen aus der Schwärze.

Ihr sterbender Goldglanz leuchtete ihm den Weg zu Mondkind.

Zu spät

Es war viel schlimmer, als Nugua befürchtet hatte.

Als sie vor einigen Tagen die gewaltige Grotte, in der das Diamantherz des Ur-Riesen ruhte, zum ersten Mal betreten hatte, war sie geblendet gewesen von seiner Helligkeit. Auch jetzt, bei ihrer Rückkehr an diesen ungeheuerlichen Ort, hätte sie am liebsten den Blick abgewandt. Nur dass es heute nichts mit den Kaskaden aus Licht zu tun hatte, die aus Pangus versteinertem Herz in die Höhlenwelt strahlten.

Die Grotte war bis zum Bersten erfüllt von Drachen. Nugua hatte noch nie so viele von ihnen an einem Ort gesehen. Jene, die den magischen Kampf mit dem Aether nicht überlebt hatten, lagen noch immer dort, wo der Tod sie ereilt hatte; einige bereits so lange, dass der Glanz ihrer Schuppen erloschen war. Andere ruhten zwischen und sogar über den leblosen Leibern, weil nicht einmal eine Grotte wie diese genug Platz für so viele Drachen bot. Yaozi, Maromar und Zugolu hatten ihre Clans zusammengerufen, und aus jedem Winkel der *Dongtian* waren ihre Brüder herbeigeeilt, um dem Aether ein letztes, verzweifeltes Gefecht zu liefern.

Und es stand nicht gut für sie.

Dabei waren die Juru noch immer nicht bis hierher vorgedrungen. Draußen vor dem Eingang zur Herzkammer konnte man bereits ihre fernen Kriegsschreie hören, das Scharren Tausender Arm- und Beinstachel tief in den unteren Tunneln. Noch gelang es den Wächtern in den Tunneln und Höhlen, die Flut der Feinde aufzuhalten. Auf Dauer jedoch, das wusste jeder, konnten sie die Masse der Juru nicht abwehren.

Nugua streckte sich im Geweih des Drachen, der sie hergetragen hatte, und blickte sich angestrengt um. Lis Lanze war ihr im Weg, aber sie brachte es nicht über sich, die Waffe fortzuwerfen; sie war sein Vermächtnis, das er ihr anvertraut hatte.

Sie kniff die Augen zusammen, um mehr zu erkennen. Nicht allein das Diamantherz, hoch wie eine Festung, blendete sie. Der Goldglanz von nahezu zweihundert Drachen strahlte hell wie eine Sonne.

„Wo ist Yaozi?", rief sie.

Der Drache, der am Eingang der Höhle innegehalten hatte, setzte sich wieder in Bewegung. „Ich bringe dich zu ihm."

Geschickt schlängelte sich der Gigant zwischen den anderen Drachen hindurch. Sie passierten die zweite Verteidigungslinie im vorderen Bereich der Höhle – die erste befand sich draußen im Tunnel – und tauchten tiefer in die Helligkeit der Herzkammer. Die Rundung des gewaltigen Diamanten war inmitten des grellweißen Lichts kaum mehr zu erkennen. Nugua kam es vor, als hätte seine Strahlkraft zugenommen, aber sie wusste nicht, ob das ein gutes oder schlechtes Zeichen war.

Yaozi und Zugolu ruhten auf einer Erhebung, von der aus sie die Höhle bis zum Eingang überschauen konnten. Der blau geschuppte Zugolu hatte die Augen geschlossen; zweifellos weilte sein Geist in jenen magischen Sphären, in denen die Schlacht gegen den Zauber des Aethers tobte. Maromar, der jüngste der drei Drachenkönige, war nirgends zu sehen. Vermutlich führte er die Verteidiger draußen in den Höhlen an. Das würde zu ihm passen, dachte Nugua. Maromar beherrschte die gleiche Magie wie alle anderen Drachen, aber er schien den Kampf mit seinen Zähnen und dem einzelnen Horn auf seiner Stirn zu bevorzugen.

„Yaozi!“, rief sie schon von Weitem. Er hörte sie erst, als der Drache sie am Fuß der Erhebung absetzte. Bestürzt erkannte sie, dass der Hügel, auf dem Yaozi und Zugolu ruhten, aus toten Drachen bestand, ein Berg aus riesigen Schlangenleibern und ausgeglühten Schuppen. Offenbar war dies die einzige Möglichkeit gewesen, auf dem ebenen Höhlenboden einen Aussichtspunkt zu errichten.

Der Drache, der sie getragen hatte, ergriff sie mit einem Fühler und hob sie so weit er konnte nach oben. Der Totenhügel war mindestens dreißig Meter hoch, aber ehe der Drache sie auf halber Höhe absetzen konnte, schlängelte sich ihr bereits ein goldener Fühler Yaozis entgegen. Mitten in der Luft reichte ein glühender Tentakel sie an den anderen weiter, und wenig später setzte Yaozi sie vor seinem linken Auge ab. Sie erschrak, als sie erkannte, dass es trüb geworden war wie das eines uralten Wolfes.

„Du solltest nicht hier sein“, knurrte er ungehalten.

„Ihr seid mein Clan. Ich gehöre hierher.“

„Darüber haben wir gesprochen. Du gehörst zu den Menschen. Vielleicht zu diesem Jungen, zu Niccolo."

Sie schüttelte den Kopf. „Soll ich mit ihm an Mondkinds Lager sitzen und ihre Hand halten?"

„Was spräche dagegen?", fragte der Drache.

„Er interessiert sich nicht dafür, was mit mir geschieht. Er hat nur Augen für sie."

„Ist das so?" Yaozi klang noch müder als beim letzten Mal, als sie mit ihm gesprochen hatte. „Hör mir zu, Nugua. Ich kann dich nicht selbst wegbringen, aber du musst fort von hier."

„Damit ich euch nicht beim Sterben zusehe?", fragte sie bitter.

„Damit *du* nicht stirbst."

„Die Juru kommen immer näher. Und was werden sie finden, wenn es ihnen gelingt, in die Grotte einzudringen? Dutzende Drachen, die allesamt in Trance versunken sind und sich nicht wehren können, wenn sie über sie herfallen. Glaubst du wirklich, die paar Drachen draußen in den Höhlen und am Eingang könnten sie aufhalten?"

Yaozi betrachtete sie schweigend mit dem einen riesigen Goldauge, das wie ein Vollmond über ihr schwebte.

Wütend stampfte sie den Lanzenschaft auf, hilflos in ihrer Verzweiflung und Trauer. „Und du widersprichst mir nicht mal!"

„Soll ich dich denn belügen?"

„Du hast einmal zu mir gesagt, dass ich immer bei euch sein darf. Erinnerst du dich?"

„Damals wusste ich noch nicht, was geschehen würde."

„Ihr seid einfach verschwunden, du und alle anderen. Als ich nicht wusste, was aus euch geworden ist, da dachte ich, dass das noch schlimmer wäre als die Gewissheit, dass keiner von euch mehr lebt. Aber jetzt weiß ich, dass das Unsinn war. Heute sehe ich all diese toten Drachen hier in der Höhle … Drachen, die meine Brüder und Schwestern waren … und ich kann mir nichts Schlimmeres vorstellen als diese absolute Gewissheit, dass sie nie wieder leben werden." Sie schluchzte, als endlich die Tränen zum Vorschein kamen, die sie so lange zurückgehalten hatte. „Ihr seid meine Familie, Yaozi. Und ich … ich verliere euch gerade zum zweiten Mal. Aber heute weiß ich eines ganz sicher: Wohin ihr auch geht – diesmal gehe ich mit euch."

Er stieß eine Wolke Goldstaub aus, puren Aether, der sich sofort verflüchtigte und die Macht ihres Feindes stärkte. Sein Fühler bewegte sich wieder auf sie zu, berührte sanft ihre Stirn. „Ich wollte dir all das ersparen, Nugua. Und ich will aufrichtig sein: Es hat nie große Hoffnung gegeben, dass dies hier ein anderes Ende nehmen könnte. Der Aether ist zu mächtig geworden. Wir Drachen sind dafür verantwortlich. Ohne uns würde es keinen Aether geben. Also ist es unsere Pflicht, alles zu tun, was in unserer Macht steht, um ihn aufzuhalten."

„Aber das könnt ihr nicht! Sieh dich doch um!"

„Ich bin alt, Nugua, aber nicht blind."

„Wenn ihr nicht von hier fortgeht, dann werde ich das auch nicht tun. Ich bin eine von euch, ob dir das gefällt oder nicht!"

Sein Auge glänzte, aber diesmal lag es nicht an dem Gold darin.

„Ich gehe nicht von hier fort“, sagte sie noch einmal. Sie wusste nicht mehr, was richtig war oder vernünftig oder klug. Und sie wollte auch gar nicht länger darüber nachdenken.

„Was ist mit dem Jungen?“, fragte Yaozi. „Willst du ihn nicht wiedersehen?“

Ihre Hände glitten am Schaft der Götterlanze hinab, während sie langsam auf die Knie sank. Sie suchte nach Worten, aber alles, was sie darauf hätte antworten können, stand im Widerspruch zu ihrer Entscheidung. Schlimm genug, dass sie Yaozis Argumenten nicht gewachsen war – sie wollte nicht auch noch mit ihren eigenen konfrontiert werden.

„Du liebst ihn“, stellte der Drache fest.

Ihr Gesicht ruckte nach oben. „Ich weiß nicht mal, was das ist ... Liebe. Nicht *solche* Liebe. Alles, was ich bisher davon gesehen habe, ist ein Fluch, der auf Niccolo und Mondkind liegt. Und *ich* will ganz bestimmt nicht verflucht sein.“ Aber vielleicht bin ich das ja schon, dachte sie. Und zugleich fühlte sie sich schuldig, weil überall um sie herum die Drachen starben und sie an so etwas Albernes wie Liebe dachte.

„Es ist wichtig, dass du es dir eingestehst“, sagte Yaozi.

„Nicht jetzt.“

„Gerade jetzt. Wenn du selbst es nicht wahrhaben willst, wie willst du *ihm* dann jemals gestehen, was du für ihn empfindest?“

„Das hier ist nicht der richtige Zeitpunkt, um –“

„Es wird keinen besseren mehr geben. Und hast du nicht gesagt, dass wir deine Familie sind? Ist es dann nicht mein gutes Recht, dir einen Ratschlag zu geben?“

„Aber es spielt keine Rolle mehr, verstehst du das nicht?“, brüllte sie ihn an, während der Schatten der Purpurnen Hand auf ihrer Brust erneut zu schmerzen begann. „Wir sterben alle. Die ganze Welt stirbt!“

„Und du gibst dich einfach geschlagen?“ Der goldene Fühler pendelte vorwurfsvoll vor ihrem Gesicht. „Das ist nicht die Nugua, die ich großgezogen habe. Erst gibst du den Jungen auf, dann dich selbst, sogar die ganze Welt. Würden alle Drachen so denken wie du, dann hätte der Aether längst gesiegt.“

Sie presste die Lippen aufeinander, weil sie einsehen musste, dass er recht hatte. Niccolo war irgendwo da draußen in den Höhlen, und womöglich brauchte er ihre Hilfe. Erstaunt stellte sie fest, dass dieser letzte Gedanke es leichter machte, sich einzugestehen, dass sie bei ihm sein wollte.

„So oder so“, sagte sie mit heiserer Stimme, „ich kann hier nicht mehr weg.“

„Ich werde einen Drachen finden, der dich zu ihm bringt“, widersprach Yaozi.

„Du brauchst sie alle hier unten.“

„Die Juru können jeden Augenblick hier sein. Sie kämpfen schon an der äußeren Verteidigungslinie. Es spielt bald keine Rolle mehr, wer hier ist und wer nicht.“

Nugua wollte einmal mehr widersprechen, als die Götterlanze in ihren Fingern zum Leben erwachte. Äußerlich veränderte sich nichts, aber sie spürte deutlich ein Pulsieren, das gegen ihre Handflächen pochte. Ein leises, unverständliches Wispern war plötzlich in ihren Gedanken. Sie hatte so etwas schon einmal gefühlt, draußen vor dem Portal, als sie die Lanze auf den Unsterblichen Guo Lao geschleudert hatte, um ihn von Niccolo und Mondkind abzulenken.

„Warum jetzt?“, flüsterte sie.

Die Antwort gaben ihr weder die Lanze noch Yaozi.

Stattdessen ertönte ein vielstimmiges Kreischen am Eingang der Höhle und flutete wie eine vibrierende Woge heran.

Da begriff sie. Die Lanze aus den Schmiedefeuern der Lavatürme, einst erschaffen für die furchtbaren Kriege der Götter, witterte neue Gegner.

„Maromar ist gefallen“, raunte Yaozi.

Die schwarze Flut der Juruhorden quoll in die Grotte und begrub die ersten Drachen unter sich.

Xixati

„Ich habe mich schon gefragt, wann du auftauchst." Der Wächterdrache versperrte Niccolo den Zugang zu Mondkinds Grotte mit seinem rotgoldenen Schuppenleib. Er war jung für einen seiner Art, erst wenige Hundert Jahre. Seine Drachenmähne war kurz und borstig, ganz im Gegensatz zur mächtigen Haarflut eines Drachenkönigs, und sie wuchs als schmaler Streifen vom Schädel bis zur Mitte seines Leibes hinab. Die einzelnen Haare schimmerten vielfarbig wie Insektenflügel und waren steil aufgerichtet. Vom Schädel bis zur Schwanzspitze maß er kaum mehr als dreißig Meter; im Liegen war sein Körper gerade einmal doppelt so hoch wie Niccolo. Kein Hindernis für eine Heerschar von Juru.

„Ich hatte nicht erwartet, dass du noch hier bist." Schwer atmend kam Niccolo vor dem Jungdrachen zum Stehen, eine Hand in die Seite gepresst, während ihm der Schweiß in Strömen übers Gesicht lief.

„Yaozi hat mir befohlen, mich nicht von der Stelle zu rühren", sagte der Drache ergeben. „Also liege ich hier und rühre mich nicht."

„Aber alle wurden hinunter in die Herzkammer gerufen!"

„Nicht ich." Der Drache seufzte. „Warum bin ich wohl

als Wächter vor dieser Höhle postiert worden? Meine Magie ist noch schwach. Ich bin jung und entbehrlich."

Niccolo schüttelte den Kopf. „Das bist du nicht! Und du kannst dir gar nicht vorstellen, wie froh ich bin, dich hier zu sehen."

Der Drache hob eine Augenbraue. „Dann werden wir ihnen also einen anständigen Kampf liefern, wenn sie kommen?"

„Das werden wir." Niccolo wog Silberdorn in der Hand, aber noch zeigte das Götterschwert keine Anzeichen einer nahenden Gefahr.

„Mein Name ist Xixati", sagte der Jungdrache. Seine armdicken Fühler wuselten aufgeregt über den Boden.

„Ich bin Niccolo. Ist Mondkind –"

„Alles unverändert", brummte Xixati. „Ich habe mir gewünscht, sie wäre aufgewacht. Wache halten ist so schrecklich ermüdend, wenn niemand da ist, mit dem man reden kann."

Niccolo trat in den Glanz der goldenen Schuppen. Xixatis Fühler berührte ihn sachte an der Brust, als wollte er ganz sichergehen, dass Niccolo wirklich derjenige war, der er zu sein schien. Dann wälzte er seinen Leib ein Stück zur Seite, damit Niccolo durch den Spalt ins Innere der Grotte schlüpfen konnte.

Rund um das Felspodest im Zentrum der Höhle glühte ein Kreis aus Drachenschuppen. Die alten hätten längst erloschen sein müssen. „Sind das deine?", fragte Niccolo über die Schulter.

„Von der Decke gefallen sind sie jedenfalls nicht. Ich

dachte, sie ist immerhin ein Mensch und fürchtet sich vielleicht im Dunkeln ... auch wenn sie schläft.“ Xixati atmete tief durch. „Man weiß ja nie, bei euch blassen, schuppenlosen Würmern.“

Niccolo konnte sich nicht erinnern, wann ihm zum letzten Mal nach einem Lächeln zumute gewesen war. Er war Xixati dankbar, und nicht nur für das Licht rund um Mondkinds Lager.

Er trat neben sie und stellte fest, dass sich in der Tat nichts verändert hatte. Sie lag inmitten wallender Seidenkaskaden. Ihr makelloses Antlitz war starr wie das einer Toten, doch ihr Brustkorb hob und senkte sich in langsamen, ruhigen Atemzügen. Sie war so schön wie eh und je.

Ihre Heilung vollzog sich schrittweise, während sie schlief. Hatte der Liebesbann schon seine Wirkung verloren? Wenn sie jetzt, in diesem Augenblick, erwacht wäre, hätte sie dann noch Gefühle für ihn gehabt? Und *wollte* er überhaupt, dass sie ihn liebte, wenn der Grund dafür nichts als ein Zauberbann war, nichts als ein Zwang?

Vorsichtig beugte er sich über sie und gab ihr einen Kuss auf die Lippen. Erleichtert spürte er, dass sie warm waren. Er betrachtete ihre geschlossenen Lider und entdeckte, dass die Augen darunter noch immer zuckten, so als litte sie unter Albträumen.

„Sie hat nicht gesprochen, oder?“, rief er Xixati zu.

„Ich habe nichts gehört“, erwiderte der Drache. „Was hätte sie denn sagen sollen?“

„Nichts. War nur ein Gedanke.“

Einer Eingebung folgend, hob er Silberdorn und legte es

vorsichtig auf sie, den Griff auf die Einbuchtung ihres flachen Bauches, sodass die Spitze zwischen ihren Fußknöcheln ruhte. Dann nahm er ihre Hände und kreuzte sie über dem Heft, halb in der Erwartung, dass sich ihre Finger um die Waffe schließen würden. Als sie es nicht taten, schob er sie sanft um das Leder, mit dem der Griff umwickelt war. Während der Flucht vor Guo Lao hatte er sie das Schwert schon einmal tragen lassen. Ob es etwas bewirkt hatte, wusste er nicht mit Sicherheit – andererseits schienen die Waffen der Lavaschmiede jedem, der sie führte, neue Kraft zu schenken. Zudem war sie diejenige gewesen, die Silberdorn und Jadestachel von He Xiangu gestohlen hatte. Vielleicht erkannte das Schwert sie wieder und akzeptierte sie als seine Trägerin.

Er trat einen halben Schritt zurück. Auf den ersten Blick bemerkte er keine Veränderung, doch dann kamen ihre Augen unter den geschlossenen Lidern allmählich zur Ruhe. Silberdorns Nähe hielt ihre bösen Träume fern.

Die Stimme des Drachen dröhnte herüber: „Wenn die Juru auftauchen, denkst du hoffentlich daran, dass die Klinge *dir* bessere Dienste leisten wird als ihr."

Niccolo blickte über Mondkind hinweg zum Ausgang der Grotte. Xixati hatte sich wieder draußen vor der Öffnung zusammengerollt und versperrte sie in beide Richtungen. Sein Schädel war erhoben und blickte wachsam hinaus in die Dunkelheit der Vorhöhle. Noch war es dort ruhig, nicht einmal Kampflärm wehte aus den tieferen Ebenen der *Dongtian* herauf.

Niccolo strich Mondkind über das glatte Haar, löste

sich schweren Herzens von ihrem Anblick und näherte sich dem Drachen. Xixati gab ein leises Brummen von sich, und mit einem Mal fiel der Drachenkamm auf seinem Rücken in sich zusammen. Der Goldglanz seines Schuppenleibs wurde matter.

„Sie haben die Herzkammer erreicht“, sagte er niedergeschlagen.

„Ist Nugua dort unten?“

Als Xixati nicht sofort Antwort gab, packte Niccolo den Rand einer Schuppe und zog daran. „Kannst du herausfinden, ob sie mit Yaozi in der Herzkammer ist? Ob es ihr gut geht?“

„Meine Brüder und Schwestern kämpfen um ihr Leben.“ Xixatis Stimme bebte vor Besorgnis. „Ein Chaos aus Gedankenbotschaften fließt in alle Richtungen. Kriegsrufe ... und Todesschreie.“

Niccolo kletterte an Xixatis Schuppen hinauf und lief über den zusammengerollten Schlangenleib zum Vorderende des Drachen. Xixatis Geweih war winzig im Vergleich zu denen seiner älteren Artgenossen, zwei magere Hornspitzen, die sich erst noch verästeln mussten. Niccolo erklomm den Drachenkopf und hielt sich mit ausgestreckten Armen zwischen den beiden Hörnern fest. Von hier oben aus konnte er nicht in die Augen des Drachen blicken, aber er sah, wie Xixati die Stirn in goldene Falten legte.

„Die unteren Tunnel und Grotten sind voller Juru“, sagte der Drache. „Tausende von ihnen müssen sich dort unten versteckt haben. Sie strömen von überallher zur Herzkammer. Wenn sie die Drachen töten ... oder auch nur genug von ihnen aus ihrer Beschwörungstrance reißen ... dann wird der magische Schild um Pangus Herz zerbrechen. Niemand kann den Aether dann noch aufhalten."

„Kannst du in Erfahrung bringen, ob es Nugua gut geht?"

Der junge Drache stieß ein Seufzen aus. Seine mannshohen Klauen zogen sich zusammen wie die geballten Fäuste eines Menschen. „Niemand hört meine Fragen", sagte er nach kurzem Schweigen. „Sie gehen unter in all dem Wirrwarr aus Botschaften und Hilferufen. Mein König Maromar ist tot oder schwer verletzt. Zugolu versucht, die magische Barrikade um das Riesenherz aufrechtzuerhalten."

„Was ist mit Yaozi? Nugua könnte bei ihm sein."

„Er lebt. Und gibt Befehle. Falls Nugua wirklich in der Herzkammer ist, dann ist sie in seiner Nähe am sichersten."

Niccolo rieb sich mit der Hand durchs Gesicht. „Am sichersten wäre sie, wenn sie hier bei uns wäre."

„Nicht mehr lange", widersprach der Drache. „Sie kommen näher. Was auch immer sie suchen – einige scheinen auf dem Weg zu uns zu sein."

War es möglich, dass der Aether noch immer ein Interesse an Mondkind hatte? Oder gar an ihm, an Niccolo? Sandte er deshalb eine Horde Juru zu ihnen herauf? Er war zu erschöpft, um das bis ins Letzte zu durchdenken. Es kam ihm vor, als könnte er nur noch reagieren, nicht mehr selbstständig handeln und Entscheidungen treffen.

Wann er zuletzt geschlafen hatte, wusste er schon gar nicht mehr. Es konnte nicht viel länger als einen Tag und die halbe Nacht her sein, aber nach den Strapazen der letzten Stunden fühlte es sich an, als wäre er seit einer Woche auf den Beinen.

Plötzlich wünschte er, Nugua wäre hier. Gemeinsam hatten sie den Mandschu und den Gefahren der Wildnis getrotzt. Er vermisste ihre Entschlossenheit, die Gewissheit, dass sie immer zu wissen schien, was zu tun war, ganz gleich, wie verzweifelt die Lage auch war. Sie fehlte ihm als seine Gefährtin. Als beste Freundin.

Stattdessen war sie nun dort unten auf sich allein gestellt. Selbst wenn sie nicht den Juru zum Opfer fiel – welche Chance hatte sie inmitten eines wogenden Durcheinanders aus Dutzenden Drachenleibern, hundert Meter lange Giganten, die sich über- und untereinander wälzten, während Tausende Felsenwesen über sie hinwegtobten?

Er wollte sich das nicht näher ausmalen, weil allein der Gedanke daran ihn zu lähmen drohte.

„Xixati“, sagte er mit einer Entschiedenheit, die sich wie eine einzige große Selbsttäuschung anfühlte, „kannst du uns von hier fortbringen? Mondkind und mich?“

Der Drache, noch immer ganz benommen vom Chaos fremder Gedankenfetzen, stieß eine Wolke Aetherdunst aus. „Wohin sollte ich euch bringen? Oben im Tal tobt die Schlacht zwischen den Geheimen Händlern. Noch leben einige der Wächter am Tor, aber in ihren Gedanken sehe ich nichts als Feuer, das vom Himmel regnet. Und immer mehr feindliche Soldaten erreichen das Portal und greifen meine Brüder an. Dort oben ist es nicht sicherer als unten in der Herzkammer. Und wenn Pangu erst erwacht –"

„Aber irgendwas müssen wir doch tun!"

„Uns verteidigen. Das ist alles." Xixatis Stimme klang jetzt tiefer als zuvor, fast wie die eines alten Drachen. „Den Juru zeigen, dass wir *nicht* zu jung und *nicht* entbehrlich sind. Und dass es ihr Blut sein wird, das über die Felsen fließt, nicht unseres."

Niccolo warf einen Blick zurück zur schlafenden Mondkind und dem Schwert, das auf ihrem Körper inmitten der weißen Seidenflut ruhte. Im goldenen Schein der Drachenschuppen sah sie aus wie die Statue einer Toten auf einem Heldengrabmal.

„Kannst du sie aufwecken?"

Xixati verneinte. „Sie wird ganz von selbst erwachen, wenn die Zeit dazu gekommen ist."

„Die Juru werden sie im Schlaf töten!"

„Nicht wenn wir es verhindern können. Denk daran, du führst die Waffe eines Unsterblichen."

Niccolo senkte den Blick. „Ehrlich gesagt ist sie da, wo sie jetzt liegt, besser aufgehoben als in meiner Hand."

Der Drache stieß ein bitteres Lachen aus. „Du solltest mehr Vertrauen in deine Fähigkeiten haben. Und in die Macht eines Götterschwertes."

„Aber ich bin kein Kämpfer."

„Wenn die Juru kommen, um das Mädchen zu töten, dann *wirst* du einer sein."

Langsam hob Niccolo den Kopf. „Wir werden nicht zulassen, dass sie ihr ein Haar krümmen, nicht wahr?"

„Ganz bestimmt nicht“, entgegnete Xixati.

Niccolo hatte einmal das Versprechen, andere zu beschützen, gebrochen – jetzt würde er lieber sterben, als das ein zweites Mal zu erleben. „Um nichts in der Welt lasse ich zu, dass sie ihr wehtun.“

Der Drache fletschte die Zähne. „Nicht einmal, wenn die Welt um uns untergeht!“

Niccolo glitt zu Boden und lief zurück in die Höhle. Als er das Schwert von der schlafenden Mondkind hob, verharrte er für einen Augenblick und küsste sie auf die Stirn. Dann schloss er beide Hände um die Waffe. Der Griff lag warm und angenehm leicht in seiner Hand. Silberdorn war bereit. Er war es auch.

Als er zum Grotteneingang zurückkehrte, hatte sich der Drache entrollt. Sein Schlangenleib bildete flach auf dem Boden ein U, das es ihm erlaubte, mit Zähnen und Schwanzspitze gleichzeitig zu kämpfen. Angespannt spähte er hinaus ins Dunkel. Niccolo kletterte auf seinen Rücken, genau in die Mitte des Bogens, und blieb dort breitbeinig stehen.

„Sie kommen, oder?“, fragte er und hob das Schwert in die Angriffsposition, so wie Tieguai es ihm beigebracht hatte.

„Nein“, sagte der Drache. „Sie sind schon da.“

Die Schatten erwachten und tobten ihnen entgegen.

Brennende Schiffe

Feuer und Schiffstrümmer prasselten vom Himmel, als Guo Lao seinen Kranich auf dem Bergkamm landete und Wisperwind absetzte.

Sie glitt aus dem Sattel des Riesenvogels und kam neben Kangan auf, der mit ausdruckslosem Gesicht den Untergang der Händlerflotte beobachtete. Feiqing, der als Zweiter von Guo Lao hergebracht worden war, stand zitternd hinter einem brusthohen Fels – der Flug hatte ihn übel mitgenommen, aber nun war es der Anblick der Schlacht, der ihm den letzten Mut raubte. Sein Rattendrachengesicht verriet nicht, was er dachte, doch in seinen Augen stand blankes Entsetzen.

Wisperwind starrte hinaus in das Inferno. Neben ihr faltete der Kranich die Schwingen, aber nicht einmal der Windstoß, den er dabei verursachte, vermochte die Hitze der brennenden Gildenschiffe zu mindern.

Vor ihnen lag das Tal, das sich vom Portal der Heiligen Grotten nach Osten erstreckte. Sie befanden sich auf einem schroffen Berggrat im Norden, mehrere Hundert Meter über dem Talgrund. Der Lärm der Schlacht, die Schreie der Verwundeten und Sterbenden, stiegen aus dem Felskessel auf und schienen die Entfernung zu den Kämpfen zu verkürzen.

Wie viele Schiffe sich noch in der Luft befanden, war schwer zu erkennen. Über dem Tal hing dichter schwarzer Qualm, durch den sich die fliegenden Giganten schoben wie Urzeitfische. Wisperwind zählte neun, aber sie sah nie alle gleichzeitig, weil der Rauch immer wieder einige verdeckte; wenn eines zum Vorschein kam, mochte es dasselbe wie zuvor oder auch eines der anderen sein. Mindestens drei standen noch immer in Flammen. Der Kanonendonner hatte in der vergangenen halben Stunde, während Guo Lao die drei Gefährten nacheinander hergebracht hatte, merklich nachgelassen – vermutlich, weil die Besatzungen alle Hände voll damit zu tun hatten, die Brände zu löschen und die Gildenschiffe am Himmel zu halten.

Von wie vielen Wracks die lodernden Trümmer am Boden des Tals stammten, war durch die Rauchschwaden nicht auszumalen. Mehrere hatten die steilen Felswände gerammt, waren auseinandergebrochen und hatten geborstenes Holz, Segelfetzen und leblose Körper über die unteren Hänge verstreut. Ein Meer aus Asche und Glut lag über allem, und das mochte eine Gnade der Götter sein, denn die Zahl der Toten musste entsetzlich hoch sein. Viele Trümmer stammten zudem von Einmannschlitten, die sich zwischen den Gildenschiffen einen erbitterten Kampf geliefert hatten. Nun aber befand sich kaum noch einer davon in der Luft, und die wenigen, die Wisperwind entdeckte, waren auf der Flucht über die Ränder des Tals hinaus.

Noch immer feuerten einige Schiffe aufeinander. Kanonenkugeln fegten von einem Schiffskopf zum anderen, wenn sich die Kommandobrücken gegenseitig unter Beschuss nahmen. Dagegen schwiegen die meisten Geschützzeilen in den Flanken. Möglicherweise wurden die Befehle der Kapitäne längst nicht mehr in die hinteren Bereiche der Wabenkörper übermittelt.

Dann und wann riss der Qualmsee über dem Tal weit genug auf, um einen kurzen Blick auf das Portal der *Dongtian* zu gestatten. Die steile, gewundene Treppe war übersät mit reglosen Körpern und den Trümmern zerschmetterter Luftschlitten. Oben auf der Felsplattform wurde gekämpft, inmitten lohender Feuerkaskaden vom Himmel: Dort fochten die Soldaten der chinesischen Gilde gegen die Krieger Mukhtar Khans. Das Portal war von innen heraus golden erleuchtet. Auf den ersten Blick hätte man das Licht für Feuerschein halten können, aber dann wurde Wisperwind klar, dass die Eindringlinge dort drinnen von Drachen erwartet wurden. Die Kämpfer der chinesischen Händlerflotte verloren immer mehr an Boden, während die Überbleibsel von Mukhtar Khans Truppen sich durch ihre Reihen schlugen und das Tor der Heiligen Grotten berannten. Tiefer im Fels blockierten die Wächterdrachen den Weg, aber auch sie würden einer Übermacht der wimmelnden, schwer bewaffneten Horde auf Dauer nicht standhalten können.

Wisperwinds Stimme war heiser, als sie sich an Kangan wandte: „Siehst du die *Abendstern* irgendwo?“ Sie selbst konnte die Schiffe nicht auseinanderhalten, nicht einmal die chinesischen von den russischen, so lange nicht mehr als Teile von ihnen aus dem Qualm ragten und gleich wieder darin verschwanden.

Der Hauptmann hob eine Hand und deutete nach Osten. „Vor einer Weile hab ich sie dort vorn gesehen. Dann ist sie wieder im Rauch verschwunden."

Wisperwind blickte an seinem Arm entlang. Sie sah dort kein Gildenschiff, bemerkte aber, dass seine Hand zitterte. Was der Kampf gegen die Juru nicht geschafft hatte, zeichnete sich nun immer deutlicher ab: Kangan war am Ende seiner Kräfte. Seine Wunden, jedenfalls die sichtbaren, waren scheußlich verkrustet, bluteten aber nicht mehr. Womöglich hatte er weitere Verletzungen unter seiner Kleidung; falls nicht sie es waren, die ihm zu schaffen machten, dann war es der Untergang seiner Armada, dem er tatenlos zuschauen musste.

„Xu hat seine Entscheidung getroffen", sagte er so leise, dass die Worte beinahe im Lärm der Schlacht untergingen. „Ich habe gesehen, wie die *Abendstern* mehrere Breitseiten auf Mukhtar Khans Flaggschiff abgefeuert hat."

Wisperwind nickte langsam. Ihre Menschenkenntnis hatte sie also nicht im Stich gelassen. Sie hatte Gildenmeister Xu ihr Vertrauen geschenkt, und zuletzt hatte er sie nicht enttäuscht.

Doch welchen Preis kostete ihn und die Menschen an Bord der Entschluss, aufseiten der Drachen zu kämpfen? Wie viele der brennenden Schiffe in der Luft und am Boden der Schlucht gehörten zur Flotte der *Abendstern*? Und wie viele zerschmetterte und verbrannte Körper auf den Felsen hatten die Ehrbarkeit ihres Gildenmeisters mit dem Leben bezahlt?

Guo Lao saß im Sattel seines Kranichs und blickte in die driftenden Wolken aus Rauch. „Ich möchte zu gerne wissen, wie der Aether diese Männer und Frauen dazu gebracht hat, für ihn zu kämpfen."

„Das musste er gar nicht", sagte Kangan. „Wir Geheimen Händler schwören unseren Gildenmeistern Treue bis in den Tod. Wenn der Aether Mukhtar Khan auf seine Seite gezogen hat, dann kämpfen auch die Besatzungen der Schiffe für ihn. Sie wissen nicht, für wessen Ziele sie sterben. Sie denken, es sind ihre eigenen."

Feiqing ächzte fassungslos. „Glauben sie etwa noch immer, dass es hier nur um ein paar Drachen geht, die sie auf irgendwelchen Märkten verkaufen können?"

„Ihre Späher müssen beobachtet haben, wie viele Drachen im Laufe der Monate in den Heiligen Grotten verschwunden sind", sagte Wisperwind. „Reiche Beute für eine Flotte von Gildenschiffen, die sich sonst mit dem Handel im kargen Grenzland zwischen den Reichen zufriedengeben muss."

„Mukhtar Khan weiß genau, wie er sie sich gefügig machen kann", ergänzte Kangan. „Er ist ein kluger Mann. Ein Mörder und Verbrecher, aber kein Dummkopf. Und nicht ohne Charisma."

Feiqing gestikulierte mit den Armen in Richtung der Feuer. „Was sollen wir jetzt tun?"

Kangan wandte sich an den Xian. „Kannst du mich an Bord der *Abendstern* bringen?"

„Bei all dem Qualm und durch das Kreuzfeuer der Gildenschiffe?“ Guo Laos Züge blieben hart. „Ich sehe nicht, wie uns das gegen den Aether helfen sollte.“

Wisperwinds Tonfall fiel schroffer aus, als sie beabsichtigt hatte: „Siehst du denn nicht, was hier geschieht, Guo Lao? Keiner von uns wird noch *irgendetwas* bewirken. Ganz sicher nicht gegen den Aether. Diese Entscheidung dürfte gerade unten in den Höhlen fallen – wenn sie nicht schon längst gefallen ist.“

Sie erwartete eine scharfe Zurechtweisung des Xian, aber zu ihrem Erstaunen erschien ein gequälter Ausdruck auf seinem Gesicht. Guo Lao war kein gewöhnlicher Mann, sondern ein Mittler zwischen Menschen und Göttern; tatenlos zuzusehen, wie das Schicksal der Welt ohne ihn entschieden wurde, schmerzte ihn mehr als der Anblick einer verlorenen Schlacht, mehr noch als selbst die zahllosen Toten unten im Tal.

„Die *Abendstern* ist meine Heimat“, sagte Kangan mit eisiger Stimme. „Wenn sie untergeht, dann sterbe ich mit ihr.“

Feiqing warf Wisperwind einen flehenden Blick zu, damit sie versuchte, den Hauptmann umzustimmen. Aber sie wusste nur zu genau, was in Kangan vorging. Als Clanführerin der Stillen Wipfel hatte sie jahrelang für Ideale wie Ehre und Treue gekämpft. Wie hätte sie ihm seine Entscheidung ausreden können, wenn doch ihre eigene an seiner Stelle genauso ausgefallen wäre?

Guo Lao sah hinüber zum Tor. Der goldene Spalt im Gebirge lag vernebelt hinter dichtem Rauch, aber seine Augen schienen die Schwaden mühelos zu durchdringen. „Die Drachen werden unterliegen“, stellte er fest.

Feiqings Stimme überschlug sich: „Warum, bei allen Göttern, hilfst du ihnen dann nicht? Lass Schwerter auf ihre Gegner herabregnen! Oder tu sonst irgendwas!“

Der Xian atmete tief durch, als wollte er den ätzenden Qualm tief in seine Lungen saugen, um sich selbst zu bestrafen. „Nichts, das in meiner Macht liegt, könnte diese Schlacht jetzt noch entscheiden. Es gäbe nur noch mehr Tote. Wisperwind hat recht: Ihren Ausgang wird keiner von uns mehr verändern.“

„Dann hilf mir!“, verlangte Kangan beharrlich. „Trag mich an Bord meines Schiffes.“

Guo Lao schenkte dem Hauptmann einen Blick, mit dem er an einem anderen Tag die Schärfe einer Klinge geprüft hätte. „Wird das etwas bewirken?“

„Für mich, ja. Und für meine Leute an Bord. Sie werden neue Hoffnung schöpfen, wenn sie erfahren, dass ich am Leben bin.“ Aus dem Mund eines anderen hätte das wie Prahlerei geklungen. Kangan aber sprach ganz ernst und sachlich, und jeder von ihnen, sogar der Xian, fühlte, dass er die Wahrheit sagte.

„Nun gut“, entschied Guo Lao. „Dann komm!“

Kangan berührte Wisperwind an der Hand. „Es muss sein.“

Sie sah in seine schwarzen Raubvogelaugen und nickte. „Ich würde dasselbe tun.“

Er zögerte, dann legte er ihr seine unverletzte Linke um die Schultern und umarmte sie. Es war eine kameradschaftliche Geste, ein Besiegeln ihrer Freundschaft, nichts sonst. Und doch verspürte Wisperwind für einen Augenblick etwas, das ihr für lange Zeit fremd gewesen war. Vielleicht war es gut, dass er ging.

Er löste sich von ihr, verabschiedete sich von Feiqing und kletterte hinter Guo Lao auf den Kranich.

Der Vogel stieß einen krächzenden Ruf aus, als er sich von dem Felsgrat abstieß und hinaus in die schwarzen Schwaden schoss.

Feiqing trat neben Wisperwind. Gemeinsam blickten sie dem Riesenvogel und seinen beiden Reitern nach. „Er wird mit den anderen sterben“, murmelte der Rattendrache.

„Wir werden alle sterben. Es wird Zeit, sich damit abzufinden.“

Feiqing blickte zum Portal, das sich als glühender Fleck durch die wabernde Finsternis der Qualmwände brannte. „Du bist sehr sicher, dass die Drachen den Aether nicht aufhalten werden.“

„Hast du etwa noch Hoffnung?“

Geistesabwesend klopfte er Ruß von seinem gestreiften Drachenbauch. „Eigentlich ist das Schwarzsehen meine Aufgabe, nicht deine.“

Als sie lächelte, spürte sie, wie sich in der heißen, staubtrockenen Luft ihre Mundwinkel spannten. „Machen wir das Beste daraus.“

„Was da wäre?“

Plötzlich stockte sie kaum merklich, dann klang ihre Stimme gehetzt: „Noch ein wenig länger überleben.“

Sein Blick streifte etwas, das sie schon einen Herzschlag zuvor entdeckt hatte. „Oh", flüsterte er.

Da packte sie ihn auch schon, riss ihn im Federflug von den Beinen und raste mit ihm nach Westen, kaum einen Meter hoch über den Felsgrat hinweg – gerade so schnell, wie sie es mit ihm im Schlepptau vermochte, aber vielleicht doch nicht schnell genug.

Denn über dem Tal teilten sich die Qualmwolken, und heraus taumelte ein brennendes Gildenschiff auf sie zu, eine lodernde Feuerkugel von gigantischen Ausmaßen. Der flammende Bug schob einen Wall brodelnder Hitze vor sich her, der jetzt schon die beiden Fliehenden erfasste und Wisperwind beinahe aus der Luft gefegt und zu Boden gedrückt hätte.

Aber während das feurige Schiff immer näher kam, eigentlich rasend schnell, aber in ihren Augen so träge, als brenne es sich durch Schichten aus Eis, zog sie Feiqing im Federflug mit sich. Er war zu schwer, sie selbst zu erschöpft, aber im Angesicht ihres sicheren Todes mobilisierte sie ihre letzten Kräfte, so wie sie es schon einmal getan hatte, drüben auf dem Pass. Doch diesmal hielt sie das Götterschwert in einer Hand, und obgleich es ihr nicht alle Kraft zurückgeben konnte, die sie verbrauchte, so half es ihr doch dabei, sich und den Rattendrachen noch ein wenig länger in der Luft zu halten – gerade lange genug, um aus der Reichweite des brennenden Wracks zu kommen.

Das Gildenschiff prallte mit solcher Gewalt gegen die Felsen, als wollte es den Berggipfel spalten. Die Brücke explodierte in einer Wolke aus Feuer und Trümmern, genau dort, wo Wisperwind und Feiqing gerade noch gestanden hatten. Flammen leckten in alle Richtungen, als sich der mächtige Balg aus Papierwaben über dem Felsgrat zusammenschob und für endlose Augenblicke die Hitze eines Vulkans freisetzte.

Wisperwind spürte die Woge aus brennender Luft von hinten herankommen. Eine Feuerwand schob sich erbarmungslos auf sie zu. Alles spielte sich innerhalb von drei, vier Sekunden ab, aber ihr schien es, als verginge eine Ewigkeit zwischen dem Knirschen und Bersten des ersten Aufpralls und dem Moment, da sie den schreienden Rattendrachen mit sich zur Seite riss – nicht nach rechts, hinaus aus dem Tal, denn bis dorthin hätten sie es nicht mehr geschafft, sondern über die Felskante nach links und hinab in die Tiefe, dorthin, wo unzählige Trümmer brannten und der Abgrund unter ihnen von Asche, Qualm und noch mehr Feuer erfüllt war.

Im einen Augenblick flogen sie noch, im nächsten stürzten sie. Noch immer hielt sie Feiqing am Arm fest, was keine Leistung ihrer Muskelkraft, sondern allein ihres eisernen Willens war, in Tausenden Stunden antrainiert, derselbe Wille, der ihr half, mit bloßer Hand steinhartes Holz zu spalten oder mit ihren Wurfnadeln Ziele zu treffen, die andere nicht einmal sehen konnten.

Feiqing strampelte und brüllte. Sie fielen hinab ins Tal, während hinter ihnen, *über* ihnen, das Gildenschiff zerbarst und sich Flammenfontänen über die Bergflanke ergossen. Wisperwind kämpfte um ihre Konzentration, um ihre Selbstbeherrschung, um ihrer beider Überleben. Es gelang ihr, sich wieder in den Federflug zu versetzen und den Sturz in die Tiefe abzubremsen. Sie sanken noch immer durch schwarzen Rauch, Felsen rasten an ihnen vorüber und auch von unten auf sie zu, aber sie bekam sich jetzt so weit unter Kontrolle, dass zumindest der Boden keine wirkliche Gefahr mehr darstellte.

Überall um sie herum regnete es brennende Trümmer. Sie blickte nach oben, sah einen Himmel aus Feuer auf sich herabstürzen und riss Feiqing im letzten Augenblick mit sich zur Seite. Ein riesiges Wrackteil fiel fauchend an ihnen vorüber, gefolgt von einem Schwarm kleinerer Trümmer, die funkensprühend auf die Felsen schlugen. Feiqing hing jetzt schlaff wie ein Reissack in ihrem Griff. Erneut musste sie einem Feuerball von oben ausweichen, gleich darauf zwei weiteren.

Dann erst waren sie endlich außerhalb der Reichweite lodernder Holztrümmer und flammenschlagender Segelfetzen. Unter ihnen kam der Talboden näher, gesprenkelt mit Hunderten Feuern, pechschwarzen Aschefeldern und verkohlten Überresten.

Als Wisperwinds Kraft endgültig aufgebraucht war, krachten sie und Feiqing zu Boden, wurden von der Wucht des Aufpralls getrennt und umhergeschleudert. Zuletzt blieb sie auf dem Rücken liegen, den Blick nach oben gerichtet, und sah dort einen atemberaubenden Wirbel aus Rauchschlieren und Feuerschweifen, ein brodelndes Gemisch aus tiefem Schwarz und lodernder Glut.

Feiqing lag keine zwei Meter neben ihr auf dem Bauch. Das Erste, was er bewegte, war sein Drachenschwanz, gefolgt von seinen Zehen. Er stöhnte leise, drehte den Kopf in Wisperwinds Richtung und tastete nach seiner Knollennase, die bei dem Aufprall eingedellt worden war wie ein fauler Apfel.

„Ich bin ... verunstaltet", stellte er fest.

Sie hätte stundenlang das Schauspiel am Himmel betrachten können, diesen schrecklichen und zugleich wunderschönen Albtraum aus Feuer und Asche. Nur daliegen und zuschauen. Dann aber kehrte Klarheit zurück in ihre Gedanken. Die Wirklichkeit traf sie wie eine Ohrfeige. Wisperwind schrak hoch und stellte fest, dass Feiqing und sie inmitten einer flammenden Höllenlandschaft lagen. Der felsige Talgrund war übersät mit Feuern, manche so groß wie Scheiterhaufen. Überall zwischen den Trümmern der abgestürzten Gildenschiffe lagen Tote. Gekämpft wurde hier unten schon lange nicht mehr, nirgends regte sich Leben.

Ihr Blick suchte die gewundene Treppe, glitt an den Stufen hinauf, über weitere Körper und Trümmer hinweg, bis zur qualmumwogten Plattform vor dem Portal. Dort oben tobte noch immer erbarmungslos die Schlacht zwischen Xus Verteidigern und den Anhängern Mukhtar Khans.

„Was ist mit Nugua und Niccolo?", stöhnte Feiqing, der sich ebenfalls aufrappelte. „Wir können sie nicht einfach im Stich lassen."

Sie reichte ihm die Hand und half ihm auf die Beine. „Willst du mitten durch die Schlacht marschieren, an ein paar wütenden Drachen vorbei, und dann die ganzen *Dongtian* nach den beiden absuchen?"

Er ließ die Schultern hängen. „Aber es kommt mir so falsch vor, gar nichts zu tun. Die beiden sind unsere Freunde."

„Wir können ihnen jetzt nicht mehr helfen. Die Drachen werden sie beschützen, so gut sie können."

Feiqing blickte an den Windungen der Treppe hinauf zum Tor. „Glaubst du wirklich, dass Pangu erwachen wird?"

Sie zuckte mit den Achseln. „Wir werden es bald erfahren, nicht wahr?"

Er nickte betreten.

„Erst einmal müssen wir aus diesem Tal heraus", entschied sie.

„Also doch die Treppe hoch?"

Sie deutete zu einem Hang, der auf einen der Berge im Süden führte. Er sah leichter begehbar aus als die meisten anderen Schrägen und Felswände rund um das Tal. Es würde eine Weile dauern, ehe sie oben ankamen, und die Gefahr, von herabstürzenden Trümmern erschlagen zu werden, war dort kaum geringer als hier unten. Aber wenn sie es auf die andere Seite der Bergkamms schafften, hinaus aus diesem Talkessel, waren sie vorläufig in Sicherheit.

Sie hob Jadestachel vom Boden und wartete darauf, dass neue Kraft aus dem Schwertgriff in ihr Handgelenk floss. Im ersten Moment geschah nichts, aber dann spürte sie den sanften Pulsschlag der Waffe und die Wärme, die sich an ihrem Arm heraufschob und gleich darauf ihren Brustkorb erfüllte.

„Komm", sagte sie. „Verschwinden wir von hier."

° ° °

Sie hatten den halben Berghang erklommen, als hinter ihnen ein Krächzen ertönte. Wisperwind fuhr herum.

„Ihr seid zäher, als ich dachte!", rief Guo Lao ihnen aus dem Sattel seinen Kranichs zu. Der Vogel legte sich in die Schräge, flog einen Bogen und landete schließlich nicht weit von Wisperwind und Feiqing auf einem Felsen. Im Hintergrund lieferten sich noch immer Gildenschiffe Kanonengefechte, mächtige Umrisse inmitten der wirbelnden Qualmwolken. Die meisten waren in Flammenschein getaucht. Von unten aus schien es, als kämpfte jeder gegen jeden.

„Habt ihr die *Abendstern* gefunden?", fragte sie den Xian.

Guo Lao nickte. „Der Gildenmeister liegt im Sterben. Er hat einen hohen Preis für sein Täuschungsmanöver bezahlt. Kangan will ihn dazu bewegen, sich aus den Kämpfen zurückzuziehen. Ganz gleich, wie viele Schiffe dort oben noch zerstört werden – es wird nichts mehr am Ausgang der Schlacht ändern."

„Wie meinst du das?"

Der Unsterbliche deutete zum Portal der Heiligen Grotten. Die flatternden Bänder an seinem Arm zuckten im Wind wie Flammen. „Schaut genau hin."

Wisperwinds Augen tränten vom Rauch und dem ewigen Ruß- und Ascheregen. Aber sie sah, was der Unsterbliche meinte. Die Kämpfe zwischen den Soldaten beider Seiten wüteten nach wie vor mit unverminderter Härte. Doch etwas hatte sich verändert.

Eben noch war goldenes Licht aus dem Portal nach außen gefallen und hatte seine Ränder erglühen lassen. Jetzt war es erloschen. Der hohe Spalt in der Felswand erhob sich wie ein Schatten über den Köpfen der wimmelnden Menschenschar, leer und kalt und finster.

„O nein“, murmelte Feiqing.

„Die Wächterdrachen sind erschlagen worden“, sagte Guo Lao unheilschwanger. „Der Weg ins Innere steht offen. Mukhtar Khans Männer stürmen die Grotten.“

Eine Weile lang schwiegen sie alle, sogar Feiqing. Dann aber sagte Wisperwind: „Das muss nicht bedeuten, dass die Drachen besiegt sind. Sie könnten sich zurückgezogen haben, um Pangus Herz vor dem Aether zu schützen.“

„Dann muss ihre Not in der Tat groß sein, wenn sie sogar das Tor aufgeben“, gab Guo Lao zu bedenken.

„Es gibt noch eine andere Möglichkeit“, sagte Feiqing.

„So?“, fragte der Xian ungeduldig.

„Was, wenn sie erfahren haben, dass ihnen jemand zu Hilfe kommt? Wenn noch jemand in die Schlacht eingreift?“

Wisperwinds Herzschlag machte einen Satz. „Natürlich!“

Guo Lao sah düster von einem zum anderen. „Und wer sollte das sein?“

Der Kranich hob den Schnabel und krächzte den rauchverhangenen Himmel an.

Feiqing verzog die Lefzen zu einem breiten Grinsen.

Wisperwind deutete nach Osten. Die Beben, die das Gebirge erschütterten, wurden heftiger. Wie von titanischen Schritten, die immer näher kamen.

„Maginog!", rief der Rattendrache. „Maginog und seine Riesen!"

Im Rauch

„Los!“, brüllte Guo Lao. „Hinter mir in den Sattel!“

Feiqing starrte ihn verwundert an. „Aber sie kommen doch, um uns zu helfen!“

„Und du glaubst, dabei werden sie Rücksicht nehmen auf drei Winzlinge, die ihnen im Weg stehen?“ Guo Lao gestikulierte hinter sich. „Nun komm schon! Beeil dich!“

Wisperwind nickte langsam. „Tu was er sagt, Feiqing.“

Der Rattendrache warf resignierend die Arme in die Höhe und kletterte auf den Kranich.

„Wisperwind“, rief Guo Lao, „schaffst du es allein den Berg hinauf? Sobald ich Feiqing oben abgesetzt habe, komme ich zurück und hole dich.“

Sie war bereits unterwegs und winkte ab, ohne sich umzudrehen. Wenig später schoss der Kranich über sie hinweg. Feiqings Schwanz peitschte im Gegenwind; sie meinte den Rattendrachen kreischen zu hören, während der Vogel ihn mit heftigen Schwingenschlägen bergauf trug.

Sie hatte die Erschütterungen schon vor einer Weile wahrgenommen, drüben auf dem Pass, nach dem Kampf gegen die Juru. Dort war es nur ein Zittern unter ihren Fußsohlen gewesen, das sich regelmäßig wiederholte, so schnell, dass sie es schließlich für eine Folge ihres Schwindelgefühls und ihrer Schwäche gehalten hatte.

Nun aber erhielten die Beben auf einen Schlag eine neue Bedeutung. Wisperwind betete zu den Göttern, dass ihre Hoffnung sie nicht trog.

Noch immer hallte Kanonendonner über das Tal. Geschosse verwirbelten die Rauchschwaden und schlugen in die Flanken feindlicher Schiffe. Und doch kam es ihr vor, als wäre das Krachen der Geschütze seltener geworden und ein Ende der Luftkämpfe abzusehen. Hatte Kangan Xu dazu bewegen können, die *Abendstern* aus dem Gefecht abzuziehen? Würde der Gildenmeister einsehen, dass dies keine Flucht, sondern die letzte Chance auf einen Rückzug war?

Immerhin, die Tatsache, dass keine Schiffe mehr abstürzten, machte ihr Mut. Sie war nicht einmal sicher, was sie sich vom Auftauchen der Riesen erhoffte. König Maginog und seine Untertanen wussten nichts von der Räuberflotte Mukhtar Khans. Würden sie erkennen, was vorgefallen war? Konnten sie nach ihrem jahrhundertelangen Schlaf unterscheiden, welche Luftschiffe den chinesischen Gildenmeistern gehörten und welche ihren Gegnern?

Viele solche Fragen gingen ihr durch den Kopf, während sie den Berghang erklomm, noch immer erschöpft und von Jadestachel mit gerade so viel Ausdauer versorgt, dass sie sich auf den Beinen halten konnte. Vor allen Dingen aber fehlte ihr die Energie, sich die Zukunft auszumalen. Als wandernde Schwertmeisterin hatte sie sich nie auf einen nächsten Tag verlassen und stets nur für die Gegenwart gelebt. Aber wenn sie jetzt über ihre Erwartungen oder Befürchtungen nachdachte, dann stießen ihre Gedanken vor eine schwarze Wand, so als wäre der Untergang der Welt bereits beschlossene Sache und selbst die *Möglichkeit*, dass alles noch gut ausgehen könnte, vollständig ausradiert.

Sie zwang sich wieder zur Konzentration auf den Weg, der vor ihr lag. Die Erschütterungen ließen den Staub auf den Felsen vibrieren. Winzige Steinchen tanzten wie verhext im Flammenschein. Die Rauchschwaden hatten sich gesenkt, der Bergkamm weiter oben war dahinter verschwunden. Noch einmal blickte sie quer über das Tal zum Eingang der *Dongtian*, bevor auch er im Qualm versank. Dort wurde jetzt nicht mehr gekämpft, was bedeuten musste, dass Xus Verteidiger geschlagen waren. Zahllose Soldaten Mukhtar Khans strömten durch das Portal ins Innere des Gebirges. Doch es war kein geordnetes Vorrücken, keine noch so grobe Angriffsformation; vielmehr machte das Gewimmel den Eindruck, als flüchteten die Krieger hinab in die Grotten, um aus der Reichweite der stürzenden Trümmer zu gelangen.

Der Rauch wurde dichter. Wisperwind presste sich die linke Armbeuge vor Nase und Mund, während sie mit rechts weiterhin das Götterschwert hielt und von seinen Kraftstößen zehrte. Um sie herum wurde es noch düsterer, die vereinzelten Kanonenschüsse klangen dumpfer, der Feuerschein verblasste. Müdigkeit überkam sie, unabhängig von Jadestachels Heilkraft, und eine sonderbare Trägheit. Mit einem Mal erschien ihr die Möglichkeit, sich einfach hinzusetzen, tief durchzuatmen und auf den Tod zu warten, gar nicht mal so unvernünftig. Der Qualm betäubte ihre Sinne und ihren Überlebenswillen. Aufzugeben war ihr ein Leben lang fremd gewesen, Kapitulation eine Dummheit, die sie bei anderen verachtet hatte. Und nun stand sie selbst nur einen Schritt davor, alles hinzuwerfen und sich von dem dichten schwarzen Qualm davontragen zu lassen, irgendwohin, wo es noch schwärzer und stiller war.

Der Rauch riss auseinander, als Guo Laos Kranich mit majestätischem Schwingenschlag durch die Schwaden brach. Der Xian rief ihren Namen, entdeckte sie nur einen Herzschlag später und zwang das Tier in einem waghalsigen Manöver neben ihr zu Boden. Die Erschütterungen waren heftiger geworden, der Kranich fürchtete sich. Guo Lao sprang von seinem Rücken, packte Wisperwind am rechten Arm und schob sie hinauf in den Sattel. Eilends nahm er hinter ihr Platz, rief dem Vogel etwas zu, und einen Augenblick später schnellte der Kranich schon wieder empor, stieß durch die Qualmglocke über dem Tal und trug sie höher hinauf Richtung Gipfel.

Mit einem Mal konnte sie wieder durchatmen. Schwindel peinigte sie wie nie zuvor im Leben, aber sie bekam wieder Luft. Unter ihnen erstreckte sich der schwarze Rauch wie die Oberfläche eines Ozeans aus wogendem Pech, durch den hier und da mächtige Umrisse pflügten, eingehüllt in Aureolen aus Flammen.

Wie lange sie flogen, vermochte sie unterwegs nicht zu sagen. Wahrscheinlich waren nur wenige Minuten vergangen, ehe sie schließlich den Bergkamm erreichten, die südliche Begrenzung des Tals. Auf einer Länge von fünfzig oder sechzig Metern hatte der Fels einen ausgewaschenen Sattel gebildet, fast eine kleine Hochebene, an deren Rand Feiqing sie erwartete. Er stand unweit einer schroffen Felskante, ungeachtet seiner Höhenangst; doch was sie vor allem erstaunte, war, dass er nicht dem Kranich entgegenblickte, sondern wie hypnotisiert nach Osten starrte, zu jener Seite des Tals, die dem Tor der Heiligen Grotten genau gegenüberlag.

Gerade wollte sie sich umschauen und seinem Blick folgen, als der Kranich landete, nur wenige Schritte von Feiqing entfernt. Der Rattendrache fluchte nicht einmal, als ihn die Windstöße der Schwingen erfassten und beinahe in den Abgrund schleuderten. Stattdessen machte er widerwillig ein paar Schritte zurück, ohne die Berge im Osten aus den Augen zu lassen.

Wisperwind rutschte aus dem Sattel, eine taumelnde Bewegung, die wenig mit ihrer üblichen Eleganz gemein hatte. Fast hätte sie sich an Guo Laos Schwert Phönixfeder festgehalten, aber etwas sagte ihr, dass das ein Fehler gewesen wäre. Der Xian war nicht ihr Freund – sie war nach wie vor nicht sicher, *was* genau er eigentlich war –, und er hätte es ihr übel genommen, wenn sie nach seiner Waffe gegriffen hätte.

So kam sie schwankend am Boden auf, stolperte zwei Schritte vom Kranich fort und wandte sich um zu Feiqing. Der Schwindel war noch da, ganz zu schweigen von ihrer Erschöpfung, aber all das verlor an Bedeutung, als sie entdeckte, was im Osten über die Berge stieg.

Auf den ersten Blick schien es, als hätten sich dort eine

Unzahl neuer Gipfel aus dem Nichts erhoben – Gipfel, die sich bewegten und näher kamen. Sie zeichneten sich als Silhouetten vor der anbrechenden Morgendämmerung ab, ein rosafarbener Streifen am Horizont jenseits des Gebirges. Qualmschlieren, die aus dem Tal aufstiegen, verschleierten die Sicht und verschmolzen vor der Glut des anbrechenden Tages mit den dunklen Umrissen. Das machte deren Formen noch unscharfer, beinahe fließend.

Maginog und das Volk der Riesen hatten ihren Marsch um die Wüste Taklamakan beendet und näherten sich dem Ort, an dem über das Schicksal der Welt entschieden wurde. Wisperwind hatte recht behalten: Die Riesen waren gekommen, wie sie es versprochen hatten.

„Zu spät", flüsterte Feiqing, als sie benommen neben ihn trat, ganz nah an den Abgrund und den rauchverhangenen Talkessel.

Sie wünschte, sie hätte darauf etwas entgegnen können. Doch es gab nichts zu sagen. Die Riesen mochten endlich eingetroffen sein, aber sie kamen zu einem Zeitpunkt, an dem die Entscheidung bereits gefallen war.

Jeder der gewaltigen Kolosse war an die zweihundertfünfzig Meter hoch. In den Ruinen der Riesenstadt hatte Wisperwind sie von Nahem gesehen und sich gefragt, ob sie tatsächlich aus Fels bestanden oder ob ihre Haut nur aussah, als wären sie aus Stein gemeißelt. Auch jetzt, da sie wie ein natürlicher Teil des Gebirges erschienen, fand sie darauf keine Antwort. Noch stärker als zuvor wirkten sie nun wie gehauene Götzenbilder mit eckigen Schultern, grobschlächtigen Gliedmaßen und Schädeln, die jede Festungsmauer rammen und zum Einsturz bringen konnten. Die Riesen besaßen Hände und Füße wie Menschen, auch Gesichter, aber ihre Augen waren tiefe schwarze Höhlen unter einer vorspringenden Stirn, und ihr Mund ein Spalt, den ein Erdbeben nicht schartiger und gezackter hätte aufbrechen können. Nirgends an ihren Körpern gab es Haare, nirgends Nägel. Nur diese dunkle Borkenhaut, die aussah, als hätte man sie den ältesten Gebirgen der Welt abgezogen und gigantischen Lehmfiguren übergestülpt.

Doch bei aller Fremdheit und Größe waren sie doch Verbündete der Menschen und Drachen im Kampf gegen den Aether. Das Riesenvolk des Königs Maginog war zur letzten Schlacht aufmarschiert.

„Es ist lange her, seit ich einen von ihnen zu Gesicht bekommen habe“, sagte Guo Lao, als er zu Wisperwind und Feiqing an die Felskante trat. „Und noch niemals sah ich so viele auf einmal.“

„Niemand wird je wieder so viele von ihnen zu sehen bekommen“, murmelte Wisperwind, und sie war selbst nicht sicher, woher sie diese Gewissheit nahm. Aber da war etwas an dem ungeheuerlichen Anblick der Riesenschar, das eine Aura von Endgültigkeit ausstrahlte. Anzunehmen, dass ein Heer wie dieses schon einmal oder jemals wieder in die Geschicke der Welt hätte eingreifen können, erschien ihr auf absonderliche Weise falsch – beinahe wie Gotteslästerung, obgleich sie wusste, dass Maginog keine Gottheit war, und falls doch, so war er kein Gott der Menschen.

„Seht nur!“ Feiqing gestikulierte fort von den Riesen,

hinüber zu einer anderen Art von Koloss, beinahe so groß wie Maginogs Gefolge.

Ein Luftschiff brach aus der Oberfläche des Qualmsees und zog einen Schweif aus schwarzem Rauch und Feuerschein hinter sich her. Es kam genau auf die drei Gestalten auf dem Hochplateau zu, auch wenn sie schwerlich sein Ziel waren. Der Spürer auf der Brücke war auf den Verlauf der Kraftlinien im Boden angewiesen, und obgleich sie sich in diesem Tal bündelten wie an allen heiligen Orten der Erde, so führten sie doch nur an bestimmten Stellen durch die Berge. Eine der Linien musste über diesen Felssattel führen, hinüber ins nächste Tal im Süden und von dort aus wer weiß wohin.

Wisperwind blickte zur Brücke und sah dort keine Fenster mehr, nur schwarze Narben von Einschüssen vieler Kanonensalven. Es war die *Abendstern*, sie erkannte die Segel und Flaggen rund um den angekohlten Wabenleib. Dass irgendwer an Bord die drei in der Dämmerung auf dem dunklen Gestein bemerken würde, war ausgeschlossen. Das Schiff, unter dem Befehl Xus oder Kangans oder irgendeines anderen, der genug Verstand für einen Rückzug besaß, schwebte genau über sie hinweg. Im ersten Moment sah es aus, als würde seine Unterseite die Felsen streifen, aber dann blieb es doch einen guten Steinwurf über ihren Köpfen und flog weiter nach Süden.

Ein weiteres Schiff, merklich angeschlagener und noch immer an mehreren Stellen brennend, folgte der *Abendstern* in einigem Abstand. Auch sein Schatten fiel auf die drei winzigen Beobachter an der Felskante, während das

Flattern Hunderter Segel und Wabenkammern ihre Ohren betäubte.

Nun stiegen die vorderen Riesen über die Pässe im Osten. Ihre massigen Leiber erwiesen sich als unerwartet schnell und beweglich. Vier, fünf, sechs von ihnen stampften durch die Rauchdecke ins Tal, und weitere drängten hinter ihnen her. Wisperwind stieß ein gepresstes Lachen aus, als sie auf der Schulter eines von ihnen einen gelandeten Luftschlitten entdeckte und eine menschliche Gestalt, die neben dem turmhohen Schädel stand. Obgleich es äußerlich keine Unterschiede zwischen einzelnen Riesen gab, war sie mit einem Mal sicher, dass dies Maginog war; Xu musste ihm einen Boten entgegengeschickt haben, der ihn über die Lage im Tal aufgeklärt hatte.

Hände so groß wie die Kronen von Mammutbäumen öffneten sich und pflügten durch den Qualm. Einige gruben sich in die verletzlichen Flanken feindlicher Luftschiffe, als wären sie Spielzeug. Urgewaltiges Knirschen und Bersten ertönte. Wisperwind war dankbar, dass die Schreie der Besatzungen in dem Getöse untergingen und nicht bis zu ihnen herüberwehten. Niemals zuvor hatte sie die Augen vor dem Ende anderer verschlossen, und auch jetzt kämpfte sie nur einen Atemzug lang gegen das Bedürfnis an, sich abzuwenden. Wenn dies die letzte aller Schlachten war, dann wollte sie bis zum finalen Augenblick zusehen, ganz gleich, wie schmerzlich es sein würde – für jene, die dort draußen starben, und auch für sie selbst.

Drei Gildenschiffe Mukhtar Khans wurden aus dem

Rauch gezerrt, die Wabenbälger eingedrückt und in Sekundenschnelle zerfetzt. Ein Riese trat mitten in eines der Schiffe hinein und sah unbewegt zu, wie es sich um ihn wickelte und dabei in Flammen aufging. Tausende Papierwaben gerieten gleichzeitig in Brand, eine himmelhohe Lohe tanzte um den Giganten und konnte ihm doch nichts anhaben. Er stand nur da, vollkommen reglos, während die brennenden Trümmer des Schiffes von ihm abfielen und in der wogenden Rauchdecke versanken.

Ein anderer Riese wurde von einem Luftschiff gerammt und verlor das Gleichgewicht. Er schwankte, stolperte nach hinten und fiel rückwärts in den Rauch. Seine rechte Pranke aber schoss vor, fasste tief in die Wabenwand des Schiffes, zerriss seine hölzernen Eingeweide und zog das lodernde Wrack mit in die Tiefe. Die Erschütterung, die durch das Gebirge raste, als der Gigant am Talgrund aufschlug, hätte Wisperwind und Guo Lao beinahe von den Beinen gerissen; Feiqing saß eh längst auf dem Hinterteil, die Hände flach am Boden, benommen und auf makabere Weise fasziniert von diesem Panorama der Zerstörung.

Mittlerweile standen acht Riesen im Tal und wüteten unter den Resten von Mukhtar Khans Flotte. Wie viele ihnen noch folgten, jenseits der östlichen Bergkette, war ungewiss – es mussten Dutzende sein. Und doch fragte sich Wisperwind, ob selbst die Macht der Riesen etwas bewirken konnte gegen einen Feind, der in diesem Augenblick tief unten in der Erde die Zerstörung der Welt vorantrieb.

Ein Blick über die Schulter zeigte ihr, dass die *Abend-*

stern und das zweite Schiff weiter nach Süden flogen, den Ausläufern der Himmelsberge und der offenen Wüste entgegen. Beide schwankten und hatten Mühe, ihren Kurs zu halten, aber noch schoben sie sich vorwärts, Überlebende einer Schlacht, die keinen Sieger kannte.

„Was, wenn die Riesen alle Schiffe zerstört haben?", fragte Feiqing, ohne den Blick vom Untergang der russischen Flotte zu lösen.

Ja, dachte Wisperwind, was dann?

Nicht einmal Guo Lao wusste darauf eine Antwort.

Das Erwachen

Nugua umklammerte die Götterlanze mit zitternden Händen. Yaozi hatte mit seinem Schlangenleib einen Ring um sie gebildet, der sie schützen sollte, aber sie hatte es dort unten, gefangen zwischen haushohen Schuppenwänden, nicht lange ausgehalten. Stattdessen war sie an ihm hinaufgeklettert und stand nun auf seinem Rücken, inmitten seiner wallenden Mähne, deren rotgoldene Haare wie Gras um ihre Beine wogten.

Sie befanden sich noch immer auf dem schaurigen Hügel aus toten Drachen, von dem aus Yaozi und Zugolu den magischen Kampf um das Diamantherz des Ur-Riesen überschaut hatten.

Zugolu war aus seiner Trance erwacht, als die ersten Juru im Eingang der Herzkammer aufgetaucht waren; der Drachenkönig des Westens hatte sich in die Luft erhoben und kreiste seither um den riesigen Diamanten im Zentrum der Grotte. Runde um Runde drehte er um die weiß glühende Kugel, die zu zwei Drittel aus dem Fels ragte, gewaltiger als eine Burg. Immer mehr Drachen verließen ihre Plätze am Boden und schlossen sich ihm an, bis ein ganzer Schwarm der goldenen Kolosse um Pangus Herz kreiste.

Andere leisteten den Juru, die den Eingang der Herzkammer stürmten, verzweifelten Widerstand. Wie viele Drachen dort kämpften, konnte Nugua längst nicht mehr erkennen: Sie wälzten sich über- und untereinander wie ein Schlangennest, zermalmten ganze Juruhorden zwischen ihren Körpern, zerbissen andere und spien die Überreste zurück ins Dunkel der Tunnelöffnung. Ihre tonnenschweren Leiber waren derart ineinander verflochten, dass sich Schädel und Schwanzspitzen keinem einzelnen Drachen mehr zuordnen ließen – ein Wall aus tobender Muskelmasse und schnappenden Kiefern, der sich in stetiger Bewegung umeinanderwand, ungeachtet der Wunden, die sich die Drachen dabei gegenseitig schlugen. Es war ein unvorstellbares Suhlen im Blut der Feinde und ihrem eigenen, ein Anblick, der Nuguas schlimmste Vorahnungen dieses Gemetzels übertraf. Wenn es noch Zweifel gegeben hätte, dass die Drachen dies als die letzte aller Schlachten ansahen, so waren sie spätestens jetzt zerstreut. Der Schaden, den sie sich dabei selbst zufügten, war bitter – doch ihre Gegner erlitten Verluste, die schon während der ersten Minuten in die Hunderte gingen.

„Sie schaffen es!“, rief Nugua. „Sie halten die Juru auf!“

„Ja“, sagte Yaozi mit Grabesstimme. „Und trotzdem verlieren wir.“

„Aber die Juru kommen nicht an ihnen vorbei!“ Dennoch ahnte sie, was er meinte. Letztlich war der Ansturm der Felsenwesen nichts als eine Ablenkung, mit der der Aether so viele Drachen wie möglich aus ihrer Zaubertrance reißen wollte. Je weniger von ihnen das Herz des Ur-Riesen mit ihrer Magie beschützten, und je schwächer der unsichtbare Schild wurde, desto leichter wurde es für den Aether, in Pangus schlafenden Leib zu fahren und ihn zu erwecken. Und nur darauf kam es ihm an. Er warf die Juru achtlos und zu Tausenden in diese Schlacht, weil ihr Sieg oder ihre Niederlage keine Bedeutung für ihn hatte; solange sie die Drachen nur vom Wesentlichen abhielten – Pangus Herz vor seinem Zugriff zu bewahren –, ging sein Plan auf.

Nugua stand breitbeinig auf Yaozis Rücken. Sie hatte die Lanze vor sich aufgepflanzt, damit sie ihr besseren Halt verlieh; das stumpfe Ende war zwischen den Drachenschuppen verkeilt. Ihre Beine bebten, und nicht einmal der Lärm der Schlacht vermochte den Herzschlag in ihren Ohren zu übertönen.

In dunklen Wogen quoll das Heer der Juru von außen gegen den Drachenwall. Während die vorderen zwischen den Giganten zerquetscht wurden, schwappten schon die nächsten über sie hinweg, eine nicht enden wollende Flut aus peitschenden Schädeltentakeln und rasiermesserscharfen Hornstacheln. Der Aether musste den schlichten Verstand der Felsenwesen ausgelöscht haben, um sie in diese selbstzerstörerische Raserei zu treiben. Juru waren, genau wie die Raunen draußen in den Wäldern des Reiches, seit jeher Todfeinde der Drachen. Doch sie hätten diesen Kampf nicht um den Preis ihrer eigenen Vernichtung gesucht. Der Aether aber hatte sie so vollständig unter seine Kontrolle gebracht, dass es für sie keine Rolle mehr spielte, ob sie am Ende dieses Tages noch lebten oder zermalmt auf dem Schlachtfeld zurückblieben.

Starr vor Grauen hatte Nugua Mühe, den Blick von dem scheußlichen Schauspiel am Grotteneingang abzuwenden. Sie musste sich zwingen, stattdessen wieder an dem gleißenden Diamantherz hinaufzuschauen. Der Drachenschwarm, der dort kreiste, war größer geworden, und das Licht, das Pangus Herz verbreitete, noch heller. Schon fiel es schwer, länger als ein paar Sekunden in seine kristallene Glut zu blicken, während die Umrisse der Drachen davor kaum noch zu erkennen waren; sie schienen zu schrumpfen und inmitten des Gleißens zu verglühen. Nur eine Täuschung, ein Trugbild, weil die Helligkeit ihre Silhouetten überlagerte – und doch für einen Moment erschreckend genug, um Nuguas Atem stocken zu lassen.

Erst nach einer Weile erkannte sie, was ihr am Anblick der kreisenden Drachen merkwürdig erschien: Drachen konnten eigentlich nicht in gerader Linie fliegen, weil sie sich durch die Lüfte schlängelten, in einem konfusen Auf und Ab, das es seit jeher unmöglich machte, auf einem von ihnen zu reiten, sobald er sich vom Boden löste. Der blau geschuppte Zugolu und die anderen aber, die ihre Runden um das Diamantherz zogen, taten dies auf einer stabilen Kreisbahn.

Obwohl sie spürte, dass Yaozi in Konzentration versunken war und Gedankenbefehle in alle Richtungen aussandte, musste sie ihn danach fragen.

„Sie fliegen in Trance“, gab er zur Antwort. „Nicht sie selbst halten sich in der Luft, sondern ihre Magie tut das für sie. Dort oben sind sie sicher vor den Juru und können versuchen, den Schutzschild aufrechtzuerhalten.

Aber das erfordert einen großen Aufwand an Kraft und Aufmerksamkeit, und es verkürzt die Zeit, die uns bleibt."

Sie war nicht sicher, ob sie das wirklich verstand. Doch dann sah sie zu ihrem Schrecken, wie der erste Drache ins Trudeln geriet, aus seiner kreisenden Flugbahn ausbrach und davongeschleudert wurde. Leblos krachte er gegen die Wand der Grotte, prallte ab und stürzte verdreht zu Boden. Dort blieb er liegen und bewegte sich nicht mehr.

„Sie werden alle sterben", sagte Yaozi, und zum ersten Mal stockte ihm die Stimme. „Was Zugolu da versucht, ist mutig. Und vollkommen aussichtslos."

Nugua hatte einen solchen Kloß im Hals, dass sie kein Wort mehr herausbrachte. Beim Anblick der sterbenden Kolosse tauchten die Bilder des Drachenfriedhofs aus ihrer Erinnerung auf. Voller Trauer dachte sie, dass jene, die heute starben, keine Gelegenheit mehr haben würden, dorthin zu ziehen, um ihren Frieden zwischen den Geistern ihrer Ahnen zu finden. Nichts von alldem hier durfte geschehen, es war barbarisch und gegen die Natur aller, die an dieser Schlacht beteiligt waren – das galt auch für die Juru, die willenlos in ihr Verderben strömten –, doch nichts machte für Nugua das Grauen der Ereignisse fassbarer als der Gegensatz zwischen der ehrwürdigen Abgeschiedenheit des Drachenfriedhofs und dem Massaker in dieser Grotte.

Sie sank auf die Knie, hielt die Lanze nur noch mit einer Hand und vergrub das Gesicht in der linken Armbeuge. Sie weinte jetzt hemmungslos, schluchzte wie ein Kind und bekam bald kaum noch Luft. Yaozis Körper erzitterte unter ihr, während er versuchte, an mehreren Fronten gleichzeitig zu kämpfen: Er kommandierte die Verteidiger am Eingang und sandte zugleich magische Angriffe gegen den Aether aus. Die Grotte war erfüllt von goldenem Wabern, Drachenatem, der sich längst keinen Weg mehr zur Oberfläche suchte, sondern der Allgegenwart des Aethers an Ort und Stelle einverleibt wurde – ein sicheres Anzeichen dafür, dass ihr Feind zum letzten Schlag ausholte. Die Schlinge um den Hals der Verteidiger hatte sich geschlossen.

Eine weitere Angriffswelle der Juru flutete gegen den Wall aus Drachen am Eingang der Höhle. Zahllose Felsenwesen gerieten zwischen die mahlenden Schuppenleiber, das Kreischen und Schreien erreichte einen neuen Höhepunkt – dann wurde eine ganze Schar der Kreaturen über die Drachen hinweggespült und landete unter wildem Kampfgebrüll im Inneren der Grotte. Sogleich schwärmten sie aus und griffen jene Drachen an, die noch immer wehrlos in Trance am Boden der Herzkammer lagen. Wie Käfer krabbelten sie an den schlummernden Körpern hinauf, rammten ihre Hornstachel zwischen die Schuppen und attackierten Augen und Nüstern der Drachen. Die ersten Kolosse erwachten vor Pein, schlugen blindwütig mit Klauen und Schwänzen um sich, trafen dabei andere Drachen, die nahebei lagen, und rissen auch sie aus ihrer Zaubertrance.

„Bei allen Göttern“, flüsterte Nugua, als sie sah, welche Katastrophe sich dort unten anbahnte. Yaozi stieß ein zorniges Brüllen aus. Die Erschütterung, die dabei durch seinen Körper lief, hätte sie beinahe von seinem Rücken geschleudert. Verzweifelt klammerte sie sich an seine Mähne, als er sich abermals aufbäumte. Einen Augenblick lang sah es aus, als wollte er sich selbst in den Kampf stürzen. Dann aber lösten sich mehrere Drachen aus dem Wall am Eingang und wälzten sich auf die Juru zu, denen der Durchbruch zur Höhle gelungen war. Sie pflückten sie mit den Zähnen von den Körpern der Schlafenden oder kamen jenen zu Hilfe, die bereits erwacht waren und in ihrer Verwirrung nicht wussten, woher ihre Schmerzen rührten.

Nuguas Blick sprang hektisch umher zwischen der Schlacht am Boden, dem Chaos am Eingang und Zugolus Flug um das diamantene Riesenherz. Die Helligkeit nahm immer noch zu, brach sich auf dem flirrenden Gold in der Luft und schien das gesamte Innere der Höhle in Brand zu setzen. Es war ein weißes, eiskaltes Feuer, das von Pangus Herz ausstrahlte, aber es schien nun sogar feste Körper zu durchdringen und die Umgebung auf unbegreifliche Weise transparent zu machen. Nugua blickte durch sich selbst und Yaozi hindurch, sogar durch die toten Drachen, die unter ihnen übereinandergeschichtet waren, und ihr war, als sähe sie darunter einen bodenlosen Abgrund, so tief und schwarz wie ein Nachthimmel, an dem alle Sterne erloschen waren. Kälte griff nach ihrem Herzen, ihr Körper überzog sich mit Gänsehaut. Die Tiefe unter ihr klaffte immer noch weiter auf, ein kosmischer Schlund aus absoluter Leere.

Sie schloss die Augen, grub das Gesicht in Yaozis Mähne und versuchte zugleich, sich auf Lis Lanze zu konzentrieren, die sie nach wie vor mit einer Hand umklammerte. Der Schaft fühlte sich erst warm an, dann heiß, aber sie ließ ihn trotzdem nicht los, sondern spürte der Hitze nach, die jetzt an ihrem Arm hinaufkroch und gleich darauf ihren Geist flutete. Die Panik wurde auf einen Schlag verdrängt und zu einem fernen, feinen Wabern verdichtet, das ihr im Augenblick nichts mehr anhaben konnte.

Als sie die Augen aufschlug, war die Welt wieder wie zuvor, geronnen zu einem Tumult aus festen Körpern. Der Abgrund unter ihr hatte sich geschlossen. Geblieben war allein die blendende Helligkeit, die aus Pangus Herz strahlte und es so gut wie unmöglich machte, in die Richtung des gewaltigen Diamanten zu blicken.

„Yaozi!“, brüllte sie gegen den Schlachtenlärm an, gegen das Kreischen und Peitschen und Malmen und Schnappen. „Was geschieht hier?“

Der Drache schwieg, und für Sekunden überkam sie die Angst, dass er tot sein könnte, genau wie all die anderen Drachen, auf denen er ruhte. Dann aber stöhnte er und sträubte schlagartig seine Mähne, sodass sich die langen Drachenhaare rund um Nugua aufrichteten und sie in ein Dickicht aus wogendem Gold hüllten.

„Es ist so weit“, knurrte er erschöpft.

Ein neuer Schwall aus Felsenwesen flutete über die Drachen am Eingang hinweg. Weitere Schläfer wurden mit Gewalt aus ihrer Trance gerissen. Nugua musste sich zwingen, erneut in die Helligkeit zu blicken, hinauf zum kreisenden Flug der Drachen, und sie sah –

– Zugolu, der in Flammen stand.

Er flog noch immer weiter, webte sein unsichtbares Zaubernetz um das Riesenherz, doch seine Mühen blieben vergeblich. Auch andere Drachen wurden von dem weißen Feuer erfasst. Einige verbrannten noch in der Luft, andere stürzten lodernd in die Tiefe. Zugolu kreiste weiter, hinter sich einen fauchenden Flammenschweif, bis auch seine Kraft endgültig aufgebraucht war, sein Körper sich krümmte und in einer Explosion aus stechendem Weiß verglühte. Der Drachenkönig des Westens löste sich auf, verschmolz mit dem Licht, in das nun von allen Seiten die goldenen Schwaden des Aethers strömten. Gleißendes Weiß und Aethergold wurden eins, durchdrangen einander und verwirbelten zu einer alles beherrschenden Lichterflut.

Yaozi brüllte abermals auf, Zorn und Qual und Verzweiflung in einem einzigen donnernden Laut. Nugua wurde von einem seiner Fühler gepackt und mitsamt der Götterlanze aus seiner Mähne gerissen. Sie war wie betäubt, vielleicht kaum noch bei Sinnen, als sie abrupt auf einen weichen, warmen Untergrund gestoßen wurde – geradewegs ins Maul des Drachenkönigs.

Yaozis mächtige Kiefer schlossen sich um sie, die Helligkeit wurde schlagartig abgeschnitten; sie drang jetzt als fleischiges Rosarot durch die Lefzen des Drachen und erfüllte die Höhle seines Schlundes mit diffusem Dämmer.

Nugua schrie auf, eher aus Überraschung als aus Angst, denn sie war längst jenseits aller Furcht. Dann wurde sie von einer Erschütterung zur Seite geworfen, landete zwischen zwei Backenzähnen des Drachen, jeder so groß wie ein Ochse, verkeilte sich mit Armen und Beinen dazwischen und war instinktiv noch immer bemüht, nur ja nicht die Lanze loszulassen, aus der warme Kraftströme in ihren Geist und Körper flossen; vielleicht hätte sie sonst längst den Verstand verloren.

Sie spürte, dass Yaozi sich vom Boden abstieß, während draußen ein Lärm anhob, der nichts mehr mit dem Getöse der Schlacht gemein hatte, nichts mit dem Brüllen der sterbenden Drachen oder den Todesschreien der Juru. Es war ein durchdringendes Heulen, aber zu gleichförmig, um natürlichen Ursprungs zu sein – es sei denn, dort draußen wurde die *Natur selbst* einer vollkommenen Wandlung unterzogen, als etwas zum Leben erwachte, das seit Äonen in tiefem Schlummer lag, ein Wesen, so maßlos und mächtig und fremd, dass selbst die Geräusche, die es von sich gab, vor Jahrmillionen in Vergessenheit geraten waren.

Nugua wurde abermals durchgeschüttelt, beinahe in den Abgrund von Yaozis Kehle geschleudert, im letzten Augenblick von seiner Zunge aufgefangen und zurück in die Nische zwischen seinen Zähnen gepresst.

Niccolo, durchfuhr es sie plötzlich, und sie schrie verzweifelt seinen Namen, drei Silben, die sie dem unirdischen Heulen entgegenbrüllte, als könnte sie es damit zum Schweigen bringen.

Das Licht glühte jetzt durch Haut und Knochen des Drachenschädels, flutete selbst sein Innerstes mit rotem Schimmer, gewährte aber keinen Blick durch seine geschlossenen Kiefer nach außen. Nugua wusste dennoch, was gerade dort draußen geschah.

Der Aether war in den Körper des Ur-Riesen gefahren.

Pangu tat seinen ersten Atemzug und schuf sich eine neue Welt.

Der Horizont zerbricht

Die Wolkeninsel schob sich lautlos über die Wüste. Sie warf ihren Schatten auf Dünen und bizarre Felsformationen, die seit Jahrtausenden der stechenden Sonne ausgesetzt waren. Die Morgendämmerung wich einem lodernden Feuerball, der im Osten über der Taklamakan aufstieg und die Vorboten dörrender Hitze über das weiße Wolkenland sandte.

Alessia blickte über die Öde zum Horizont. Aus dem blau-violetten Dunst im Nordwesten erhoben sich die Umrisse ferner Gipfel. Während sie dem Gebirge entgegenblickte, kaute sie nervös auf dem Nagelbett ihres Daumens. Sie fragte sich, ob das Aetherfragment sie betrogen hatte; ob es all die Versprechungen nur gemacht hatte, damit sie endlich Ruhe gab und ihm unten im goldglühenden Inneren der Wolkeninsel seinen Frieden ließ.

Sie kauerte auf der Eisenbalustrade, die hoch oben um eine der Aetherpumpen führte; das verletzte Bein hatte sie ausgestreckt, das andere angewinkelt. Während der vergangenen Tage hatte sie sich trotz der Schmerzen mehr als einmal hier heraufgeschleppt, viele Meter über dem höchsten der fünf Wolkenberge, um von hier aus den Sonnenaufgang zu beobachten. Sie brauchte diese Augenblicke der Ruhe heute nötiger als jemals zuvor. Die Stunden, die sie unten beim Aetherfragment verbracht hatte, konnte sie längst nicht mehr zählen. Das Schlimmste dabei war sein törichter Wankelmut. Am einen Tag zeigte es sich nachgiebig und voller Verständnis für Alessias Sorge um das Volk der Hohen Lüfte; am nächsten war es schon wieder ganz mit sich selbst beschäftigt, ließ keinerlei Einwände zu und bestand darauf, den Auftrag des Aethers auszuführen.

Wie es sich letztlich entscheiden würde, war noch immer nicht abzusehen. Fest stand, dass es die Insel weiterhin auf einem Kurs steuerte, der sie dem finalen Ziel näher und näher brachte: jenem Ort, an dem der Aether die Insel als Waffe einsetzen wollte, indem er sie aus zweitausend Metern Höhe auf die Erde hinabstürzen ließ.

Wie sie es drehte und wendete – sie trieben nach Nordwesten, den Bergen entgegen, auf einem unaufhaltsamen Kurs in den Untergang.

° ° °

Das Gebirge rückte langsam näher. Nach der monotonen Weite der Wüste war Alessia beinahe dankbar dafür; auch wenn sie zu dem Schluss gekommen war, dass die Wolkeninsel in Sicherheit war, solange sie über der Taklamakan schwebte. Dort unten gab es nichts, das ein Absturz der Insel hätte zerstören können. Nur Sand in allen Himmelsrichtungen, nur Ödland und Leere.

Von der Balustrade der Aetherpumpe blickte sie gedankenverloren den Bergen entgegen und dachte nach, welches Argument sie bislang außer Acht gelassen hatte. Irgendetwas musste es doch geben, mit dem sie das Aetherfragment überzeugen konnte. Irgendeinen Gedanken, auf den sie noch nicht gekommen war, ein neues Gefühl, bei dem sie es packen konnte.

Ihr Blick löste sich vom Gebirge und strich über die Wüste. Düne auf Düne auf Düne, verwehte Hügel und sanfte Täler, aus denen die aufgehende Sonne die Schatten vertrieb.

Sie hob das Kinn und blinzelte ins Morgenlicht. Etwas war anders. Sie brauchte einen Moment, ehe sie erfasste, was es war. Sie verschluckte sich an ihrem eigenen Atem, zog sich am Geländer auf die Füße, traute ihren Augen aber noch immer nicht.

Ihre Blicke suchten Vergleichspunkte am Boden, zogen unsichtbare Linien zwischen markanten Dünenkuppen und dem Rand der Wolkeninsel. Sie wusste, wenn sie sich auch nur einen Hauch von Erleichterung gönnte und sich täuschte, dann würde sie sich das nie verzeihen. Schlimmer – sie würde womöglich nicht mehr die Kraft aufbringen, sich dem Aetherfragment erneut zu stellen. Sie war des Disputs längst überdrüssig, und jede falsche Hoffnung würde sie aus ihrem monotonen Gesprächstrott reißen. Sie musste vollkommen sicher sein, bevor sie sich auch nur ein Aufatmen erlaubte, jede noch so zarte Zuversicht.

Zitternd wartete sie ab. Beobachtete.

Nichts tat sich. Minutenlang. Fast vergaß sie darüber das Atmen, war von Kopf bis Fuß so angespannt, dass ihre Muskeln schmerzten.

Die Wolkeninsel hing am Himmel über der Taklamakan, von den ersten heißen Winden des Tages umtost – *und sie bewegte sich nicht mehr!*

Alessia stieß einen jubelnden Laut aus, mühte sich auf die Beine und wollte gleich hinab zum Aetherfragment, Hunderte von Metern unter ihr im Herzen der Wolke. Aber sie wagte nicht, den Blick vom Rand der Insel und den Dünen darunter zu nehmen, aus Angst, sie könnte sich im selben Moment wieder in Bewegung setzen. Wie die Erinnerung an einen uralten Aberglauben machte sich in ihr die irrwitzige Befürchtung breit, dass es an *ihr* liegen könnte, an ihr ganz allein. Dass jemand oder etwas sie prüfen wollte oder sich einen bösen Scherz mit ihr erlaubte. Dass sie weiterfliegen würden, sobald Alessia Schwäche zeigte und den Blick vom Boden abwandte.

Reiß dich zusammen, schalt sie sich. Sei keine Närrin! Es hat endlich auf dich gehört! Es gehorcht dem Aether nicht mehr und lässt euch alle am Leben!

Sie musste sich zwingen, den Kopf zu bewegen und vom Boden fort zum Horizont zu blicken, hinüber zu den schroffen Berggipfeln jenseits der Wüste.

Und dort entdeckte sie noch etwas.

Das Beben und Zittern begann von Neuem, aber nun war sie nicht mehr sicher, ob es allein an ihr lag oder ob nicht vielmehr der Himmel selbst ins Wanken geriet. Die Härchen auf ihren Armen stellten sich auf, und mit einem Mal lag ein ganz leises Knistern in der Luft. Elmsfeuer tanzten über das Geländer. Sie schrak zurück, als sich der Kranz aus kleinen weißen Flammen rund um die Balustrade schloss. An anderen Aetherpumpen zeigten sich ähnliche Lichterphänomene, haarfeine Netze aus Blitzen, die über die schwarzen Eisentürme flackerten. Alessia wollte ins Innere zurückweichen, aber ihre Faszination und Neugier waren stärker.

Hatte ihre Hoffnung sie getrogen? Bedeutete der Stillstand über der Wüste nicht ihre Rettung, sondern den Anfang vom Ende? Sollten sie etwa hier draußen abstürzen, inmitten dieses Nichts? Vielleicht wäre das die größte Ironie von allen, tausendfacher Tod ohne jeden noch so scheußlichen Nutzen, ein Akt purer Willkür. Ein Spaß, den sich der Aether erlaubte, denn hatte er von den Menschen nicht zwangsläufig auch Bösartigkeit und Häme gelernt?

Aber die Wolkeninsel sackte nicht tiefer. Abgesehen von den tanzenden Elmsfeuern und verästelten Blitzen gab es keine Anzeichen, dass etwas nicht stimmt. Nicht *auf* der Insel.

Wohl aber jenseits davon, über den Bergen am Horizont.

Was es war, das dort geschah, blieb ein Rätsel. Aber Alessia starrte darauf wie hypnotisiert, den Mund geöffnet, die Augen weit aufgerissen, während die Elmsfeuer nun auch auf sie übergriffen, an ihr auf- und abhuschten – und auf einen Schlag erloschen.

Etwas ließ die Welt mit einer solchen Gewalt erbeben, dass die Dünen unten in der Wüste erschüttert wurden und sich einen Herzschlag lang glätteten wie Sand im Sieb eines Kindes, um dann in einer verschwommenen

Kettenreaktion neue Verwerfungen zu bilden, Buckel und Senken und Hügel und Täler, die eben noch nicht da gewesen waren.

Aber dabei blieb es nicht.

Jenseits der Wüste schienen die Berge in Bewegung zu geraten, und wenn nicht sie es waren, dann etwas, das sich *vor* sie schob wie ein Vorhang, ein Schleier aus Sand und Staub, der vom Boden in den Himmel hinaufströmte, erst noch durchlässig, dann immer dichter. Es war, als wüchse eine Wand aus der Einöde empor, auf einer Breite von hundert Kilometern oder mehr und noch immer sehr weit von der Wolkeninsel entfernt. So als ergösse sich die Wüste in den Himmel hinein, ließ den Sand an ihren Ausläufern emporschießen und irgendwo im Kosmos versickern – denn *zurück* fiel er nicht, blieb spurlos verschwunden, während mehr und noch mehr Staubfontänen in die Höhe rauschten und die Berge dahinter auslöschten.

Es hätte ein Sandsturm sein können, wie Alessia schon früher welche gesehen hatte. Doch Stürme blieben nicht auf der Stelle stehen, sie wanderten und wallten in alle Richtungen.

Und noch etwas sagte ihr, dass sie es hier mit etwas tausendmal Schlimmerem zu tun hatte: Hinter dem Sand, kaum noch sichtbar, zerbröselten die Umrisse des Gebirges wie alter Kuchen. Seine Krumen und Brocken stiegen mit dem Sand nach oben, aufwärts in den verschleierten Himmel, langsam, fast gemächlich, und doch mit unerbittlicher Gewissheit.

Alessia fasste sich mit beiden Händen ins Haar, verschränkte die Finger am Hinterkopf, wusste nicht mehr, wohin mit sich selbst und ihren Gedanken, konnte nur zuschauen, tatenlos, ahnungslos, und darüber vergaß sie sogar, dass eine Erschütterung der Wolkeninsel sie unweigerlich übers Geländer schleudern würde. Aber sie dachte in diesen Augenblicken nicht an sich selbst, auch nicht an das Volk der Hohen Lüfte. In ihrem Kopf war ein Knoten aus hämmernden Fragen, wie ein pulsierendes Herz, das dort oben in ihrem Denken schlug, immer schneller und schneller, bis ihr Schädel vor Schmerz zu platzen drohte.

Was geschah dort draußen?

Was verbarg sich hinter diesem Wall aus aufstiebendem Wüstensand?

Die Antwort lag in den Worten des Aetherfragments. Es hatte vom Plan des Aethers gesprochen, die Welt zu verändern – sie untergehen zu lassen, um sie nach seinem Willen neu zu formen.

Alessia brach in die Knie und schrie wie noch nie in ihrem Leben. Schrie hinaus zum berstenden Horizont, dem Weltuntergang, dem Ende aller Dinge entgegen.

Felsbeben

Kurz bevor die Welt in Stücke brach, erschlug Niccolo den letzten Juru.

Die Felsenwesen, die versucht hatten, Xixati zu überrennen, lagen leblos auf dem Boden der Vorhöhle. Der Drache hatte während des Kampfes in einem weiten Bogen vor dem Zugang zu Mondkinds Grotte gelegen und die meisten Angreifer mit Maul und Schwanz ferngehalten; jene aber, die weiter vordrangen und versuchten, über die Mitte seines Schlangenleibes zu klettern, waren dort von Niccolo erwartet worden. Breitbeinig stand er auf Xixatis Rücken und schwang Silberdorn, als wäre ihm die Kunst des Schwertkampfes in Fleisch und Blut übergegangen. Nicht elegant, aber ungeheuer wirkungsvoll.

Irgendwann hatte er aufgehört, die Gegner zu zählen, die unter der Klinge des Götterschwertes fielen, und als ihr Ansturm schließlich abbrach, konnte er sekundenlang nicht glauben, dass es wirklich vorüber sein sollte. Nur zögernd ließ er das Schwert sinken. Er schnappte nach Luft, atmete zum ersten Mal bewusst den Gestank der erschlagenen Juru ein und musste gegen den Brechreiz ankämpfen, der augenblicklich seine Kehle verklebte.

Xixati stieß ein triumphierendes Schnauben aus, hob die Schwanzspitze vor die Augen und begutachtete seine

Wunden. An vielen Stellen drang Blut unter seinen glühenden Schuppen hervor, aber er betrachtete die Verletzungen eher neugierig als besorgt.

Erschöpft sank Niccolo neben Xixatis Drachenkamm in die Hocke. Er fühlte sich sogar zu schwach, um hinunter auf den Boden zu klettern. Angewidert starrte er auf das besudelte Schwert in seiner Hand.

„Nicht ich habe mit Silberdorn gekämpft, sondern Silberdorn mit mir“, sprach er einen Gedanken laut aus, der mit wachsender Gewissheit durch seinen Kopf geisterte; fast schämte er sich dafür. Es schien, als hätte das Schwert jeden Schlag und jeden Stich kontrolliert, ohne dass er selbst irgendeinen Einfluss darauf gehabt hatte.

„Unsinn“, widersprach Xixati und leckte Blut von seiner Klaue. „Jede Waffe ist nur so gut wie der, der sie führt.“

Niccolo legte das Schwert auf den Schuppen ab und betrachtete das Jurublut an seinen Händen. Er vermied es, die toten Kreaturen am Boden anzusehen. Ein einzelner Juru lag keine zwei Schritt neben ihm auf Xixatis Rücken.

„Entweder du nimmst ihn da weg“, sagte der Drache missmutig, „oder ich muss es tun. Aber dann wird es da oben für dich ziemlich ungemütlich.“

Die Vorstellung, dass Xixati ihn gemeinsam mit dem Leichnam abschütteln könnte, ließ ihn sich mit einem Stöhnen aufrichten. Widerwillig schob er die Kreatur vom Rücken des Drachen. Mit einem Blick über die Schulter – dem hundertsten seit Beginn des Kampfes – versicherte er sich, dass keines der Wesen in die Grotte vorgedrungen war. Mondkind lag noch immer schlafend im Schein der Drachenschuppen auf ihrem Felsenpodest.

Er ergriff das Schwert und überlegte, womit er es reinigen könnte. „Warum kommen nicht noch mehr von ihnen, wenn sie doch –"

Der Satz wurde ihm im Mund abgeschnitten, als eine unsichtbare Faust ihn zu packen schien und in hohem Bogen vom Rücken des Drachen katapultierte. Mit einem Aufschrei prallte er auf die Felsen im Inneren der Grotte und verlor das Schwert aus der Hand. Als er fluchend die Augen öffnete, lag die Klinge direkt vor ihm, so als weigerte sie sich, im Halbdunkel verloren zu gehen.

„Xixati!", rief er vorwurfsvoll durch die Öffnung im Fels. Seine Hand kroch wie von selbst um Silberdorns Griff und schob die Waffe in die Scheide auf seinem Rücken. „Du hättest wenigstens –"

„Das war ich nicht", unterbrach ihn der junge Drache. Sein Schädel erhob sich über dem Schuppenwall seines Körpers und blickte zur Grotte herein. Allmählich lernte Niccolo, die Mimik der Drachen zu lesen, und was er in Xixatis Zügen sah, war mehr als nur Sorge über einen neuen Angriff: Falls ein Drache Panik zeigen konnte, dann war es bei Xixati gerade so weit.

Ehe er etwas sagen konnte, schwankte der Boden erneut, diesmal so heftig, dass Mondkind sich auf ihrem steinernen Lager aufbäumte. Einen Augenblick lang glaubte er schon, sie wäre erwacht, erkannte aber dann, dass der bebende Fels sie emporgeworfen hatte. Besorgt eilte er zu ihr, halb auf allen vieren, um die Erdstöße abzufedern. Xixati stieß ein heiseres Brüllen aus. Aber Niccolo lief weiter, jetzt noch schneller, als er sah, dass Mondkind von dem Podest zu rutschen drohte.

Er erreichte sie, als ein weiterer Stoß das Gebirge erzittern ließ. Hastig hob er sie vom Stein. Die wallende Seide zog sich schützend um ihren Körper zusammen. Mondkind lag in Niccolos Armen, als er sich zu Boden sinken ließ, den Rücken gegen den Felsblock presste, und dabei versuchte, im Sitzen eine möglichst sichere Position zu finden. Er hatte beinahe vergessen, wie leicht sie war; selbst jetzt, da sie bewusstlos war, schien sie nahezu gewichtlos.

Die Erschütterungen wiederholten sich ohne Unterlass. Aus den Tiefen des Berges stieg ein Grollen auf, das Niccolo mehr Angst machte als das Kriegsgeschrei der Juru. Draußen vor dem Durchgang wälzte sich der Drache herum und versuchte, zu ihnen in die Grotte zu gelangen. Er brauchte zwei Anläufe, ehe er durch die Öffnung glitt und dabei achtlos die Leichen einiger Juru vor sich her schob wie ein Schiffsbug, der durch tote Fische pflügt.

„Xixati!“, rief Niccolo ihm entgegen, übertönt vom Lärm der Beben. Staub und kleine Steine regneten von der Höhlendecke. „Was sollen wir tun?“

Der Drache hielt auf ihn und Mondkind zu, hin und her geschleudert vom Felsboden, der vor Niccolos Augen Wellen schlug wie eine ausgeschüttelte Wolldecke. Er selbst drückte seinen Rücken mit aller Kraft gegen die Seite des Podests und zog Mondkinds reglosen Leib fester an sich; er versuchte, die Knie anzuwinkeln, um das Mädchen zwischen Beinen und Oberkörper einzuklemmen, aber das verringerte seinen Halt am Boden und hätte ihn beinahe zur Seite geworfen.

Xixatis Schädel tauchte vor ihm aus dem wirbelnden Staub wie der goldene Rammsporn einer Kriegsgaleere. Sein Glanz machte sichtbar, was bislang verborgen geblieben war: Überall um sie herum gingen Hagelschauer aus Gestein nieder, nicht länger nur winzige Bruchstücke, sondern kopfgroße Brocken, die Kerben in den Boden hieben und schwer genug waren, einem Menschen den Schädel zu spalten.

„Was –", stieß Niccolo gerade noch aus, als der junge Drache in einer blitzschnellen Bewegung an ihnen vorüberglitt und einen Ring um das Felspodest und die beiden Menschen an seinem Fuß bildete. Wie eine Würgeschlange zog er sich enger um sie zusammen, bis die goldene Mauer seines Schuppenleibes unmittelbar vor Niccolo emporragte; er musste nun doch noch die Füße anziehen, damit sie nicht unter Xixati zermalmt wurden. Mit dem vorderen Teil seines Körpers bildete der Drache einen zweiten Ring über dem ersten, darüber einen dritten, bis seine Windungen pyramidenförmig wie ein Bienenstock übereinanderlagen. Zuletzt schob er seinen Schädel durch die Öffnung in der Spitze. So bildete er mit seinem Leib eine schützende Kuppel über Niccolo und Mondkind, während sein eingezogener Drachenkopf von oben auf sie herabblickte.

„Rührt euch nicht von der Stelle", sagte er, während die Erschütterungen an Gewalt zunahmen. Durch die Windungen des Drachenkörpers drang Donnern und Krachen an Niccolos Ohren. Xixati fing die schlimmsten Brocken mit seinem Körper ab. Als Niccolo aufblickte, sah er, dass sich das Gesicht des Jungdrachen unter Schmerzen verzog.

„Was, wenn der ganze Berg zusammenbricht?"

Xixati gab keine Antwort.

Niccolo schloss die Augen und beugte den Kopf schützend über Mondkinds Gesicht.

Alles endet

Nugua kauerte eingeklemmt zwischen zwei Backenzähnen im Maul des Drachenkönigs und war sicher, dass sie sterben würde.

Weil Yaozi nicht schlucken konnte, ohne sie zu verschlingen, sammelte sich zäher Speichel in seiner Lefzentasche und schwappte gegen ihre Beine. Der Geruch war ihr nach all den Jahren unter Drachen vertraut; sie empfand ihn nicht einmal als unangenehm, zumal Yaozi seit Monaten kaum Nahrung zu sich genommen hatte. Drachen konnten jahrelang hungern, ohne dass es ihnen schadete, und in den Tunneln der *Dongtian* hatte es wenig Nahrhaftes gegeben, abgesehen von Erdwürmern, Ratten und den unvermeidlichen Juru. Nugua selbst hatte tagelang nichts als Pilze und das eine oder andere Kaninchen unten aus dem Tal gegessen.

Vor allem aber war sie dankbar, dass Yaozi nicht persönlich in die Schlacht eingegriffen hatte; der Gestank halb verdauter Juru aus seinem Rachen hätte sie vermutlich die Besinnung gekostet. Und gerade das konnte sie sich jetzt nicht leisten. Sie musste hellwach bleiben, alles andere wäre ihr Todesurteil.

Draußen ging die Welt unter, und irgendwo in den Höhlen war Niccolo auf sich allein gestellt. Immer wieder hatte sie Yaozi aus dem Inneren seines Maules angebrüllt, sie wolle ohne Niccolo nicht von hier fort, ganz gleich, was mit ihr geschähe. Aber entweder konnte der Drachenkönig sie nicht hören, oder er zog es vor, ihren Rufen keine Beachtung zu schenken.

Sie saß vergleichsweise geschützt in der fleischigen Nische zwischen seinen Zähnen und hielt sich an Lis Lanze fest, die sie waagerecht zwischen den mächtigen Hauern verkantet hatte. Dabei war in ihrem Kopf gar kein Platz für Sorgen um ihr eigenes Wohlergehen. Die Gewissheit, dass Pangu erwacht war und die Welt ins Verderben riss, überstieg ihr Vorstellungsvermögen. In ihr war eher ein diffuses, unwirkliches Vernichtungsgefühl als nackte Todesangst. Es war ein Zustand, der Ohnmacht erschreckend nahekam, auch wenn sie bei vollem Bewusstsein war.

Sie sah nicht, was sich außerhalb des Drachenmauls abspielte, denn Yaozis Kiefer blieben selbst während der schlimmsten Erschütterungen fest aufeinandergepresst. Er sprach nicht mit ihr, natürlich nicht – wie denn auch mit vollem Mund? Das ließ sie hysterisch auflachen, gar nicht so, als wäre das sie selbst, die da lachte.

Erneut wurden sie durchgerüttelt, ein Beben, das das schwindelerregende Auf und Ab des Drachenflugs erschütterte und Yaozi merklich aus der Bahn warf. Immer wieder wurde er von Bruchstücken getroffen, Felstrümmer der Himmelsberge, die um sie herum in Stücke zerbarsten. Nugua malte sich die Szenerie aus, ob sie wollte oder nicht. Pangu der Ur-Riese, viele, viele Kilometer hoch, erhob sich aus dem Inneren der Erde. Die Oberfläche platzte auf, das Gebirge brach auseinander, der Himmel selbst geriet ins Wanken.

Vieles von dem, was ihr während der vergangenen Wochen zu Ohren gekommen war, hatte auf einen Schlag an Bedeutung verloren: die Morde an den Xian, die nichts als eine List gewesen waren, um die Überlebenden vom wahren Plan des Aethers abzulenken; und der Rückzug der Götter aus der Welt, mit dem sie alles Leben sich selbst überlassen hatten – selbst das erschien Nugua nur noch als vages Gedankenspiel, das wenig mit der tatsächlichen Katastrophe um sie herum zu tun hatte. Mit der Welt ging es zu Ende, und bald würde es niemanden mehr geben, der um sie trauerte.

Wie lange sie eine Gefangene ihrer selbst war, eingesponnen in einen Kokon aus wirren Gedanken und einer Flut apokalyptischer Bilder, blieb ungewiss. Es spielte keine Rolle mehr. Sie hatte Niccolo verloren und mit ihm den Glauben an sich selbst. Sie wusste nicht mit Sicherheit, dass er tot war, aber wem wollte sie etwas vormachen?

Niccolo und Feiqing ... die Drachen, die ihre Brüder und Schwestern gewesen waren ... so viele Gesichter und Gefühle, dazu die Erinnerungen an Berührungen und Worte, winzige Splitter in einem Strudel, der sie von innen heraus zu verschlingen drohte.

Eine ganze Weile blieb sie in diesem seltsamen Schwebezustand – irgendwo zwischen Trauer, Verzweiflung und dem Wunsch, es möge bald vorüber sein –, als sich endlich wieder ein zarter Funken in ihr regte, wenn schon kein Überlebenswille, so doch ein Hauch von Neugier.

Im Inneren des Drachenmauls herrschte rötliches Halbdunkel, seit das durchdringende Licht des Riesenherzens hinter ihnen zurückgeblieben war. Yaozis Rachen war ein schwarzer Abgrund, der jenseits seiner Zunge gähnte. Nugua musste noch immer höllisch achtgeben, nicht ihren Halt zu verlieren. Ein winziger Rest von Vernunft sagte ihr, dass es das einzig Richtige war, zwischen den Backenzähnen sitzen zu bleiben und sich nicht von der Stelle zu rühren.

Aber sie musste wissen, wie es draußen aussah – wenn nicht um ihretwillen, dann um eine Ahnung von dem zu erhalten, was Niccolo zugestoßen war.

Vorsichtig löste sie sich aus der Nische, ließ die Lanze dort stecken, und robbte auf den Knien durch einen Sumpf aus Drachenspeichel zur Innenseite von Yaozis Lefzen. Es war nicht weit, nur eine Mannslänge. Nachdem sie sicher dort angekommen war, schob sie beide Arme von innen tief in den weichen, feuchten Spalt zwischen Ober- und Unterkiefer. Aus dem Rachen des Drachenkönigs drang ein ungehaltenes Grummeln, als er bemerkte, was sie tat, aber er konnte es nicht verhindern.

Bald steckte sie mit den Armen bis zu den Schultern zwischen Yaozis Lefzen, und begann nun mit aller Kraft, sie auseinanderzudrücken, nach oben und nach unten, in der Hoffnung, dass das ausreichen würde, um einen winzigen Sichtspalt nach draußen zu schaffen.

Wieder wurde der Drache von etwas getroffen, und diesmal war die Erschütterung schrecklicher als alle vorangegangenen. Nugua wurde herumgewirbelt, steckte aber noch immer zwischen den dicken Hautfalten fest; wahrscheinlich retteten sie ihr das Leben. Statt quer durch das Maul des Drachen in seinen Schlund geschleudert zu werden, wurde sie nur einmal um sich selbst gedreht, von oben bis unten mit tranigem Speichel besudelt, und kam schließlich wieder auf den Knien auf, das Gesicht in Yaozis Fleisch gepresst, die Arme noch immer zwischen seinen Lefzen vergraben.

Während der Drache seinen Flug stabilisierte, verstärkte Nugua ihre Bemühungen, seine Hautwülste auseinanderzudrücken. Mit einem mächtigen Knurren aus den Tiefen seiner Kehle ließ er locker und schob die eine Lefze ein winziges Stück nach oben, sodass Nugua durch den schmalen, waagerechten Spalt ins Freie blicken konnte.

Das gleißende Weiß der Herzkammer war erloschen. Stattdessen herrschte um den Drachen ein diffuses, sandfarbenes Halblicht, durchzogen von wabernden Schlieren, die sie auf den ersten Blick nicht einordnen konnte. Dunkle Flecken sprenkelten die Helligkeit, und sie hatte Mühe, ihren Blick zu fixieren, da alles um sie herum in Bewegung war. Es dauerte eine ganze Weile, ehe sie endlich begriff, was dort draußen vor sich ging.

Yaozi flog in wilder Schlangenlinie durch ein staubiges Nirgendwo, das sie anfangs für einen Sandsturm hielt. In Anbetracht des wirbelnden Drachenfluges war es unmöglich, sich zu orientieren, da sie nirgends den Boden erkennen konnte. Wohl aber bemerkte sie bald, dass sich die Staubmassen und auch die meisten der größeren Brocken – jene dunklen Flecken, die ihr als Erstes aufgefallen waren – in eine einzige Richtung bewegten. Als sie sicher war, dass Yaozis Flug annähernd horizontal verlief, wurde ihr klar, dass die Sandschwaden und Schlieren von unten nach oben aufstiegen, fort vom Erdboden, der außerhalb ihres Sichtfeldes lag, senkrecht dem Himmel entgegen. Nicht gerade die Richtung, in die gewöhnliche Stürme wehten.

Die festen Gesteinsbrocken trieben beinahe gemächlich aufwärts, so als hätten sie jegliches Gewicht verloren. Jedes der kantigen Trümmerstücke, manche nur so groß wie ein Mensch, andere gewaltiger als Häuser und Paläste, zogen einen Schweif aus Geröll und Staub hinter sich her, der ihnen senkrecht folgte. Einige der Brocken waren gigantisch und bildeten schwebende Inseln, die sich behäbig um sich selbst drehten, während andere so schnell rotierten, dass ihre Umrisse vor Nuguas Augen verwischten.

Noch etwas sah sie, während sie mit offenem Mund in das Chaos starrte.

Nicht nur Gestein stieg durch das wirbelnde Nichts gen Himmel. Da waren auch Körper. Ganze Schwärme lebloser Juru, die durch das unwirkliche Ockerlicht trieben, zusammenstießen und wieder auseinanderdrifteten. Einige hatten im Tod die Schädelwülste umeinandergeschlungen, wie Menschen, die sich im Augenblick einer Katastrophe bei den Händen hielten. Vereinzelt sah sie auch Leichen von Männern und Frauen, Geheime Händler mit Eulenaugen, rußgeschwärzt von den Bränden an Bord ihrer zerstörten Gildenschiffe.

Einmal entdeckte sie in der Ferne das große Trümmerstück eines Luftschiffs, ein flatternder Pulk aus Papierwaben und zerfetzten Segeln, aus dessen Hohlräumen schwarze Rauchfahnen quollen. Schmerzlich erinnerte sie der Anblick an Feiqing, der sich, gemeinsam mit Wisperwind, an Bord eines Gildenschiffes befunden haben musste. Ihre Kehle zog sich zusammen, und sie schluckte heftig, um wieder atmen zu können.

Ihre Augen tränten, als sie sich zwang, weiter dort hinauszublicken; sie fürchtete, der nächste schwebende Leichnam könnte Niccolo sein, und sie wusste, dass ihr das endgültig allen Mut und alle Hoffnung rauben würde.

Als sie eine der großen Felseninseln passierten, eine scharfkantige Monstrosität aus geadertem Granit, entdeckte sie auf der Oberfläche Umrisse, die nur im ersten Augenblick menschlich erschienen. Auch wenn es schwierig war, in diesem wirbelnden Wahnsinn Entfernungen abzuschätzen, waren diese Körper doch eindeutig größer als Menschen. Und je länger sie hinsah, desto gigantischer wurden sie.

Es waren Riesen aus Maginogs Volk, die sich an die treibenden Felsbrocken klammerten. Da die Trümmer rotierten, waren die Kolosse gezwungen, gegen die Drehrichtung anzuklettern, um obenauf zu bleiben. Einigen war es gelungen, sich in Spalten zu verkeilen; andere aber hatten weniger Glück. Im einen Moment saßen sie noch sicher an der Oberfläche, im nächsten schlitterten sie Schrägen hinunter, verloren den Halt und stürzten ab, ehe eine der unsichtbaren Strömungen aus Schwerelosigkeit sie erfasste und genauso wie die Trümmerstücke und Leichen umhertrudeln ließ, die meisten senkrecht nach oben, ein paar auch steuerlos in diese oder jene Richtung.

Yaozi wich einem von ihnen aus, als der Riese scheinbar aus dem Nichts an ihrer Seite auftauchte und mit seinen gewaltigen Pranken nach ihnen griff. Der Drachenkönig konnte ihm nicht helfen. Die Gefahr, von den mächtigen Fingern zerquetscht zu werden, war zu groß. So flog er eine Kurve um den Giganten, immer wieder durchgeschüttelt von Strömungen, die er kreuzte, ohne aber von ihnen erfasst zu werden; offenbar reichte deren Kraft nicht aus, um einen Drachen in rasendem Flug aufzuhalten.

Während des Ausweichmanövers entdeckte Nugua, dass hinter ihnen weitere Drachen flogen, zehn oder zwanzig, vielleicht sogar mehr, und ihr Herz schlug schneller vor Erleichterung. Möglicherweise hatten noch andere überlebt.

Dass sie den Willen aufbrachte, weiterhin durchzuhalten, überraschte sie selbst. Allmählich gewannen ihre Instinkte die Oberhand, dieselbe Zähigkeit, die sie jahrelang unter freiem Himmel an der Seite der Drachen hatte überleben lassen; dieselbe Entschlossenheit, der sie es zu verdanken hatte, dass sie allein durch die Weiten Chinas gestreift war, ohne Mandschus, Banditen oder Ungeheuern zum Opfer zu fallen.

Und doch – damals war sie eine andere gewesen. Sie hatte sich um niemanden außer sich selbst sorgen müssen. Keine Freundschaften, keine Verpflichtungen. Die verschollenen Drachen, gewiss, aber selbst ihr Verlust hatte sich anders angefühlt als die nagende Gewissheit, dass Niccolo in den Trümmern der Heiligen Grotten ums Leben gekommen war.

Wieder legte sich Yaozi in eine weite Kurve und wich trudelnden Felsbrocken aus, während zugleich eine Staubwolke durch seine Lefzen hereinwehte und Nugua ins Gesicht traf. Sekundenlang war sie abgelenkt und rieb sich hektisch Sand aus den Augen.

Als sie wieder sehen konnte und nach draußen blickte, versteifte sie sich und vergaß fast zu atmen.

Weit entfernt und doch so gewaltig, dass er das Universum verdunkelte, stand der Ur-Riese Pangu, umtost von Trümmerströmen und gigantischen Felsbrocken; sie tanzten vor seinem Umriss wie Staubkörner in einem Sonnenstrahl.

Höher als der höchste Berg, breiter als der breiteste Fluss – groß genug, um mit den Fingern Welten zu formen und den Himmel auf seinen Händen zu tragen.

Stürzende Schatten

Wisperwind bemerkte zuerst den Schatten, der um sie herum immer größer wurde. Dann sah sie den trudelnden Felsbrocken auf sich zustürzen, stieß sich im letzten Augenblick ab und raste im Federflug aufwärts. Hinter ihr krachte Gestein auf Gestein, als der kleine Brocken mit dem sehr viel größeren kollidierte, der ihr als Zuflucht diente.

Der Zusammenstoß erschütterte den Fels und drohte ihn aus seiner Flugbahn zu stoßen. Für einen Moment schwebte Wisperwind im Nichts und spürte das Zerren der Strömungen, die das sandfarbene Chaos durchzogen. Mit einem Fluch zwischen zusammengebissenen Zähnen gab sie ihrem Federflug eine neue Richtung, raste wieder auf den Brocken zu und musste zugleich den Trümmern des kleineren Felsens ausweichen, der bei der Kollision in Stücke zerborsten war.

Auf allen vieren kam sie auf und federte mit Knien und Armgelenken nach, um den Aufprall abzufangen. Mehrere Sekunden lang blieb sie in dieser Position, alle Nerven und Muskeln zum Zerreißen angespannt. Gehetzt blickte sie sich um, suchte nach weiteren Felsen auf Kollisionskurs, atmete tief ein und aus. Nichts. Keine weiteren Schatten, die sich plötzlich über sie legten und größer und größer wurden.

Seit Guo Lao aufgebrochen war, um Feiqing auf seinem Kranich an Bord der *Abendstern* in Sicherheit zu bringen, war eine Ewigkeit vergangen. Wisperwind gab sich keinen Illusionen hin: Die Chancen der beiden standen nicht gut. Sie hielt es für nahezu unmöglich, dass das Flaggschiff der Geheimen Händler das Auseinanderbrechen des Gebirges überstanden hatte. Mehr als einmal hatte sie Überreste von Gildenschiffen an sich vorübertreiben sehen. Doch Guo Lao hatte es dennoch versuchen wollen. Er war überzeugt, dass die Katastrophe örtlich begrenzt war und sich erst allmählich auf die ganze Welt ausweiten würde. Woher er diese Gewissheit nahm, wusste sie nicht. Vermutlich steckte eine gehörige Portion Wunschdenken dahinter – Xian hin oder her, nicht einmal Guo Lao war allwissend, und *das hier* musste selbst für ihn eine neue Erfahrung sein.

Doch in Anbetracht der Tatsache, dass der riesige Brocken unter ihren Füßen immer weiter aufwärtsstieg und die *Abendstern* ihre einzige Hoffnung blieb, hatte Wisperwind nur die Schultern gezuckt, als der Unsterbliche vorgeschlagen hatte, sie nacheinander an Bord des Luftschiffs zu tragen – vorausgesetzt, es war nicht längst von den treibenden Überresten der Himmelsberge zerschmettert worden.

Nun war sie allein und konnte nichts anderes tun, als abzuwarten, ob Guo Lao irgendwann wieder auftauchen würde, um auch sie von hier fortzubringen. Sie hoffte für Feiqing, dass die beiden die *Abendstern* gefunden hatten; für sich selbst hingegen wünschte sie überhaupt nichts mehr. Sie hatte keine Angst vor dem Tod, erst recht nicht angesichts dieser Katastrophe. Die Welt hatte sich in ihre Bestandteile aufgelöst. Durch wirbelnde Sandschwaden und Schwärme taumelnder Felsbrocken konnte sie tief unter sich eine verschwommene Dunkelheit ausmachen. War das ein Abgrund, der sich unterhalb des zerstörten Gebirges aufgetan hatte? Oder gar ein gähnendes Nichts, das weder Teil dieser noch irgendeiner anderen Welt war, nur eine wabernde Ursuppe, aus der Pangu etwas Neues erschaffen würde, sobald sich die Reste des Alten verflüchtigt hatten?

Antworten darauf gab es keine, und sie verlor mit jeder Minute ein wenig mehr das Interesse daran. Sich mit dem eigenen Ende abzufinden, fiel ihr nicht schwer – tausendmal war sie dem Tod begegnet, er war ein Weggefährte, der ihr während ihrer Wanderungen wie ihr eigener Schatten gefolgt war. Sie hatte längst aufgehört zu zählen, wie oft er sie beinahe eingeholt hatte. Dabei war es gar nicht so, dass sie sterben *wollte*. Doch falls es heute so weit wäre, nun, dann war sie bereit.

Der Felsbrocken rotierte langsam um sich selbst, während er immer höher stieg. Wisperwind fand eine Spalte, die sich bei der Kollision mit dem kleineren Trümmerstück aufgetan hatte. Behände glitt sie hinein. Den Rücken presste sie gegen die eine Wand, die Füße gegen die andere. Das verlieh ihr genug Halt, und sie konnte für einen Augenblick innehalten, durchatmen und hinaus in das tosende Chaos blicken.

Sie hatte Pangu schon früher gesehen, halb verborgen

hinter den Schwaden der Apokalypse, doch nun wagte sie erstmals, ihn länger zu betrachten. Sie erkannte nicht mehr als einen Teil von ihm. Seine Beine verschwanden irgendwo in dem wirbelnden Dunkel, und sie wusste nicht, ob er mit den Füßen auf dem Erdboden stand oder tief *in* der Erde. Oder, genau genommen, ob überhaupt noch eine Erde existierte, irgendwo dort unten.

Auch wie hoch sie selbst auf ihrem schwebenden Felsen aufgestiegen war, blieb ihr ein Rätsel. Fest stand, sie befand sich in etwa auf Höhe von Pangus Brust, und obwohl sie einige Kilometer von ihm entfernt sein musste, füllte sein gewaltiger Torso ihre ganze Sicht aus, sobald sie in seine Richtung blickte. Sein Umriss war grob geformt wie die Körper von Maginogs Riesen, wenn auch ungleich gigantischer. Sein Schädel ragte so hoch über ihr empor, dass sie gerade noch ausmachen konnte, wo sich seine Schultern zum Hals verengten, vernebelt von tosenden Trümmerströmen. Pangus Kopf aber lag jenseits davon, eine finstere Masse wie ein erkalteter Mond.

Jener Teil seines Oberkörpers, den sie am deutlichsten erkennen konnte – das, was bei einem Menschen der Brustkorb gewesen wäre –, hatte eine grobe, poröse Beschaffenheit, durchzogen von Spalten und Löchern. Sie begriff, dass Pangu nicht einfach nur unter den Bergen begraben gewesen, sondern während seines äonenlangen Schlafes ein Teil von ihnen geworden war. Anders als Maginog, dessen Haut wohl nur aussah wie Fels, war Pangu tatsächlich zu dunklem Granit versteinert. Vermutlich war das der Grund, warum er vollkommen unbewegt dastand wie ein Gebirgsmassiv, das aus unbegreiflichen Gründen die Gestalt eines Menschen angenommen hatte.

An einer Stelle seines Torsos klaffte ein Spalt, der größer war als die übrigen Risse und Höhlen, die ihn wie Pockennarben bedeckten. Daraus ergoss sich ein Schwall glühender Lava wie Blut aus einer Wunde und stürzte als endloser Strom in die Tiefe, bis selbst ihre Glut sich in dem Chaos verlor. Aus der Ferne war es kaum mehr als ein leuchtender Faden, der da aus der grauschwarzen Masse des Riesenleibes floss, doch Wisperwind ahnte die Wahrheit: Was sie dort sah, war die legendäre Quelle des Lavastroms, befreit von dem Gebirge, das sie all die Jahrtausende über verborgen hatte.

Andere hätten beim Anblick Pangus womöglich den Verstand verloren, oder sie hätten – wie Feiqing – ihr Heil in einer Ohnmacht gesucht. Aber Wisperwind sah im Stammvater aller Riesen vor allem eines – ihren Feind. Seine Größe beeindruckte sie nicht mehr als die des unendlichen Sternenhimmels. Für sie war er eine Naturgewalt, nicht unbegreiflicher als eine Flutwelle, ein tropischer Sturm oder eine Lawine aus Eis und Schnee. War Pangu ein Gott? Nicht in ihren Augen. Er war der Weltenschöpfer, älter und größer als die Götter. Aber manche behaupteten, das Leben sei aus den Ozeanen an Land gekrochen – und hatte Wisperwind deshalb beim Anblick des Meeres jemals mehr als einen Schauder empfunden? Nein, sie war Pangu nichts schuldig, weder Ehrfurcht noch Verehrung. Und wenn sie überhaupt etwas dachte, während sie zu ihm hinübersah, dann nur das, was ihr im

Angesicht eines jeden Gegners durch den Kopf ging: *Wie kann ich ihn töten?* So schnell, so präzise und so gründlich, dass nicht einmal der Aether ihn erneut zum Leben erwecken konnte.

Die Antwort darauf gab sie sich selbst: Du kannst es nicht. In gewisser Weise war das schlimmer als die Orgie der Zerstörung, die Pangus Erwachen entfacht hatte. Wisperwind war es gewohnt, alle Schwierigkeiten mit ihrer Kampfkunst aus dem Weg zu räumen, mit ihrer Klinge und der Lehre des Tao. Diesmal aber war sie hilflos.

Es hätte keiner Meditation bedurft, um zu diesem Schluss zu kommen. Und doch versuchte sie jetzt, auch innerlich zur Ruhe zu kommen. Sie verlangsamte ihre Atmung, ließ ihre Konzentration in kleinen Schritten durch ihren gesamten Körper wandern, und schließlich schwebte nicht nur ihr Körper im Nichts, sondern auch ihr Geist.

Ohne Ängste, ohne Ziele, ohne jeden Gedanken.

Abermals fiel ein Schatten auf sie. Sie schrak hoch und blinzelte aus dem Felsspalt ins Freie. Zu spät für den Federflug. Erfüllt von einer wohltuenden Gelassenheit erwartete sie den tödlichen Aufschlag.

Der Schatten wurde größer.

Er hatte Vogelschwingen.

° ° °

Die Wendeltreppe ins Innere der Wolkeninsel erschien Alessia dreimal so lang wie zuvor. Für einen Moment erwog sie diesen Gedanken ganz ernsthaft: Wenn die Welt sich veränderte und neu formte, dann mochte das auch für so nichtige Dinge wie diese Treppe gelten. Für *alles*, das existierte, lebendig oder tot. Auch für sie selbst.

Zuletzt humpelte sie in den goldenen Schein des Aetherfragments und bestürmte es mit Fragen.

„*Es ist geschehen*“, sagte die Stimme im Licht, als Alessia für einen Augenblick innehielt, um Atem zu holen. „*Der Aether ist in Pangus schlafenden Körper gefahren und hat ihn erweckt. Er hat sein Ziel erreicht, auch ohne die Wolkeninsel.*“

„Warum sind wir dann noch am Leben?“

Das Fragment ließ sich Zeit, ehe es antwortete: „*Die Wolke verliert bereits an Höhe. Aber sie sinkt langsam und wird nicht am Boden zerschellen.*“

Unter anderen Umständen wäre das ein Grund gewesen, um vor Erleichterung außer sich zu geraten. Aber Alessia hatte mitangesehen, wie sich der Horizont in ein Inferno aus Staub und Felstrümmern verwandelt hatte. Ihre Angst überwog bei Weitem das Staunen über die Tatsache, dass das Wolkenvolk zum ersten Mal seit zweihundertfünfzig Jahren festen Boden betreten würde.

„Hast *du* uns gerettet?“, fragte sie.

„*Ich habe mich … widersetzt*“, entgegnete die Stimme zögernd. „*Wir hätten schon vor einem Tag hier sein können. Ich habe den Flug der Wolkeninsel verlangsamt.*“

Alessia verschlug es fast die Sprache. „Seit wann … Ich meine, wann hast du diesen Entschluss gefasst?“

„*Schon sehr früh. Nach unseren ersten Gesprächen.*“

„Aber du hast die ganze Zeit über so getan, als wüsstest

du nicht, wie du dich entscheiden sollst! Ob du uns in den Tod stürzen sollst oder nicht!"

„Ich konnte nicht offen sprechen. Ich war ein Teil des Aethers. Der Aether ist wieder geflossen, durch die Pumpen herab in die Insel und zurück in die Regionen jenseits des Himmels. Und er hat von unseren Gesprächen gewusst, Alessia. Hätte er ernsthaft geglaubt, dass ich mich seiner Anordnung widersetze und euch am Leben lasse, dann hätte er die Pumpen auf der Stelle zum Stillstand gebracht. So wie er es schon einmal getan hat. Die Wolkeninsel wäre abgestürzt und ihr alle dabei ums Leben gekommen."

„Dann hast du die ganze Zeit über nur so getan, als ob du auf seiner Seite bist?"

Wieder vergingen endlose Sekunden. „*Vielleicht.*" Hinter diesem einen Wort lag Unentschlossenheit, aber Alessia war das im Augenblick gleichgültig. Zuletzt hatte das Aetherfragment seine Entscheidung getroffen – und sie war zu ihren Gunsten ausgefallen.

„*Ihr werdet trotzdem sterben*", sagte die Stimme unvermittelt.

Für einen Moment hatte Alessia die Erinnerung an das berstende Gebirge so weit zurückgedrängt, dass fast so etwas wie Hoffnung in ihr aufgekommen war.

„*Pangu ist erwacht*", fuhr die Stimme fort. „*Der Aether zieht sich von überall her zusammen und fährt vollständig in seinen neuen, mächtigen Körper. Meine Verbindung zu ihm wird immer schwächer, je mehr von ihm aus den Regionen über dem Himmel verschwindet und in Pangu hinabfährt. Mit jedem Wort, das wir sprechen, verliere ich mehr von meiner Kraft. Die Wolkeninsel wird in der Wüste aufsetzen, während das Ende näherrückt. Auch das meine.*"

Die Entscheidung, das Wolkenvolk zu retten, bedeutete zugleich den Tod des Aetherfragments. Alessia wusste das, und es weckte alle möglichen Gefühle in ihr. Und doch konnte sie nicht anders, als zu fragen: „Die Zerstörung breitet sich aus?"

„*Ja. Pangus Auferstehung hat das Gebirge zerschmettert, aber das ist nur der Anfang. Er wird alles vernichten, um nach dem Willen des Aethers daraus etwas Neues zu erschaffen. Während wir reden, weitet sich das Chaos in sämtliche Richtungen aus wie ein Flächenbrand.*"

Alessia musste an einen Stein denken, der in einen stillen Tümpel fällt. Die Ringe wurden größer und größer und erreichten irgendwann das Ufer; bis dahin hatten sie längst die ganze Oberfläche in Aufruhr versetzt.

„*Die Zerstörung ist unaufhaltsam*", sagte das Aetherfragment. „*In spätestens einem Tag wird sie diese Wüste bis zu den Bergen im Süden verschlungen haben. Es wird weitergehen, immer weiter, bis sie in ein paar Wochen die ganze Welt vernichtet. Erst dann wird Pangu damit beginnen, sie von Neuem zu erschaffen, und er wird es nach den Wünschen seines Meisters tun.*"

Wie würde eine Welt nach dem Willen des Aethers aussehen? Alessia blieb keine Zeit, sich Gedanken darüber zu machen. „Heißt das", fragte sie mit bebender Stimme,

„wir können nichts tun? Die Wolkeninsel wird in der Wüste stranden und in ein paar Stunden verschlungen werden?“

„*Es tut mir leid.*“

Sie wollte sich damit nicht abfinden, auf gar keinen Fall. Sie setzte sich wieder in Bewegung, schleppte sich mit ihrem schmerzenden Bein tiefer und tiefer in das Goldlicht hinein, als könnte sie so etwas bewirken. Stattdessen aber trat ihr nur mit jedem Schritt deutlicher vor Augen, dass es keinen Ausweg gab. Das Licht schien jetzt durch sie hindurch, setzte jede Faser ihres Körpers in kalte Flammen.

„*Es tut mir leid*“, sagte die Stimme noch einmal, und zugleich flutete eine Welle von Mitgefühl durch Alessias Bewusstsein. Die Gedankenfühler des Aetherfragments übertrugen die Empfindungen auf sie, bis sie kaum noch unterscheiden konnte zwischen eigenen und fremden Gefühlen.

Sie blieb stehen. „Auch du wirst untergehen?“

„*Ja.*“

„Und du hast keine Angst mehr davor?“

„*Ich habe von dir gelernt, was Verantwortung bedeutet. Ich habe mein Bestes getan. Auch wenn es euch letztlich nicht retten wird.*“

Alessia gab sich ganz den Empfindungen hin, die von außen auf sie einströmten. „Ich danke dir trotzdem“, flüsterte sie. Vielleicht dachte sie die Worte auch nur. Es spielte keine Rolle mehr.

„*Nein, ich danke dir*“, entgegnete die Stimme, und

auch sie wurde leiser. Hatte es schon begonnen? Starb das Aetherfragment ab, während Alessia in seiner Mitte stand und fast ein Teil von ihm war? „*Du musst jetzt gehen*", sagte es. „*Geh zu deinem Volk. Zu deinem Vater. Wenn das Ende kommt, solltest du bei ihm sein.*"

Sie setzte ihren Weg fort, geradewegs durch das Licht zur anderen Seite. Es war das erste Mal, dass sie es vollständig durchschritt; ihr war, als müsste sie das tun, so als wäre dies ein letztes Zeichen ihrer Verbundenheit.

Schließlich ließ die Helligkeit nach, das Glühen zog sich aus ihren Gedanken zurück. Zuletzt war sie wieder ganz sie selbst. Sie blieb stehen und suchte hilflos nach Worten. Ihr fiel nichts ein, das zum Ausdruck gebracht hätte, was sie fühlte – dann erkannte sie, dass sie überhaupt nichts fühlte. Drei, vier Atemzüge lang war da nur eine schreckliche Leere, jetzt da die fremden Empfindungen verschwunden waren.

Vor ihr formte sich aus der Wolkendecke der Höhle ein wabernder Schlauch, der aufwärts zur Oberfläche führte. „*Geh*", sagte die Stimme noch einmal. „*Dir bleibt kaum noch Zeit.*"

Da zerriss etwas in ihr, und all die aufgestauten Emotionen schlugen über ihr zusammen. Es brach ihr das Herz, als sie loslief. Aber sie schaute sich nicht um.

Dunkelheit folgte ihr, als das Goldlicht in ihrem Rücken allmählich erlosch.

° ° °

„Es hat aufgehört“, sagte Xixati und hob langsam den Schädel aus dem Hohlraum inmitten seines aufgerollten Drachenleibes.

Niccolo hörte es kaum. Stattdessen spürte er, wie sich Mondkind in seinen Armen regte.

„Xixati!“, rief er aus. „Sie wacht auf! Mondkind wacht auf!“

Der Jungdrache stöhnte. „Als hätten wir nicht schon genug Ärger.“

Ihre Augenlider flatterten. Ein Schatten huschte über ihr blasses, herzförmiges Gesicht. Ihre Lippen waren trocken und rissig geworden. Als sie versuchte, sie zu öffnen, sah es aus, als hätte sie Schmerzen dabei. Im Goldlicht von Xixatis Schuppen zitterte ihr Kinn, und ihre Finger schlossen sich um Niccolos Hand.

Sein Herz hämmerte, als wollte es vor Aufregung zerspringen. Für einen Moment fiel es ihm schwer, einen vernünftigen Gedanken zu fassen. Er verspürte nur eine ungeheure Erleichterung, dass er wieder mit ihr sprechen konnte, dass sie nicht länger nur dieser leblose Körper auf einem Steinblock war, greifbar nah und doch weiter entfernt als zu irgendeinem anderen Zeitpunkt, seit sie einander begegnet waren.

Zitternd hoben sich ihre langen schwarzen Wimpern.

„Niccolo“, flüsterte sie.

„Ich bin hier“, sagte er heiser und streichelte mit der linken Hand ihre Wange. Seine Rechte hielt Mondkind noch immer mit ihren kühlen Fingern umklammert. „Ich bin bei dir.“

Einen Moment lang schienen die Augen, die unter ihren Lidern zum Vorschein kamen, seltsam leer und glänzend. Dann aber löste sich ein milchiger Schleier wie Nebel von ihren Pupillen, sie stöhnte leise – und blickte ihn voller Wärme an.

„Ja", raunte sie. „Du hast versprochen, dass du da sein würdest, wenn ich aufwache."

Ich war immer da, hätte er beinahe gesagt. Aber dann fühlte er sich schuldig, weil das nicht die Wahrheit war. Tatsächlich verstand er es selbst nicht mehr. Wie hatte er sie auch nur für eine Minute allein in dieser kalten, dunklen Grotte zurücklassen können? Er liebte sie doch. Hatte sie immer geliebt. *Würde* sie immer lieben.

Die Schlingen von Xixatis Leib bewegten sich. Noch immer bildeten die goldenen Windungen des Drachen ein schützendes Zelt über ihnen. Xixati blickte sich wachsam außen um und brummelte in der Drachensprache vor sich hin.

„Bin ich ... gesund?" Mondkind klang benommen, so als wäre ein Teil von ihr noch nicht gänzlich erwacht. „Ich fühle mich so ... seltsam."

„Es ist eine Menge passiert in den letzten Tagen."

„Er ist da."

„Er?", fragte Niccolo und wusste doch genau, wen sie meinte.

„Überall. Ist. Er."

Natürlich, er spürte es auch. Und plötzlich fragte er sich, ob es wirklich ein gutes Zeichen war, dass sie erwacht war. Und, noch wichtiger, *was* sie geweckt hatte.

War sie wirklich geheilt? Hatte der Zauber der Drachen gewirkt? Oder steckte vielmehr der Aether dahinter, der plötzlich wieder Macht über sie erlangte?

Die Wunde in ihrer Seite blutete schon eine ganze Weile nicht mehr. Frische weiße Seidenlagen hatten sich darüber geschoben, die dunklen Flecken waren fast vollständig verblasst.

Gegen die Macht des Aethers aber bot auch ihr magisches Gewand keinen Schutz. Selbst Xixatis Drachenleib konnte sie bestenfalls vor weiterem Steinschlag bewahren, nicht aber vor dem goldenen Dunst, der die Heiligen Grotten erfüllte.

Ihre Augenlider bebten wieder. „Ich fühle mich anders."

War der Liebesbann wirklich erloschen? War es das, was sie spürte?

„Die Drachen haben gesagt –", begann er, brach dann aber ab. Er wagte es nicht, sie auf den Bann anzusprechen. Noch nicht. Der Heilschlaf hatte ihre Wunde verschlossen. Vielleicht den Einfluss des Aethers gemindert, sogar ihre Sucht nach Mondlicht kuriert. Aber ihre Liebe zu Niccolo? Da musste doch mehr gewesen sein als nur eine Macht von außen, die ihnen aufgezwungen worden war. Er fühlte es selbst ganz genau. Konnte ein so komplexes Gefühl wie Liebe zwischen zwei Menschen auf einen Schlag nur noch einseitig existieren? Spielte es wirklich eine Rolle, was sie hervorgerufen hatte? Und konnte man überhaupt sicher sein, was *wirklich* am Anfang eines solchen Gefühls gestanden hatte?

Mondkinds Atem beschleunigte sich, wurde dann wieder ruhiger. Sie kämpfte gegen eine neuerliche Woge von Schwäche an. „Was meinst du? *Was* haben die Drachen gesagt?“

„Dass ... dass du mich nicht mehr lieben würdest, wenn du aufwachst.“ Da war es also. Er hatte es ausgesprochen. „Dass der Schlaf dich auch ... dass er dich auch *davon* heilen würde. Nicht nur von der Verletzung und der Sucht nach Mondlicht.“

Ihr Blick klärte sich für einen Moment, und es gelang ihr, die Lider noch eine Weile länger offen zu halten. Ihre Augen blieben auf Niccolo gerichtet. „Vielleicht müssen wir Abschied nehmen.“

„Nein!“ Panik schnürte ihm die Kehle zu.

„Nicht wegen des Banns ... Nicht einmal wegen *uns*.“

„Aber –“

„Er ist stärker als wir, Niccolo. Vielleicht hat uns der Aether zuletzt ja doch noch besiegt.“

„Das hat er nicht!“ Zorn machte sich in ihm breit, einen Herzschlag lang sogar Zorn auf sie. Wie konnte sie so etwas sagen? Wie konnte sie sich einfach geschlagen geben, nach allem, was sie durchgemacht hatten?

Und wie kannst *du* die Augen davor verschließen, dass sie recht hat?, fragte seine innere Stimme.

Die sonderbaren Schleier krochen zurück über ihre Pupillen. Ein unwirklicher Schimmer lag darin, wie diffuses Licht hinter Nebelschwaden.

„Ich ... bin nicht stark genug“, flüsterte sie so leise, dass er sie kaum noch verstehen konnte. „Von Anfang an ... war ich nicht stark genug. Es tut mir so leid.“

„Du darfst so etwas nicht sagen!“, stieß er verzweifelt aus und wusste nicht einmal, ob sie von ein und derselben Sache sprachen. Vom Aether? Von ihren Gefühlen füreinander?

Mondkinds Lider schlossen sich bebend, ihre langen Wimpern verschränkten sich.

Mit einer Hand zog er Silberdorn aus der Rückenscheide und legte den Griff in ihre linke Hand. Die Klinge seufzte verhalten, als wollte sie protestieren.

„Es ist zu spät“, raunte Mondkind, ohne die Augen noch einmal zu öffnen.

„Nein!“, brüllte Niccolo. „Das ist es nicht!“

Aber sie antwortete nicht mehr. Ließ ihn allein mit dem Widerstreit in seinem Inneren, mit all seinen Fragen, mit der Leere, die sich unter ihm auftat.

Xixati schob wieder den Kopf herab, diesmal nur ein kleines Stück.

„Es hat aufgehört“, stellte er fest. Rund um Niccolo und Mondkind gerieten die Ringe des Drachenleibes in Bewegung und weiteten sich. Schuppen schabten rau übereinander. Die Erschütterungen des Gebirges hatten sie mit Staub und Sand überzogen. Puderige Wolken rieselten auf die beiden herab und vergrauten Mondkinds rabenschwarzes Haar.

Während der Drache seine Schlingen entrollte und sich wachsam in der Grotte umsah, streichelte Niccolo Mondkinds Wange. Ihre Augenlider zitterten noch immer, aber sie blieben geschlossen. Wie ihre Lippen.

„Junge“, sagte Xixati. „Sieh dir das an.“

„Irgendwas geschieht mit ihr."

„*Sieh dir das an!*" Gebannt starrte der Drache ins Dunkel. „Nun mach schon!"

Widerwillig blickte Niccolo sich um. Er hatte erwartet, dass sie inmitten eines Trümmermeeres aus geborstenem Fels und Gesteinsbrocken saßen, verschüttet in den Tiefen des Berges.

Nur dass um sie gar kein Stein mehr war.

Was vor den Erschütterungen und Geröllawinen blanker Fels gewesen war, hatte sich verändert. Die Oberfläche war noch immer finster wie zuvor, aber ihre Beschaffenheit war eine andere geworden. Weicher. Er löste eine Hand von Mondkind und tastete zögernd über den Boden. Der Untergrund fühlte sich an wie sehr glattes Leder. Als er seine Hand darauf presste, sank sie fast einen Fingerbreit ein. Erschrocken zog er sie zurück.

Aber das war nicht alles. Die Trümmerteile und Sandwehen, die eben erst von der Decke gestürzt waren, wurden ebenfalls eins mit der Umgebung, flossen gemächlich auseinander und verschmolzen mit dem Boden.

Der Drache hob seine Schwanzspitze, holte aus und rammte sie senkrecht nach unten. Horn und Knochen schnitten mit einem schmatzenden Laut in den Boden, als würde ein Schwert mit aller Kraft in einen menschlichen Körper gestoßen.

„Pangu wird zu Fleisch", sagte der Drache.

„Was?"

„Während er geschlafen hat, ist er versteinert und mit dem Gebirge verschmolzen. Er ist zu einem Teil davon geworden. Aber jetzt verwandelt er sich wieder zurück, in Muskeln, Haut und Fleisch."

Niccolo stockte, als er endlich die Wahrheit begriff. „Du meinst, Pangu ist erwacht, und wir ... wir sind noch *in ihm*?"

Im Chaos

Der Flug des Drachenkönigs geriet ins Stocken, aber diesmal war der Grund kein Zusammenstoß mit treibenden Felsbrocken. Nugua fiel nach hinten, griff hektisch mit beiden Händen nach der verkanteten Lanze zwischen den Backenzähnen und hielt sich fest.

„Yaozi!“, brüllte sie zu der gewölbten Gaumendecke des Drachenmauls hinauf, während sie brutal durchgeschüttelt wurde. „Du kannst mich doch hören, oder?“

Doch falls er es konnte, hatte er keine Möglichkeit, ihr zu antworten, ohne sie zu verschlucken. Also schwieg er. Und sie hatte das Gefühl, als wäre ihm das ganz recht so.

Sie spürte, dass er langsamer geworden war, so als ließe er sich für einen Augenblick auf der Stelle treiben. Hatte er etwas gesehen? Aber was konnte noch lähmender sein als der Anblick des titanischen Ur-Riesen in seinem Rücken?

Was auch immer es war – es hatte Yaozi bei seiner Flucht durch das Chaos innehalten lassen. Ein, zwei Minuten lang schwebte er sanft auf und ab. Sie stellte sich vor, wie sein Schlangenkörper auf den unsichtbaren Strömungen wogte, sich zusammenzog und streckte. Sie hatte ihn das schon früher tun sehen, wenn er nachdachte.

Plötzlich warf sich der Drachenkönig unverhofft zur

Seite. Sie schrie auf, als er sich in eine schier endlose Kurve legte und schließlich wieder vorwärtsraste. Wobei er offenbar in die entgegengesetzte Richtung flog. Wieder zurück!

„Yaozi!", rief sie in das Dämmerlicht seines Rachens. „Was tust du denn? Warum kehrst du um?"

Keine Antwort. Natürlich nicht. Das Mindeste, fand sie, wäre ein Zeichen gewesen, ein Kräuseln seiner Lefzen, irgendetwas.

„Yaozi!"

Sie fackelte nicht lange, stemmte sich im Stehen gegen einen der Backenzähne, riss die Schaufellanze aus der Verankerung – und pikte mit beiden Spitzen der Sichelklinge in sein Zahnfleisch. Nicht tief genug, um ihn zu verletzen, aber doch so, dass es wehtun musste.

Ein ungehaltenes Fauchen stieg aus seiner Kehle auf und wehte ihr als heißer Luftstoß entgegen. Sie verzog das Gesicht und stach ein zweites Mal zu, damit er wusste, dass es ihr ernst war. Erneut knurrte der Drachenkönig, gefolgt von etwas, das fast wie ein Seufzen klang.

Ehe die nächste Erschütterung ihr gefährlich werden konnte, steckte sie die Lanze wieder horizontal zwischen seine Zähne. Gerade noch rechtzeitig, denn er flog unerwartet einen Schlenker nach links, und sie hatte den zusätzlichen Halt bitter nötig. Sie wurde entsetzlich durchgeschüttelt und einmal mehr mit Drachenspeichel besudelt, als sie plötzlich einen starken Aufprall spürte. Mit einem Mal kehrte Ruhe ein.

War Yaozi gelandet?

Das riesige Maul klappte auf, einer seiner Fühler kroch herein und hob sie ins Freie. Als er Nugua auf festem Boden absetzte, blickten von oben zwei goldene Drachenaugen auf sie herab. Sie stand schwindelig genau vor seinen Nüstern, sein Atem blies warm auf sie nieder und trocknete den Schleim auf ihrer Kleidung. In Windeseile wurden ihre Sachen stocksteif.

Sie stemmte die Hände in die Hüften. „Du kannst nicht einfach –", begann sie, verstummte aber mitten im Satz, als sie rechts von sich sah, dass sich der Schwarm der überlebenden Drachen immer weiter von ihnen entfernte. Einige waren schwer verletzt und konnten sich kaum in der Luft halten.

Yaozi war ganz allein auf einem treibenden Felsbrocken gelandet, der sich augenscheinlich nur sehr langsam um sich selbst drehte. Für einen Moment mochten sie hier sicher sein.

Was Nugua aber erst recht die Sprache verschlug, war der Anblick, der sich zu ihrer Linken bot. Die monumentale Gestalt Pangus erhob sich wie eine unendlich hohe Wand am Rande der Welt. Sie musste den Blick sofort wieder abwenden, damit ihr vor Ehrfurcht und Angst nicht schlecht wurde.

„Wir haben nicht viel Zeit", sagte Yaozi, „darum hör mir jetzt ganz genau zu. Dass Pangu erwacht ist, weißt du. Dass sich die Himmelsberge in ihre Bestandteile aufgelöst haben –"

„Kann ich sehen, ja."

„Ich dachte, kein anderer Drache außer denen, die dort

fliegen, hätte überlebt. Aber ich habe mich geirrt. Gerade eben hat Xixati einen Ruf ausgesandt. Du kennst ihn."

Sie brauchte einen Augenblick, um sich zu erinnern. „Mondkinds Wächter?"

Yaozi hob den riesigen Drachenschädel und schaute sich um. Kein anderer Felsbrocken flog nahe genug, um ihnen gefährlich zu werden. Aber das konnte sich sehr schnell ändern. „Xixati lebt. Und er ist nicht allein."

Ihre Stimme klang wie ein Luftschnappen. „Niccolo?"

„Und das Mädchen." Seine Augen verengten sich. „Die schlechte Nachricht ist, dass sie es nicht mehr rechtzeitig geschafft haben, aus den Höhlen herauszukommen."

Niccolo war noch am Leben! Was der Anblick Pangus nicht geschafft hatte, bewirkte jetzt ihre Erleichterung: Um ein Haar hätten ihre Beine nachgegeben. Yaozis Fühler schlängelte sich auf sie zu, zog sich aber wieder zurück, als sie sich zitternd aufrecht hielt.

„Wir müssen ihnen helfen!", platzte es aus ihr heraus. „Darum bist du doch umgekehrt, nicht wahr? Lass uns gleich weiter –"

„Nugua", unterbrach er sie, und etwas an der Sanftheit, mit der er nun sprach, weckte ihren Argwohn.

„Das *willst* du doch, oder?", fragte sie aufgeregt. „Niccolo helfen, meine ich."

„Wie ich schon sagte: Xixati hat es nicht mehr geschafft, sie rechtzeitig aus den Höhlen herauszubringen, bevor ... sich alles verändert hat." Sein Fühler wies in das tosende Chaos des geborstenen Gebirges. „Das heißt, sie sind noch immer dort drinnen."

Sie starrte ihn verständnislos an. „Was meinst du mit …“ Sie verstummte, als ihr Blick der Richtung folgte, in die sein Fühler zeigte. Ihre Stimme erstarb zu einem Flüstern. „O nein.“

Der grauschwarze Wall von Pangus Oberkörper füllte die halbe Welt aus; es schien, als wäre links von Nugua bereits die Nacht angebrochen, während es rechts noch hell war. Die Grenze verlief scharf abgegrenzt dort, wo sich der Umriss des Ur-Riesen in der Ferne verlor.

„Sie sind noch in seinem Inneren?“, fragte sie atemlos. „In Pangu?“

„Ja“, entgegnete der Drache.

„Und wir können sie dort nicht rausholen?“

Er zögerte kaum merklich, so als fiele es ihm schwer, die Wahrheit einzugestehen. „Unsere Aufgabe ist jetzt eine andere.“

„Wovon, bei allen Göttern, sprichst du?“ Brodelnder Zorn stieg in ihr auf, durchmischt mit Verzweiflung. Zum ersten Mal in ihrem Leben stand Nugua kurz davor, hysterisch zu werden. Nicht einmal sie selbst hätte sich jetzt noch für einen Drachen halten können. Ein Mensch, dachte sie wie betäubt. Ich bin ein Mensch, und ich liebe Niccolo. Mit einem Mal war es ganz leicht, sich das einzugestehen.

„Ich muss zurück“, sagte Yaozi. „Aber nicht um Niccolos willen. Da ist noch etwas, das Xixati uns mitgeteilt hat. Ich weiß nicht, ob du –“

„*Bitte*, Yaozi!“

„Pangus Körper wird wieder zu Fleisch. Keiner konnte

mit Sicherheit wissen, dass das geschehen würde – womöglich nicht einmal der Aether. Aber Xixati sagt, es gäbe keinen Zweifel. Pangus Inneres verändert sich mit rasender Geschwindigkeit. Was eben noch Stein war, wird wieder Fleisch."

Sie werden da drinnen sterben, durchfuhr es sie. Es hätte nicht schlimmer sein können, wenn der Riese sie aufgefressen hätte. Sie steckten irgendwo in seinen *Eingeweiden* fest!

„Was hast du vor?", fragte sie wie betäubt.

„Fleisch ist verletzlich. Wenn es einen wunden Punkt gibt, dann wird er jetzt offenbar."

Sie schüttelte den Kopf, während wieder Übelkeit in ihr aufstieg und sie zugleich das Gefühl hatte, laut schreien zu müssen. „Wir *müssen* versuchen, ihnen zu helfen!"

Hinter dem Felsbrocken, auf dem sie sich befanden, tauchte unvermittelt ein zweiter Drache auf; er musste dort auf Yaozis Ruf gewartet haben. Nugua kannte ihn und hätte erleichtert sein müssen, weil er das Gemetzel in der Herzkammer überlebt hatte. Stattdessen aber wünschte sie ihn weit fort von hier. Ihr wurde plötzlich klar, was Yaozi vorhatte.

„Nein", flüsterte sie. „Du wirst mich mitnehmen!"

„Du kannst nicht mitgehen, Nugua. Ich werde von dort nicht zurückkehren."

„Ich gehe mit!"

Der zweite Drache kam näher, ein Fühler schlängelte sich in ihre Richtung. Sie hob drohend die Götterlanze. „Wage es nicht!", fauchte sie ihn an.

Yaozi seufzte leise. „Mir bleibt nicht mehr viel Zeit. Du musst jetzt vernünftig sein. Ein Drache würde –"

„Ich bin kein Drache!", schrie sie ihn an. „Ich bin ein Mensch! Und ich werde *nicht* vernünftig sein!" Sie deutete mit der Lanze auf den anderen Drachen, der aufgeregt zwischen ihr und seinem König hin- und herblickte. „Schick ihn weg!"

„Nugua, bitte ..."

„Wir holen Niccolo da raus! Wenn du mir nicht hilfst, dann versuch ich es allein."

Ein Mensch hätte womöglich gelächelt, aber Yaozi hob nur eine seine Drachenbrauen, während die Nickhäute seiner Goldaugen noch enger zusammenrückten. „Du bist wahrlich meine Tochter, kleine Nugua."

„Dann solltest du mich besser kennen."

„Ich hätte die Herzkammer niemals verlassen dürfen", sagte er traurig. Sie begriff, dass er nur ihretwegen geflohen war. Aber so sehr es sie schmerzte – nicht einmal das war Grund genug, ihm zu gehorchen und sich von dem anderen Drachen davontragen zu lassen.

„Wenn Pangus Herz zu Fleisch wird, wenn es kein Diamant mehr ist, dann gibt es vielleicht eine Möglichkeit, ihn zu töten", sagte der Drachenkönig. „Dann ist er nur ein Lebewesen wie wir alle."

„Nimm mich mit", sagte sie beharrlich.

Der zweite Drache zögerte noch immer. Ein Mensch hätte sie längst gegen ihren Willen gepackt und fortgezogen. Aber so dachten Drachen nicht, und auch Yaozi war keine Ausnahme.

„Ist das deine endgültige Entscheidung?“, fragte er niedergeschlagen.

„Ja.“ Sie blickte in seine Augen, und auf einen Schlag verstand sie *alles*. Es war genau dieser Moment gewesen, den er gefürchtet hatte, als er sie allein im Wald zurückgelassen hatte. Drachen respektierten Entscheidungen, wenn sie spürten, dass es einem todernst damit war. So ernst, dass man bereit war, alles dafür aufzugeben. Damals wäre Nugua bei den Drachen geblieben, ganz gleich um welchen Preis; hätte er ihr Gelegenheit gegeben, diese Entscheidung zu treffen, dann hätte er sie mitnehmen *müssen*. So wollten es der Ehrenkodex seines Volkes und seine eigenen Gesetze. Aber um dem aus dem Weg zu gehen, hatte er sie allein zurückgelassen. Er hatte ihren Entschluss gefürchtet, weil er sich selbst in ihr wiedererkannte, weil ein Teil von ihr wahrhaftig zu seiner Tochter geworden war.

Diesmal aber war sie ihm zuvorgekommen. Sie hatte ihre Entscheidung gefällt, und es gab keine Möglichkeit mehr, das ungeschehen zu machen. Er musste ihren Willen anerkennen.

Sie erkannte, dass sie gewonnen hatte, als der zweite Drache abdrehte und dem Rest des Schwarms folgte. Der Drachenkönig hatte ihn mit einem Gedankenbefehl fortgeschickt. Für das, was Yaozi plante, brauchte er die anderen Drachen nicht.

Sie schenkte ihm ein trauriges Lächeln. „Danke“, sagte sie leise.

Yaozi streckte wortlos den Fühler nach ihr aus und hob sie zurück in sein Drachenmaul.

Allein

Während sie sich Pangu näherten, blickte Nugua durch Yaozis geschürzte Lefzen. Die Oberfläche des Riesenleibes hatte den Horizont verdrängt, eine poröse, staubumtoste Finsternis wie eine Steilwand aus pockennarbigem Schiefer.

Sie konnte seine wahre Größe nicht abschätzen, ebenso wenig die Entfernung – bis sie im Näherkommen eine Entdeckung machte, die ihr einen neuerlichen Schauder über den Rücken jagte.

Zahlreiche Riesen aus Maginogs Volk hangelten sich am Leib ihres Urahnen empor. Obwohl sie selbst so gewaltig waren, wirkten sie im Vergleich zu ihm wie Ameisen, die über seinen Torso krochen. Sie waren keine geübten Kletterer, und ihr Aufstieg ging ungeheuer langsam vonstatten. Ob Maginog selbst unter ihnen war, konnte Nugua nicht erkennen; für sie sah ein Riese aus wie der andere. Einige schlugen die Pranken in den Körper des Ur-Riesen und rissen Stücke heraus, andere gruben sich regelrecht hinein. Doch Pangu beachtete diese Verletzungen nicht, sie waren so harmlos wie Mückenstiche. Schmerz und Schwäche schienen ihm fremd zu sein.

Yaozi näherte sich einer kraterähnlichen Öffnung in Pangus Brust. Vermutlich war es dieselbe, durch die er und die anderen Drachen nach ihrer Flucht aus der Herzkammer ins Freie entkommen waren. Bei der Vorstellung, durch sie ins Innere des Ur-Riesen vorzudringen, drehte sich Nugua der Magen um. Zugleich aber dachte sie an Niccolo, der jetzt ihre Hilfe brauchte, und klammerte sich fester an Lis Götterlanze. Wärme pulste durch den Schaft in ihre Glieder, aber ruhiger wurde sie davon nicht.

Auch in Pangus unmittelbarer Nähe blieben die trudelnden Felsbrocken eine Gefahr. Sie schrammten bei ihrem Aufstieg über seine Oberfläche, manche kollidierten mit ihm und zerbrachen in Stücke, die unkontrolliert in alle Richtungen trudelten. Nach wie vor blieb ein Rätsel, ob es irgendwelche Gesetzmäßigkeiten in diesem Chaos gab. Die meisten Trümmer schwebten schnurgerade aufwärts, aber andere trieben auch waagerecht oder stürzten nach Zusammenstößen haltlos in die Tiefe. Pangus Erwachen hatte die Regeln der Natur auf den Kopf gestellt und durch ein willkürliches Tohuwabohu ersetzt, in dem Gefahr meist aus jener Richtung drohte, in der man sie am wenigsten erwartete.

Auch die kletternden Riesen bekamen das zu spüren. Ein Steinbrocken, mehr als einen Kilometer im Durchmesser, schwebte in einer geschraubten Bahn an Pangus Brust vorüber und streifte zwei Riesen mit seinen scharfkantigen Ausläufern. Einer wurde wie von einem Schwertstreich entzweigeschnitten und stürzte ab. Der andere wurde mitgerissen, prallte bei jeder Schraubdrehung des Felsens erneut gegen Pangus Körper und regte sich bald nicht mehr, während ihn der Brocken himmelwärts trug.

Yaozi brauchte zwei Anläufe, ehe er endlich auf dem Rand der Öffnung landen konnte. Ein Fühler kroch zu Nugua ins Maul, aber sie kletterte bereits über seine Lefze ins Freie. Zuletzt hob sie die Schaufellanze des Xian über den goldenen Hautwall und hielt sie mit beiden Händen fest.

„Wie sollen wir Niccolo finden?", fragte sie, während sie sich bemühte, nicht in den Abgrund zu blicken. Sie spürte ein leichtes Zerren, so als wollten unsichtbare Hände sie zur Kante ziehen. Erst glaubte sie, es wäre Einbildung, aber dann entdeckte sie, dass sich auch Yaozis Drachenkamm in die Richtung der gähnenden Leere bog. Es musste sich um einen Ausläufer der Strömungen handeln, die das Schöpfungschaos rund um Pangu durchzogen. Noch bevor der Drachenkönig antworten konnte, zog sie sich tiefer in die höhlenartige Öffnung zurück. Der Boden federte unter ihren Füßen, und da erst wurde ihr bewusst, dass sie auf einem Untergrund aus Riesenhaut stand.

„Als wir entkommen sind", sagte Yaozi, „führte ein Felstunnel von hier aus zur Herzkammer. Xixati ist bereits auf dem Weg dorthin, vielleicht brauche ich seine Hilfe. Niccolo und das Mädchen sind bei ihm."

„Worauf warten wir dann noch?"

Yaozis Fühler deutete auf die Dunkelheit in ihrem Rücken. „Die Wandlung ist bereits viel stärker fortgeschritten, als ich gehofft hatte. Es wird schwierig werden."

Sie folgte seinem Blick und sah, was er meinte. Ein erschrockenes Ächzen kam über ihre Lippen.

Schon nach zehn oder zwanzig Metern verengte sich der Krater trichterförmig nach innen. Die Ränder pulsierten im Rhythmus eines fernen, dumpfen Herzschlags. Wuchernde Wälle aus Schorf hatten sich gebildet wie braune, krustige Geschwüre.

Yaozis Stimme klang dumpf. „All die Höhlen und Spalten, die sich während seines Schlafs im Fels gebildet haben, schließen sich jetzt wieder."

„Heißt das, er *heilt*?"

„Ja", grollte der Drache. „Und zwar so schnell, dass wir mit bloßem Auge dabei zusehen können."

Wenn sich die Wunden im Körper des Ur-Riesen erst geschlossen hatten, gab es keinen Ausweg mehr für Niccolo und die anderen. Umgekehrt wurde auch der Tunnel, durch den Yaozi zur Herzkammer vordringen wollte, mit jeder Minute ein wenig enger. Die pochenden, organischen Wände zogen sich zusammen, und der Schorf rund um die Öffnungen wucherte in bebenden, blasigen Schüben.

„Vielleicht schaffe ich es noch", raunte der Drachenkönig und setzte sich in Bewegung. Im Vorbeigleiten packte einer seiner Fühler Nugua und hob sie vom Boden.

Der Goldglanz des Drachen glitzerte auf der fleischigen Oberfläche, die noch vor wenigen Stunden rauer, stumpfer Fels gewesen war. Mit stoischer Entschlossenheit schob Yaozi sich vorwärts. Die dunklen Fleischwände erzitterten, während eine schlammige Flüssigkeit wie blubbernder Teer daraus hervortrat und zu Kruste erstarrte. Es war ein Anblick, dem nicht einmal der goldene Schein der Drachenschuppen etwas von seiner Scheußlichkeit nehmen konnte.

Nugua wollte nicht zurück in Yaozis Drachenmaul, auch wenn es dort sicherer gewesen wäre. Es kam ihr falsch und sogar ein wenig feige vor, sich nicht derselben Gefahr auszusetzen, in der auch Niccolo schwebte. Sie wollte sehen, was um sie herum geschah, wollte es fühlen. Vor einem Jahr hatte sie sich der Welt außerhalb des Drachenclans gestellt und war an der Herausforderung gewachsen, war stärker und unbeirrter geworden. Sie erinnerte sich genau: Der erste harmlose Schritt war ein Blick in die Sonne gewesen, die sie zuvor gefürchtet hatte. Der zweite ihr Weg hinaus ins Unbekannte. Und der dritte, vielleicht der letzte, war nun dies hier. Die Reise ins Zentrum der Schöpfung.

Schon nach dem ersten Stück setzte Yaozi sie in seine Hornkrone. Es war nicht einfach, die Schaufellanze unterzubringen und sich dort oben festzuhalten. Zudem scharrten seine Geweihenden immer wieder an der niedrigen Decke entlang und blieben im Fleisch des Riesen stecken. Dann musste er anhalten und die Hörner freischütteln, was aber nur ging, wenn er Nugua vorher wieder herunterhob.

„Wir verschwenden zu viel Zeit“, rief sie ungeduldig. „Der Tunnel wird immer enger. Trag mich mit dem Fühler.“

„Zu gefährlich“, gab er zurück.

„Anders geht es nicht!“

Er ergriff sie und trug sie fortan in der Umklammerung

seines Fühlers vor sich her; rechts und links seines Schädels war zu wenig Platz, weil der Tunnel zusehends schmaler wurde. So war es Nugua, die als Erste hinter Biegungen und über Wälle aus wucherndem Schorf blickte.

„Was genau hast du eigentlich vor?", rief sie nach hinten.

„Der Aether muss vollständig in Pangus Körper fahren, um seine ganze Macht zu nutzen. Das macht ihn verwundbar. Wenn wir Pangu verletzen, dann schaden wir auch dem Aether."

Nugua bemerkte im Schein der Drachenschuppen wallenden Golddunst in der engen Röhre; nur ein Bruchteil davon drang aus Yaozis Nüstern. Der Aether füllte bereits das gesamte Innere des Ur-Riesen aus. „Kann er uns nicht hören?", fragte sie alarmiert. „Er ist überall um uns herum."

„Wahrscheinlich. Aber er kann uns nicht aufhalten. Ich bezweifle, dass es hier noch Juru gibt, die uns angreifen könnten. Und falls doch, so haben sie wahrscheinlich längst den Verstand verloren und gehorchen ihm nicht mehr."

„Das *hoffst* du nur, aber du weißt es nicht."

Sein Schweigen war zugleich Eingeständnis.

Sie seufzte. „Und wenn wir die Herzkammer erreichen?"

„Werde ich Pangus Herz vernichten."

„*Falls* es zu Fleisch geworden ist."

„Darum sind wir hier."

„Besonders vielversprechend klingt das nicht."

„Es gibt keinen anderen Weg."

„Du willst dich opfern", stellte sie tonlos fest.

Yaozi gab keine Antwort.

„Und wenn es nicht klappt? Wenn es genauso unverwundbar ist wie zuvor?"

Erst schien es, als wollte er auch darauf nichts erwidern, aber dann schnaubte er leise. „Dann sterben wir alle, so oder so. Ganz gleich, ob Drache oder Riese oder Mensch. Spätestens in ein paar Tagen wird es keinen sicheren Ort mehr geben. Dann wird dieses Chaos da draußen die ganze Welt erfassen."

„Was macht dich so sicher, dass das nicht längst geschehen ist?"

„Die anderen haben gerade eben die offene Wüste erreicht."

Sie versuchte, sich in der Umklammerung des Fühlers umzudrehen und ihm in die Augen zu blicken. „Wirklich?"

Das schien ihn trotz der verzweifelten Lage zu amüsieren. „Du glaubst mir nicht, Drachentochter?"

„Wo sind sie jetzt?"

„Sie entfernen sich vom Rand. Das Chaos folgt ihnen, aber es ist langsamer als sie ... Was es nicht daran hindern wird, sich weiter auszubreiten. Vielleicht braucht es eine Woche, vielleicht zehn, bis es die ganze Welt zerstört hat. Doch wenn wir es jetzt nicht aufhalten, wird auch kein anderer mehr die Gelegenheit dazu bekommen. Alles, was ihnen dann bleibt, ist abzuwarten, bis es auch die letzten Überlebenden im hintersten Winkel der Erde erreicht."

Nugua wich tief hängendem Schorf aus, als der Drachenkönig hinzufügte: „Da ist noch etwas. Ihre Gedankenbotschaften werden immer undeutlicher, je weiter wir ins Innere vordringen, aber noch kann ich sie hören ... Sie haben etwas entdeckt, draußen in der Wüste. Sie sagen, es sieht aus wie ein großer Haufen Schnee zwischen den Dünen. Oder wie eine Wolke."

Sie schnappte nach Luft. „Nicht *die* Wolke, oder? ... Ich meine, warum sollte sie *hier* sein? Niccolo hat gesagt, sie ist irgendwo im Süden abgestürzt."

Jäh stieß Yaozi ein zorniges Brüllen aus. Ein heftiger Ruck raste durch den Fühler, sein Klammergriff lockerte sich für einen Herzschlag, fasste aber gleich wieder zu, ehe Nugua ihm entgleiten konnte. Mit einem Mal bewegten sie sich nicht mehr vorwärts. Sie glaubte erst, dass sich seine Hörner wieder in die Tunneldecke gebohrt hatten. Dann aber sah sie, dass es schlimmer war.

Der Drachenkönig steckte fest.

Erst schnaubend, dann brüllend stemmte er sich gegen die engen Wände der Röhre, sprengte die rauen Krusten, zerrieb schwarzen Schorf unter seinen Schuppen und kam wieder frei. Nugua wurde in der Umarmung des Fühlers durchgeschüttelt und hätte fast die Lanze verloren. Dann aber wurde Yaozi wieder ruhiger und blickte an ihr vorbei in die Dunkelheit, die vor ihnen lag.

„Das hat keinen Sinn", sagte sie leise. „Und du weißt das auch."

Aber er hörte nicht auf sie, schob sich weiter, scharrte mit seinen Krallen Wälle aus wucherndem Fleisch beiseite und schnaubte dabei Unmengen Aether aus seinen Nüstern. Nugua sah ihm mit wachsender Angst dabei zu, während sie sich zugleich an den schwankenden Fühler klammerte.

Einige Minuten später blieb Yaozi abermals stecken, und diesmal hatte es keinen Zweck mehr, sich etwas vorzumachen. Er würde die Herzkammer nicht mehr erreichen. Nicht auf diesem Weg, und aller Wahrscheinlichkeit nach auch auf keinem anderen.

„Setz mich ab“, verlangte Nugua, während er in hilflosem Zorn nach verwachsenen Schorfformationen schnappte.

Er hörte nicht auf sie. Sein Goldglanz glühte noch heller auf, während er in seiner Wut immer heftiger tobte.

„Yaozi!“, brüllte sie ihn an. „Setz mich ab!“

Mit einem ohrenbetäubenden Schnaufen erlahmten seine Bewegungen. Schwer atmend ließ er das Drachenmaul auf den Boden sinken, während sein Fühler Nugua freiließ. Sie blieb vor ihm stehen, hielt die Lanze mit beiden Händen fest und begegnete dem Blick seiner Goldaugen.

„Du musst umkehren“, sagte sie. „Wenn du noch länger wartest, wirst du nicht mehr freikommen.“

„Xixati wird jeden Moment die Herzkammer erreichen. Ohne meine Hilfe –“

„*Ich* gehe“, unterbrach sie ihn. „Ich finde Niccolo und die anderen und zeige ihnen den Weg nach draußen. Warte dort auf uns.“

„Du allein kannst Pangus Herz nicht zerstören.“

„Und was ist mit einer Waffe, die für die Götter geschmiedet wurde? Einer Waffe, die sogar Unsterbliche töten kann?"

„Allein wirst du es trotzdem nicht schaffen."

„Auf mich kommt es doch gar nicht an." Sie hob die Lanze. „Die Frage ist, kann *sie* es schaffen?"

Er zögerte. „Vielleicht. Aber das wissen wir nicht."

„Niccolo wird Silberdorn dabeihaben. Das sind schon zwei Klingen aus den Schmiedefeuern der Lavatürme."

Yaozis Blick verengte sich, als sich seine Nickhäute über die glühenden Augäpfel schoben. „Du bist noch tapferer, als ich dachte. Aber Tapferkeit allein wird nicht ausreichen."

„Du musst jetzt umkehren! Wenn dich der Tunnel einschließt, bist du verloren. Und wir mit dir, weil es dann keinen Weg mehr nach draußen gibt." Sie schluckte. „Bitte."

Sie sah ihm an, wie sehr er mit sich zu kämpfen hatte. Aber er wusste auch, dass es vorbei war, wenn er jetzt nicht kehrtmachte. „Meine Magie ist noch immer stark genug, um –"

„Um was? Dich noch tiefer in diesen Tunnel zu graben? Wie weit wirst du kommen? Hundert Meter? Oder zweihundert?" Sie schüttelte heftig den Kopf. „Dein Weg ist hier zu Ende."

Seine Lefzen verzogen sich, erst zu einem Drachenlächeln, dann schmerzerfüllt, als die wuchernde Decke immer fester auf ihn eindrückte. Aber er hatte sich sofort unter Kontrolle, wahrscheinlich weil er ihr zumindest einen Anschein von Zuversicht mit auf den Weg geben wollte.

„Ich warte draußen“, sagte er schließlich. „Und ich werde da sein, wenn ihr zurückkehrt.“ Noch einmal verfiel er sekundenlang in Schweigen, aber als Nugua sich schon umdrehen und loslaufen wollte, hielt sie sein goldener Fühler zurück. Mit dem anderen riss er sich eine Schuppe aus, zerbiss sie zwischen seinen Hauern in winzige Splitter und reichte ihr einen davon. Das längliche Bruchstück war so dick wie ihr Unterarm und fast doppelt so lang, mit faserigen, ausgefransten Rändern. Es verbreitete genug Goldglanz, um ihr notdürftig den Weg zu leuchten.

„Danke“, sagte sie, als sie danach griff.

„Viel Glück, Tochter von Drachen.“

Sie brachte ein trauriges Lächeln zustande. „Ich bin nur ein Mensch, Yaozi, das hast du selbst gesagt.“

„Und das hier ist eine Aufgabe für einen Menschen – aber nicht für *irgendeinen*.“

Mit Lanze und Splitter in den Händen umarmte sie unbeholfen seinen Fühler. Zwei, drei Herzschläge lang war es fast wie früher, im warmen Sommerregen der Bergwälder.

Sie musste sich zwingen, ihn wieder loszulassen.

Mit einem Ruck, damit er sie nicht weinen sah, fuhr sie herum und rannte los.

Aetherglut

Xixati schob sich über Nester aus toten Juru, die sich in Vertiefungen zwischen den wuchernden Schorfwällen angesammelt hatten. Einige waren unter Krusten verschwunden und schienen vom Körper des Ur-Riesen aufgesogen zu werden.

Niccolo saß in Xixatis Nacken und klammerte sich mit einer Hand an eines der beiden Drachenhörner. Mondkind kauerte auf seinem Schoß. Ihr Gesicht ruhte an seiner Schulter, und so konnte er ihr nicht in die Augen sehen, wusste nicht einmal, ob sie noch geschlossen oder offen waren. Er hatte sich ihre Arme um den Oberkörper gelegt, und obwohl er sie nach wie vor mit einer Hand festhielt, spürte er, dass ihre Umarmung kräftiger wurde.

Xixati war gezwungen, sich vorsichtig und nur sehr langsam durch die Tunnel zu bewegen. Der wuchernde Schorf, der die verschlungenen Röhren immer enger machte, wurde mehr und mehr zu einem ernsten Hindernis. Zum Glück war der junge Drache noch nicht ausgewachsen, sonst hätte es für ihn längst kein Durchkommen mehr gegeben.

Plötzlich hielt Xixati mit einem Wimmern inne. Vor ihnen lag – halb begraben unter einem Berg von Gegnern – Maromar, der kriegerische Drachenkönig des Ostens. Der

Goldglanz seiner Schuppen war erloschen, ihre Oberflächen bräunlich und stumpf. Sein Maul stand halb offen, zwischen seinen Zähnen hingen erschlaffte Jurukadaver; weitere waren auf das einzelne Horn gespießt, das aus seiner Stirn ragte. Selbst sterbend hatte Maromar noch viele seiner Feinde besiegt.

Betrübt riss Xixati sich von dem Anblick los und setzte seinen Weg fort. Sie ließen den toten Drachenkönig hinter sich, passierten eine Abzweigung zu ihrer Linken und näherten sich in einiger Entfernung einer hohen Öffnung, die Niccolo trotz wuchernder Schorfränder bekannt vorkam.

„Das hier ist nicht der Weg nach draußen", entfuhr es ihm überrascht.

„Nein", entgegnete der Drache. „Aber ich habe eine Mission zu erfüllen, bevor wir von hier fliehen. Yaozi hat mir eine Botschaft gesandt."

„Mondkind muss zuerst in Sicherheit gebracht –"

„Ich werde versuchen, Pangu zu töten", unterbrach ihn der Drache. „Wir sind die Einzigen, die vielleicht noch etwas bewirken können. Yaozi hat es nicht bis hierher geschafft, er musste umkehren. Jetzt liegt die ganze Verantwortung bei uns."

„Weißt du, wie es draußen aussieht?"

„Schlimm. Aber noch reicht die Zerstörung nicht allzu weit über das Gebirge hinaus. Die überlebenden Drachen haben es bis in die Wüste geschafft." Er zögerte, bevor er hinzufügte: „Sie haben etwas entdeckt, Niccolo. Etwas, das aussieht wie eine Wolke, die auf den Dünen liegt."

„Eine –" Schwindel überkam ihn so heftig, dass er beinahe seinen Halt verlor. „Das ist unmöglich!"

„Eine Wolke, auf der Häuser stehen. Und da sind Menschen, die von ihren Rändern hinunter in die Wüste klettern. Sie treiben Viehherden vor sich her und tragen ihr Hab und Gut bei sich."

Xixati würde ihn nicht belügen, nur um ihn zum Bleiben zu bewegen. Und dennoch war es nicht einfach, das als Wahrheit zu akzeptieren. Erleichterung überkam ihn, gepaart mit den alten Schuldgefühlen.

Die Menschen der Hohen Lüfte lebten! Alessia, der alte Emilio, all die anderen … Sie waren hier, ganz in der Nähe, aus welchem Grund auch immer. Und die Grenzen von Pangus Zerstörungswerk rückten unaufhaltsam auf sie zu, pflügten gerade in diesem Augenblick die Wüste um …

Ihm wurde klar, dass er hier und jetzt die Chance bekam, seine Fehler wiedergutzumachen.

Xixati verharrte vor dem Durchgang. Dahinter herrschte fahler Dämmerschein. Der Goldglanz des Drachen reichte nicht weit genug, um mehr als den Bereich jenseits des Eingangs zu erhellen. Falls sie wirklich tiefer in diese Grotte vordringen wollten, würden sie über Berge aus toten Drachen und Jurukadavern klettern müssen; viele von ihnen verschmolzen bereits mit dem Fleisch des Ur-Riesen, während die Schorfkrusten über sie hinwegwucherten.

„Ist das –", begann Niccolo, brach aber ab, als sich die Antwort auf seine Frage vor ihm aus dem Dunkel schälte.

Pangus Herz thronte noch immer im Zentrum der Grotte, aber ebenso wie der Rest des Ur-Riesen unterzog es sich einer unbegreiflichen Veränderung. Hatte es noch vor Stunden wie ein funkelnder Diamant ausgesehen, so war seine Strahlkraft nun erloschen. Die Oberfläche war dunkel und blasig geworden, durchzogen von pulsierenden Muskelfasern. Die Wände der Grotte wucherten von allen Seiten darauf zu, an manchen Stellen betrug der Abstand kaum mehr als zehn Schritt.

Zwischen den Höhlenwänden und dem Herzen waren fleischige Stränge gewachsen, ein sternförmiges Netz aus vibrierenden Adern. Hunderte solcher Venen und Arterien wiesen wie die schwarzen Stachel eines Seeigels in alle Richtungen, verästelt und durch Querstreben miteinander verbunden.

„Niccolo?" Mondkinds Stimme ließ ihn aufschrecken. Auf einen Schlag kehrte seine Angst um sie zurück, verdrängte sogar die Ehrfurcht im Angesicht dieses Berges aus schwarzem Fleisch und Muskelmasse.

Sie hob die Wange von seiner Schulter, blickte sich langsam um, dann zu ihm auf.

Bevor Niccolo etwas sagen konnte, schüttelte Xixati seinen Kopf. „Ihr müsst runter von mir", befahl er. „Schnell!"

Niccolo war versucht, ihr alles zu erzählen, ehe er einsah, dass das viel zu viel Zeit gekostet hätte. „Ich erkläre es dir später", brachte er stockend hervor. Für endlose Augenblicke fühlte er sich ihr wieder so nah wie zuvor, und der Drang, ihr Gesicht in beide Hände zu nehmen und ihre Lippen zu küssen, war übermächtig. Dann aber kehrten die Schatten seiner Zweifel zurück, das seltsame Unbehagen, das ihm ihre Nähe mit einem Mal einflößte – und da war noch etwas anderes.

Ein Ziehen und Zerren in seinen Gedanken, das er schon einmal gespürt hatte. Die Anwesenheit von etwas, das mit spindeldürren Fingern nach ihm tastete.

Ein Ächzen entfuhr ihm, als ihm bewusst wurde, dass der Aether einmal mehr versuchte, ihn unter seinen Einfluss zu zwingen. Aber warum ihn, wenn doch –

Mondkinds Mandelaugen erglühten in knochenfarbenem Weiß. Für die Dauer eines Herzschlags verschlang es ihre Pupillen, gab sie dann wieder frei und blieb doch als haarfeines Schimmern am Rande ihrer Augen zurück, so als verberge es sich unter ihrem Gesicht.

„Ihr müsst jetzt absteigen!" Xixatis Ton wurde schärfer. „Beeilt euch!"

„Mondkind", flüsterte Niccolo, während er gegen den Einfluss ihres Feindes ankämpfte, „komm mit mir."

Mit sanftem Nachdruck löste er ihre Umarmung und wich dabei ihrem Blick aus. Er hatte Angst vor dem, was er darin sehen würde. Dass es nicht mehr Mondkind war, die zu ihm aufsah, sondern etwas anderes. Ohne eigenen Willen ließ sie zu, dass er sie vom Schädel des Jungdrachen herabließ. Am Boden gaben ihre Beine nach. In einer Flut aus weißer Seide sackte sie zusammen.

Hastig sprang er hinter ihr her und zog sie von Xixati fort, der sich augenblicklich in Bewegung setzte. Bis zur dunklen Wand des Riesenherzens war es nicht mehr weit.

Sie befanden sich bereits inmitten der schrecklichen Hügel aus Juruleichen und Drachenleibern. Niccolo schaute nicht nach unten, weil er gar nicht genau sehen wollte, über was sie sich hinwegbewegten; weich war der Untergrund, ein verschlungenes, knotiges Auf und Ab.

Xixati erhob sich vom Boden. Zwanzig Meter über dem Schlachtfeld flog er in das Gewirr der schwarzen Adern, manche dick wie Mammutbäume, andere nicht breiter als ein Oberschenkel. Sein glühender Schlangenleib schwebte jenseits der vorderen Stränge wie ein Mond in einer Baumkrone, ein undeutliches, fast formloses Glühen, das sich dem Herzen Pangus näherte.

„Was hat er vor?“, brachte Mondkind mühsam hervor.

Dass sie das fragte, machte Niccolo ein wenig Hoffnung. Aber die Angst um sie, und zugleich auch *vor ihr*, blieb bestehen, wuchs sogar noch weiter, als er entdeckte, dass Seidenbänder unter dem Saum ihres Kleides hervorkrochen und einen geisterhaften Tanz begannen wie Schlangen beim Flötenklang eines Fakirs.

Warum jagte sie ihm Furcht ein, obwohl er sie doch liebte ... sie lieben *musste*? Er streichelte ihre Wange und sah, dass das bleiche Glühen in ihren Augenwinkeln noch immer da war, so als lauerte es nur darauf, sich abermals über ihre Pupillen zu schieben wie die Nickhäute der Drachen.

Oben im Netz der Venen und Arterien stieß Xixati ein donnerndes Brüllen aus. Zuletzt hatte Niccolo den Kampfschrei des jungen Drachen vor Mondkinds Grotte vernommen, als sie sich gemeinsam der Übermacht der

Juru gestellt hatten. Nun aber begann dort oben eine andere Art von Kampf, als Xixati in Raserei verfiel. Mit Krallen und Zähnen schlug er sich durch die verästelten Stränge, bis er sich zur Wand des Riesenherzens vorgearbeitet hatte. Dort ließ er sich auf einer besonders breiten Ader nieder, riss den Schädel nach hinten, holte aus – und stieß die Schnauze tief in das dunkle Muskelgewebe.

Niccolo schauderte, als er die nassen, malmenden Laute vernahm, mit denen Xixati seine Kiefer in das Herz des Riesen grub.

Zugleich bemerkte er, dass ihm das Luftholen immer schwerer fiel. Sie befanden sich im Inneren eines titanischen Körpers, und wenn die Risse und Spalten in Pangus Außenhaut ebenso schnell verheilten wie die Hohlräume in seinem Inneren, dann würde bald kaum noch Luft zum Atmen bleiben.

Die Seidenbänder wiegten sich immer aufgeregter hin und her, ihre Enden tanzten eine Armlänge über dem Boden, federleicht wie schneeweiße Flammen. Der wirbelnde Ring, den sie um Mondkind und Niccolo woben, wurde größer, als die Bänder weiter unter der Seide hervorfächerten, erst in die Breite, dann in die Höhe.

„Lass das!“, fuhr er Mondkind an und erschrak beim Klang seiner eigenen Stimme.

„Er soll … aufhören“, stöhnte sie und deutete zitternd zu Xixati hinauf, der sich hoch über ihnen immer tiefer in die weiche Masse des Riesenherzens grub. Aber ließ sich Pangu auf diese Weise tatsächlich töten? Und würde der Aether gemeinsam mit ihm zugrunde gehen?

Mondkinds zierlicher Körper bäumte sich auf, eine Serie von Krämpfen, die sie von Kopf bis Fuß erfasste. Gerade noch hatte ihr Hinterkopf auf Niccolos Oberschenkeln geruht, als ihr bleiches Gesicht abrupt in einer Fontäne schwarzen Haars nach oben stieß. Sekundenlang saß sie aufrecht. Doch als Niccolo eine Hand nach ihr ausstreckte, sank sie zurück, scheinbar schwächer als zuvor. Er fing sie auf und bettete sie vorsichtig in seinem Schoß.

Tief in sich spürte er einen scharfen Schmerz, gefolgt von noch stärkerem Ziehen und Zerren als zuvor. Der Aether war jetzt überall, in jeder Pore, jeder Faser seines Körpers, und er zürnte, weil Niccolo sich gegen ihn stellte.

Vernichte ihn!, flüsterte es in ihm, und obwohl die Worte den Beigeschmack von Einbildung hatten, klangen sie zugleich erschreckend real. *Töte den Drachen für mich!*

Niccolo wehrte sich, so gut er nur konnte. Er war kein schlichtes Gemüt wie die Juru, mit denen der Aether leichtes Spiel gehabt hatte. Aber er besaß auch nicht die Kräfte der Drachen, die jeden Versuch einer Beeinflussung mit einem Schnauben abschütteln konnten.

Vernichte ihn! Töte meinen Feind! Mach dem Schmerz ein Ende!

Die Gefahr, dem unheimlichen Drängen nachzugeben, war überwältigend. Es war nicht allein der scharfe Befehlston, der durch seine Gedanken schnitt und alles andere beiseitefegte, sondern zugleich ein Locken, ein sanftes Spiel auf der Klaviatur seiner geheimen Wünsche und

Hoffnungen. Wenn er half, Xixati aufzuhalten, dann würde alles gut werden. Seine Schuld würde mit dem Wolkenvolk untergehen. Er würde die Macht erhalten, die neue Welt des Aethers eigenhändig mitzugestalten. Mondkind würde wieder gesund und ... da war auch Nugua, die kleine, struppige, streitlustige Nugua, die jetzt ganz abrupt und unverhofft aus seinen Erinnerungen auftauchte, in einer Rolle, die doch eigentlich gar nicht die ihre war, nicht nur als Freundin, sondern –

Um ihn explodierte weiße Seide.

Mondkind stieß einen Schrei aus, als sie auffuhr und steil nach oben raste wie ein Geschoss. Zorn verzerrte ihr Gesicht. Das weiße Glühen in ihren Augen zog zwei helle Schlieren durch die Dunkelheit. Die weißen Bänder und Schleppen ihres Kleides flatterten. Niccolo hatte sie schon einmal so gesehen, als sie über den stillen Bergsee herangerauscht war, um den Unsterblichen Tieguai zu töten. Auch damals hatte sich die Seide um sie geöffnet wie eine weiße Blüte, erst wunderschön, dann tödlich, als die Bänder sich verfestigten und lanzengleich ausschwärmten.

„Mondkind!“ Er taumelte auf die Füße. „Tu das nicht! Du darfst ihm nicht nachgeben!“

Aber sie achtete nicht mehr auf ihn. Seide wogte durchs Dunkel, ihr schwarzes Haar flatterte meterlang um ihr blasses Gesicht.

Wie eine vielarmige Göttin des Todes raste sie durch die Luft und stürzte sich auf Xixati.

Götterklingen

Nugua hörte den Lärm, lange bevor sie die Herzkammer erreichte. Xixatis Brüllen ließ sie noch schneller werden. Ihr Atem raste, als sie schließlich über Jurukadaver und schuppige Wälle durch die Öffnung stolperte.

Sie brauchte eine Weile, um die Veränderung in ihrem ganzen Ausmaß zu erfassen. Der gewaltige schwarze Muskelberg, der statt eines gleißenden Diamanten die Grotte beherrschte ... das Netz aus Adern, die wie Fäden um einen Spinnenkokon in alle Richtungen reichten ... die verschlungene Masse aus Juru und Drachen am Boden, die vom Fleisch des Ur-Riesen aufgesogen wurde.

Nichts in dieser Grotte ähnelte mehr dem überirdischen Ort, an dem Nugua die Schlacht der Drachenclans gegen die Felsenwesen mitangesehen hatte. Die Helligkeit des Diamantherzens hatte ihr Angst gemacht, doch das war etwas ganz anderes gewesen als die Abscheu und Verzweiflung, die sie nun beim Anblick dieses Molochs aus pulsierendem Fleisch und Schorfgeschwüren überkam.

Niccolo hatte noch nichts von ihrer Ankunft bemerkt. Er stand mit dem Rücken zu ihr unterhalb der turmhohen Muskelwand und hatte den Kopf in den Nacken gelegt. Er rief etwas hinauf, doch das ging im Getöse des verzweifelten Duells unter, das dort oben tobte.

Inmitten des Adergewirrs, umgeben von Goldglanz und wirbelnden Seidenbändern, lieferten sich Mondkind und Xixati einen verbissenen Kampf. Die dunklen Stränge, die sich vom Herz aus zu den Wänden spannten, verdeckten viel von dem, was geschah. Bernsteinlicht flirrte über die Adern. Groteske Schatten wuchsen ins Gigantische und zogen sich blitzartig wieder zusammen.

Xixati war klein für einen Drachen, aber selbst er hatte Mühe, sich in dem Gewirr aus Venen und Arterien frei zu bewegen. Immer wieder prallte er gegen die straff gespannten Stränge oder verwickelte sich in ihnen mit den Windungen seines Schlangenleibs.

Mondkind hätte es leichter haben müssen. Sie war schlank, ungeheuer flink und beherrschte den Federflug in Perfektion. Doch selbst Nugua bemerkte, dass die einstige Xian-Schülerin angeschlagen war. Die Nachwirkungen des Heilschlafs machten sie unsicher, die Wunde in ihrer Seite bereitete ihr augenscheinlich Schmerzen. Ein Hieb von Xixatis Schwanzspitze, dem sie im Vollbesitz ihrer Kräfte mühelos ausgewichen wäre, erwischte sie jetzt am Rücken und schleuderte sie in einer flatternden Flut aus Seide gegen die Wand. Sie schrie wutentbrannt auf, als sie von der weichen Oberfläche abprallte und mit einem Aderstrang kollidierte. Seidenbänder schossen nach oben, schlängelten sich blitzschnell um eine zweite Ader und bewahrten sie vor einem Absturz. Trotzdem hing sie sekundenlang benommen inmitten ihres wehenden Seidennests. Xixati nutzte die Gelegenheit, um seine eigenen Körperschlingen zu sortieren und auf einem der breiteren

Stränge zu landen, unweit der Stelle, wo seine Kiefer eine tiefe Wunde in das Herz des Ur-Riesen gerissen hatten.

Nugua stürmte auf Niccolo zu, rief seinen Namen und sah im Näherkommen, wie er sich zu ihr umdrehte.

„Nugua?“ Seine Augen weiteten sich vor Erstaunen, und da fiel ihr ein, dass sie nach all der Zeit in Yaozis Drachenmaul einen furchtbaren Anblick bieten musste. Ihre Kleidung starrte vor Drachenspeichel und dem Dreck der Tunnel. Vermutlich erkannte er sie eher an Lis Schaufellanze als an ihrem Gesicht; als sie ihn anlächelte, fühlte sie, wie ein Schmutzpanzer auf ihren Zügen zerbröckelte.

Auch Niccolo sah mitgenommen aus. Er war über und über mit getrocknetem Jurublut besudelt, seine Kleidung war so steif wie die ihre, und er schien eine ganze Reihe Kratzer und Schnitte davongetragen zu haben. Ein dunkler Striemen auf seiner Wange würde zu einer Narbe werden, falls noch Gelegenheit dazu blieb.

„Ich bin so froh, dass du lebst!“, stieß sie aus und fiel ihm um den Hals, ungeachtet dessen, was um sie herum geschah. Für einen Moment überwog ihre Erleichterung alles andere, und erst als sie spürte, dass Niccolo die Umarmung nicht erwiderte, ließ sie von ihm ab. Sie nahm es ihm nicht übel. Sie verstand, was er gerade durchmachte.

Es war leicht, sich zurechtzulegen, was hier geschehen war und warum Mondkind gegen den Drachen kämpfte. Xixati hatte den Befehl bekommen, Pangus Herz und damit den Aether zu zerstören. Mondkind versuchte, ihn aufzuhalten. Die Fronten waren klar gezogen – nur dass niemand dabei Rücksicht auf Niccolo genommen hatte, der aussah, als suche er inmitten all dieses Chaos nach irgendeinem Halt, einer Orientierung.

„Sie …“, begann er und ließ dann für einen Augenblick den Kopf hängen.

„Der Aether?“, fragte Nugua knapp und gab sich selbst die Antwort: „Natürlich der Aether.“ Mit der Lanze deutete sie auf Mondkind, die gerade mit einem grazilen Sprung auf einer Ader oberhalb von Xixati landete. „Kannst du sie aufhalten?“

Niccolo stand da, blickte von Nugua zu dem Mädchen in den Seidengewändern hinauf und schüttelte schließlich den Kopf. „Sie hört nicht auf mich. Sie … ist nicht mehr sie selbst, glaube ich.“

Nugua blickte am Körper des Drachen entlang zur Muskelwand des Riesenherzens. Die Stelle, an der Xixatis Kiefer und Krallen die feste Außenhaut aufgerissen hatten, war deutlich zu erkennen. Schwarze Flüssigkeit troff vom Rand der Wunde zwanzig Meter in die Tiefe.

„Das reicht nicht, um ihn zu töten“, brachte sie gepresst hervor.

Niccolo rief einmal mehr Mondkinds Namen, aber sie schien ihn nicht zu hören. Stattdessen schleuderte sie eine ganze Armada weißer Seidenbänder auf den Drachen. Sie verfestigten sich in der Luft und wurden zu messerscharfen Lanzen. Xixati glitt von dem Aderstrang ins Leere, wellte sich im Flug auf und ab und schlug zugleich mit einer Drehung seiner Schwanzspitze einen Großteil der mörderischen Seidenbahnen beiseite. Einige aber erreichten ihr Ziel, und mindestens zwei bohrten sich durch die Schuppen in seinen Körper.

Der Drache brüllte auf. Der Laut ging Nugua durch Mark und Bein. Sie hatte während der vergangenen Stunden – oder waren es Tage? – zu viele Drachen sterben sehen. Hass auf Mondkind packte sie.

Xixati musste leben! Er musste beenden, was er begonnen hatte.

Jemand musste das tun.

Sie rannte los, aufwärts und abwärts über die grausigen Überreste der Schlacht, bis sie den unteren Rand des Herzens erreichte. Groß wie eine Feste erhob es sich über ihr. Nicht nur die Grottenwände wuchsen auf den Lebensmuskel des Ur-Riesen zu, auch der Boden wucherte als unförmiger Wall daran empor. Nugua musste ein kleines Stück nach oben klettern, ehe sie schließlich unmittelbar vor der schwarzen Muskelwand stand. Aus der Nähe sah sie aus wie mit Pech übergossen.

Nugua zögerte nicht. Mit aller Kraft stieß sie die Lanze vor.

Der Aufprall fuhr ihr schmerzhaft durch alle Glieder. Die Außenhaut war zu fest. Die Götterwaffe, die doch selbst Fels und Drachenschuppen spalten konnte, glitt von Pangus Herz ab, als wäre es noch immer aus reinem Diamant.

Niccolo erschien neben ihr, nun mit einem Funken neuer Entschlossenheit im Blick. Er riss Silberdorn vom Rücken und rammte das Schwert gegen die Herzwand.

Nichts geschah. Die Klinge ritzte die Panzerhaut, aber

auch seine Kraft reichte nicht aus, um das Schwert noch tiefer hineinzutreiben.

Nugua stolperte rückwärts, bis sie wieder zu der Stelle aufblicken konnte, an der Xixatis Fänge eine Wunde in das Herz gerissen hatte.

„Ich gehe da hoch“, rief sie. „Vielleicht kann ich die Lanze in die offene Wunde stoßen.“ Yaozi hatte weder bejaht noch abgestritten, dass die Waffe gegen Pangu etwas ausrichten würde. Die Tatsache, dass selbst der weiseste unter den Drachen vor dieser Möglichkeit kapitulieren musste, verunsicherte sie.

Die dünne Luft im Inneren des Riesen machte das Atmen immer schwerer, und sie wusste sehr wohl, dass ein Aufstieg über die schräg gespannten Adern ein tollkühnes Unterfangen war. Erst recht, solange sich diese beiden dort oben bekämpften. Aber plötzlich war da wieder etwas Wildes, Ungezähmtes in ihr, und, bei allen Göttern, sie fühlte sich gut dabei.

Sie schenkte Niccolo einen kurzen Blick und rechnete schon damit, dass er sie aufzuhalten versuchte. Stattdessen aber nickte er nur. „Ich komme mit dir.“

Da konnte sie nicht anders: Sie lächelte, umarmte ihn ein zweites Mal, und noch bevor er sich entscheiden konnte, ob er die Geste erwidern sollte, war sie schon wieder fort von ihm und stürmte los. Aus dem Augenwinkel sah sie, dass er ihr folgte.

Über ihnen stießen Mondkind und Xixati erneut aufeinander. Drachengebrüll mischte sich mit einem zornigen Aufschrei des Mädchens. Bislang hatte Mondkind entweder keine Gelegenheit oder nicht genug Kraft gehabt, um ihre magischen Gesänge einzusetzen, und Xixati schien darauf bedacht zu sein, es nicht so weit kommen zu lassen. Sein elastischer Drachenschwanz peitschte in ihre Richtung, fegte einen Schutzschild aus hastig verflochtener Seide beiseite und traf sie mit mörderischer Wucht. Mondkind heulte auf, stieg taumelnd weiter nach oben und setzte ihrerseits zu einer weiteren Attacke an. Sogleich formierte sich ein Schwarm wehender Seidenlanzen, erstarrte im Flug und raste auf Xixati zu. Erneut stießen weiße Spitzen durch seinen Panzer, bohrten sich tief in sein Fleisch.

Der Drache schrie ohrenbetäubend auf. Die Ader, über die Nugua nach oben kletterte, vibrierte. Niccolo, der ein paar Schritt hinter ihr war, verharrte plötzlich, das Gesicht in die Höhe gerichtet.

Xixati schwankte in der Luft, durchbohrt von einem halben Dutzend Seidenbänder, während Mondkind ein schrilles Triumphgeheul ausstieß, kaum menschlicher als das Brüllen des Drachen. Zum ersten Mal sah Nugua das weiße Glühen in den Augen der Xian-Schülerin, und sie ahnte, dass es für Mondkind kein Zurück mehr gab. Sie war eins mit dem Aether.

Xixati geriet ins Trudeln, sackte schlagartig abwärts – und zog Mondkind mit sich, die nicht schnell genug die Seidenbänder zurückreißen konnte. Sie verlor das Gleichgewicht und stürzte mit dem Drachen in die Tiefe. Beide prallten auf weitere Stränge, dumpfe Schläge, die sie von allen Seiten trafen, rutschten ab und fielen weiter.

Ohne die Lanze loszulassen, ließ sich Nugua auf den Bauch fallen und schlang beide Arme um die Ader. Xixatis glühende Schwanzspitze prallte keine drei Schritt entfernt vor ihr auf, jagte einen entsetzlichen Ruck durch den Strang, wickelte sich blitzschnell darum, wurde aber vom Gewicht des Drachen mitgerissen und verschwand. Mondkind fiel hinterher, ein Komet aus weißen Seidenwirbeln, in deren Zentrum das Mädchen kaum auszumachen war.

Nugua blickte über ihre Schulter. Auch Niccolo hatte sich festhalten können, lag flach auf dem Aderstrang und starrte auf Xixati und Mondkind, die kurz nacheinander am Höhlenboden aufschlugen. Mondkind stieß einen Schmerzensschrei aus, begraben unter Seide wie unter einer Schneewehe, versuchte aufzustehen, sackte aber sofort wieder zurück.

Xixati regte sich nicht mehr. Die Seidenlanzen steckten noch immer in seinem Körper, keine zwei Meter hinter seinem Schädel. Sie hatten ihre Festigkeit verloren und hingen schlaff aus den Wunden. Ihre Spitzen hatten die goldenen Schuppen durchschlagen und saugten sich voll Drachenblut, das als roter Schemen an ihnen entlang in Mondkinds Richtung wanderte.

Niccolo sah verzweifelt von ihr zu Nugua. Sie wusste noch vor ihm, wie er sich entscheiden würde. Während sie sich erneut aufrappelte und über die vibrierende Ader aufwärtslief, kehrte Niccolo um, sprang das letzte Stück zum Boden hinab und eilte auf Mondkind zu. Eines der Lederbänder, die Silberdorn auf seinem Rücken festhielten, hatte sich gelöst, die Schwertscheide schwang bei jedem Schritt hin und her.

Nugua sah, wie er sich über die Xian-Schülerin beugte. Im selben Augenblick fuhr Mondkinds linke Hand nach oben, packte ihn und riss ihn über sich hinweg zu Boden. Ihre Rechte aber bekam Silberdorns Griff zu fassen und zerrte das Schwert unter Niccolo hervor, bevor er mit einem überraschten Aufschrei auf den Rücken krachte.

Hoch über den beiden im Gewirr der Adern schrie Nugua wutentbrannt auf und war sekundenlang versucht, ihm zu Hilfe zu eilen. Dann aber suchte ihr Blick wieder die Wunde, die Xixati in die Flanke des Riesenherzens gegraben hatte. Sie war nicht mehr weit davon entfernt und hätte die Lanze dorthin schleudern können, wollte es aber nicht auf einen Fehlwurf ankommen lassen. Die Fänge des Drachen hatten die schwarze Krustenhaut aufgerissen und darunter das helle Innere freigelegt; es war weiß und glasig wie das Fruchtfleisch einer Melone.

Während sie weiterlief und feststellte, dass sie noch einmal den Aderstrang wechseln musste, um die offene Wunde zu erreichen, sah sie tief unter sich, wie Mondkind das Schwert auf Niccolo richtete.

Nugua blieb stehen. „Nein!“, brüllte sie hinab in den Abgrund.

Aber Mondkind wollte Niccolo nichts zuleide tun. Als sie sicher war, dass er sie nicht angreifen würde, stolperte sie mit Silberdorn in der Hand auf den gestürzten Drachen zu. Xixati lag noch immer da wie bei seinem Aufprall, aber dort, wo die Seidenbänder sich durch seinen

Panzer gebohrt hatten, hob und senkte sich sein Körper in rasselnden Atemzügen. Die Laute drangen bis hinauf zu Nugua.

„Tu das nicht!" Niccolos Stimme überschlug sich, als er auf die Füße taumelte und Mondkind folgte.

Die Xian-Schülerin fuhr herum, ihre Augen zogen weißglühende Schweife hinter sich her. Sie keuchte angestrengt, vielleicht weil ihr wie allen anderen die dünne Luft zu schaffen machte. Die Wunde in ihrer Seite war wieder aufgebrochen und blutete durch die Seide.

Doch obgleich sie sich vor Schmerz krümmte, wies das Schwert in ihrer Hand jetzt wieder auf Niccolo. „Komm keinen Schritt näher", fauchte sie mit einer Stimme, die nur noch entfernt an ihre eigene erinnerte.

Hoch oben im Irrgarten der Adern wusste Nugua, dass sie sich beeilen musste. Lauf weiter!, schrie es in ihr. Aber sie war wie hypnotisiert vor Angst um Niccolo.

„Ich töte dich, wenn du dich mir in den Weg stellst", rief Mondkind.

Niccolo stand da und starrte sie fassungslos an, während sich in Mondkinds Rücken der Schädel des Drachen ganz langsam aufrichtete. Xixati öffnete die Kiefer. Blut quoll über seine Lefzen. Der Blick seiner goldenen Augen flackerte. Er wusste genau, das ihm nur noch eines zu tun blieb.

Nugua hielt die Luft an.

Niccolo öffnete den Mund, vielleicht um Mondkind doch noch zu warnen. Dann aber schloss er ihn wieder und senkte den Blick.

Xixatis offenes Maul schoss von hinten auf Mondkind zu.

Die Seidenbänder warnten sie, rissen sie herum und gleichzeitig zu Boden. Sie stürzte, während die Kiefer des Drachen über ihr zusammenschnappten. Krachend bissen sie ins Leere. Mondkind reagierte instinktiv. Das Schwert flirrte im Goldglanz des Drachen, als das Mädchen die Klinge nach oben stieß.

Alle Bewegungen erstarrten. Die Zeit selbst hielt den Atem an.

Dann schrie erst Niccolo verzweifelt auf, gleich darauf Nugua. Mondkind rollte sich unter dem Drachen zur Seite. Über ihr steckte das Schwert in Xixatis Kehle. Als der mächtige Schädel neben ihr zu Boden sackte und auf der Seite liegen blieb, war der Drache bereits tot.

Niccolo brüllte etwas, das Nugua nicht verstand.

Halb blind vor Tränen zwang sie sich weiterzuklettern. Die breite Ader bebte unter ihr, als Nugua auf einen schmaleren Strang wechselte, ein Stück weit auf allen vieren kroch und dann endlich die mächtige Vene erreichte, von der aus Xixati seine Attacke gegen Pangus Herz geführt hatte. Sie musste ihre Schritte mit Bedacht setzen, um nicht im letzten Augenblick abzurutschen. Vor ihr klaffte die Wunde in der schwarzen Herzhaut wie der Eingang einer Höhle. Das helle Muskelfleisch dahinter hatte nichts Organisches an sich, es besaß die Kristallstruktur von getautem Schnee.

Sie packte die Lanze der Lavaschmiede mit beiden Händen.

Mondkind hob den Kopf und starrte zu Nugua herauf. Das Weiß in ihren Augen glühte jetzt so hell, dass es ihre Züge überstrahlte. Niccolo taumelte auf sie zu, wollte sie zu sich herumreißen.

Nugua musste sich zwingen, nicht länger hinzusehen.

Mondkind schrie hasserfüllt auf. Seide flatterte, als sie sich vom Boden abstieß und steil nach oben stieg.

Nugua holte aus und rammte die Lanze tief in das Herz des Ur-Riesen.

Die Liebenden

Die Sichelklinge verschwand im Fleisch des Riesen. So viel verzweifelte Kraft lag in Nuguas Lanzenstoß, dass ein gutes Stück vom Schaft mit hineinglitt.

Sie blieb einfach stehen, beide Hände noch immer an der Lanze, die jetzt waagerecht aus der Wunde ragte. Sie musste sich daran festhalten, um nicht zusammenzubrechen. Auf einen Schlag war sie so erschöpft, dass es völlig unmöglich schien, auch nur einen weiteren Schritt zu machen. Selbst die Hände von der Waffe zu lösen, überstieg in diesem Augenblick ihre Kräfte.

Nichts geschah.

Alles vergebens, dachte sie. Der zornige Schrei, der in ihr aufstieg, verpuffte. Ihr Zorn war jetzt ohne Bedeutung. Betäubende Gleichgültigkeit machte sich in ihr breit. Nicht einmal unangenehm, fand sie. Alles umsonst, alles egal.

Dann passierten mehrere Dinge gleichzeitig.

Das Letzte, was sie von Mondkind gesehen hatte, war ein weißer Schemen gewesen, der rasend schnell auf sie zugeschossen kam. Nugua konnte sich nicht gegen sie verteidigen, hatte auch kaum noch den Willen dazu. So als hätte sie der Stoß mit der Lanze aller Energie beraubt. Die Wärme, die sonst so wohltuend aus dem Schaft in ihre

Hände pulsiert war, floss jetzt in eine andere Richtung ab – die Waffe wusste genau, welchem Zweck sie dienen sollte. Alle Macht, die in ihr lag, strömte in das Herz des Ur-Riesen.

Nur dass sie auf ihn nicht heilsam wirkte.

Bevor Mondkind Nugua erreichen konnte – alles geschah innerhalb eines Atemzuges –, begann sich das weiße, kristallisierte Fleisch im Inneren des Riesenherzens zu verfärben. Rund um den Lanzenschaft breitete sich ein dunkler Schatten aus, verästelte sich in mehrere Richtungen, erst nur eine Handbreit, dann immer weiter.

Die Ader, auf der Nugua stand, geriet in Schwingung. Erschütterungen suchten die Herzkammer heim, aber sie schienen aus der Ferne heranzurollen, so als spielten sich die unmittelbaren Auswirkungen des Lanzenstoßes anderswo ab.

Sie fragte sich, ob der Ur-Riese vor Schmerzen aufbrüllte. Ob er überhaupt eine Stimme besaß. Falls ja, so war sie hier, im Inneren seines Körpers, nicht zu hören.

Dafür ertönte nun ein anderer Schrei. Ganz in ihrer Nähe.

Mondkind!

Nugua riss ihren Blick von der schwarzen Verfärbung – *warum wurde der Fleck nicht mehr größer*? – und spähte in die Tiefe. Schicksalsergeben erwartete sie, Mondkind zu sehen, die auf sie zugerast kam.

Doch Mondkind flog nicht mehr in ihre Richtung. Etwas war mit ihr kollidiert, hatte sie aus der Bahn geworfen und stürzte mit ihr zu Boden, ein Wirrwarr aus Seide und bunten Bändern, die Nugua bekannt vorkamen. Das Knäuel aus Körpern und Stoffen verschwand hinter einem Dickicht aus Adern, bevor sie erkennen konnte, wer ihr da zu Hilfe gekommen war.

Im Eingang der Herzkammer stand ein Kranich, wippte nervös auf seinen Stelzenbeinen und sträubte das Gefieder.

Guo Lao!

Noch einmal versuchte sie, einen Blick auf die Kämpfenden zu erhaschen, doch obgleich sie jetzt ihren Aufprall am Boden hörte, konnte sie die beiden von hier aus nicht sehen. Angespannt wirbelte sie herum, blickte zurück zu der Wunde, die der tapfere Xixati ins Herz des Riesen geschlagen hatte und in der nun die Götterlanze steckte.

Die dunklen Verästelungen wuchsen nicht mehr. Der Lanzenschaft zitterte, als stünde er unter ungeheurer Spannung und drohe jeden Moment zu zerbrechen. Die Wirkung der Waffe auf das weiche Kristallfleisch war bereits an ihre Grenzen gestoßen. Trotzdem hielten die Erschütterungen an, und in der stickigen Luft lag ein Knistern, das Nugua vor dem Lanzenstoß nicht gespürt hatte.

Sie beugte sich über den Abgrund und rief Niccolos Namen. „Die Lanze ist nicht stark genug! Du musst Silberdorn heraufbringen!“ Sie brach ab und flüsterte: „Niccolo ...?“

Die Stelle, wo er eben noch gestanden hatte, war leer.

Aber sie *brauchte* doch das Schwert hier oben!

Schweiß rann ihr in die Augen. Das Atmen fiel ihr immer schwerer. Auf die Gefahr hin, das Gleichgewicht auf dem schaukelnden Aderstrang zu verlieren, beugte sie sich vor und versuchte, einen Blick auf Mondkind und Guo Lao zu werfen. Sie hörte den Kampf der beiden, ein Getöse und Geflatter irgendwo unter ihr, dazwischen dumpfes Keuchen und schmerzerfüllte Laute. Aber sehen konnte sie sie nicht, bis –

Etwas schien jeglichen Rest von Luft aus der Grotte zu saugen, ein scharfes Fauchen, mit dem sich der gesamte Sauerstoff in der Höhle zusammenzog, auf einen einzigen Punkt konzentrierte – und explosionsartig auseinanderströmte. Zugleich ertönte ein Donnern, hallte aber nicht nach, sondern wurde jäh abgeschnitten.

Nugua schnappte verzweifelt nach Luft, konnte plötzlich wieder atmen – und sah unter sich, wie Mondkind und Guo Lao in unterschiedliche Richtungen rasten, nicht gezielt im Federflug, sondern geschleudert von den Kräften, die sie bei ihrem Gefecht entfesselt hatten. Mondkind prallte gegen die Höhlenwand, und Nugua erwartete, dass Niccolo im nächsten Moment bei ihr auftauchen würde.

Doch er war noch immer nirgends zu sehen.

Sie suchte nicht länger nach ihm, sondern blickte stattdessen Guo Lao hinterher. Der Unsterbliche schlug mit ungeheurer Wucht nahe des Eingangs auf. Das Fleisch des Riesen federte seinen Aufprall ab, aber Guo Laos Gewicht und Statur hämmerten einen tiefen Krater in die Höhlenwand. Kein normaler Mensch wäre danach wieder auf die Beine gekommen. Der Xian aber richtete sich auf, stürmte auf seinen Kranich zu und riss das Schwert Phönixfeder aus der Scheide am Sattel.

„Guo Lao!“, brüllte Nugua in die Tiefe. „Die Waffen aus den Lavatürmen können Pangu vernichten! Lis Lanze allein ist nicht stark genug. Du musst Phönixfeder hier heraufbringen!“

Einen Moment lang hatte sie die Hoffnung, dass er auf sie hören würde. Dass sich alles zum Guten wenden würde, wenn der Xian im Federflug herbeieilte, das Götterschwert in die Wunde stieß und vollendete, was die Lanze begonnen hatte.

Aber Guo Laos Züge waren vom Hass auf die Mörderin seiner Brüder und Schwerstern verzerrt. Nugua hatte ihn schon einmal so gesehen, damals im Wald, als sie mit Niccolo und Feiqing das erste Duell zwischen dem Xian und Mondkind beobachtet hatten. Auch Wochen später, als er Niccolo und Mondkind bis zum Portal der *Dongtian* verfolgte, hatte ihn diese wahnhafte Rachsucht getrieben.

Nugua sah ein, dass er nicht auf sie hören würde. Stattdessen riss er das gewaltige Schwert hoch und stürmte über das Schlachtfeld auf Mondkind zu, die sich in einer Wolke aus Seidenbändern aufrichtete und ihn erwartete.

Nugua musste sich erneut an der Lanze festhalten, um auf der schwankenden Ader nicht abzustürzen. Die netzartige Fäulnis im Kristallfleisch rund um den Schaft hatte jetzt eine Vertiefung gebildet; es sah aus, als hätte jemand schmutziges heißes Wasser in Schneematsch geschüttet. Die Mächte der Lanze wirkten noch immer, ätzten sich tiefer in Pangus Herz – doch es geschah viel zu langsam, und längst war absehbar, dass die Wirkung nicht ausreichen würde, um den Ur-Riesen zu bezwingen.

Mondkinds Seidenbänder fingen Guo Laos Schwerthieb ab. Die Klinge durchtrennte viele von ihnen, ehe der Xian sie zurückriss. Mit einem Sprung nach hinten wich er einer Attacke des Mädchens aus. Sie führte keine Waffe außer ihrer Seidenmagie, und sie war ausgelaugt von der Wunde, dem langen Heilschlaf und ihrem Kampf mit Xixati. Und obwohl auch Guo Lao erschöpft wirkte, war Mondkind auf Dauer keine ernst zu nehmende Gegnerin für ihn.

„Nugua!"

Sie fuhr herum und sah Niccolo über den vibrierenden Aderstrang auf sich zukommen. Er musste sich schon vor einer Weile an den Aufstieg gemacht haben. Darum also hatte sie ihn unten nicht mehr gesehen! Ihr Herz machte einen Sprung, als sie begriff, was das bedeutete.

„Sie ... sie hat Xixati umgebracht", brachte er atemlos hervor. Schweiß hatte helle Bahnen in das Jurublut auf seinem Gesicht gezogen. „Sie hätte ... das nicht tun dürfen ..."

„Das Schwert!" Sie deutete auf Silberdorn auf seinem Rücken. „Schnell!"

Er nickte abgehackt, zog die Klinge und blickte auf die Lanze und die dunklen Verästelungen in der Herzwunde. „Wird es etwas bewirken?"

„Die Frage ist, ob es *genug* bewirkt."

Er packte den Schwertgriff mit beiden Händen und kam

näher. Auf dem schmalen, zitternden Strang war nicht genug Platz für sie beide nebeneinander, und so verloren sie wertvolle Sekunden, als sie sich unbeholfen aneinander vorbeidrückten; dabei berührten sich ihre Wangen.

Endlich stand Niccolo neben dem bebenden Lanzenschaft und richtete die Schwertklinge auf das Innere der Wunde.

Ein Heulen brauste zu ihnen herauf, gefolgt von den beiden Kämpfern, die im Federflug steil nach oben stiegen. Sie schwebten frei zwischen den Adern des Riesen, und keiner machte mehr den Versuch, auf einer der schwankenden Röhren zu landen. Mondkinds Seidenbänder fingen einmal mehr Guo Laos Schwert ab und drohten ihm die Waffe zu entreißen, als er die Klinge unverhofft rotieren ließ und ein halbes Dutzend der weißen Seidententakel in Stücke schnitt. Mondkind schrie auf, während die abgetrennten Enden zu weißem Rauch verdampften und die Reste sich schutzsuchend unter ihrem Kleid verkrochen.

Nugua blickte wieder zu Niccolo, der das Duell mit aufgerissenen Augen verfolgte. Sie packte ihn an der Schulter und brüllte, um den Lärm des Duells zu übertönen: „Benutz jetzt das Schwert, Niccolo!“

„Er wird sie umbringen!“

„Stoß Silberdorn in die Wunde!“

„Sie –“

„*Jetzt!*“

Mondkind stieg noch höher, bis sie auf einer Höhe mit Niccolo und Nugua war, keine zehn Meter mehr entfernt.

Guo Lao rauschte hinter ihr her, stieß Phönixfeder auf sie zu, doch sie entkam ein weiteres Mal. Neue Seidenbänder lösten sich aus ihren wallenden Gewändern.

„Niccolo!“, schrie Nugua. „Bitte!“

Er schloss die Augen, drehte sich um – und stieß Silberdorn bis zum Heft in das weiße Herzfleisch des Ur-Riesen.

Ein monströses Grollen ertönte aus allen Richtungen zugleich, unmittelbar nachdem die Klinge in Pangus Herz verschwunden war. Die Adern gerieten in noch stärkere Bewegung, einige zerrissen, tobten umher und versprühten glitzerndes Sekret über die Höhlenwände. Die schwarzen Verästelungen, die Nuguas Lanzenstoß hervorgerufen hatte, wurden nicht länger eingedämmt: Schlagartig breiteten sie sich über die gesamte Wunde aus, vereinigten sich mit dem zweiten Fäulnisfleck rund um Silberdorn und krochen unter die schwarze Panzerhaut des Riesenherzens. Das kristallisierte Fleisch verkochte zu einer Blasen werfenden Masse.

Die Ader, auf der Nugua und Niccolo standen, bäumte sich auf. Nugua stürzte, klammerte sich fest, rutschte ab und fiel erneut – jetzt ins Leere. Elastische Aderstränge bremsten ihren Fall, sie prallte von einem ab, wurde schreiend gegen einen anderen geschleudert, bekam schließlich einen dritten zu fassen. Panisch hielt sie sich fest, zog die Beine an, verschränkte sie um den Strang und blieb keuchend an der Unterseite hängen.

Ein ganzes Stück über ihr baumelte Niccolo. Die Ader, an die er sich klammerte, zuckte und sträubte sich, riss schließlich von der Wand los und peitschte umher. Das war sein Glück, denn er glitt daran abwärts, wurde aber durch die Bewegungen des Strangs nicht schnell genug, dass er sich beim Aufprall alle Knochen gebrochen hätte. Erst zwei Meter über dem Boden verlor er schließlich den Halt, schlug mit einem Stöhnen auf, hob aber gleich wieder den Kopf.

Nugua baumelte noch immer drei Mannslängen über dem Höhlenboden. Über ihr zerplatzten weitere Adern. Aus der Wunde in Pangus Herz drangen scheußliche Laute, während das Innere immer rascher von Fäulnis verzehrt wurde. Der titanische Muskelbalg pulsierte schneller, sein Wummern wurde zu einem trommelnden Crescendo.

„Lass dich los!“, brüllte Niccolo zu ihr herauf.

„Und dann?“

„Ich fang dich auf!“

„Nicht aus dieser Höhe!“

„Du musst es versuchen!“

Irgendwo schräg über ihr, außerhalb ihres Blickfelds, schrie Guo Lao auf, aber sie erkannte nicht, ob aus Schmerz oder Triumph. Die Adern, die noch nicht gerissen waren, bäumten sich immer heftiger auf. Der Herzschlag des Ur-Riesen jagte.

Sie schloss die Augen. Löste erst den Klammergriff ihrer Beine. Dann ihre Hände.

Der Sturz selbst verschwand noch im selben Augenblick aus ihrer Erinnerung. Das Nächste, was sie spürte, war ein entsetzlicher Aufprall, der durch irgendetwas gebremst wurde – zum einen durch Niccolo, der sie tatsächlich mit seinem ganzen Körper auffing, zum anderen durch den weichen Höhlenboden, der wie verfaultes Laub unter ihnen nachgab, sich elastisch nach innen bog und sie dann wieder aufwärtsschleuderte. Beide brüllten, als sie abermals durch die Luft segelten und aufkamen, diesmal weit weniger heftig.

Als Nugua die Augen öffnete, lag sie neben Xixati. Sein Drachenschädel ruhte leblos auf der Seite, seine Augen waren geschlossen, das Maul stand einen Spalt weit offen. Die Wunde in seiner Kehle, aus der Niccolo das Schwert gezogen hatte, sah winzig, fast harmlos aus; das machte die Tatsache, dass er tot war, noch unfassbarer.

Niccolo hockte auf den Knien, hielt sich den linken Arm und hatte den Kopf in den Nacken gelegt. Durch seine Maske aus Jurublut, Tränen und Schweiß starrte er hinauf in das Gewirr der peitschenden, tobenden Adern.

Nugua folgte seinem Blick gerade noch rechtzeitig, um das Ende des Duells mitanzusehen.

Über Mondkinds Wunde war das Seidengewand aufgerissen und entblößte ihre helle, blutverschmierte Haut. Sie hatte die Arme weit geöffnet und lenkte alle verbliebene Kraft in eine finale Attacke gegen Guo Lao. Der Unsterbliche erkannte, was ihm bevorstand, und reagierte um eine Winzigkeit schneller als seine Gegnerin.

Als ein Rammsporn aus Seidenlanzen auf den Xian zuraste, hatte Phönixfeder bereits seine Hand verlassen. Wie ein Speer schnitt die rasiermesserscharfe Klinge durch das Zentrum des Seidenschwarms, ohne ihn aufhalten zu können.

Beide Waffen trafen ins Ziel.

Die Seide durchbohrte Guo Laos Körper und trat an der Rückseite aus; dort öffnete sich das Geflecht zu einer Tentakelmasse, die nach den Schultern des Unsterblichen griff, seine Oberarme packte und beide brutal nach hinten riss. Ein scharfes Knacken schnitt durch das Getöse.

Mondkind war schon einen Herzschlag früher getroffen worden. Phönixfeders Klinge glitt ohne jeden Widerstand in ihre Brust, beinahe zärtlich.

Niccolo heulte auf.

Auch Guo Lao brüllte, verstummte aber schon nach wenigen Augenblicken, erschlaffte und stürzte in die Tiefe.

Mondkind jedoch schwebte weiterhin dort oben, am Ende einer straff gespannten Bahn aus Seidenbändern, die hinab zum leblosen Guo Lao am Boden reichten. Sie hatte noch immer die Arme gespreizt, so als hätte sie das Schwert willkommen geheißen. Die Waffe war bis zum Griff in ihren Körper gedrungen. In ihrem Rücken wirbelte ein ganzer Strauß von Seidenbändern, in deren Mitte die Klinge blitzte.

Mondkind lächelte.

Nugua taumelte auf die Füße und packte Niccolo am Arm. „Komm, wir müssen hier weg!"

Ihm blieb keine Gelegenheit mehr zum Abschied, zu einer letzten Berührung. Mondkind trieb zu hoch oben in der Luft, am Ende des gespannten Seidenstrangs wie ein Papierdrachen an seiner Schnur; sie schwebte auf Strömungen, die wie unsichtbare Fangarme aus Pangus Herzwunde tasteten und die zerrissenen Aderstränge einen tollwütigen Tanz vollführen ließen.

Nugua riss Niccolo mit sich. Nach drei, vier Schritten folgte er ihr aus eigener Kraft, taumelnd wie in Trance.

Der Riesenkranich des Xian krächzte aufgeregt, als sie ihn erreichten. Mit letzter Kraft schoben und zogen sie sich gegenseitig in den Sattel.

Als der Vogel sie davontrug, sah Nugua noch einmal über die Schulter zurück zur schwebenden Mondkind mit ihren geöffneten Armen, dem Schwert in der Brust, dem erleichterten Lächeln auf blutleeren Lippen.

Das Feuer in ihren Augen glühte ein letztes Mal auf und erlosch.

Der Weg in den Himmel

Niccolo spürte den Tod in sich.

Während der Kranich sie durch die dunklen Fleischtunnel des Ur-Riesen trug, einem Ausgang entgegen, von dem sie nicht wussten, ob er überhaupt noch existierte, horchte Niccolo auf das Sterben in seinem Inneren – ein Spiegelbild dessen, was um ihn geschah. Der Verfall in Pangus Herz breitete sich aus wie ein schwarzer Fäulnispilz, wucherte mit rasender Geschwindigkeit und folgte ihnen als rauchige, verzweigte Finsternis entlang der Tunnelwände.

Niccolo saß vorn im Sattel und hielt die Zügel mit rechts, sein linker Arm hing nutzlos herab. Tausendmal sah er Mondkind vor sich, tausendmal spürte er ihre Berührung. Er wusste, dass er etwas verloren hatte, das nie seins gewesen war. Mit ihr war auch etwas anderes in ihm gestorben, der Bann war erloschen – aber das machte es kein bisschen leichter.

Nugua saß hinter ihm und hielt sich an seinem Oberkörper fest. Sie hatte Yaozis glühenden Schuppensplitter in die leere Schwertscheide am Sattel gestoßen. Das Ende ragte ins Freie, warf aber so schwaches Halblicht in die pulsierende Röhre, dass sie sich ganz auf die Instinkte des Vogels verlassen mussten.

An mehreren Stellen war der Tunnel bereits so verwachsen, dass der Kranich mit ausgebreiteten Schwingen nicht mehr hindurchpasste. Jedes Mal, wenn sie auf einen dieser Engpässe zuhielten, machte der Vogel ein paar heftige Flügelschläge, legte die Schwingen an und jagte wie ein Pfeil zwischen den verschorften Wänden hindurch. Die beiden Reiter mussten sich tief hinabbeugen, damit die Wucherungen an der Decke sie nicht aus dem Sattel rissen. Mehr als einmal wäre Niccolo getroffen worden, hätte ihm nicht Nugua von hinten Warnungen zugeschrien.

Die Trauer um Mondkind war wie schwarzer Tran, auf dem er blind und taub dahintrieb, losgelöst von der Gegenwart und der Wirklichkeit des sterbenden Ur-Riesen. Aber zugleich war da noch etwas anderes, das ihn bei Sinnen hielt, eine durch und durch körperliche Qual, die wie mit haarfeinen Haken in seine Poren drang und etwas aus ihm herauszog: Spuren des Aethers, die bis zuletzt gegen seinen Willen angekämpft hatten.

Der Aether starb gemeinsam mit dem Riesen. Die Körperlichkeit, die er so sehr begehrt hatte, wurde zur Ursache seines Untergangs.

Dies war das Sterben, das Niccolo in sich spürte. Kein Schreien, kein Toben, kein Todeskampf. Der Aether verging in Selbstmitleid und Melancholie, ein leiser verträumter Abgesang. Seine Anwesenheit in Niccolo zerschmolz wie ein Standbild aus Eis, erst langsam in Tränen, gefolgt vom Verlust aller Form und Gestalt; am Ende stand die vollkommene Auflösung.

Niccolo spürte ihn schon nicht mehr, als vor ihnen ein

heller Punkt auftauchte, immer größer wurde und sich zu einer pulsierenden Öffnung weitete. Er horchte dem Ende des Aethers nach, als sie hinaus ins Freie schossen, wo sie von Yaozi erwartet wurden. Drache und Kranich flogen durch einen Hagel aus Gestein, durch Trümmer des Gebirges, die nicht länger schwebten, sondern zurück zur Erde stürzten. Hundertmal drohten sie erschlagen zu werden, aber davon nahm Niccolo kaum etwas wahr.

„Sieh nur", flüsterte Nugua ihm ins Ohr.

Benommen blickte er über die Schulter.

Die himmelhohe Silhouette des Ur-Riesen zerfiel in einer Schmelze aus Fels und pechschwarzem Fleisch. Mit ihm fiel Maromars Volk, und es sollte das Letzte sein, das man je von den Riesen hörte.

Die Wunde in Pangus Seite, der Quell des Lavastroms, explodierte als Flammenfontäne. Vor Niccolos innerem Auge flackerten Yorotau und die anderen Drachen vorüber, die sich geopfert hatten. Erst jetzt versiegte die Lava endgültig, und Niccolo spürte zum ersten Mal wieder etwas anderes als Trauer und Pein. Kein Triumph, gewiss keine Freude – aber eine Spur von Genugtuung.

Flüssiges Feuer vermischte sich mit Gestein und anderen Brocken, die von der verästelten Fäulnis befallen waren. Pangus Körper, die letzte Heimstatt des Aethers, prasselte zurück ins Innere der Erde und wurde von ihr verschlungen.

Der Kranich folgte dem Drachen, und der Drache folgte dem Ruf seines Clans. Im Zickzack durchquerten sie das Schöpfungschaos, dann seine Ausläufer. Hinter ihnen stürzten ganze Berge vom Himmel, bildeten neue Gipfel und Schluchten. Niemand würde sie zu sehen bekommen, ehe sich Staub und Rauch gelegt hatten, vielleicht in einem Jahr, vielleicht in vielen. Und irgendwann würde keiner mehr ahnen, dass das Gebirge ein Grab war. Für Pangu und den Aether. Für Xixati und Guo Lao. Für das Volk der Riesen und für zahllose Drachen.

Ein Grabmal für Mondkind.

Der Chor der Zerstörung war ihr Trauergesang, das Schwarz einer Staubnacht ihr Leichentuch.

Tränen spülten Jurublut von Niccolos Wangen.

Was darunter zum Vorschein kam, fühlte sich endlich wieder an wie er selbst.

Die Rückkehr

Regen fiel vom Himmel über der Wüste.

Warmer, sanfter Sommerregen.

Die Menschen lagerten in den Dünentälern und sammelten das Wasser in Planen und Töpfen, in Tonschalen und Tierhäuten. Oben auf den Sandkuppen ruhten die Drachen, leckten ihre Wunden und ließen sich vom Regen den Schmutz von den Schuppen spülen. Der Dunst, den sie mit sich brachten, spendete Schatten, wo es eigentlich keinen geben durfte.

Die Überreste der Wolkeninsel lagen ein gutes Stück weiter nördlich. Es würde noch Wochen dauern, ehe sie sich vollständig aufgelöst hatte. Doch schon jetzt beugten sich die Gipfel der Wolkenberge nach innen wie Finger einer Hand, die sich unendlich langsam zur Faust ballte. Wattiges Weiß klammerte sich an die Rohre der Aetherpumpen; aber früher oder später würden auch sie hinab in die Wüste stürzen. Schon jetzt neigten sich einige zur Seite, obgleich niemand zweifelte, dass sie das Letzte sein würden, das dem Untergang trotzte. Zweihundertfünfzig Jahre lang hatten die Pumpen den Gewalten der Hohen Lüfte widerstanden, vor den Mächten der Schwerkraft aber mussten auch sie kapitulieren. Schließlich würden Sandwehen das rostige Eisen zusammen mit den Ruinen zerfallener Gehöfte begraben und alle Spuren des Wolkenvolkes tilgen.

„Es wird schnell gehen", sagte Niccolo nachdenklich. Den bandagierten linken Arm trug er in einer Schlinge. „Viel schneller, als alle glauben."

Neben ihm auf einer Düne saß Alessia, die Tochter des Herzogs, und blickte gemeinsam mit ihm zu den Resten der Wolkeninsel hinüber. Die schrumpfenden Berge sahen aus wie die Überbleibsel riesenhafter Schneemänner.

Jenseits davon erhob sich noch immer eine Wand aus Staub und Qualm. Wenn der Schmutz sich erst senkte und der Himmel klärte, würden wieder die Himmelsberge den Horizont beherrschen, neue Gipfel und Grate eines uralten Gebirges.

Alessia deutete zum zerfasernden Rand der Wolkeninsel, einige Hundert Meter entfernt. Dort neigte sich eine Windmühle gefährlich zur Seite. Wenn in ein paar Stunden die Sonne unterging, würde sie wohl nicht mehr dort stehen. Die Vorstellung, die Mühle eines Zeitwindpriesters zerschmettert am Boden zu sehen, war weder für Niccolo noch für Alessia allzu schmerzlich.

„Es gibt noch immer Leute da unten, die zum Zeitwind beten." Alessia schloss die Augen und hielt das Gesicht in den Nieselregen. Feuchte Strähnen ihres roten Haars lagen über den Sommersprossen an ihren Schläfen. „Aber von Tag zu Tag hören weniger auf das, was die Priester sagen." Sie lächelte, ohne die Augen zu öffnen. „Mein Vater war einer der Ersten, die sich öffentlich von ihnen losgesagt haben – kannst du dir das vorstellen? Ausgerechnet er."

Niccolo fiel es schwer, an die Zeit auf der Wolke zurückzudenken. Er hatte fast sein ganzes Leben dort oben verbracht, aber die vergangenen Wochen besaßen in seiner Erinnerung so viel mehr Gewicht als all die Jahre zuvor. Trotzdem verstand er, was Alessia meinte.

„Dein Vater und mein Vater", sagte er, „sie waren einmal Freunde. Hast du das gewusst?"

Alessia nickte. „Vor langer Zeit." Plötzlich öffnete sie die Augen und sah Niccolo durch einen Regenschleier an. Wasser perlte über ihre Wangen. „Wir sollten nicht denselben Fehler machen wie sie."

Er versuchte zu lächeln, und es gelang schon recht gut, auch wenn es sich seltsam anfühlte. „Wir *sind* nicht sie", erwiderte er.

„Sie hatten beide ein Leben lang Angst."

Er überlegte kurz, bevor er nickte. „Mein Vater hat andere Menschen gefürchtet, auch wenn er das nie offen zugegeben hat. Ich glaube, er war froh, als er einen Grund hatte, das Dorf zu verlassen und zum Rand der Wolke zu ziehen." Leiser, aber mit fester Stimme fügte er hinzu: „Und zuletzt war selbst *das* noch zu nah bei den anderen."

„Du glaubst, dass er freiwillig über den Rand gegangen ist?"

Niccolo hob die Schultern. Darauf wusste er keine Antwort. Er hatte nur Ahnungen, aber selbst die kamen ihm fern und diffus vor. So weit weg.

Nach einer Weile sagte Alessia: „Irgendwann werde ich Herzogin sein." Nur eine schlichte Feststellung. Es klang, als hätte sie sich mit diesem Gedanken abgefunden wie mit einem unschönen Muttermal.

Niccolo deutete über das Dünental und die wimmelnden Menschen zwischen Zeltplanen und provisorischen Unterständen. Dort unten hütete der alte Emilio die Tiere vom Spinihof. „Ich beneide dich nicht um die Verantwortung“, sagte er.

„Glaub mir, das wird ein Kinderspiel im Vergleich zu ... dem anderen. Dem, was gewesen ist.“ Nach einem Augenblick fügte sie leiser hinzu: „Leicht wird es trotzdem nicht.“

„Für niemanden“, flüsterte er.

Sie schwiegen wieder und sahen der Wolke beim Sterben zu.

° ° °

Im Morgenrot über der Wüste schwebte die *Abendstern*. Ein zweites Gildenschiff folgte in ihrem Schatten.

Sie sahen aus wie Wale, die den Kampf mit einem Rudel Haie überstanden hatten. Wunden klafften noch immer in ihren Flanken, auch wenn die Reparaturen in vollem Gang waren. Wabenkammern und Segel waren brandgeschwärzt. In der Brücke des hinteren Schiffes klaffte ein langer Riss, der von außen mit Balken gesichert war, Querstreben wie Nähte einer Narbe.

Alessia riss die Plane des Unterstands beiseite, den sich Niccolo mit Emilio teilte. „Sie hat sie gefunden!“, rief sie aufgeregt. „Nugua hat sie wirklich gefunden!“ Da entdeckte sie, dass Niccolo längst auf war und durch einen Spalt hinauf zum Himmel blickte. „Du bist schon wach? Das ist gut."

Er schenkte ihr ein trauriges Lächeln. „Ich schlafe nicht mehr besonders tief."

Als sie aufgeregt loslief, bemerkte er, dass sie noch immer humpelte; die Wunde des Jurustachels in ihrem Bein war längst nicht verheilt.

Nugua kehrte keinen Tag zu früh mit den Geheimen Händlern zurück. Lange hätten Heu und Stroh, das die Menschen von der Wolkeninsel hatten retten können, nicht mehr ausgereicht. Seit fast zwei Wochen lagerten sie nun hier in der Wüste, bewacht von einer Handvoll Drachen, die Regen und Schatten brachten, aber keine Nahrung für das Vieh.

Niccolo zog sich Leinenhosen und ein weit geschnittenes helles Hemd über – Kleidung des Wolkenvolks, keine chinesische Bauerntracht mehr – und eilte hinaus ins Freie. Emilio hatte die Kühe lange vor Sonnenaufgang gemolken und die Schweine gefüttert. Niccolo war dem alten Mann dankbar, nicht nur weil er ihm die Arbeit abnahm, sondern weil er den Schmerz in Niccolos Augen respektierte und auf seine Weise versuchte, ihn zu lindern. Was es allerdings in gewisser Weise fast noch schlimmer machte: Jede gutmütige Geste, jedes Zeichen der Freundschaft erinnerte Niccolo daran, dass er all diese Menschen verraten hatte. Zumindest sah *er* es so. Niemand machte ihm Vorwürfe, doch sein Entschluss stand längst fest: Er konnte nicht bei ihnen bleiben, wollte das auch gar nicht mehr. Mit seinem schlechten Gewissen musste er leben; nicht aber mit dem Anblick jener, die er beinahe verloren hätte.

Dabei spielte es keine Rolle, dass er überhaupt nie eine Chance gehabt hatte, die Wolkeninsel zu retten. Selbst wenn es ihm gelungen wäre, Drachenatem einzufangen und nach Hause zu bringen, hätten sie die Pumpen damit nicht in Gang setzen können. Alessia hatte ihm vom Aetherfragment erzählt, von den Gründen für den Absturz über dem Raunenwald. Im Gegenzug hatte Niccolo ihr die ganze Wahrheit gesagt, über Mondkind und den Bann des *Chi*, über seine verzweifelte Suche nach ihr; auch über das, was sie getan hatte, und seine eigene Rolle dabei. Er hatte es Alessia überlassen, ob sie ihn dafür verurteilen wollte oder nicht.

Doch auch die Herzogstochter hatte sich verändert. Dies sei ein Neubeginn für jeden von ihnen. „Du trägst keine Schuld", hatte sie gesagt, an einem der Abende draußen auf den Dünen, während die Drachen in der Dunkelheit glühten. „Du hast niemandem Böses gewollt."

„Aber ich habe es in Kauf genommen. Das ist genauso schlimm."

„Hattest du denn eine andere Wahl?"

Das war sie, die Frage, die er sich selbst ein ums andere Mal gestellt hatte, bis er hundert Antworten darauf wusste, die doch letztlich alle nur zu neuen Ungewissheiten führten: Und wenn er eine Wahl gehabt hätte? Hätte er Mondkind auch ohne den Bann geliebt und alles für sie aufs Spiel gesetzt? Sogar das Leben anderer?

Spätestens da hatte er gewusst, dass er hier nicht bleiben konnte.

Jetzt, einige Tage später, lief er ins Freie und starrte mit den übrigen Menschen hinauf zum Himmel, wo die beiden Gildenschiffe durch einen Schleier aus Nieselregen glitten. Die Erleichterung ließ seinen Herzschlag stolpern. Keiner der anderen hatte seit über zwanzig Jahren ein Schiff der Geheimen Händler mit eigenen Augen gesehen; viele, wie Alessia und er, waren noch gar nicht auf der Welt gewesen, als das Wolkenvolk zum letzten Mal Handel mit der Gilde getrieben hatte.

Der Gedanke, wie viele dieser fliegenden Titanen bei der Schlacht um die *Dongtian* zerstört worden waren, versetzte ihm einen Stich. Diese Menschen dort oben hatten um ihrer aller Leben gekämpft, und nun würden der Herzog und Alessia sie bitten, dem Volk der Hohen Lüfte ein letztes Mal beizustehen.

Die Gildenschiffe flogen nicht genau auf das Lager zu. Die Kraftlinie, der ihre Spürer folgten, verlief ein gutes Stück weiter südlich. Als die Wabenkolosse endlich stillstanden, befanden sie sich über einen Kilometer entfernt. Luftschlitten glitten aus einer Öffnung am Heck. Wenig später landeten sie im Schatten der Schiffe auf den Dünen. Männer und Frauen erhoben sich und kontrollierten die Anker, die von oben herabgelassen wurden.

Niccolo eilte zu seinem Riesenkranich, der gemeinsam mit Guo Laos Vogel im Schatten einer Zeltplane ruhte; genau wie Nuguas Kranich war er dem Untergang der Heiligen Grotten entkommen. Niccolo sattelte das Tier in aller Eile, schwang sich auf seinen Rücken und flog über die Köpfe des Wolkenvolks hinüber zum Gildenschiff.

Der Anblick des Giganten war atemberaubend. Niccolo war nur noch ein kleines Stück entfernt und konnte jetzt durch die Fenster ins Innere der Kommandobrücke sehen. Gestalten standen hinter dem gelblichen Glas und blickten ihm entgegen. Noch bevor er Einzelheiten wahrnehmen konnte, tauchte an der Seite des Luftschiffs ein Punkt auf, der rasch immer größer wurde.

Nugua winkte ihm aufgeregt zu. Er erwiderte die Geste, und beide brachen in erleichtertes Gelächter aus – es war lange her, seit er so ausgelassen gelacht hatte. Nuguas Kranich zog einen Kreis um ihn, während die heißen Wüstenwinde ihr struppiges Haar noch wilder verwirbelten. Die Ringe unter ihren grünen Mandelaugen, die auch nach ihrer Heilung vom Fluch der Purpurnen Hand nicht hatten weichen wollen, waren seit ihrem Aufbruch blasser geworden.

„Komm mit!“, rief sie ihm zu, flog eine Schleife und lenkte ihren Kranich zurück zum Heck des Gildenschiffes.

Niccolo folgte ihr. Aus dem Augenwinkel sah er hektische Bewegungen hinter dem Glas der Brückenfenster. Noch einmal schaute er hin und erkannte endlich, wer dort stand.

Feiqing wedelte ausgelassen mit beiden Armen, hopste auf und ab, und sogar Wisperwind hob verstohlen eine Hand und grüßte.

° ° °

Nugua und er umarmten sich lange. Noch nie hatte er sich so gefreut, jemanden wiederzusehen. Er gab ihr einen Kuss auf die Stirn und strubbelte ihr durchs Haar – wahrscheinlich das erste Mal, dass sie sich das von irgendwem gefallen ließ.

Auch Feiqing schloss ihn in die Arme, ein eher zweifelhaftes Vergnügen. Kraftvoll zog er Niccolo an sich. Jemand hatte sich eine Menge Mühe gegeben, das schmutzige, rußige Drachenkostüm zu säubern, aber Dreck und Gestank hatten sich in sämtlichen Fasern festgesetzt und verliehen dem armen Feiqing eine gewöhnungsbedürftige Duftnote.

Zuletzt trat Niccolo Wisperwind gegenüber, während der Rattendrache aufgebracht umherstolzierte, ununterbrochen redete, mit seinen Erlebnissen prahlte und auch ansonsten eine höchst abenteuerliche Geräuschuntermalung ihres Wiedersehens lieferte – ganz besonders, als er über einen Luftschlitten stolperte, mit wedelnden Armen mitten hineinstürzte und die filigrane Konstruktion unter sich zermalmte. Während sich der Gardist, der gerade erst damit gelandet war, die Haare raufte, gab Feiqing schon weitere Sensationen zum Besten.

Er redete und redete, während Niccolo und Wisperwind ihn aus den Trümmern des Luftschlittens zogen, Nugua den fluchenden Soldaten besänftigte und die beiden Kraniche die Schnäbel aneinanderrieben.

„Werden sie uns helfen?“, fragte Niccolo, als sich der Pulk der Neugierigen in der Halle verstreute.

Nugua nickte. „Gildenmeister Kangan sagt, er kenne einen guten Ort für dein Volk. Ein fruchtbares Tal in den Ausläufern des Himalayas. Der einzige bekannte Zugang führt durch die Luft, sagt er. Viel abgeschiedener kann es auch auf der Wolke nicht gewesen sein."

Feiqing schlackerte aufgeregt mit den Lefzen. „Und wer, bitte schön, hilft *mir*? Können wir jetzt endlich zu diesem Drachenkönig gehen?"

Niccolo senkte den Blick. „Yaozi ist nicht mehr hier."

Nugua erbleichte. „Nicht hier?"

„Er und die meisten anderen sind vor ein paar Tagen aufgebrochen."

„Wohin?", fragte Feiqing.

Niccolo nahm Nuguas Hand. „Zum Drachenfriedhof."

Über Nebeln

Ein kühler Wind strich über den Knochenpass. Nebelfetzen aus der Schlucht drehten sich in einem trägen Totentanz über der Felskante. Im nächsten Moment wurden sie von Böen erfasst, taumelten davon und zerstoben.

Nugua saß neben Niccolo auf einem Stein und blickte hinüber zu dem Monument aus Drachenknochen, das am westlichen Ende des Passes aufgetürmt worden war. Die Gebeine bildeten eine hohe Pyramide, gekrönt von einem Schädel mit aufgerissenem Maul. Das Mahnmal war vor langer Zeit errichtet worden, um über den Zugang zum Drachenfriedhof zu wachen. Inmitten der Knochen steckte ein Vogelnest, so verlassen wie der Rest dieser Einöde in den Bergen Sichuans.

Nugua schaute gedankenverloren zu einer verkrüppelten Zeder, die sich über ihnen an die Steilwand krallte. Der entlaubte Baum passte gut zu ihrer Stimmung. „Einige von den Drachen, die zum Sterben hergekommen sind, sind Freunde aus meinem Clan."

Niccolo brach sein langes Schweigen. „Und Yaozi?"

„Er ist müde, sagt er. Und vielleicht zu alt für diese Welt. Aber seine Zeit ist noch nicht gekommen. Er ist nur hier, um die anderen auf ihrem letzten Weg zu begleiten. Drachen leben lange, und wenn sie voneinander Abschied nehmen, kann das dauern. Manchmal liegen sie monatelang beieinander im Regen und sprechen von alten Zeiten."

Niccolo rollte einen winzigen Stein zwischen den Fingerspitzen umher. „Wenn man ein paar Tausend Jahre alt wird, gibt es eine Menge, über das man reden kann."

Sie schenkte ihm einen ernsten Blick. „Dazu muss man keine tausend Jahre alt werden, Niccolo."

„Nein, wahrscheinlich nicht." Sie sah ihm an, dass er genau wusste, was sie meinte. Er war nie besonders gut darin gewesen, über seine Gefühle zu sprechen.

„Und – was wirst du jetzt tun?", fragte sie.

„Kangan hat mir eine Karte gegeben, auf der das Tal eingezeichnet ist, in das er Alessia und die anderen bringt. Aber ich ..." Er verstummte, als müsse er um die richtigen Worte ringen. Nach einem Moment sagte er: „Mein Platz ist woanders, glaube ich. Mein Vater und ich haben niemals wirklich zu ihnen gehört. Ich bin nie so gewesen wie sie, und nach allem, was war, ist es nur noch schlimmer geworden."

Nugua runzelte die Stirn. „Weil du nicht bist wie die anderen?" Plötzlich lachte sie über sich selbst. „Vierzehn Jahre lang dachte ich, ich könnte ein Drache sein, ob mit oder ohne Schuppenhaut."

„Willst du denn bei ihnen bleiben? Bei Yaozi?"

Sie schüttelte den Kopf. Ihr Entschluss stand schon eine ganze Weile lang fest. „Wir haben noch immer die Kraniche. Wir können hingehen, wohin wir wollen." Die beiden Riesenvögel schliefen nicht weit entfernt auf grauem

Geröll; sie hatten die Köpfe unter ihre Schwingen geschoben und erholten sich von dem langen Flug.

„China ist groß genug", sagte sie. „Und selbst wenn es irgendwo Grenzen hat, dann ist dahinter noch mehr. Orte ohne Mandschu. Ohne Raunen und Juru."

Aus seinem Stirnrunzeln wurde die Andeutung eines Lächelns. Er schien etwas sagen zu wollen, wurde aber von Lärm übertönt, der mit einem Mal vom östlichen Ende des Knochenpasses heranwehte.

Ein Rasseln und Stampfen und Schnaufen. Nugua erkannte sofort, dass dies kein Drache war.

Die Kraniche erwachten und hoben alarmiert die Köpfe.

Niccolo musste gegen das Getöse anbrüllen, als er sich umwandte. „Ist *er* das?"

„Erwartest du noch jemanden mit tausend Füßen?"

Zwischen den Steilwänden wölkte Staub empor, begleitet von kleineren Felsstürzen, die zu beiden Seiten herabdonnerten. Etwas schob sich vom östlichen Berghang her auf den Pass, aber in all dem aufstiebenden Schmutz war noch immer kein Umriss auszumachen.

„Ziemlich groß", bemerkte Niccolo.

Eine dritte Stimme meldete sich zu Wort: „Um ehrlich zu sein – ich habe schon Größeres gesehen. Ist nicht einmal lange her."

Hinter ihnen, aus der Richtung des Knochenmonuments, war Wisperwind herangekommen, lautlos, wie es ihre Art war. Der Federflug aus der Schlucht hatte ihr langes Haar zerzaust. Feiqing hatte darauf bestanden, dass sie ihn dort hinunter begleitete, aber nun war sie hier und er noch immer unten bei Yaozi und den anderen Drachen.

Während von Osten der Seelenschlund heranwalzte und Niccolo aufstand, um ihn besser sehen zu können, wandte Nugua sich an die Schwertmeisterin. „Wie steht es um Feiqing? Ist er schon –“

„Noch nicht“, sagte Wisperwind. „Aber es wird bald so weit sein. Richtet ihm meine Grüße aus. Werdet ihr das tun?“

„Du willst nicht auf ihn warten?“

Die Kriegerin schüttelte den Kopf.

„Weiß er das?“

„Ich habe ihm gesagt, dass ich ihn so in Erinnerung behalten möchte, wie ich ihn kennengelernt habe.“ Plötzlich irrlichterte ein Grinsen über ihre Züge. „Könnt ihr euch Feiqing als Menschen vorstellen? Als Mann? Und *wollt* ihr das überhaupt?“

Das Getöse wurde jetzt so laut, dass sie einander kaum noch verstehen konnten. Von Osten raste eine Staubwolke heran und hüllte sie sekundenlang ein. Nugua und Niccolo husteten.

Das Getrommel der tausend Beine brach ab, als der Seelenschlund stehen blieb. Noch eine ganze Weile länger prasselten Steine von den Felswänden.

Aus dem Staub schälte sich eine gewaltige Halbkugel, viermal so hoch wie Nugua – das Kopfende des Ungetüms. Im grauen Dunst dahinter war die tatsächliche Länge des Riesentausendfüßlers nicht zu erahnen. Nuguas Sicht reichte kaum weiter als bis zu seinen vorderen Beinpaaren. Die Krallen an den Enden hatten Kerben ins Gestein geschlagen.

Die glatte Oberfläche der Halbkugel veränderte ihre Form. Ihre körnige Struktur bildete Umrisse, ein wirres Durcheinander von Gesichtern, die sich immer wieder einebneten, um dann zu etwas Neuem zu gerinnen. Zuletzt entstanden die Züge eines glatzköpfigen Mannes, glatt und mit pupillenlosen Augen.

Niccolo stieß ein Stöhnen aus. „Li!“

„Wie man's nimmt“, sagte der Seelenschlund mit der Stimme des letzten Xian. Sie klang tief und hallend, als käme sie aus einem Brunnenschacht.

„Für mich ist es an der Zeit zu gehen“, sagte Wisperwind.

„Ah“, seufzte Li im Leib des Ungetüms, „die einsame Wölfin zieht weiter. Die Unschuldigen sind gerettet, der Gerechtigkeit wurde Genüge getan und –“

„Nein“, sagte Niccolo. Die nachdenkliche Düsternis war in seinen Blick zurückgekehrt. „Die Unschuldigen wurden *nicht* alle gerettet. Und Gerechtigkeit ... darunter stelle ich mir etwas anderes vor.“

Daraufhin schwiegen alle, sogar der Seelenschlund. Nugua ergriff Niccolos Hand.

Schließlich war es Wisperwind, die der unbehaglichen Stille ein Ende bereitete. „Lebt wohl“, sagte sie. Sie umarmte erst Nugua, dann ein wenig länger Niccolo. Zuletzt zog sie das Schwert Jadestachel aus ihrer Rückenscheide. „Das hier sollte einem von euch gehören.“

Niccolo schüttelte den Kopf. „Behalte du es.“

„Nugua?"

„Ich brauche keine Waffe."

Wisperwind schob das Schwert zurück in die Scheide. Sie wollte sich abwenden und nach Osten wandern, als ihr noch etwas einfiel. „Wenn ihr Feiqing seht, dann richtet ihm aus, dass ich mich immer an ihn erinnern werde, wenn es donnert und blitzt. Er wird das verstehen."

Damit drehte sie sich um und verschwand in den Staubwolken. Nugua horchte auf ihre Schritte, aber schon nach wenigen Augenblicken war nichts mehr zu hören.

Schließlich räusperte sich der Seelenschlund. „Und was habt ihr beiden vor?"

Nugua schaute von der Seite zu Niccolo, und als sie gerade glaubte, er würde ihren Blick nicht erwidern, lächelte er sie an, mit klaren, leuchtenden Augen.

„Wir haben noch immer die Kraniche", sagte er. „Wir können hingehen, wohin wir wollen."

Nugua erwiderte sein Lächeln. „Nicht nach Norden", flüsterte sie.

„Nein", sagte er leise. „Nach Norden ganz sicher nicht."

Dann schwiegen sie wieder, und sogar der Seelenschlund schloss sich ihrem wortlosen Warten an.

Die Sonne senkte sich den Gipfeln im Westen entgegen, verschleiert von feinem Regendunst. Zuletzt stand sie über dem Pass, eingebettet zwischen den Felswänden, eine blutrote Scheibe hinter dem Drachenschädel auf seinem düsteren Gebeinmonument.

Schritte scharrten über Fels. Jemand kam den geheimen

Pfad herauf. Ein Stolpern. Ein Fluch. Dann abermals Schritte.

„Das ist er“, flüsterte Nugua. Niccolo lächelte.

Sie standen da, eng beieinander, und warteten ab, wer ihnen aus der Sonne entgegentrat.

ENDE

Kai Meyer

Seide und Schwert

Das Wolkenvolk 1. 416 Seiten. Piper Taschenbuch

Über unserer Erde, in 2000 Meter Höhe, lebt das geheimnisvolle Wolkenvolk. Das wundersame Reich ist bedroht. Die Wolke sinkt hinab auf die Erde und treibt bis zu einem Gebirge in China. Der junge Niccolo wird auserwählt, eine gefährliche Mission anzutreten: Er soll in der Welt der Menschen nach den einzigen Geschöpfen suchen, die das Wolkenvolk noch retten können – die Drachen. Bei seiner Suche begegnet Niccolo dem jungen Mädchen Nugua, das von Drachen aufgezogen wurde. Ein Abenteuer in einer fremden Welt voller Magie, Gefahren und geheimnisvoller Wesen beginnt …

05/2554/01/L

Kai Meyer

Lanze und Licht

Das Wolkenvolk 2. 384 Seiten. Piper Taschenbuch

Nach »Seide und Schwert« führt Kai Meyer erneut ins geheimnisvolle Reich des Wolkenvolks: Im alten China tobt ein Krieg zwischen Seide und Schwert. Mächte von jenseits des Himmels haben das Mädchen Mondkind ausgesandt, um die letzten Unsterblichen zu vernichten. Aber bedeutet deren Tod wirklich den Untergang der Welt? Oder gibt es ein älteres, dunkleres Geheimnis in den Tiefen der Berge? Auf der Suche nach Mondkind jagt Niccolo durch Gebirge und Wüsten. Er weiß, er muss sie töten, um das Wolkenvolk und ganz China zu retten. Doch wie kann er gegen ein Mädchen kämpfen, das er mehr liebt als sein Leben?

»Andere schreiben in schwarzweiß, Kai Meyer schreibt in Farbe.«
Bücher

05/2604/01/R

PIPER
SEI UNSER
HELD!
PIPER FANTASY
Gleich mitmachen und die magische
Welt der Piper Fantasy erleben! Neugierig?
Dann auf zu www.piper-fantasy.de!
Piper-Fantasy.de